西安工业大学专著出版基金资助

西安工业大学语言文学研究丛书

《古文苑》论稿

王晓鹃　著

人民出版社

责任编辑:李椒元
装帧设计:曹　春
责任校对:夏明朗

图书在版编目(CIP)数据

《古文苑》论稿/王晓鹃著. −北京:人民出版社,2010.9
ISBN 978 − 7 − 01 − 009043 − 6

Ⅰ.①古…　Ⅱ.①王…　Ⅲ.①古典文学−文学研究
　Ⅳ.①I206.2

中国版本图书馆 CIP 数据核字(2010)第 114313 号

《古文苑》论稿

GUWENYUAN LUNGAO

王晓鹃　著

人民出版社 出版发行
(100706　北京朝阳门内大街 166 号)

北京新魏印刷厂印刷　新华书店经销

2010 年 9 月第 1 版　2010 年 9 月北京第 1 次印刷
开本:880 毫米×1230 毫米 1/32　印张:10.875
字数:242 千字　印数:0,001 − 3,000 册

ISBN 978 − 7 − 01 − 009043 − 6　定价:27.00 元

邮购地址 100706　北京朝阳门内大街 166 号
人民东方图书销售中心　电话 (010)65250042　65289539

序

伏俊琏

　　《古文苑》作为一部总集,具有全集和选集的性质。所谓全集,就是"网罗放佚,使零章残什,并有所归";所谓选集,就是"删汰繁芜,使莠稗咸除,菁华毕出"(《四库全书总目》)。就第一层意义说,《古文苑》是一部辑佚学著作;就第二层意义说,则是一部文学作品选集。这部书一共收录有264篇唐以前的诗文,这些文章不见于《昭明文选》和有关史传,只有一部分见于唐人类书。所以,他是研究唐前文学的极其珍贵的资料。后人辑佚唐前文学作品,这部书是丰富的宝藏。明人张溥编《汉魏六朝百三名家集》、清严可均编《全上古三代秦汉三国六朝文》、现代学者逯钦立编《先秦汉魏晋南北朝诗》,都从这部书中搜取了诸多作品。但是《古文苑》的来路不清,极大地影响了他的文献价值。

　　王晓鹃同志的博士学位论文《古文苑研究》,就是试图解决《古文苑》的来历和身世的。答辩时诸位先生给予了充分肯定,并提出很好的修改意见。经过两年的断续修改后,就是呈现给学界的这部《古文苑论稿》。作为王晓鹃同志的指导教师,这部书的初稿和修改稿我都认真读过,我觉得这是一部有价值的学术著作,学术观点和研究方法两个方面都有创新之处。

　　第一、本书在前人研究的基础上,对《古文苑》的一些重大学术问题提出了新说。比如《古文苑》的编者,这是一个近千年来没有解决的问题。最早把《古文苑》编成九卷的南宋人韩元吉在宋孝宗淳熙六年(1179)写的整理记中说:"世传孙巨源于佛寺经龛中得唐人所藏古文章一编,莫知谁氏录也。皆史传所不载,《文选》所未取,而间见于诸集及乐府,好事者因以《古文苑》目之。"从此以后,说起《古文苑》,大致都是沿袭韩元吉的说法。当然,也有学者间或提出过不同意见,如清人顾广圻《与孙渊如观察论九卷本〈古文苑〉书》就认为是宋人所编,郭沫若先生《石鼓文研究》则说是章樵所编。顾氏提出了问题,论证尚嫌不足。郭老的说法只是一种随意之说,更不足为训;因为章樵重编此书(1232年)前半个多世纪(1179年),韩元吉已明确记载刻印此书了。《古文苑论稿》则通过详尽的考证,得出《古文苑》成书时间大致在南宋高宗绍兴二十一年(1151)至绍兴三十一年(1161)之间,其编者可能是著名金石学家王厚之;他是在北宋孙洙《杂文章》的基础上编辑而成的。这一说法持之有故,言之成理,可成一家之说。

　　再比如,关于《古文苑》收录文章的来源,清代著名学者孙星衍认为是从类书中采录而来,顾广圻认为此说"洵精确不易之论也",所以《四库全书总目》也采用其说。本书对《古文苑》收录的264篇文章逐一进行排查,发现见于唐宋类书者凡163篇,见于宋前及宋代其他文献者52篇,仅见于《古文苑》者49篇。而见于类书者,只有64篇与现存类书相同,其馀则字数多于类书,或字数少于类书。所以,本书认为,《古文苑》的编者应当是广泛地从当时流传的文集中搜集唐前文章,类书仅为其部分文章的来源。

　　再比如,关于章樵《古文苑注》的价值,钱钟书先生在《管锥编》中说"《古文苑》章樵注聊胜于无而已",由于钱先生崇高的学术地位,他的说法影响很大,很多人因此就认为章注可取者不多。《古文苑论稿》本着实事求是的态度,对章樵注所做的工作做了系统梳理,认为其价值主要体现在三个方面:一是章樵校注时增加诗文 32 篇,不仅基本补全九卷本所录的一部分单篇诗文,而且进一步保存了汉魏佚文,具有珍贵的史料价值。二是章樵调整篇目次序,修改篇名,补勘文字,注音释义,注释典章制度名物地理,对我们整体理解作品无疑有积极意义。三是章樵在作者下设置小传,于篇目下设置题解的校注法也值得肯定。当然,其校注也有不足之处,如录文有遗讹现象,对一些作者也疏于考辨等。前修未密,后出转精,正因为有章樵的注,才有了《古文苑》在南宋后期的广泛流传,才有了清人顾广圻、钱熙祚等人更为精当的校勘。

此外,本书在《古文苑》的版本流传、《古文苑》收录作家作品的分类及其别集的流传、《古文苑》收录文章的标准、《杂文章》与《古文苑》的关系等方面都作了深入的探讨,提出了一些新看法。这些新的观点,可以说极大地推动了《古文苑》的研究。

第二,对传统的考据学方法比较灵活的运用,是《古文苑论稿》在研究方法上的一大特点。比如本书考证《古文苑》的成书时代,先从书中收录文章的来源入手。考证《木兰诗》录自《乐府诗集》,又进而考证郭茂倩的生平,以确定《乐府诗集》成书于1056—1063 年(宋仁宗嘉祐元年至八年);考证《石鼓文》的录文源自北宋时石鼓第六鼓被截断之后;考证《诅楚文》当录自宋室南渡原拓散落以后,等等。据此,《古文苑》成书于唐代就是根本不可能的。然后再考察相关文献,发现唐代以至北宋人的文献资料中没有《古文苑》的任何记载;既然世传《古文苑》是孙巨源得之于佛寺,又对孙氏的生平、交游、著术进行了竭泽而渔式的排查,没有发现任何一点和《古文苑》有关的蛛丝马迹；而最早记载《古文苑》的是南宋郑樵的《通志》（成书于公元 1161 年），此后，《容斋续笔》（成书于公元 1192 年）、《遂初堂书目》（成书于公元 1194 年前）、《直斋书录解题》（成书于公元 1245 年）、《读书附志》（刻于公元 1250 年）皆著录。南宋中晚期，学者引用《古文苑》已很普遍。而南宋最有权威的目录《郡斋读书志》（成书于公元 1151 年）却没有著录《古文苑》。通过勾稽了晁公武的家世、仕宦经历、学术积累和学术成就，认为晁氏不是有意忽略或不著录《古文苑》，而在其撰写《郡斋读书志》时，《古文苑》并不存在。通过对《郡斋读书志》所收书目和作者进行的统计和考索，又佐证了的这一怀疑。最后作者把《古文苑》的成书锁定在公元 1151—1161 年之间（南宋高宗绍兴二十一年至三十一年）。

那么这十年当中，谁是编辑《古文苑》的最可能的人呢？作者通过对《古文苑》编辑体例的分析，认为全书以刻石文冠于首卷，其中包含了编者的信息，即编此书者可能是一位金石学家。然后按此思路顺藤摸瓜，在当时较多的金石学家中，发现有郑樵、薛尚功、施宿、王厚之四位最符合编辑条件，最后又逐一进行排除，从对《古文苑》收录的石刻文的看法的差异、录文的异同等最后确定编者应当是王厚之。并对孙巨源编辑的《杂文章》进行了详细的考证，认为《杂文章》57 篇辞赋是《古文苑》收录 58 篇辞赋的基础，并因此而增补成 233 篇的《古文苑》九卷本。正是由于这个原因，王厚之才托名北宋名臣孙巨源，借以自重其作。

当然说《古文苑》是王厚之所编，早在清范邦甸《天一阁书目》中就有说明，而且范氏还具体说是南宋绍兴己卯（1159）王厚之编的。但范氏只说一句，其根据可能是王厚之所讲自己收藏《石鼓文》拓本的经过："绍兴己卯岁，予得此本于上庠，喜而不寐，手自装治成帙。"再没有进行论证。在学术史上,前人只提出了猜想,而由后人进行证实者,屡见不鲜。如清人邹汉勋在古韵界提出"娘日二纽归泥",后来章太炎先生进行了详细论证,证成了此说;钱玄同提出"邪母古读定",我的老师郭晋稀先生通过大量的三代韵文、古读、谐声、异文等材料,论证《说文》中所有的邪母字上古都读定母。所以《天一阁书目》只提了一句,而由王晓鹃同志进行详细论证,符合学术史上步步推进的成规。

　　充分利用表格形式,用精确的统计数目,使论述的问题一目了然,是《古文苑论稿》研究方法上的另一特点。全书用 20 多个列表说明要讨论的问题。比如《〈郡斋读书志〉所载作者不明作品统计表》从《郡斋读书志》收录的近 1500 种图书中检索出 225 种作者不明或明显系伪托的书籍,以说明晁公武著录书籍以求实为基本标准,只要是当时流行的书籍(大部分是他亲眼所见),都要加以著录。以《古文苑》这样份量的书,如果当时已经存在,晁氏是不可能看不到的;如果晁氏看到,是绝不会不著录的。所以最大的可能是当时还没有《古文苑》这部书。再如《隋代至元初官私目录书著录〈古文苑〉所载作者别集及其卷数变化情况一览表》对《古文苑》中 57 家的别集在《隋志》到《宋史·艺文志》等七部目录书中著录(或没有著录)情况进行列表,以说明从唐到元初这 57 个作家别集的散佚及重辑情况,而《古文苑》在这个由佚到重辑过程中所起的巨大作用。其他如《〈古文苑〉与唐前史传、〈文选〉收录赋作情况对比表》、《〈古文苑〉录载辞赋来源简表》、《〈古文苑〉录载诗歌来源简表》、《〈古文苑〉录载散文来源简表》等都让读者对所论述的问题一目了然。作者为这些列表所付出的艰辛劳动,我们是要感谢的。而这些谱牒图表中所体现的"辨章学术,考镜源流"的思想,读其书者自可体会。

谱牒之学,图表之志,本来是中国学术的源头之一。太史公曰:"余读谍记,黄帝以来皆有年数"(《史记·三代世表序》),其来尚矣。《史记》有十表,"虽燕越万里,而径寸之内犬牙可接;虽昭穆九代,而方尺之内雁行有序。使读者阅文便睹,举目可详,此其为快也!"(《史通·杂说》)《古文苑论稿》正是继承的传统的学术方法,并和现代统计学的方法结合起来。我以为,治学方法的创新并不是使用一些新名词、新概论,科学研究的方法,说到底,就是普遍联系的看问题、发现问题、分析问题、解决问题。古代文史研究的根本方法,就是如何拨开历史的沉沙,尽可能多地再现历史之本来面目,也就是《汉书·河间献王传》所说的"实事求是"。《古文苑论稿》在运用考据学方法上做了比较成功的尝试,因此也就成为本书的亮点之一。

当然,这毕竟是王晓鹃同志步入学术界的第一部著作,所以有些观点还值得商讨,有些材料还需要更细致的解读,论证过程还需要更进一步的条理化。比如作者考定《古文苑》成书在在公元1151—1161年之间(南宋高宗绍兴二十一年至三十一年),其实王厚之收藏《石鼓文》拓本是在绍兴己卯岁(1159)(章樵注《古文苑·石鼓文》后附录),如果《古文苑》确实是由王厚之编辑而成,则成书时间应当是1159年到1161三年内。我前文说王晓鹃同志考证《古文苑》是由王厚之编成的,这仅是一家之言,因为作者的考证言之成理,持之有故。但言之成理、持之有故并不能说明已是历史真实。因为郑樵的《通志》已著录有《古文苑》,而根据《宋史》卷436《郑樵传》的记载,郑樵是由侍讲王纶的推荐而得以谒见皇上的。根据《郑樵传》的文意,郑樵和高宗见面召对时似乎《通志》已经写成,所以皇上特"给札归抄所著《通志》"。而王纶推荐郑樵的时间是绍兴二十六年(1156)(《宋史》卷372)。即使王厚之 1159 年编成《古文苑》，郑樵未必会立即在他的大著中著录此书。因为根据韩元吉的说法，他之前似乎还没有《古文苑》的刻本。刚编成的书，仅有抄本，其流传不广是不争的事实。而且《通志·艺文略》主要是根据现成在目录书纂集而成。所以我说王厚之编成《古文苑》不是定论。我提出疑问，可能使这个问题的讨论更为深入。

再比如，本书对清人《古文苑》中收录文章主要源于类书的说法提出质疑，并为此详加考证，引征繁富。但所据仅为《艺文类聚》、《北堂书钞》、《初学记》、《太平御览》这四部，这就要打折扣了。因为唐代类书之多，是远远超过现在人想象的。新旧《唐志》、《通志·艺文略》、《崇文总目》、《郡斋读书志》、《直斋书录解题》、《遂初堂书目》及《宋史·艺文志》等著录的唐代类书不下于80 种，而敦煌石室出土的类书(主要是民间类书)，也不下于数十种(见台湾王三庆《敦煌类书》)。当然，这些类书，大量的都散佚不存，但编《古文苑》的时候，保存的应当是相当多的。

还有一个问题需要进一步思考，韩元吉说《古文苑》是从佛寺经龛中所得，恐怕也不是向壁虚造。唐代的佛寺中存有大量图书，不仅有大量释典，而且有大量世俗文书。当时佛寺中藏书可能最为安全。比如著名诗人白居易，在他 73 岁时(会昌五年，公元 845年)把自己的文集订补为 75 卷，并分抄五部，"一本在庐山东林寺经藏院，一本在苏州南禅寺经藏院，一本在东都圣善寺钵塔院律库楼，一本付侄龟郎，一本付外孙谈阁童"(白居易《白氏长庆集后序》)。白居易非常在乎自己的诗文集的珍藏和流传，他地位很高，抄了五部，三部就放在佛寺，"藏之寺院，不借外人"(白居易《东林寺白氏文集记》)。唐代僧人擅长写诗者不少，他们大多是在佛寺中读的世俗诗文集。比如晚唐诗僧齐己，从他的《白莲集》

中可能看出他阅读了不少当时的诗人别集。日本的遣唐使在中国佛寺中得到了大量的世俗文书。《大正藏》第55册收录了日本僧人入唐求法的目录，如圆仁撰于承和十四年（唐大中元年，公元847）的《兹觉大师在唐送进录》、《入唐新求圣教目录》，圆珍撰于大中八年（854）九月的《福州温州台州求得经律论疏记外书等目录》等，都著录了大量的世俗诗文集。后来日本佛寺中存有大量古籍，清末黎庶昌出使日本，搜辑得到了多种古书，光绪年间由杨守敬编成《古逸丛书》出版，其中一部分就得之于日本的佛寺古刹。而1900年敦煌石窟发现的五万馀卷古代文书中，四部书及世俗文书占有相当比重，更说明古籍得之于佛寺经龛完全有可能。

王晓鹃同志大学中文系毕业后，曾专门学过教育学、心理学等专业，后来学习古典文献学。她认真踏实，刻苦努力。攻读博士学位以来，一直是午夜篝灯，残宵不倦。所以在不到三年的时间里，就对《古文苑》做了这样深入的探掘，取得了可喜的成绩。但是学海无涯，祖国博大精深的传统文化，需要我们不断探索。中国的学术典籍是中华民族文化精神智慧的结晶，他具有永恒不朽的生命力，他是广袤无边的沧海，能在这大海中搏击风浪，认识和领略他的伟大和雄浑，是人生很大的乐趣。这里，我把已故潘重规先生抄给我《瀛涯敦煌韵辑新书序》中的一段话略作改动，作为这篇序的结束，也和王晓鹃同志共勉：

我们根据正确的新材料，可以得到正确的新学说；如果根据不正确的新材料，推论出来的新学说，自然也不正确了。因此我们必须把握新材料的正确性，才能消除不正确的新学说，才能产生正确的新学说。我们每一个从事学术研究的人，目的便是在继续前辈学者的努力，找到正确的新材料，作为发明新学说的可靠根据。所以每一个人的学术成果,都应该乐于接受不断的指正和修订,使我们获得的新材料越来越丰富,越来越正确。我们不分先后,不分彼此,我们一切都是为了爱护中国学术的共同心愿。

2010 年 1 月 8 日子夜

目　录
CONTENTS

第一章 《古文苑》成书情况

第一节 成书年代考①

　　一般来说，一部文学选本的编纂，大都有发凡起例，序言跋文，以此来交代本书的编纂宗旨、体例结构、价值取向、成书时间、编者的生平事迹及文学主张等相关事宜。但是，《古文苑》却缺少这些重要元素。因此，关于此书的基本情况，历来没有定论。至于其成书时间，更是扑朔迷离。

　　从现存史料看，南宋郑樵编纂《通志》最先著录："《古文苑》十卷。"②《通志》卷七十著录选本 72 部，凡 4862 卷，以时间编排，首为西晋挚虞编《文章流别集》，末为北宋末年无名氏编《宋文选》，《古文苑》列第 59 位，排在北宋李昉等编《文苑英华》、姚铉编《唐文粹》、苏易简等编《唐史文类》之下。这种编排体例实际上说明，在郑樵看来，《古文苑》的成书时间，应该是在《文苑英华》、《唐文粹》等著作之后，大致为北宋人所编，这是对《古文苑》成书时间怀**疑之滥觞**。

---

① 此文发表在《文史哲》2010 年第 1 期。有删节。
② 郑樵：《通志》，商务印书馆 1935 年版，第 825 页。

南宋孝宗淳熙六年(1179),韩元吉校定《古文苑》为九卷,刊刻于任所婺州(今浙江金华),并撰写《古文苑记》一篇。韩元吉根据当时流传的说法,认为该书是北宋孙洙得于佛寺经龛,乃唐人旧藏古文章。这篇《古文苑记》,是关于本书成书时间最早的介绍。绍定五年(1232),章樵注释并重校《古文苑》为二十一卷时,承韩氏之说也认为:"《古文苑》者,唐人所编。"①此后,赵希弁和陈振孙也大体延续了韩氏旧说,遂使这种说法逐渐成为明清以来众多学者的习惯看法。然"世传"二字,实已表明南宋人对此书的成书时间已经不能肯定。

此后,明代都穆、清代顾广圻、钱熙祚和耿文光不仅对本书成书于唐代的传统说法提出了明确质疑,而且初步推断出《古文苑》可能成书于宋代②。郭沫若从《石鼓文》和《诅楚文》入手研究,认为《古文苑》成书于南宋③。李芳在顾广圻论述的基础上,进一步将其成书时间大致划分在北宋嘉祐六年(1061)至南宋淳熙六年(1179)之间④。

以上研究可以肯定一个基本事实:由现存文献看,不仅唐人文献资料中没有关于《古文苑》的记载,就是北宋人的金石、传记、地志、类书、史料、目录等文献资料中,目前也没有见到关于《古文苑》一书的任何著录。我们整理了孙洙的生平,也没有发现他获

---

① 章樵校注,钱熙祚校勘,道光二十四年(1844)刊刻《守山阁丛书》本。本书所引《古文苑》篇目文字及相关序言跋文,均出自此本,后文不再一一注出。
② 参见都穆《金薤琳琅》卷二、顾广圻《与孙渊如观察论九卷本〈古文苑〉书》、钱熙祚《古文苑·校勘记》和耿文光《万卷精华楼藏书记》等文。
③ 郭沫若:《石鼓文研究·诅楚文考释》,科学出版社1982年版,第302页。
④ 南京大学古典文献研究所:《古典文献研究》(总第八辑),凤凰出版社2006年版,第260—270页。

取《古文苑》的任何相关史料。

经过考察,我们认为《古文苑》并非出于唐人之手,也并非由北宋人所编,本书实成书于南宋,成书时间大致在南宋高宗绍兴二十一年(1151)至绍兴三十一年(1161)之间。这一结论得出的依据主要有四:

一、从《古文苑》辑录木兰诗看其成书年代

《古文苑》九卷本第四卷是诗歌卷,具体划分为"诗"、"齐梁诗四十五首"、"歌"、"曲"四小类,内收《木兰诗》,归属于第一小类。二十一卷本在第九卷卷末。

《木兰诗》最早著录于(南朝·陈)释智匠《古今乐录》(此书已佚),云:"木兰,不知名。"北宋郭茂倩《乐府诗集》亦收录,见卷二十五《梁鼓角横吹曲》,题名"木兰诗二首",并云:"浙江西道观察使兼御史中丞韦元甫续补入。"[1]郭氏之意,其《木兰诗》收二首,第一首是"古辞",第二首是韦元甫的拟作,这也符合《乐府诗集》的编纂体例,即《四库全书总目》所说:"每题以古词居前,拟作居后,使同一曲调,而诸格毕备,不相沿袭。"[2]清人编《全唐诗》卷二百七十二韦元甫名下即收录此拟诗,名《木兰歌》。后人不察,以为两首皆韦元甫所作。如北宋官修总集《文苑英华》卷三百三十三仅载古辞《木兰歌》一首,竟于题下注曰:"郭茂倩《乐府》,不知名,韦元甫续附入。"[3]可以看出,《文苑英华》的这一注解,是从《乐府诗集》而来,却误解了郭茂倩的按语。《古文苑》九卷本《木

---

① 郭茂倩:《乐府诗集》,中华书局1979年版,第373页。
② 《钦定四库全书总目》(整理本),中华书局1997年版,第2614页。
③ 李昉等:《文苑英华》,中华书局1966年版,第1733页。

兰诗》后，编者亦题曰，"不知名。浙江西道观察使兼御史中丞韦元甫闻续补入"，更将《古今乐录》和郭茂倩的话混为一谈。章樵注释《古文苑》时，直接误题为"唐人《木兰诗》"。从此，《木兰诗》的作者误成了韦元甫，如明李攀龙编《古今诗删》卷十三《木兰歌》，就题作者为"韦元甫"。由此可见，《古文苑》辑录《木兰诗》应该来自《乐府诗集》。

这一事实，可以通过比勘韩元吉九卷本、章樵二十一卷注本、《文苑英华》和《乐府诗集》所录《木兰诗》具体文字来印证。上述四书所辑《木兰诗》个别诗句后，编者加有注解，我们一一摘录并比勘如下：

表1-1　《古文苑》《文苑英华》和《乐府诗集》辑录《木兰诗》对比表

序号	《古文苑》九卷本	《古文苑》二十一卷本	《乐府诗集》	《文苑英华》
1	促织何唧唧	促织何唧唧	唧唧复唧唧一作"促织何唧唧"	唧唧何力力一作"历历"，《乐府》作"唧唧复唧唧"，注作"促织何唧唧"
2	卷卷有耶名	卷卷有耶名	"耶"，作"爷"	"耶"，作"爷"
	旦辞耶娘去	旦辞耶娘去	旦一作"朝"辞爷娘去	同《古文苑》
3	暮宿黑山头	暮宿黑山头	暮宿一作"至"黑山头	暮至一作"宿"黑山头
4	但闻燕山胡骑声啾啾	但闻燕山胡骑声啾啾	"声"，作"鸣"	"声"，作"鸣"
5	赏赐百千强	赏赐百千强一作"赐物"	赏赐一作"赐物"百千强	赏赐一作"赐物"百千强
6	木兰不用尚书郎	木兰不用尚书郎《乐府》作"欲与木兰赏，不用尚书郎"	木兰不用尚书郎一作"欲与木兰赏，不用尚书郎"	可汗欲与木兰官一作"可汗问所欲"，又作"欲与木兰赏"不用尚书郎

序号	《古文苑》九卷本	《古文苑》二十一卷本	《乐府诗集》	《文苑英华》
7	愿驰千里足	愿驰千里足	愿驰千里足段成式《酉阳杂俎》云："愿借明驰千里足。"	愿得鸣一作"借"明千里足一作"愿驰千里足"
8	当窗理云鬓	当窗理云鬓	同《古文苑》	当窗理云发一作"鬓"
9	挂镜帖花黄	挂镜帖花黄	挂镜一作"对"帖花黄	挂镜一作"对"帖花黄
10	火伴皆惊忙	火伴皆惊忙	火伴皆一作"始"惊忙	火伴惊忙一作"始惊忙"，又作"皆惊忙"
11	雄兔脚扑握	雄兔脚扑握一作"朔"	"握"，作"朔"	同《古文苑》。
12	雌兔眼弥离	雌兔眼弥离	"弥"，作"迷"	雌兔眼弥一作"迷"离
13	双兔傍地走	双一作"两"兔傍地走	同《古文苑》	同《古文苑》
14	安能辨我是雄雌	安一作"焉"能辨我是雄雌	同《古文苑》	同《古文苑》

上表可见，《古文苑》九卷本所载与《乐府诗集》所录只有四处异文，即"耶"与"爷"，"声"与"鸣"，"弥"与"迷"，"握"与"朔"。"耶"、"爷"，"弥"、"迷"是在作品流传过程中出现的异体字。"声"与"鸣"，"握"，作"朔"，可能是刻工造成的错误，也可能是《古文苑》的编者还参校了《乐府诗集》之外的其他版本。这一点，章樵的注释也可以旁证，如"雄兔脚扑握"句，章樵注曰："握"，"一作朔"。这一注解，正好又与《乐府诗集》所录完全相同。这充分说明章樵注释时，《古文苑》就有不同的版本在流传。《文苑英华》所载，却与《古文苑》和《乐府诗集》多处不同，应该是所据版本不同造成的。但从《文苑英华》注解引用《乐府诗集》的现象看，《文

苑英华》的一些注解无疑参校过《乐府诗集》。

既然肯定《古文苑》九卷本辑录《木兰诗》出自《乐府诗集》，我们就有必要考证郭茂倩的生平行事及《乐府诗集》的编纂时间，以期从中找到《古文苑》成书时间的某些线索。

关于郭茂倩的生平，人们多年来都在沿用《四库全书总目》里的几句话："《建炎以来系年要录》载茂倩为侍读学士郭褒之孙，源中之子。其仕履未详。本郓州须城人，此本题曰太原，盖署郡望也。"①可是，仔细查阅史料后，我们发现《建炎以来系年要录》并没有提及郭茂倩的祖父和父亲，四库馆臣的话则将郭茂倩祖父和父亲的名字弄错了，出现两点明显的错误：一是郭茂倩祖父是郭劝，字仲褒，而不是郭褒。郭劝《宋史》卷二百九十七有传。二是郭茂倩父亲是郭源明，而非郭源中。郭源中是郭茂倩的伯父，曾任教授、职方员外郎。郭源明有子五人，郭茂倩排行第一，接下来依次为郭茂恂、郭茂泽、郭茂曾、郭茂雍。

郭氏一族本为阳曲（今太原市）人，故郭茂倩郡望是太原，《乐府诗集》正是署其郡望。苏颂为郭源明所作墓志铭中，有"本朝甲族，太原东平。武惟右戚，文则贰卿"之句，也能说明这一点。其四世祖郭宁自阳曲徙莱州莱阳县（今山东莱阳市）县令。曾祖父郭禹偁，曾任解州解县（今山西临猗县西南）县令。祖父郭劝，字仲褒，翰林侍读学士给事中，累赠吏部尚书。父郭源明（1022—1076），初名元赓，字永叔，后从进士，更名源明，字潜亮，历官将作主簿、三迁大理丞、历监曹兖二州盐税、龙图阁直学士、知永兴军、知越州萧山县、朝监永丰仓、累迁殿中丞、太常博士、尚书屯田员外郎、知华州、三司度支判官、职方员外郎、知单州军州事。母李氏，

---

① 《钦定四库全书总目》（整理本），中华书局 1997 年版，第 2614 页。

工部侍郎李应机之孙女,大理评事李咸宁之女,宋仁宗嘉祐六年（1061）卒。

宋神宗熙宁九年（1076）,郭源明病卒于任所单州（今山东单县南）。元丰七年（1084）,苏颂作为郭家的世交和郭源明的朋友,为其撰写墓志,见《苏魏公文集》卷五十九《职方员外郎郭君墓志铭》。在墓志中,苏颂对郭家渊源及郭源明的生平仕宦、婚姻、子女及其当时任职等情况有详尽的叙述:

> 尚书职方员外郎知单州军州事东平郭君,以熙宁九年三月己未被疾,不起于州寝,享年五十有五。诸孤奉丧还郓,稿藁兴化僧舍,以元丰七年四月癸酉克葬于平阴县翔鸾乡大留里,从吉卜也。……君初名元赓,字永叔,后从进士,更名源明,字潜亮。……夫人李氏,工部侍郎应机之孙,大理评事咸宁之女,前十六年卒。子男五人,曰茂倩,河南府法曹参军。次曰茂恂,奉议郎提举陕西买马监牧司公事。次曰茂泽,承事郎。次曰茂曾,次曰茂雍,未仕。女五人,二早亡,次适奉议郎孙亚卿,封文安县君,后君六年卒。次适宣教郎苏熹,次在室。孙十四人,孙女九人。……初,侍读公之薨也,君援学士褒恤,例请于朝,特诏赠礼部侍郎。君亡之五年,茂恂为秘书丞,加赠都官郎中,而茂恂未登朝,时与其弟茂泽怆夫人之不逮养,各以当迁一官求换邑,封仙源县。君他日又进封陇安县太君。积善贻庆,子孙善守家法,宦学相继,可谓有后矣。①

苏颂明确说明郭源明卒后五年,即元丰四年（1081）,次子郭茂恂由奉议郎提举陕西买马监牧司公事迁为秘书丞,加赠都官郎中,却并未提到郭茂倩的仕途变迁情况。因此,熙宁九年三月至元

丰七年四月之间,郭茂倩一直担任河南府法曹参军。

郭茂倩生平行事也散见于其他史料。如元陆友仁《研北杂志》卷上记载道:"郭茂倩,字德粲,太原人,通音律,善汉隶,尤精古乐府,有所纂《乐府诗集》行于代。"①

另外,其生平资料也散见于目录书的记载。如陈振孙《直斋书录解题》卷十五曰:

> 《乐府诗集》一百卷。太原郭茂倩集。凡古今号称乐府者皆在焉。其为门十有二。首尾皆无序文,《中兴书目》亦不言其人。今按:茂倩,侍读学士劝仲褒之孙,昭陵名臣也,本郓州须城人,有子曰源中、源明。茂倩,源中之子也。但未详其官位所至。②

马端临《文献通考》卷二百八十四也记载道:

> 《乐府诗集》一百卷。陈氏曰太原郭茂倩集。凡古今号称乐府者皆在焉。其为门十有二。首尾皆无序文,《中兴书目》亦不言其人本末。按:茂倩,侍读学士郭仲褒之孙,昭陵名臣也,本郓州须城人,有子曰源中、源明。茂倩,源中之子也。但未详其官位所至。③

上述二目录书,对郭茂倩的生平和家世有简单介绍,但都误将其伯父郭源中记作郭茂倩之父,以致误导后人。后更因《四库全书总目》的知名度和使用频率,导致人们多年来在论述、引用郭茂倩资料时,屡屡出错,至于以讹传讹,甚至连中华书局校注出版的《乐

---

① 《文渊阁四库全书》本第866册,第576页。
② 陈振孙:《直斋书录解题》,徐小蛮、顾美华点校,上海古籍出版社1987年版,第446页。
③ 马端临:《文献通考》,中华书局1986年版,第1957页。

府诗集》,也不例外。

《乐府诗集》,郭茂倩编纂,虽然具体编纂时间不详,但是我们可以通过其父郭源明的生平来推测。郭源明,生于宋真宗乾兴元年(1022),卒于宋神宗熙宁九年(1076)三月,享年五十五岁。那么,郭茂倩编纂《乐府诗集》的时间,不会早于宋仁宗嘉祐元年(1056)。此年,其父郭源明三十五岁,郭茂倩虽是长子,但此年最大也不会超过二十岁。嘉祐六年,其母李氏卒。《乐府诗集》囊括历代乐府,上起陶唐,下迄五代,《四库全书总目》评价道:"其解题征引浩博,援据精审,宋以来考乐府者无能出其范围。""其声辞合写不可训诂者亦皆题下注明,尤可以药摹拟聱牙之弊。诚乐府中第一善本。"①——编纂这样一部解题详备、校勘精良的乐府总集,也不可能是一夕之功。因此,通过综合考察其父母的生卒年,我们认为《乐府诗集》大约成书于嘉祐(1056—1063)年间以后。

显然,如果《古文苑》是唐人所藏,就不会附入北宋年间编纂成书的《乐府诗集》中收录《木兰诗》的相关内容和作者信息。否则,就与历史相悖。也就是说,《古文苑》编成不会在唐代,而应该在北宋仁宗嘉祐年间以后。

另外,《文苑英华》编成在宋太宗雍熙三年(986),见宋陈骙等撰《中兴馆阁书目》记载:

> 太平兴国七年,命翰林学士承旨李昉及扈蒙、徐铉、宋白、贾黄中、吕蒙正、李至、李穆、杨徽之、李范、杨砺、吴淑、吕文仲、胡汀、戴贻庆、杜镐、舒雅等,阅前代文集,撮其精要,以类分为千卷,号曰《文苑英华》。昉、蒙、蒙正、至、穆、范、砺、淑、文仲、汀、贻庆、镐、雅继领他任,续命苏易简、王佑、范杲、宋湜

---

① 《钦定四库全书总目》(整理本),中华书局1997年版,第2614页。

与白等共成之。雍熙三年上,帝览之称善,诏付史馆。①

显然,《文苑英华》成书远远早于《乐府诗集》,故《文苑英华》是不可能直接从《乐府诗集》中采录作品的。那么,《文苑英华》卷三百三十三《木兰歌》下题注"郭茂倩《乐府》,不知名,韦元甫续附入"之事,又如何解释呢?

其实,这并不是李昉等人编纂时所注,而出于后人之手。因为《文苑英华》有多处注解和按语,不仅反复提到郭茂倩《乐府诗集》,而且提到姚铉《唐文粹》、刘次庄《乐府集》和洪迈《容斋续笔》。试举例如下:

例一:《文苑英华》卷一百九十三《乐府二·白纻歌》下,收有梁武帝《白纻歌》两首。诗后有按语:"此篇,《文苑英华》接武帝前篇,共是一首。今郭茂倩《乐府》拆而为二,其题作沈约《夏白纻歌》,却别有武帝一首如后:'纤腰袅袅不任衣,娇怨独立特为谁。赴曲君前未忍归,上声急调中心飞。'"

例二:《文苑英华》卷二百《乐府九·行路难》第十八首题为贺兰进明。诗后注曰:"此诗元题《高适集》,无之。郭茂倩《乐府·并适集》,却别载适第二首,今既附入,而以此篇从《乐府》为贺兰作。"

例三:《文苑英华》卷二百《乐府九·蜀道难》第二首,题为刘孝威。诗后注曰:"此一诗,《英华》与《艺文类聚》同,惟郭茂倩《乐府》拆前五言八句为一篇,后七言六句为一篇,又无中间六句,而刘次庄《乐府》止有前八句,今注异同为一作。"

例四:《文苑英华》卷二百一《乐府十·白铜鞮歌》三首,题作

---

① 陈骙等:《中兴馆阁书目辑考》(全三册),赵世炜辑,《四部丛刊》本第1册,第12页。

梁武帝。诗后注曰:"右三首见郭茂倩《乐府》,今《文苑英华》合第一、第二为一首,又增'襄阳白铜鞮,圣德应乾来'两句为首句。按《隋书·乐志》:襄阳白铜鞮,梁武帝自为三曲。又令沈约为三曲。《古今乐录》:沈约又作其和云,'襄阳白铜鞮,圣德应乾来',合从《乐府》。"

例五:《文苑英华》卷二百四《乐府十三·长信宫》三首,第一首题为崔国辅,第二、三首题为王昌龄。诗后注曰:"右三首,此集元在长门怨中,今以《文粹》及郭茂倩《乐府》改作长信宫。"

例六:《文苑英华》卷二百八十七《留别二》,有《西西盐》一诗,题为刘长卿《别宕子怨》。诗后注曰:"右此篇,《文苑英华》题作刘长卿《别宕子怨》,《长卿集》无此篇,而郭茂倩《乐府》及洪迈《容斋续笔》并以为薛道衡《昔昔盐》。按《通鉴》,隋炀帝诛道衡曰:'更能作空梁落燕泥否?'《英华》殆因韦縠编《唐才调集》作刘长卿诗而误也,其间八字异同,已注。迈又云:《玄怪录》载篷簬三娘工唱《阿鹊盐》,又有《突厥盐》、《黄帝盐》、《白鸽盐》、《神雀盐》、《疏勒盐》、《满座盐》、《归国盐》,唐诗'媚赖吴娘唱是盐','更奏新声刮骨盐'。然则歌诗谓之'盐'者,如行、吟、曲、引之类云。今南岳庙献神乐曲,有《皇帝盐》,而俗传以为'皇帝炎',《长沙志》从而书之,盖不考也。然迈既谓《才调集》有赵嘏广、道衡《燕泥》一诗,不应以赵为刘长卿云。愚意此诗,但当以纲目为证,则其为薛道衡之作无疑矣。"①

以上六例,是后人运用《乐府诗集》等书校勘、补遗《文苑英华》的明证。姚铉《唐文粹》编成在宋真宗祥符四年(1011)。刘次

① 以上六例分别见李昉等:《文苑英华》,中华书局 1966 年版,第 950、991、993、997、1010、1461 页。

庄,字中叟,长沙人,神宗熙宁六年(1073)进士,元丰八年(1085)为殿中侍御史,哲宗元祐初(1086—1093)为江南转运判官,徽宗崇宁中(1102—1106)尝官御史,北宋末年人,故其《乐府集》也应成书在北宋末年。洪迈《容斋续笔》十六卷,完成在南宋光宗绍熙三年(1192),时迈知绍兴府。这三种书和《乐府诗集》成书都晚于《文苑英华》的事实,充分说明《文苑英华》中的这些注释,应该是后人校勘时增写进去的。《文苑英华》从编成到庆元二年(1196)真正刊刻成书,大约经历了两百年,这期间曾经过多次校勘,如景德四年(1007)、祥符二年(1009)、淳熙八年(1181)等。

细看《文苑英华》中上述有关《乐府诗集》的六处注解和按语,从语气和风格等方面看,似乎出于一人之手。那么,这些注释最晚也应该是在光宗绍熙三年(1192)《容斋续笔》完成后至宁宗嘉泰四年(1204)之间被增写进《文苑英华》的。因为嘉泰四年,彭叔夏在《文苑英华辨证》卷五考证《木兰歌》时,还曾辨证作者,认为不是韦元甫:"韦元甫《木兰歌》。按刘氏次庄、郭氏《乐府》并云'古辞,无姓名'。郭氏又曰,'《古今乐录》云,木兰,不知名。浙江西道观察使兼御史中丞韦元甫续附入',则非元甫作也。"①另外,彭叔夏还考证了《文苑英华》上述第一条和第六条注解②。

现在,我们就明白了后人将《木兰诗》的作者误题为韦元甫的原因了——都是误解了郭茂倩的按语所致,而误解郭茂倩按语的不止《文苑英华》的注解和《古文苑》。当然,也有学者指出《木兰诗》的作者不是韦元甫,如北宋黄庭坚就认为韦元甫补入是针对古辞《木兰诗》,已指出此诗并非韦元甫所作,而是韦"得于民间"

---

① 李昉等:《文苑英华》,中华书局,1966年版,第5279页。
② 李昉等:《文苑英华》,中华书局,1966年版,第5278—5279页。

（《山谷集》卷二十五《题乐府〈木兰诗〉后》）。直到严羽作《沧浪诗话》，才明白郭茂倩的话，"《木兰歌》，《文苑英华》直作韦元甫名字。郭茂倩《乐府》有两篇，其后篇乃元甫所作也"①，但他并不知道《文苑英华》的注解是后人增加的。明高棅编《唐诗品汇》卷三十七《姓氏疑误者五人》韦元甫《木兰歌》条下，也辨证道："《木兰词》一首，诸家选本及《乐府》俱以为不知名蜀，《文苑英华》乃作韦元甫诗，恐非也。郭茂倩《乐府》载《木兰词》有二篇，前一篇必古辞，后一篇或如《文苑英华》云韦元甫之作。"②

基于以上论述，我们认为《古文苑》的编成肯定不会在唐代，而应该在北宋仁宗嘉祐年（1056—1063）以后。至于《文苑英华》注解与《古文苑》将《木兰诗》的作者误题为韦元甫的原因，都是误解了郭茂倩的按语所致。

二、从《古文苑》辑录刻石文看其成书年代

《古文苑》卷一收录《石鼓文》、《诅楚文》和《峄山刻石文》三种刻石文。卷首收录刻石文是《古文苑》有别与一般诗文选集的基本特色，而这一特色，也为我们考订《古文苑》的成书时间与编辑者，提供了另一种有效途径。

（一）石鼓文

《古文苑》开卷第一篇就是《石鼓文》。《石鼓文》是我国现存最早的刻石文字，因文字刻在鼓形的石头上而得名，在文学、历史学、书法诸方面，均有很高的价值。石鼓共十只，高二尺，直径一尺多，形象鼓而上细下粗顶微圆（实为碣状）。每个鼓上都环刻着一

---

① 何文焕辑：《历代诗话》，中华书局 1981 年版，第 702 页。

② 王云五主编：《四库全书珍本》第 330 册。

首四言韵文诗,十鼓共十首,每首十八、十九句不等,形成石鼓文组诗,字形介于小篆与大篆之间,笔力雄健苍劲。大约是春秋中叶的刻石①。石鼓于唐代初年出土,最初散弃于野,无人问津。后来,其古妙的书法得到当时书法名家虞世南、褚遂良、欧阳询等人的大加称誉,著名诗人韦应物、杜甫、韩愈等又竞相吟作《石鼓歌》盛赞之,石鼓便日显于世,被视为"至宝",并运往长安太学。五代战乱,石鼓又流散到民间。至北宋,司马光之父司马池自民间陆续找回九个。宋仁宗皇祐四年(1052),向传师又找回了所缺的第六鼓,可惜已被乡民截去上半,凿凹成臼。石鼓在北宋更是得到珍爱,苏轼、梅尧臣、张耒等都有诗赋称颂。宋徽宗大观二年(1108),石鼓被迁到汴京(今开封)国学,并以金嵌字,示其贵重。金兵入侵后,见其贵重,将石鼓掠抢到燕京(今北京),元朝时置于北京国子监。明、清两代没有迁移。这十个石鼓屡经磨难,终于在1958年被陈列到故宫博物院,得到了妥善的保护。

石鼓年长日久,石质风化,其字已斑驳模糊,加之多次迁移周折,饱经沧桑,现一鼓上字已磨灭,其余九鼓也残缺严重。原石有650多字,现仅存280馀字。石鼓文的拓本,唐代就有,但是没有流传下来。宋代有三种拓本:一为"马荐"本,是北宋皇祐四年

---

① 关于石鼓的时间,唐人韦应物和韩愈都认为是周宣王时期的刻石。北宋欧阳修的《石鼓跋尾》虽有"石鼓三疑",但还是认为属周宣王时史籀所作。南宋郑樵作《石鼓文释音》比较了秦斤、秦权文字后指出,石鼓文当作于秦惠文王后、秦始皇前。清人俞正燮《答成君瓘书》指出,石鼓文作于北魏。清末震钧《石鼓文集注》和《天咫偶闻》指出,石鼓文作于秦文公时代。近人罗振玉《石鼓文考释》和马叙伦《石鼓文疏记》都认为是秦文公时物。郭沫若作《石鼓文研究》,得出石鼓文作于秦襄公八年。唐兰《中国文字学》则主张石鼓文作于秦灵公时代。马衡《凡将斋金石丛稿》认为是秦刻石。李学勤《东周与秦代文明》认为大约是春秋中晚期物。

（1052）以后的拓本，十鼓已齐，但第六鼓只剩一半，第八鼓即"马荐"鼓仅存21字，然原拓早失。二为天一阁藏本，比欧阳修《集古录》所叙少3字，为422字，可惜毁于火灾。三是明代锡山安国所藏《先锋》本、《中权》本和《后劲》本。《先锋》本存480字，《中权》本存全字465，半字35，《后劲》本存497字①。三本均被民国秦文锦售给日本人。1932年，郭沫若流亡日本期间，在书店偶然发现了北宋《石鼓文》"先锋本"拓本照片，不惜以自己珍藏的甲骨文照片换回了《石鼓文》拓本照片，全部资料载于郭沫若《石鼓文研究》。

《古文苑》所收《石鼓文》总字数为497字，其中第六鼓为《作原》。郭沫若说："《作原》一石，即皇祐间为向传师所得者。梅圣俞诗亦云：'传至我朝一鼓亡，九鼓缺剥文失行。近人偶见安碓床，亡鼓作臼剜中央。心喜遗篆犹在旁，以臼易臼庸何伤？以石补空恐春梁，神物会合居一方。'今此石上端被削去，剜作臼形，与梅诗适合。施宿亦曰：'此鼓乃向传师皇祐间所搜访而得之者，每行仅存四字，自四字而上磨灭者，传师磨去，刻当时得之之由。故今所存者皆断续不成文。'"②此外，都穆曾见过向传师之跋："予近见传师跋，谓'数内第十鼓，较之，文亦不类。访于闾里，果获一鼓，字虽半缺，验之书体，真得其迹，遂易而置之，其数方备'。乃知第十鼓，其先盖尝有伪为者，至传师而真鼓始复，此皆王、郑之所未及，岂其未尝见向传耶？"③

---

① 鲍汉祖：《石鼓笺释》，凤凰出版社2007年版，第109页。
② 郭沫若：《石鼓文研究·诅楚文考释》，科学出版社1982年版，第28—29页。
③ 《先秦秦汉魏晋南北朝石刻文献全编》第2册，北京图书馆出版社2003年版，第310页。

可见,《作原》一鼓被乡民截去上半,凿凹成臼,每行失去上端三字,是在北宋,故郭沫若云:"今《中权》本与写真本均缺上端三字,是知二本均成臼以后所拓。"①《古文苑》所收第六鼓《作原》,章樵注释道:

> 施云,此鼓乃向传师皇祐间所搜访而得之者,每行末仅存四字,自四字而上磨灭者,传师磨去,刻当时得之之由。故今所存,皆断续不成文。

郭沫若先生继续考辨道:

> 《古文苑》一书,注者南宋章樵谓"孙巨源得于僧寺佛书院中,以为唐人所录。"后世学者多疑其为伪,然若无确证以破之。今考其卷首所收之《石鼓文》,其"作原"一石亦无上端三字,即此已足破其伪而有余矣。②

由此可知,《作原》鼓被截半成臼的时间是在北宋,而《古文苑》所收《作原》鼓也缺上端三字,所以其所据之本应该在向传师搜得此石以后。因此,《古文苑》成书不会在唐代,而应在北宋皇祐四年(1052)以后,这是显而易见的。

这一点,也可以从《石鼓文》字数上得到佐证。南宋董逌《广川书跋》卷二收录《石鼓文》,总字数是 501 字,与《古文苑》所收《石鼓文》仅相差 4 字。南宋薛尚功《历代钟鼎彝器款识法帖》卷十七也收录《石鼓文》,籀文共 449 个,与《古文苑》所收《石鼓文》相差 48 字。明代都穆《金薤琳琅》卷一收录《石鼓文》433 字。这三家所录《石鼓文》字数与《古文苑》所载相差不是太大,故钱熙祚

---

① 郭沫若:《石鼓文研究·诅楚文考释》,科学出版社 1982 年版,第 30 页。
② 郭沫若:《石鼓文研究·诅楚文考释》,科学出版社 1982 年版,第 30—31页。

《周宣王石鼓文·校勘记》曰:"所录字数与《广川书跋》、《钟鼎款识》、《金薤琳琅》相出入,其为宋拓本甚明。"此外,清孙承泽《庚子销夏记》卷四和朱彝尊《曝书亭记》卷四十七对石鼓文的字数也有考证,可以参考。

（二）诅楚文

秦《诅楚文》,是秦王使其宗祝,诅咒楚王引六国兵一再侵秦,秦求巫咸、久湫、亚驼之神保佑,而"克剂楚师"的文章。文凡三篇,文词相同,只是所求之神不同。三石在北宋以前,或埋或沉,故北宋前学者皆未得见。石于北宋嘉祐（1056—1063）、治平（1064—1067）年间相继出土,有关资料散见于多种文献之中,如欧阳修《集古录》、苏轼《凤凰八观诗》、赵明诚《金石录》、董逌《广川书跋》、王厚之《复斋碑录》、施宿《石鼓音跋》等。20 世纪 30 年代,容庚先生曾撰《诅楚文考释》,对其作了详细考辨。

《告巫咸文》,出土于凤翔开元寺土下,北宋徽宗时归御府,文共 326 字。嘉祐六年（1061）,苏轼见到此石,曾赋《诅楚文》诗,并于题下自注曰:"碑获于开元寺土下,今在太守便厅。秦穆公葬于雍橐泉祈年观下,今墓在开元寺之东南数十步,则寺岂祈年之故基耶? 淮南王迁于蜀,至雍,道病卒,则雍非长安,此乃古雍也。"①《久湫文》出土于渭,渭之耕者得于朝那湫旁,蔡珽帅平凉,挈以归汲,文共 318 字。《亚驼文》出土于洛,亦蔡珽所得,后藏洛阳刘忱家,文共 325 字。后宋金战争爆发,汲失守,三块石刻便下落不明,

---

① 苏轼《诅楚文》:峥嵘开元寺,彷佛祈年观。旧筑扫成空,古碑埋不烂。诅书虽可读,字法嗟久换。词云秦嗣王,敢使祝用瓒。先君穆公世,与楚约相捍。质之于巫咸,万叶期不叛。今其后嗣王,乃敢构多难。剖胎杀无罪,亲族遭围绊。计其所称许,何啻桀纣乱。吾闻古秦俗,面诈背不汗。岂惟公子印,社鬼亦遭谩。辽哉千岁后,发我一笑粲。(《苏轼全集》,上海古籍出版社 2000 年版,第 22 页)

原拓本也不知所在。元代周伯琦始载原文,并刊刻之,称为元至正中吴刊本(1359),但也是摹刻本。20世纪40年代,吴公望影印元至正中吴刊本。1947年,郭沫若撰《诅楚文考释》,依照的便是吴公望影印本。

《古文苑》开卷第二篇是《诅楚文》,文共326字,仔细研究其字画文字,正是《告巫咸文》。欧阳修《集古录》卷一记载道:"右《秦祀巫咸神文》(一作《秦誓文》),今流俗谓之《诅楚文》。"①因此,秦《祀巫咸神文》被称为"诅楚文",正是在北宋。宋代金石学家赵明诚和王厚之的相关著录,也进一步证明《诅楚文》出土于北宋这一事实②。

《古文苑》所收,亦称"诅楚文",其所依据的分明是宋拓本,正如顾广圻在《与孙渊如观察论九卷本〈古文苑〉书》中考辩的:"王厚之言:'《诅楚文》有三,皆出于近世,初得《告巫咸文》于凤翔'云云,《集古录》云:'右《秦祠巫咸神文》,流俗谓之《诅楚文》',而此书所录告巫咸者,正谓之《诅楚文》矣,然则必在得《告巫咸文》后。"③钱熙祚校勘《诅楚文》亦云:"此文至宋始出,唐时未及见之,益信是书为宋人所辑也。"由此可知,世传《古文苑》是唐人所藏的观点显然无法成立,他的成书必定在《诅楚文》出土后,也在嘉祐六年苏轼作《诅楚文诗》以后。

关于这一点,我们还可以从《告巫咸文》一文的字数上得到佐证。据宋叶梦得《秦祀巫咸文》记载,他所见到的《告巫咸文》文共

---

① 欧阳修:《欧阳修全集》(全六册),李逸安点校,中华书局2001年版,第2081页。
② 参阅赵明诚《金石录》卷十三《诅楚文》、王厚之《诅楚文考释》。
③ 顾广圻:《顾千里集》,王欣夫辑,中华书局2007年版,第124页。

326 字,其中漫灭不可辨者 34 字:

> 《秦祀巫咸文》,俗谓之《诅楚文》,总三百二十六字,灭及漫不可辨者三十四字,以《大沈久湫文》相参,其灭完字适相补,而以古文考之,可尽读云。①

换言之,在叶梦得看到《诅楚文》时,《巫咸文》和《久湫文》都已经残缺不全,且《巫咸文》中有 34 个残字。幸运的是,《巫咸文》中漫灭不可辨之字,《久湫文》恰好完整存在;同样,《久湫文》中漫灭之字,《巫咸文》也完整存在,二本互补互校,《诅楚文》便可完整成文。但是,我们现在看到的中吴刊本《告巫咸文》,却只有 323 字。郭沫若考释道:

> 先就《巫咸文》来说,现印本仅三百二十三字,与"文总三百二十六字"不合。这是因为第二十三行"郝郢"之间夺一"长"字,第二十四行"奋士盛师"句夺一"盛"字,又第二十九行"几灵"之上少一"之"字。这三字是不是原石本来夺落虽不敢断言,但除此之外三百二十三字,字字完好,与"灭及漫不可辨者三十四字"亦不合。据此我们可以断言,周伯琦所藏原本的《巫咸文》已经不是原石原拓,而是经过后人的整理,重新摹写的了。②

奇怪的是,《古文苑》所收《告巫咸文》,文总 326 字,字字完好,也没有 34 残字,郭沫若所考释的三个字——"长""盛""之"均不缺,其余文字与容庚和郭沫若所考释文字亦有不同。

那么,其中可能存在两种情况:一是《古文苑》成书在叶梦得(1077—1148)看到《诅楚文》前,当时《巫咸文》全篇完整存在。二

---

① 陈思辑:《宝刻丛编》卷一,《丛书集成新编》本第 51 册,第 458 页。
② 郭沫若:《石鼓文研究·诅楚文考释》,科学出版社 1982 年版,第 283 页。

是《古文苑》成书在叶梦得看到《诅楚文》后,此时的《诅楚文》三本中,《巫咸文》和《久湫文》都已残缺不全,南宋人为了保存古代金石文献,将两本相参,重新拼成一篇完整的《诅楚文》。两相比较,第二种情况存在的可能性更大。这一点,董逌《广川书跋》可以佐证。

《广川书跋》卷四收有《诅楚文》,其中《告巫咸文》总 326 字,也是字字完好,没有 34 残字,与《古文苑》字数完全相同。对勘内容,二者也只有五处异体字。《广川书跋序》称:"弇家自上世以来,广畜异书,多有前人真迹……自南渡,乡关隔绝,先世所藏,莫知在亡或已散逸。过江随行所携,败于兵火。今所存,得于煨烬之余。年来,为衰集者,得书跋,厘为十卷,画跋六卷,缮写藏诸家庙别录,以示子孙。……绍兴丁丑岁十月丙辰男弇谨序。"①据序言可知,《广川书跋》成书在公元 1157 年,即叶梦得卒后九年。叶梦得《秦祀巫咸文》作于何年,并无明确记载,但肯定在其卒前(1148)。按照常理,随着时间的流逝,董逌看到的《诅楚文》至少和叶梦得相同,存在 34 个残字,或者更加残缺不全。但是,《广川书跋》所载却字字完好,并没有任何残字。因此,《广川书跋》和《古文苑》完整著录《诅楚文》,且二本所载字数完全相同,文字大致相似的事实,都使我们有理由相信,《古文苑》是南宋人所编。当时,宋金战争中大量金石文献被毁灭,《诅楚文》可能也未能逃脱兵火厄运。南宋人出于对国家分裂深沉的哀痛,对中原故家的深切思念以及对中原传统文化和北宋文献的自觉继承与弘扬,便

---

① 董逌:《广川书跋》,中华书局 1985 年版,第 1 页。

相参当时存世的《巫咸文》和《久湫文》,重新使《诅楚文》完整流传于世①。

这种事例,从字帖《兰亭》在宋室南渡后的变迁中,也能得到印证。清代李光暎撰《金石文考略》卷三记载道:"《兰亭》,当宋未度南时,士大夫人人有之。石刻既亡,江左好事者往往家刻一石,无虑数十百本,而真赝始难别矣。……然传刻既多,实亦未易定其甲乙。"②——故《诅楚文》在北宋,也可能和《兰亭》一样,拓本比较容易获取,不会出现文字漫灭太甚,字句相差太大的情况。如赵明诚《金石录》卷十三就著录道:

> 右《诅楚文》。余所藏凡有三本:其一祀巫咸,旧在凤翔府廨,今归御府,此本是也;其一祀大沈久湫,藏于南京蔡氏;其一祀亚驼,藏于洛阳刘氏。秦以前遗迹,见于今者绝少,此文皆出于近世而刻画完好,文词字札奇古可喜。元祐间,张芸叟侍郎,黄鲁直学士皆以今文训释之,然小有异同。今尽录二家所释于左方,俾览者祥焉。③

赵明诚不仅收藏有三种字画完整、字札奇古的《诅楚文》拓本,而且还曾参校张先和黄庭坚《诅楚文》音释,书于文后。

---

① 姚宽《西溪丛语》卷上著录《久湫亚驼文》,与《古文苑》所载《巫咸文》亦基本一致。姚宽曰:"《秦誓文》有三本传于世:岐阳告《巫咸》、朝那《告大湫》、要册《告亚驼》。岐阳之石,在凤翔府署;朝那之石,南京蔡挺家;亚驼之石,在洛阳刘忱家。……今存古本,随字辨释,录之于后。"姚宽(1105—1162),故其录载《诅楚文》,肯定在其卒前。换言之,姚宽所见与《古文苑》和董逌所录《诅楚文》可能都是当时所存之"古本"。这三种《诅楚文》著录时间大体一致的事实,也能从侧面证明《古文苑》的大致成书年代。

② 《文渊阁四库全书》本第 684 册,第 216 页。

③ 赵明诚:《金石录校证》,金文明校证,上海书画出版社 1985 年版,第240—241 页。

　　因此,我们认为《古文苑》成书可能在宋室南渡《诅楚文》原拓散落以后。《古文苑》所收《诅楚文》多为古字,且没有残缺的34个残字,其所依据的分明和后来流传的元代中吴刊本不同,而是另有来源。

(三)峄山刻石文

　　秦《峄山刻石》,又名《峄山碑》,篆书。据《史记·秦始皇本纪》记载,秦始皇在统一后的十年中,曾五次东出巡游,在东巡中立了七块碑刻,以夸耀自己的丰功伟绩。这七块石刻文,六块《史记》都有记载,但没有记载始皇二十八年(前219)所刻的《峄山碑文》。

　　《峄山刻石文》,系始皇二十八年秦始皇第二次东巡登邹县峄山时所刻,乃秦始皇立石之始,开秦刻石之先河。原石立邹县峄山,大约毁于北朝时期①。传世无原石拓本,据清王昶撰《金石萃编》卷四著录,南唐徐铉晚年获峄山碑摹本,也是现在所知最早记载《峄山刻石文》全文的摹本。郑文宝后得其师徐铉摹本,重刻于陕西西安,两面刻石,一为九行,一为六行,行十五字,后有宋太宗淳化四年(993)跋,欧阳修《集古录》卷一、赵明诚《金石录》卷十三和都穆《金薤琳琅》卷二都有记载。石今存西安碑林。宋元祐八年(1093)张文仲曾重刻《峄山碑》。元代至正二十五年(1365),刘之美在邹县重刻张文仲碑,四面刻字,行与郑本同,末刻刘跋,又重立于邹县峄阴堂,今仍在。

　　《古文苑》开卷第三篇是《峄山刻石文》,碑文前为秦始皇诏,共114字,为四言韵文。碑末自"皇帝曰"以下为秦二世诏,共79字,为二世对始皇的赞美之辞和从臣姓名。现将《古文苑》与陕本

---

　　①　李发林:《中国古代石刻丛话》,山东教育出版社1997年版,第30页。

碑林拓本和元代吾衍编《周秦刻石释音》所载《峄山碑文》比勘如下：

> 皇帝立国，维初在昔。嗣世称王，讨伐乱逆。威动四极，武义直方。戎臣奉诏，经时不久。灭六暴强，二十有六年（陕本"二十"作"廿"）。上荐高号，孝道显明。既献泰成，乃降专惠。亲巡远方（陕本"巡"作"辑"），登于峄山（陕本"峄"作"绎"）。群臣从者，咸思攸长。追念乱世，分土建邦。以开事理，攻战日作（陕本、吾本"攻"作"功"）。流血于野，自泰古始（吾本"泰"作"大"），世无万数，陀及五帝（陕本"陀"作"陀"），莫能禁止。廼今皇帝，一家天下，兵不复起，灾害灭除（陕本"灾"作"熖"），黔首康定，利泽长久，群臣诵略（吾本"诵"作"颂"），刻此乐石，以著经纪。皇帝曰，金石刻尽始皇帝所为也，今袭号而金石刻辞不称始皇帝，其于久远也，如后嗣为之者，不称成功盛德。丞相臣斯臣去疾御史大夫臣德昧死言，臣请具刻诏书金石刻因明白矣。臣冒（陕本"冒"作"昧"）死请制，曰可。

通过比勘，我们发现《古文苑》所录与郑文宝摹刻本基本相似，不同的大体是异体字（陕本"巡"作"辑"、"峄"作"绎"、"灾"作"熖"、"攻"作"功"。吾本"泰"作"大"，"冒"作"昧"），但郑氏摹刻本共 222 字，《古文苑》本和吾本却有 223 字，这多出来的一个字是由于《古文苑》和吾本将"廿"改为"二十"。这很可能是《古文苑》在流传过程中由刻工造成的失误。

其实，据欧阳修《集古录》卷一记载，在北宋熙宁元年（1068），《秦峄山刻石》应该有二种石拓本存世，一为《秦始皇峄山刻石》，即郑文宝和《古文苑》所录《秦始皇峄山刻石文》中秦始皇诏；另有一碑为《邹峄山秦二世刻石》（一作《秦二世诏》），是秦二世在秦始皇所立碑旁重新所刻碑，字迹略小，即《古文苑》所录《秦始皇峄山刻石文》中秦二世诏①。

我们看到的郑文宝摹刻本，却是二种石拓本合一，字迹不分大小。更奇怪的是，《古文苑》宋刻九卷本也是二石合一，字迹不分大小，且九卷本题名为"《秦二世峄山刻石文》"。章樵注释时，根据当时的金石史料，改题目为"《秦始皇峄山刻石文》"，将秦二世诏比始皇诏低一个字，行 17 字，字略小，以此与碑文前行 18 字的秦始皇诏区别开。

从表面上看，《古文苑》九卷本和二十一卷本所收《峄山碑文》只是"始皇"和"二世"名字和字体大小的差异，实际上却区别较大。如吾衍就已经把《秦始皇峄山刻石文》和《邹峄山秦二世刻石》区别开，将二世刻辞排列在前，始皇诏书排列在后。都穆《金薤琳琅》卷二也曾作过辨证："右《秦峄山刻石》，宋淳化中太常博士郑文宝以徐铉摸本刻之长安者。……欧阳公以峄山无此，而疑其非真，非也。宋董彦远书跋谓其文考于《史记》多不合，而疑传者之误。今《史记》实无此文，则传者未必误，特董氏之自误耳。然此碑非文宝之传，则后世不复再见。文宝可谓有功于字学者。""此碑自皇帝曰以下乃二世诏文，在始皇刻石之旁。予见《泰山碑》如此。郑文宝不见秦刻，其所刻乃徐氏摹本，故牵聊误书。"②

---

① 欧阳修《集古录跋尾》：右邹峄山秦二世刻石，以泰山所刻较之，字之存者颇多，而摩灭尤甚。其赵婴、杨樛姓名，以《史记》考之，乃微可辨。其文曰："大夫赵婴、五大夫杨樛。皇帝曰：金石刻尽始皇帝所为也，今袭号而金石刻"，凡二十九字，多于泰山存者。而泰山之石又灭"盛德"二字，其余则同。而峄山字差小，又不类泰山存者，刻画完好。而附录于此者，古物难得，兼资博览耳。盖《集录》成书，后八年，得此于青州而附之。熙宁元年秋九月六日书。（欧阳修：《欧阳修全集》，李逸安点校，中华书局 2001 年版，第 2085 页）

② 《文渊阁四库全书》本第 683 册，第 231 页。

由此可知,《秦始皇峄山刻石文》原石原拓已失,郑文宝并没有看到原拓,只看到摹刻本,误将二石合一。《古文苑》九卷本碑名采用"秦二世",而不采用"秦始皇",将始皇刻石与二世刻辞合一,字迹不分大小,原因就是《古文苑》从郑文宝摹刻本而来。所以,《古文苑》成书不会在唐代,更不会早于宋太宗淳化四年(993)。

三、从宋代目录学著作看《古文苑》成书年代

宋代目录学著作现今存世较为完备的,只有《崇文总目》、《郡斋读书志》(包括赵希弁《读书附志》)、《遂初堂书目》和《直斋书录解题》几种而已。我们从这几种书目的成书时间和所录书籍中,也可以看出《古文苑》成书年代的某些端倪:

(一)《崇文总目》

本书所收为北宋官府所藏昭文、史馆、集贤、秘阁四馆之书。景祐元年(1034),以三馆及秘阁所藏或谬滥不全,朝廷命翰林学士张观、知制诰李淑、宋祁等负责,定其存废,讹谬者则去,差漏者补写。诏翰林学士王尧臣、史馆检讨王洙、馆阁校勘欧阳修等校正条目,讨论撰次,共收书 30669 卷,分经、史、子、集四部,总成 66 卷,于庆历元年(1041)十二月修成,赐名曰《崇文总目》。

《崇文总目》没有记载《古文苑》。究其原因,我们认为只有一个,即当时可能就不存在《古文苑》这部书。

(二)《郡斋读书志》

晁公武(1101—1174?)撰。晁氏是南宋著名藏书家,其《郡斋读书志》所著录图书,据今人孙猛统计,除去重复,实收书 1492 部。"《郡斋读书志》所著录的图书基本包括了南宋以前我国古代的重要典籍文献,尤以搜罗唐、五代、北宋、南宋初年的书籍较为完备,既可补《旧唐书·经籍志》、《新唐书·艺文志》、《宋史·艺文志》之缺，更为我们考察《郡斋读书志》已著录但今已不存之书提供了难得的参考。"①可以肯定的是，如果《古文苑》出现于唐代或北宋，《郡斋读书志》就应该有记载。但情况恰好相反，《郡斋读书志》没有记载《古文苑》。然《郡斋读书志》中两条关于孙洙的记载却足以引起我们的重视。《郡斋读书志》卷十九别集类下云：

> 《孙贤良进卷》十卷。右皇朝孙洙字巨源，广陵人。欧阳永叔举洙贤良，上策论五十篇，极论时事。②

又卷二十：

> 《杂文章》一卷。右孙巨源得之于秘阁。载宋玉等赋颂五十八篇。景迁生元丰甲子以李公择本校正，后有刘大经、田为、王云、李端、唐君益诸公题跋。③

这里记载了孙洙的有关作品，对其卷数、来源、内容都有详细的说明。令人费解的是，晁氏连孙洙所编只有一卷的《杂文章》都记录在案，却忽略了与孙洙有关的收录有 233 篇诗文的《古文苑》九卷本。推其原因，可能有二，一是晁氏没有看到《古文苑》；二是当时可能就不存在《古文苑》。

郝润华老师说："晁氏家族的人物在有宋一代共有各类著述

---

① 郝润华、武秀成：《晁公武　陈振孙评传》，南京大学出版社 2006 年版，第 164 页。

② 晁公武：《郡斋读书志校证》，孙猛校证，上海古籍出版社 1990 年版，第 1009 页。

③ 晁公武：《郡斋读书志校证》，孙猛校证，上海古籍出版社 1990 年版，第 1057 页。

一百多种,他们大多在经学、文学、史学等方面有着惊人的成就。"①晁氏一族自五世祖晁迥开始,就世代为官,"或掌文诰,或充官职,得以广泛阅读官府秘阁所藏书,又因为官缘故,遍历各地,得以广泛搜罗书籍";"由于家世显赫,晁氏一族所交接往来多为有宋一代名臣与著名文人学者……有些人甚至与晁家世代相交,彼此相互影响与倚重,对晁氏家族学术思想的形成与传播起了积极的作用";"晁氏一族子弟大多与朝中大族名士有姻亲关系,这一点对于晁氏家族学术与文名的播扬同样有重要作用。"②

晁公武出身在这样一个富有浓厚的文化氛围与学术气息的书香之家,家中又富有万卷藏书,从小耳闻目染,故涉猎广泛,阅读的书籍极为丰富。成年以后,晁公武历官恭州、容州、合州知州、吏部郎中、监察御史、吏部员外郎兼国史院编修官、户部侍郎、集英殿修纂知泸州、都大提举成都府利州等路茶事、敷文阁待制四川安抚制置使、扬州、潭州知州、临安少尹等职,辗转各地,得以广泛搜罗书籍,晚年又潜心整理书籍。因此,晁氏学问日益渊博,学术成就斐然,不仅在目录学方面颇有建树,而且在经学、史学、文学等方面也成果丰硕。

因此,不论从其家世、仕宦经历方面看,还是从晁公武的学术积累、学术成就等方面看,他没有看到《古文苑》这部书的可能性是比较小的。我们或者还可以假设,因为《古文苑》来源不明,晁公武不屑于著录。可我们又不可忽视的另一事实是,《郡斋读书志》的著录方式中很重要的一点就是考订作者。晁氏对每一书的

---

① 郝润华、武秀成:《晁公武 陈振孙评传》,南京大学出版社 2006 年版,第 54 页。

② 郝润华、武秀成:《晁公武 陈振孙评传》,南京大学出版社 2006 年版,第 55 页。

作者都有勘定,如果作者不可考,晁氏则题"未详撰人"、"未详撰者姓氏"、"未知何人撰"、"不题所书人姓氏"、"不记撰人"等等。如果对原题撰人有所怀疑,晁氏则说"题某某撰"。还有一些作品,虽然晁氏没有明言,但在字里行间也往往隐含着他对这些作品作者的怀疑。下面,是我们对《郡斋读书志》所载作者不明作品所做的初步统计:

表 1－2　《郡斋读书志》所载作者不明作品统计表

序号	作者	书目	篇数
1	未详撰人、不详撰人、未详其名、未详撰者姓氏	《临池妙诀》三卷、《唐藏经音义》四卷、《宝历歌》一卷、《景命万年录》一卷、《艺祖受禅录》一卷、《南蛮录》十卷、《历代史赞论》五十四卷、《唐书音义》三十卷、《历代史辨志》五卷、《掖垣续志》一卷、《律心》四卷、《补江总白猿传》一卷、《群书备检》十卷、《唐语林》十卷、《鸡跖集》十卷、《步天歌》一卷、《列宿图》一卷、《天象分野图》一卷、《历法》一卷、《周易十二论》一卷、《鲜鹗经》十卷、《群书古鉴》一卷、《何氏注孙子》三卷、《尉缭子》五卷、《古镜记》一卷、《两汉蒙求》五卷、《唐史属辞》五卷、《南北史蒙求》十卷、《九章算经》九卷、《求一算经》一卷、《弹棋经》一卷、《相马经》一卷、《育骏方》三卷、《小儿玉诀》一卷、《天篷神咒》一卷、《食气经》一卷、《楚辞释文》一卷、《补注楚辞》十七卷《考异》一卷	38
2	未详何人撰未详何人所撰	《琵琶故事》一卷、《绍运图》一卷、《宋登科记》三卷、《汲世论》一卷、《芝田录》一卷、《曾公南游记》一卷、《衣冠嘉话》一卷、《六壬要诀》一卷、《六壬课钤》一卷、《广古今五行志》三十卷、《将归集》一卷	11
3	不知何人撰、未知何人撰	《五音会元图》一卷、《英宗朝诸臣传》三卷、《渔樵闲话》二卷、《漫叟见闻》一卷、《补妒记》一卷、《左氏蒙求》三卷	6

续表

序号	作　者	书　目	篇数
4	不题撰人、不题所书人姓氏	《石经左氏传》三十卷、《北辽遗事》二卷、《翰林杂志》一卷、《史馆故事》三卷、《南宫故事》一卷、《执政拜罢录》十卷、《职方机要》四十卷、《汉武内传》二卷、《唐制举科目图》一卷、《唐宋科名分定录》三卷、《史话》三卷、《劝善录拾遗》十五卷、《说神集》二卷、《二百家事类》六十卷、《青琐高议》十八卷、《玉关歌》一卷、《童子洽闻记》三卷、《书林韵海》一百卷、《樗蒲经》一卷、《樗蒲格》一卷、《钓鳌图》一卷、《采珠局》一卷、《双陆格》一卷、《三国图格》一卷、《金龙戏格》一卷、《打马格》一卷、《旋棋格》一卷、《小儿灵秘方》十三卷、《参同契太易图》一卷、《八段锦》一卷、《圣宋文粹》三十卷	31
5	不著撰人、不记撰人	《春秋公羊传疏》三十卷、《春秋世系》一卷、《三辅黄图》三卷、《千姓编》三卷、《无能子》三卷、《青囊本旨》一卷、《秤星经》三卷、《河图天地二运赋》一卷、《叶子戏格》一卷、《点烙三十六黄经》一卷、《真一子还丹金鑰》一卷、《太清火式经》一卷、《九天玄路秘论》一卷、《灵源铭》一卷、《太清炉鼎斤两诀》一卷	15
6	不载撰人、不见撰人姓名、不见所书人姓名	《石经谷梁传》十二卷、《字说偏旁音释》一卷、《字说叠解备检》一卷、《蕃尔雅》一卷	4
7	题某某撰	《易乾凿度》二卷、《坤凿度》二卷、《卜子夏易》十卷、《帝王历纪谱》三卷、《通鉴节文》六十卷、《桂苑丛谈》一卷、《耳目记》二卷、《注唐纪》十卷、《唐史评》三卷、《理窟》二卷、《素书》一卷、《博异志》一卷、《稽神异苑》十卷、《司天考占星通玄宝镜》一卷、《常阳经》一卷、《通甲万一诀》一卷、《黄石公三略》三卷、《兵要望江南》一卷、《射评要略》一卷、《相鹤经》一卷、《相牛经》一卷、《脉经》三卷、《脉诀》一卷、《通真子伤寒诀》一卷、《伤寒百问》三卷、《子午经》一卷、《明堂针灸图》三卷、《婴童宝镜》十卷、《大洞真经》一卷、《黄庭内景经》一卷、《西升经》四卷、《定观经》一卷、《太上说魂魄经》二卷、《无上秘要》九十五卷、《太清服气口诀》一卷、《太起经》一卷、《闭气法》一卷、《太上指南歌》一卷、《阴符内丹经》一卷、《金碧潜通》一卷、《青牛道士歌》一卷	41

序号	作者	书目	篇数
8	其他（包括晁氏考订或怀疑为伪书之类）	《京房易传》四卷、《李氏集解》十卷、《周公谥法》一卷、《春秋谥法》一卷、《春秋正经》十二卷、《春秋左氏传》三十卷、《石经公羊传》十二卷、《四家春秋集解》二十五卷、《王介甫论语解》十卷、《王元泽口义》十卷、《陈用之论语》十卷、《三坟书》七卷、《墨薮》十卷、《元和朋党录》一卷、《金虏节要》一卷、《唐书新例须知》一卷、《黄帝内传》一卷、《穆天子传》一卷、《汉武故事》一卷、《十洲记》一卷、《曾子》二卷、《赵岐孟子》十四卷、《百家孟子解》十二卷、《元经》十卷、《老子指归》十三卷、《鹖冠子》八卷、《无尽居士注素书》一卷、《天机子》一卷、《子华子》十卷、《西京杂记》二卷、《刘子》三卷、《茶杂文》一卷、《竹谱》一卷、《忘怀录》三卷、《卓异记》一卷、《周秦行纪》一卷、《中兴间气集》二卷、《树萱录》二卷、《归田录》六卷、《东坡诗话》二卷、《八五经》三卷、《拨沙经》一卷、《景祐乾象新书》三卷、《合元万分历》一卷、《百中经》三卷、《会元经》二十四卷、《金锁正要》一卷、《玄谈经》一卷、《锦囊遗录》一卷、《五行统例》一卷、《珞琭子三命》一卷、《三十二家相书》三卷、《月波洞中记》一卷、《八神筮法》一卷、《灵棋经》一卷、《紫堂诀》三卷、《武侯十六册》一卷、《倚马立成法》二卷、《骨鲠集》二十卷、《香谱》一卷、《灵枢经》九卷、《龙树眼论》三卷、《黄庭外景经》三卷、《同玄注西升经》四卷、《徐注西升经》二卷、《老子化胡经》十卷、《天隐子》一卷、《混元内外鉴》二卷、《延寿经》一卷、《玉皇圣胎神用诀》一卷、《天真皇人九仙经》一卷、《大还丹契秘图》一卷、《易成子大丹诀》一卷、《高象先歌》一卷、《香奁集》一卷、《丽泽集》五卷、《续本事诗》二卷、《唐赋》二十卷、《政和文选》二十卷、《纶言集》一百卷、《唐百家诗选》二十卷	79
9	合计		225

　　根据上表可知,《郡斋读书志》所收录1492种图书中,晁公武

认为作者不详、不题作者或作者有疑问的书就有 225 种,占
15.1%。这些作品范围广泛,涉及经、史、子、集四部,又以史部和
子部为多,史部更以史评、杂史为多;子部以道家、五行、兵家、艺
术、医书为多。易经如《易乾凿度》、《坤凿度》;礼经类如《周易谥
法》、《春秋谥法》;乐经类如《琵琶故事》;春秋类如《石经左氏
传》、《春秋正经》、《春秋世系》;孝经类如《唐明皇注孝经》;解经
类如《三坟书》;小学类如《临池妙诀》;杂史类如《桂苑丛谈》、《耳
目记》、《元和朋党录》;伪史类如《金虏节要》;史评类如《唐书新
例须知》、《唐书音义》、《历代史辨志》;职官类如《南宫故事》、《执
政拜罢录》;刑法类如《律心》;地理类如《职方纪要》;传记类如
《汉武内传》、《汉武故事》、《补江总白猿传》、《唐制举科目图》《宋
登科记》;谱牒类如《千姓编》;书目类如《群书备检》;儒家类如
《曾子》、《赵歧孟子》、《百家孟子解》;道家类如《鹖冠子》、《天机
子》、《无能子》、《老子指归》、《无尽居士注素书》;杂家类如《汲世
论》;农家类如《茶杂文》;小说类如《唐语林》、《树萱录》、《芝田
录》;天文类如《司天考占星通玄宝镜》、《步天歌》、《列宿图》、《天
相分野图》;五行类如《八五经》、《拨沙经》、《六壬要诀》、《三十家
相书》;兵家类如《黄石公三略》、《武侯十六册》、《兵要望江南》;
类书类如《书林韵海》、《左氏蒙求》;艺术类如《相鹤经》、《育骏
方》;医书类如《脉经》、《伤寒百问》、《明堂针灸图》、《小儿灵秘
方》;神仙类如《老子化胡经》、《天隐子》、《太上说魂魄经》、《无上
秘要》、《金碧潜通》、《青牛道士歌》;别集类如《香奁集》等。总集
类虽然收录作品较少,但也有《楚辞释文》、《补注楚辞》、《圣宋文
粹》、《唐赋》、《政和文选》、《纶言集》等部。如:

　　《楚辞释文》一卷。右未详撰人。其篇次不与世行本同。
　　盖以《离骚经》、《九辩》、《九歌》、《天问》、《九章》、《远游》、

《卜居》、《渔父》、《招隐士》、《招魂》、《九怀》、《七谏》、《九叹》、《哀时命》、《惜誓》、《大招》、《九思》为次。按今本《九章》第四,《九辩》第八,而王逸《九章》注云:"皆解于《九辩》中。"知《释文》篇第盖旧本也,后人始以作者先后次第之耳。或曰天圣中陈说之所为也。①

《圣宋文粹》三十卷。右不题撰人。辑庆历间群公诗文,刘牧、黄通之徒皆在其选。②

让人疑窦丛生的是,上述这些作品中,有些作品无论从内容还是艺术成就方面看,都没有太大意义,如:

《英宗朝诸臣传》三卷。又不知何人于《英庙实录》中摘出,凡四十二人。

《茶杂文》一卷。右集古今诗文及茶者。

《劝善录拾遗》十五卷。右不题撰人。疑亦明寂所纂,仅百事。

《青琐高议》十八卷。右不题撰人。载皇朝杂事及名士所撰记传。然其所书,辞意颇鄙浅。

《说神集》二卷。右不题撰人。记滑稽之说。唐有邯郸淳《笑林》,此其类也。

《青囊本旨》一卷。右不计撰人。

《射评要略》一卷。右题曰李广撰。凡十五篇。

《三国图格》一卷、《金龙戏格》一卷、《打马格》一卷、《旋

---

① 晁公武:《郡斋读书志校证》,孙猛校证,上海古籍出版社 1990 年版,第 805 页。

② 晁公武:《郡斋读书志校证》,孙猛校证,上海古籍出版社 1990 年版,第 1071 页。

棋格》一卷。右不题撰人。

《脉诀》一卷。右题曰王叔和撰。皆歌诀鄙浅之言,后人依托者,然最行于世。

《太清服气口诀》一卷、《太起经》一卷、《闭气法》一卷、《太上指南歌》一卷。右四书皆题曰老子撰。服气诀也。①

由此可见,不管是"然其所书,辞意颇鄙浅"的《青琐高议》;托名"李广"谈射术,只有一卷的《射评要略》;所记"仅百事"的《劝善录拾遗》,还是"记滑稽之说"只有二卷的《说神集》,或"鄙浅之言"的一卷本《脉诀》等无名氏的作品,晁氏虽然认为皆不足为观,但仍以一个学者的忠实将其一一记载。更让人费解的是,晁氏明知有些书籍是伪书,如张商英所编《三坟书》,却仍然如实记载:

《三坟书》七卷,右皇朝张商英天觉得之于比阳民家。《坟》皆古文而《传》乃隶书。所谓"三坟者",山、气、形也。按《七略》不载《三坟》,《隋志》亦无之,世皆以为天觉伪撰,盖以比李筌《阴符经》云。②

因此,我们认为晁氏收录书目的一个标准可能就是忠实。只要他所见到的作品,他都尽可能收录在案,晁公武不可能故意忽视或有意不著录《古文苑》。所以,最大的可能性应该是《古文苑》当时并不存在。这一点,我们可以从《读书附志》、《直斋书录解题》和《遂初堂书目》的记载中得到印证。

(三)《读书附志》

赵希弁(宋太祖九世孙)著。本书仿照晁公武的体例,作者将

---

① 以上十例分别见晁公武:《郡斋读书志校证》,孙猛校证,上海古籍出版社1990年版,第256、538、593、597、598、614、686、695、710、758页。

② 晁公武:《郡斋读书志校证》,孙猛校证,上海古籍出版社1990年版,第144页。

其家三代所藏之书编成《读书附志》一卷,收书469种,多为晁公武未收之书。《古文苑》见于《读书附志》集部总集类:

> 右《古文苑》,世传孙巨源于佛寺经龛中得唐人所藏文章一编,莫知谁氏录也,皆史传所不载,《文选》所未取,而间见于诸集及乐府,好事者因以《古文苑》目之。自石鼓文而下,曰赋、曰诗、曰歌、曰曲、曰敕、曰书、曰对、曰颂、曰箴、曰铭、曰赞、曰记、曰碑、曰杂文,皆周、秦、汉人之作也。《容斋随笔》尝引之,然讹舛谬缺,不敢是正。淳熙中韩元吉之记已言之。①

"淳熙中韩元吉之记已言之",指淳熙六年(1179)六月,韩元吉《古文苑记》。"《容斋随笔》尝引之",指宋洪迈《容斋随笔》之《初笔》卷十二《曹操杀杨修》条中,不仅节用了《古文苑》卷十的两篇文章——《曹公与杨太尉书论刑杨修》和《曹公卞夫人与杨太尉夫人袁氏书》,而且提到与此事相关的《古文苑》卷十所载的另外两篇文章,即《杨太尉答曹公书》及《杨太尉夫人袁氏答书》。此外,《容斋续笔》卷一《王孙赋》也引用了《古文苑》卷六所载王延寿《王孙赋》"颜状类乎老翁,躯体似乎小儿"之句。《容斋初笔》作于南宋孝宗淳熙七年(1180),洪迈时知建宁府(今福建建瓯)。淳熙十一年(1184),洪迈知婺州,于南宋光宗绍熙三年(1192),写成《容斋续笔》。可以肯定,洪迈所引《古文苑》正是韩元吉刊刻本。

《读书附志》刻于淳祐十年(1250),时距韩元吉重编为九卷已有七十一年,距章樵注释后编为二十一卷也有十八年。赵希卞所记是九卷本。他的记载只能说明《古文苑》九卷本在南宋宁宗、理

---

① 晁公武:《郡斋读书志校证》,孙猛校证,上海古籍出版社1990年版,第1214页。

宗时期的流传情况,而不能说明其成书年代。

(四)《遂初堂书目》

南宋尤袤(1127—1194)撰。《遂初堂书目》记载有《古文苑》,所记最晚也应该在尤氏卒前,即南宋光宗绍熙五年(1194)以前,时距韩元吉重编为九卷只有十五年,故他所记载的应该是韩元吉刊刻本,早于章樵注释《古文苑》近四十年,也是现存最早记载《古文苑》的目录书。只是尤氏没有解题,我们无法进一步研究。

(五)《直斋书录解题》

本书可考的撰写年代,最晚在淳祐五、六年间(1245—1246),时距韩元吉重编为九卷已有六十馀年,距章樵注释本刊刻也有十年,《古文苑》已在世上较为广泛地流传,故陈振孙的记载也只能证明九卷本在南宋宁宗、理宗时期的流传情况,同样不能说明《古文苑》的成书时间。

由此可见,《古文苑》经韩元吉刊刻后,南宋目录类书籍先后都有记载。这充分说明,南宋人虽然认为此书"然讹舛谬缺,不敢是正",但还能认识到此书的文献价值,从而加以著录。只有《郡斋读书志》没有记载,原因是晁公武撰写《郡斋读书记》时,《古文苑》可能并不存在。因此,我们有必要再明确一下《郡斋读书志》的成书时间。

绍兴二十年(1150),晁公武知荣州(今四川荣县)。因任所偏僻,闲暇之余,晁公武便将井度所赠 1034 种图书整理编辑,编成书稿,时在绍兴二十一年(1151)。此事《郡斋读书志原序》和《直斋书录解题》卷八都有记载。在此时成书的《郡斋读书志》没有记载《古文苑》,似乎只能说明,《古文苑》的成书,应该是在晁公武著作《郡斋读书志》之后,也即绍兴二十一年以后。

四、从南宋其他文献记载看《古文苑》成书年代

除目录书籍外，南宋其他文献也曾记载、引用或论及《古文苑》中所录相关诗文，这种散见于多种史籍中的记载、引用或论及，同样可以为我们考订《古文苑》的成书时间提供一些依据。

前文提到《容斋随笔》曾引《古文苑》文句。洪迈《容斋初笔》作于南宋孝宗淳熙七年（1179），《容斋续笔》写成南宋光宗绍熙三年（1192）。洪迈所引《古文苑》正是韩元吉刊刻本。这不仅说明《古文苑》九卷本在当时已经广泛流传，而且成了士人著书立传、引经据典的一种史料。

彭叔夏《文苑英华辨证》卷八在辨证《草木》条时，也曾提及《古文苑》卷七所载庾信《枯树赋》，并考释道：

> 凡草木名，有讹舛及与他本异者。庾信《枯树赋》"松子古度，平仲君迁"，按，左思《吴都赋》"平仲君迁，松梓古度"注："皆木名，裙襦木出交址。"《艺文类聚》、《古文苑》并作"君迁"是矣。松、梓二木，而《类聚》、《古文苑》并作"松子"，未详，姑阙之。①

庾信《枯树赋》"若夫松子古度，平仲君迁"句，章樵注曰："四木名也。古度木，不华而实，子皆从皮中出，大如安石榴，正赤初时可煮食。平仲木，子如瓠形。左太冲《吴都赋》'木则枫柙、豫章、平仲、君迁、松梓、古度'注，以松、梓为二木，今作松子，盖结实可食者，出南海。"彭叔夏《文苑英华辨证》作于南宋宁宗嘉泰四年（1204），章樵《古文苑》注作于绍定五年（1232）。显然，彭叔夏所据是韩元吉九卷本。

---

① 李昉等：《文苑英华》，中华书局 1966 年版，第 5292 页。

张淏《云谷杂纪》卷三曾论及《古文苑》所录《石鼓文》：

予得唐人所录本，凡四百九十七字。其文皆可读，比他本最为详备，所言大率皆渔猎事……近时韩公元吉以"左氏言成有岐阳之搜"，又以鼓为成王时物……①

据《云谷杂记》序言称，是书作于嘉定甲戌（1214）。张淏在文中引用了韩元吉石鼓文是周成王时物的观点，故知所见是经韩元吉编次为九卷本《古文苑》所载石鼓文。这也从另外一个侧面说明《古文苑》在当时已经被人们所接受。

此外，王楙《野客丛书》也多次引用《古文苑》中字句，如卷五《惠帝讳字》篇引《古文苑》卷三所载枚乘《柳赋》"盈玉缥之清酒"句；卷六《文人递相祖述》篇引用《古文苑》卷四所载杨雄《逐贫赋》；卷九《髯奴事》引用《古文苑》卷十七所载《髯奴词》"离离若缘坡之竹，郁郁若春田之苗"句；《度曲二音》引《古文苑》卷二收录宋玉《笛赋》"度曲羊肠"句等②。

另外，王应麟《汉艺文志考证》更是多次引用《古文苑》相关诗文③。如卷八《宋玉赋十六篇》引《古文苑》卷二所录宋玉的相关作品；《贾谊赋七篇》引《古文苑》卷三贾谊《旱云赋》及卷二十一《簴赋》；《枚乘赋九篇》引《古文苑》卷三枚乘《梁王菟园赋》；《刘向赋三十三篇》引《古文苑》卷二十一刘向《请雨华山赋》；《扬雄赋十二篇》引《古文苑》卷四所载扬雄《太玄赋》、《蜀都赋》和《逐贫赋》。此外，其所编《玉海》④引用《古文苑》中相关诗文更是多

---

①　潘仕成辑：《海山仙馆丛书》第5函第9册，清道光咸丰年间刻本。

②　王楙：《野客丛书》，王文锦点校，中华书局1987年版。

③　王应麟：《汉书艺文志考证》第1函第4册，光绪十一年刻本。

④　王应麟：《玉海》，光绪九年浙江书局重刊本。

达十一次:

如卷二十九《汉柏梁诗·唐柏梁体诗》和卷一百六十二《汉柏梁台》,就曾引《古文苑》卷八所载汉武帝作柏梁台作诗事及其诗句。卷一百七十一《汉琳池桂台》引用《古文苑》卷八所载《昭帝淋池歌》"秋素景兮泛洪波"句。卷八十九《汉金罍玉壶》引《古文苑》卷十七所载黄香《天子冠颂》"咸进酌于金罍"句。卷三十三《汉高祖手敕》提到《古文苑》卷十所载《汉高祖手敕太子》事。卷一百四十四《汉大阅西园》更是全篇引用《古文苑》九卷本所载张衡《羽猎赋》(二十一卷本脱)。

王应麟提到扬雄时,又三次引用《古文苑》:第一次见于卷四十四《汉别国方言》,引《古文苑》卷十所载扬雄事。第二次是卷六十《汉扬雄铭诗》,引《古文苑》卷十所载扬雄事:"雄为郎一岁,作《绣补》、《灵节》、《龙骨》铭诗三章,成帝好之。《方言》铭诗,今亡。或曰,《绣补》,褕褖之类;《灵节》,灵寿杖;《龙骨》,水车也。"第三次见于卷一百六十三《汉石渠阁》,引《古文苑》卷十所载《扬雄答刘歆书》。

《玉海》卷二百一《辞学指南·编题》曰:"集则《文选》、《文粹》、韩柳文、《文苑英华》、《古文苑》、《皇朝文鉴》,虽无甚题,然可以引用处亦合,编录皆当遍阅搜寻,如前法编类,不可缺略,俟诸书悉已抄过,然后分为门目。"同卷《诵书》条中,王应麟先列出《文选》所载应诵诸文,又于其下列出《古文苑》所收班固《北征颂》、《泗水亭碑铭》,冯衍、傅毅、李尤、蔡邕、王粲诸《铭》,扬雄、胡广《百官箴》,樊毅《修西岳庙记》,邯郸淳《曹娥碑》等文,作为应诵古文。卷二百四辨析"记"体时说:"记,末云谨记,今题云臣谨记。记者,纪事之文也。西山先生曰'《禹贡》、《武成》、《金縢》、《顾命》,记之属,似之';《文选》止有奏记,而无此体。《古文苑》载

《后汉樊毅修西岳庙记》其末有铭,亦碑文之类。"显然,王应麟已经将《古文苑》与《文选》、《唐文粹》、《文苑英华》和《皇朝文鉴》相提并论,视为古代典范总集。

这里,我们必须强调一点,即上述洪迈、彭叔夏、张淏、王懋、王应麟等人,均为南宋人,皆以学识渊博称世。他们对《古文苑》的引用,足以说明《古文苑》在当时已经得到广泛的流传和人们的认可,并成为和《文选》一样的文学总集,也成为后人援引的典籍之一。我们知道,宋代是文官社会,是崇古社会,也是一个文化上兼容并包的社会,更是一个怀疑主义学风盛行的时代。如果《古文苑》成书于北宋,当时的文人们是没有理由不予记载的。这种本应该被记载的缺失,而南宋目录学及其他著作多次征引《古文苑》的事实,都使我们有理由相信,其成书应该在南宋时期。

《古文苑》最早见于南宋初年郑樵编纂《通志》记载的事实,也能佐证我们的这一观点。《通志》是在绍兴三十一年,郑樵任枢密院编修官时最终编纂完成的,次年郑樵病卒①。这足以说明,《古文苑》最晚也应在绍兴三十一年之前被编辑成书的。

综上所述,通过对《古文苑》辑录《木兰诗》和《石鼓文》的分析,我们首先可以得出这样一个肯定性的结论:《古文苑》成书不会在唐代,而应在北宋皇祐四年(1052)以后。由这样一个前提出发,通过对《古文苑》收录《诅楚文》的内容和版本进行考辨,我们又可以进一步得出结论,《古文苑》成书可能在宋室南渡《诅楚文》原拓散落以后。《秦始皇峄山刻石文》,也可以再次验证此书编成不会在唐代的观点。而通过对宋代目录类著作进行较为详细的分

---

① 参阅李心传《建炎以来系年要录》卷一百七十八、卷一百七十九、卷一百九十三及刘时举《续宋编年资治通鉴》卷六相关记载。

析和研究,我们又可发现,现今存世较为完备的宋代四种目录书中,最早记载《古文苑》的是《遂初堂书目》,时间大致在南宋光宗绍熙五年(1194)前后。此外,后出的《读书附志》和《直斋书录解题》也曾著录《古文苑》,而早出的《崇文总目》和《郡斋读书志》却没有著录。通过勾稽晁公武的家世、仕宦经历、学术积累和学术成就,我们认为晁氏不是有意忽略或不著录《古文苑》,而是在其撰写《郡斋读书志》时,《古文苑》可能并不存在。通过对《郡斋读书志》所收书目和作者进行的统计和考索,又可佐证我们的这一怀疑。《郡斋读书志》成书在绍兴二十一年,这就有理由使我们相信,《古文苑》的成书,很可能是在绍兴二十一年以后。总之,我们查阅了相关史料,明确肯定北宋人的金石、传记、地志、类书、史料、目录等文献资料中没有《古文苑》的任何记载,而南宋中晚期却有至少五位学者多次提到或引用《古文苑》所载相关诗文。南宋郑樵编纂的《通志》,更是最早记载《古文苑》的史籍,而其最终编成在绍兴三十一年。因此,我们认为《古文苑》最晚也是在绍兴三十一年之前被编辑成书的。

我们的结论是:《古文苑》的成书时间,大致在南宋绍兴二十一年至绍兴三十一年之间。

第二节　编者考①

淳熙六年(1179),韩元吉重新编订《古文苑》为九卷并刊刻之。他根据当时流传的说法,认为《古文苑》是北宋孙洙得于佛寺经龛,乃唐人旧藏古文章。这是现存关于本书编者的最早资料。

---

① 此文发表在《南京师范大学学报》2009 年第 5 期。有删节。

绍定五年(1232),章樵注释并重校《古文苑》为二十一卷时,承韩氏之说也认为:"《古文苑》者,唐人所编。"宋明两代,学者普遍沿袭了这一观点,鲜有人进行考辨。直到清代,顾广圻始对《古文苑》的编者提出质疑:"此编出孙巨源手,非唐人所录。"①遗憾的是,顾氏只是提出此观点,却并未对其作详细的阐述与考证。20世纪30年代,郭沫若在《诅楚文考释》中提出编者是章樵②。这种观点显然缺乏依据,因为章樵注释《古文苑》在绍定五年(1232),而此前约在绍兴三十一年(1161)和淳熙六年(1179),郑樵和韩元吉已经分别著录、刊刻《古文苑》,但郭先生的推断对我们考究《古文苑》的具体编纂者还是有启发的。

一般来说,一部书的编者无论隐藏得多深,我们也能以阅读文本的方式,即通过解读语言符号,来发掘隐藏在文本深处的有关编者的信息。对《古文苑》这样一部扑朔迷离的书,我们也只能以这种方式来研究。经过对文本的阅读和对散乱的文献资料的梳理,我们初步认为,《古文苑》并非出自唐人和北宋人之手,其初编者可能是南宋金石学家王厚之。孙洙可能是《古文苑》九卷本所收57篇赋,即《杂文章》一书的编者。

一、韩元吉不是初编者

《古文苑》第一次见于史籍记载,是郑樵编纂的《通志》,卷数是十卷。现国家图书馆所藏《古文苑》最早的刊本,即韩元吉淳熙婺州刊本,却只有九卷。《通志》最终编纂完成是在绍兴三十一年,与韩元吉初次刊刻《古文苑》之间,整整相差十九年。这足以

---

① 顾广圻:《顾千里集》,王欣夫辑,中华书局2007年版,第375页。
② 郭沫若:《石鼓文研究·诅楚文考释》,科学出版社1982年版,第302页。

使我们得出这样的结论:《古文苑》最初并非出于韩元吉之手,初编者肯定另有其人。

此外,从《古文苑记》字里行间看,韩元吉并不明了此书的来龙去脉,只是沿袭当时世间"传言"而已:

> 世传孙巨源于佛寺经龛中得唐人所藏古文章一编,莫知谁氏录也。皆史传所不载,《文选》所未取,而间见于诸集及乐府,好事者因以《古文苑》目之。

韩元吉(1118—1187),字无咎,晚年退居上饶信江之南涧,自号南涧翁,出身北宋桐木韩家,是门下侍郎韩维之四世孙,以荫入仕,官至吏部尚书、龙图阁学士,被封为颍川郡公,在南渡乾道(1165—1173)、淳熙(1174—1189)时期,为中原故家代表人物之一,诗文亦有声于时。朱熹评价道:"韩无咎文做着尽和平,有中原之旧,无南方啁哳之音。"①陆游叹道:"落笔天成,不事雕镂。如先秦书,气充力全。"②黄升赞道:"无咎,名家文献,政事文学,为一代冠冕。"③韩元吉曾作《金国生辰语录》一卷、《愚戆录》十卷、《南涧甲乙稿》七十卷、《桐阴旧话》十卷、《焦尾集》一卷、《周易系辞》、辑《河南师说》十卷,现大多已佚,清代四库馆臣从《永乐大典》中辑出《南涧甲乙稿》二十二卷、《桐阴旧话》一卷。根据韩元吉的学识水平,他应该有能力考订《古文苑》的初编者,然而他却沿用了世间传言。这充分说明两点:一是《古文苑》的初编者在当时可能已经无法确认。二是《古文苑》初编本并非出自韩元吉之手,否则,他是没有理由不予详细说明的。

---

① 黎靖德辑:《朱子语类》,王星贤点校,中华书局1986年版,第3316页。
② 陆游:《陆放翁全集》(全三册),中国书店1986年版,第256页。
③ 《花庵词选续集》卷三,《文渊阁四库全书》本第1489册,第429页。

　　韩元吉从文学家的眼光出发,不但对《古文苑》初编本所收"石鼓文"、"峄山刻石文"、"柏梁诗"、"苏李诗"等作品的真伪有所怀疑,而且认为此书"惟讹舛谬缺者多,不敢是正",即批评《古文苑》初编本校勘不精,可读性不强,也是批评初编者的编纂水平有限。不过,在"崇古"的社会思潮下,他还是将其刊刻成书。《古文苑》初编本虽然有"十卷",可能韩氏认为所分类不妥或混乱,便以文学家的眼光重新编排——"次为九卷,可类观",即将《古文苑》以文体归类,划分为刻石文、赋、诗、歌、曲、敕、书、对、颂、箴、铭、赞、记、碑和杂文等二十类,并重编为九卷。

　　重编之际,韩元吉虽然有所取舍,但并未对《古文苑》初编本做太大删改。这一点,韩元吉淳熙六年(1179)的社会活动情况也能佐证。淳熙五年(1178)八月,韩元吉乞州郡,除龙图阁学士,二知婺州。淳熙六年(1179)正月,韩元吉一进《故事》;二月,出郊劝农,作《婺州劝农文》、《又劝农文》、《劝耕至赤孙山》;与陈岩肖等游鹿田山潜岳寺;三、四月间,上《论田亩敷和买状》;五月间,与韩子师游金华洞;六月,刊刻《手书伊川语录》与《古文苑》二书于婺州任所,并作《书和靖先生手书石刻后》和《古文苑记》二文。陈亮投书及文卷,作《答陈亮书》;七月,应上饶广教寺僧敦仁之请,为吕本中、曾几旧寓作《两贤堂记》。摹刻蔡襄致韩绛书帖,作《跋蔡君谟帖》,送韩子师之贬所,二进《故事》;八月,韩元吉三进《故事》;是秋,重建极目亭。中秋,与家人登极目厅,赋诗寄怀兄韩元龙。重九,登赤孙山绝顶;本年冬,友人陆游自建州赴行在,路出婺州,与故人韩元吉相晤。元吉陪陆游登右臣相叶衡故园内的最高厅和州宅中的极目厅,陆游赋《极目厅》诗,元吉作《极目厅诗集续》。后因抑制豪强,遭到诽谤,被谏官以"贪污"、"怨望"诸罪论罢,提举太平兴国宫。淳熙七年(1180)年初,韩元吉归上饶,晚年在上饶度过。换言之,淳熙六年是韩元吉仕途的最后一年。婺州是京城临安的辅都,地位极其重要。作为婺州地方长官,有许多繁杂的民政、军政事务需要积极、妥善地处理,他本人也勤于政事,治学只能在政余闲暇时。此年六月,他接连刊刻《手书伊川语录》和《古文苑》两书。韩元吉是理学家尹焞弟子,肯定会对《手书伊川语录》下大工夫校勘订正,对《古文苑》便没有时间用心用力,更没有时间对《古文苑》初编本做太大删改。

二、初编者很可能是一位金石学家

《古文苑》九卷本卷首收录有《石鼓文》、《诅楚文》、《峄山刻石文》和闻人牟准《魏敬侯碑阴文》四种刻石文。《石鼓文》是和《诗经》相似的四言诗,《诅楚文》、《峄山刻石文》大体是韵文,确实与后世所说的碑文、墓志不同,故编者将其放在卷首。可是,为何将《魏敬侯碑阴文》也放入卷首呢?章樵注释说:

> 《三国魏志》:卫凯,字伯儒,河东安邑人。少夙成,以文学称。魏国既建,拜侍中,与王粲并典制度。劝赞禅代之仪,为文诰之诏。明帝时,封闵乡侯。受诏典著作,凡所撰述数十篇。好古文、鸟篆、隶草,无所不善。谥敬侯。

魏敬侯指卫凯(155?—229),是三国时期一位文学家和金石学家,对古文,尤其是鸟篆、隶书和草书有深入研究。"故吏述德于隧前,门生纪言于碑后","阴文"即卫凯的门生闻人牟准刻在卫凯碑后,称赞并纪念卫凯的文章,与碑、铭、记有所不同。

更值得注意的是,九卷本第八卷"杂文"类收入王褒《僮约》、班固《奕旨》、蔡邕《篆势》、《九惟文》和黄香《责髯奴辞》五篇文章。章樵重编为二十一卷时,将《魏敬侯碑阴文》从卷一抽出,与董仲舒《集叙》及原九卷本所收文章(蔡邕《九惟文》残缺不全,章樵抽出放入第二十一卷)一起放入"杂文"类,编为第十七卷,故二十一卷本卷首只有三篇刻石文,即《石鼓文》、《诅楚文》和《峄山刻石文》。

我们认为,《古文苑》九卷本所收篇目的排列次序,隐含着编者的身份信息,即编者可能是一位金石学家。他将《魏敬侯碑阴文》放入卷首,正表明他对金石文的偏好,对金石学家卫凯的敬仰,同时表明了他的身份也是金石学家。章樵重新注释时,将《魏敬侯碑阴文》从卷一抽出放入"杂文"的原因,正是因为他是以一个文学家的眼光来看,认为将其放在卷首不妥。

这一点,南宋乾道、淳熙时期的诗文选本编纂也能说明。淳熙四年(1176),南宋著名学者吕祖谦完成《宋文鉴》的编纂工作。在体例编排上,吕祖谦仍然模仿《文选》,大体收录赋、诗、文三类,以赋居首,前 11 卷为赋,第 12 至 30 卷为诗、骚,第 31 卷至 149 卷为文。吕祖谦是乾、淳时期著名的古文家,这种编排体例代表着当时官方、文学家和社会对选本编纂的理念,既是一种社会风尚,也是一种文学批评态度。如果《古文苑》的编者是一位文学家,他就会顺应时代的潮流,像吕祖谦一样,在体例编排上将宋玉赋放在首位,将刻石文编排在最后。当然,理学家编纂诗文选本,是为了宣扬理学思想,就更不会将刻石文编排在卷首。此外,韩元吉是吕祖谦的"妇翁",他又怎么可能不受女婿吕祖谦的影响呢?这似乎正可以说明,将四篇刻石文放在《古文苑》的卷首,确是原编者有意所为。

据我们统计,《古文苑》九卷本除卷一收录的四篇刻石文外,卷八和卷九还收录有樊毅《掾臣条属臣准书佐臣谋弘农太守上祠西岳乞差一县赋发复华下十里以内民租田口算状》、无名氏《汉樊毅修西岳庙记》、崔瑗《河间相张平子碑》、王延寿《桐柏庙碑》、蔡邕《九疑山碑》、子迁《汉故中常侍骑都尉樊君之碑》、卫凯《汉金城太守殷君碑》、《西岳华山亭碑》、张昶《西岳华山堂阙碑铭》、邯郸淳《魏受命述》、《度尚曹娥碑》、《后汉鸿胪陈君碑》等12篇碑、记。此外,九卷本还收录有扬雄等人41篇箴、15篇铭、7篇颂、3篇赞和3篇诔,合计69篇。加上上述12篇碑、记和4篇刻石文,共计85篇,几乎占九卷本(共233篇)1/3多的篇幅。另外,九卷本收录的诗歌多是赠答、唱和、联句之作,收录的散文也以书信、杂文为主,处处显示出文学性不强的特征。这一奇特现象,学者朱剑心已经指出:

> 《古文苑》一书,不知为何人所纂,所录诗赋杂文,自东周讫于南齐,凡二百六十余篇,颇多金石刻辞。……其所载《诅楚文》、《石鼓文》,为见于存录全文之最早矣。①

因此,《古文苑》辑录颇多金石刻辞,其文学性不强,编选、校勘不精的原因也不言而明——初编者本来就是一位金石学家。有且只有金石学家,才会将刻石文放在选本的卷首——在他们看来,刻石文的金石价值远远大于文学价值和其他价值。

三、南宋金石学家

我们认为《古文苑》大致成书在宋室南渡后高宗绍兴二十一年至三十一年之间。这一时期有很多金石学家,如董逌、郑樵、薛尚功、王厚之、施宿等。究竟谁是《古文苑》的初编者呢?

绍定五年(1232),章樵注释《石鼓文》时,注释中共引用十一种金石学音义,先后次序如下:石本、薛、郭、眉山苏氏石鼓诗、郑、施、岐城石刻、王、潘、坡城刻本和今碑本,尤以石本、薛、郑、施、王

---

① 朱剑心:《金石学》,文物出版社1981年版,第26页。

五家为多。郑、薛、王、施四位,章樵在《石鼓文》题解中有所交代,分别指郑樵、薛尚功、王厚之、施宿。郭、潘(只有一处)二人,章樵却没有交代。清乾隆年间,钱熙祚在校勘《石鼓文》时,曾说过"石本已佚"。岐城石刻本,即郑樵和薛尚功所见本,薛氏《历代钟鼎彝器款识法帖》所收《石鼓文》即据岐下本缩刻。针对这些石鼓文版本问题,我们专门请教过程章灿先生。程先生认为郭"即宋初人郭忠恕,所引应当是郭氏《汗简》或《佩觿》";"石本是相关于抄本或刻本而言,石鼓文之石本,唐以来应该有不少,不能确定是哪一个,传自于谁人,亦不能确定其佚于何时。《古文苑》中所录石鼓文,则是抄本或刻本。"①——故这十一种版本中,苏轼和郭忠恕属于北宋;石本、坡城刻本和今碑本已不可考,则只剩下四种,即薛、郑、施、王。

(一)郑樵和薛尚功

郑樵(1103—1162),字渔仲,莆田人(今属福建),博闻强记,闭门读书撰著三十年,搜奇访古,广涉礼乐、文字、天文、地理、虫鱼、草木、方书之学。薛尚功(南宋绍兴时人),字用敏,钱塘人(今杭州),绍兴中为通直郎,官至金书定江军节度判官厅事,善古篆,尤好钟鼎,书有《历代钟鼎彝器款识法帖》二十卷及《钟鼎韵》七卷,容庚赞扬道:"宋代辑录彝器款式以此书为富,而编次条例以此书为尤。"②

首先可以肯定的是,郑樵和薛尚功二人不是《古文苑》的初编者。原因有三:

第一,郑樵和薛尚功本《石鼓文》十鼓的前后排列次序与《古

---

① 见 2007 年 9 月 11 日程章灿先生的回信。
② 《宋人著录金石丛刊初编》,中华书局 2005 年版,第 304 页。

文苑》不同。见下表：

表 1-3　《古文苑》、郑樵、薛尚功三本《石鼓文》十鼓排列顺序一览表

顺序	版　本		
	《古文苑》本	薛尚功本	郑樵本
第一鼓 甲	《车工》	《而师》	《汧殹》
第二鼓 乙	《汧殹》	《遒水》	《作原》
第三鼓 丙	《田车》	《田车》	《车工》
第四鼓 丁	《銮车》	《銮车》	《田车》
第五鼓 戊	《灵雨》	《汧殹》	《銮车》
第六鼓 己	《作原》	《马荐》	《吴人》
第七鼓 庚	《而师》	《作原》	《马荐》
第八鼓 辛	《马荐》	《车工》	《灵雨》
第九鼓 壬	《遒水》	《灵雨》	《而师》
第十鼓 癸	《吴人》	《吴人》	《遒水》

　　由上表可见，三家排列十鼓的顺序完全不同。章樵注释《古文苑》时，对此已感到困惑。因为他发现《古文苑》所载《石鼓文》的字画音训，多与郑樵本合，但次序又于薛尚功和郑樵本完全不同，便猜测是郑樵做音释时，曾经得唐人《古文苑》本参校：

　　　　周宣王狩于岐阳，所刻石鼓文十篇，近世薛尚功、郑樵各为之音释，王厚之考正而集录之，施宿又参以诸家之本，订以石鼓籀文真刻寿梓于淮东仓司，其辨证训释盖亦详备。按此编孙巨源得于僧寺佛书龛中，以为唐人所录。审尔，则又在薛、郑之前二三百年矣。详考其文字画音训，多与郑本合。岂郑为音释时，尝得此本参校邪？惟甲乙之次与薛、郑本俱不同。

　　章樵认为《古文苑》是唐人所藏，当然无法解释了。其实，董

逎《广川书跋》卷二曾录《石鼓文》,其十鼓的先后排列次序,也与《古文苑》完全相同。《广川书跋》成书于公元 1157 年。这恰好也从另一个侧面表明《古文苑》正出于南宋人之手。

第二,薛尚功十鼓字数与《古文苑》不同。薛尚功撰《历代钟鼎彝器款识法帖》二十卷现存世,《石鼓文》录于第十七卷,核其字画文字,籀文共 449 个,辨读出字数 438 字。见下表:

**表 1－4 《古文苑》与《历代钟鼎彝器款识法帖》
所录《石鼓文》字数对比表**

	十　鼓									
	《车工》	《汧殹》	《田车》	《銮车》	《灵雨》	《作原》	《而师》	《马荐》	《遒水》	《吴人》
甲	67	68	67	57	56	43	34	14	50	41
乙	63	61	60	53	49	41	30	13	43	36
丙	62	60	59	51	49	40	27	12	43	35

注:表中甲代表《古文苑》所录字数;乙代表《钟鼎款识》所录籀文数,丙代表《钟鼎款识》所录辨读出字数。

由表可知,《古文苑》十鼓各鼓字数都比《历代钟鼎彝器款识法帖》多二到七字不等。如《马荐》鼓,两本虽字数相差两字,但收字却不同:"叔走骍骍("骍",薛作"马")马荐皙若("若",薛作"奔")微("微",薛作"放")雉立其一之。"

再如《汧殹》,薛本籀文 61 个,辨读出 53 字,其内容和字词排列次序如下:

汧也沔□,被淖渊□。

鲤处之君,子渔之漭。

有□其㫔,散散帛鱼鱻鱻。

其蒩氐鲜,黄帛其□。

有□有篜,其□孔庶。

鱻之□□□□，□□其鱼佳。

可佳鳈佳，鲤可以囊。

之佳杨及

柳

《古文苑》九卷本所录字句及次序如下：

汧殹沔沔，丞骨淖渊。

鲛鲤处之，君子渔之。

漫漫又鲨，其游趚趚。

帛鱼鳞鳞，其蓋氏鲜。

黄帛其鳊，又鯾又鳍。

其豆孔庶，麗之罍罍。

沚沚趄趄，其鱼佳可。

佳鳈佳鲤，可以囊之。

佳杨及柳。

两相对比，主要是《古文苑》比薛尚功所录多八个字——"丞"、"鲨"、"鳍"、"鳊"、"豆"、"趄"、"罍"、"沚"。这多出来的八字，薛氏没有收录的原因，可能是拓本不同，也可能是薛氏没有辨认出来。其他九鼓的情况和此鼓相似，即《古文苑》所录多出的字，大多是薛本未录或未辨读出之字。

至于第六鼓《作原》，郑樵本只有16字，《古文苑》却存43字。章樵认为郑樵所见只是摹刻本，并没有见过真本：

施云，此鼓乃向传师皇祐间所搜访而得之者，每行末仅存四字，自四字而上磨灭者，传师磨去，刻当时得之之由。故今所存，皆断续不成文。郑樵乃以"獻作原作导遄我治除帅骨阼莫为世里"十六字为成辞，盖郑所见，乃遗文之摹刻者，不知真本，未尝相属也。

第三,《古文苑》编者认为《石鼓文》是周宣王时物,郑樵《石鼓音序》却认为《石鼓文》的成书时间应在秦惠文之后,始皇之前。所以,我们认为郑、薛二人不是《古文苑》的初编者。

(二)施宿

施宿(?—1213),字武子,南宋湖州长兴人(今属浙江),南宋光宗绍熙四年(1193)进士。嘉泰(1201—1204)年间,施宿累迁绍兴府通判,著成《嘉泰会稽志》;嘉定(1208—1224)年间,施宿历知盱眙军,提举淮东常平。其父施元之,曾经注释苏轼诗,施宿为之补注,又撰写《东坡年谱》。

据董逌《广川书跋》记载,施宿辑录《石鼓文》字数与《古文苑》字数不同。如《马荐》鼓,《广川书跋》卷二注释道:"施云此鼓最磨灭,仅存十三字,不复成文。""施云宿二本下皆有'止'字,此本作'之'字。"①《广川书跋》录有 14 字,最后一字为"之"字,《古文苑》所载《马荐》鼓也有 14 字,"之"、"止"二字均有,与施宿本相比,多一"之"字。再如《而师》,施本少"弓""矢""孔""骖"四字,"来其写矢"句之"矢"字,《古文苑》作"矢"字,施宿却认为是"小大"二字。

由此可知,施宿应该也不是《古文苑》的初编者。这一点,我们在后面论述《诅楚文》时还要论及。

四、王厚之应该是《古文苑》的最初编辑者

王厚之(1132—1204),字顺伯,号复斋,北宋左丞相王安礼四世孙,乾道二年(1166)进士及第,历官直秘阁、任淮南路转运判官、两浙转运判官、知临安府等。王氏学术上属象山学派,出入于

---

① 董逌:《广川书跋》,中华书局 1985 年版,第 22 页。

朱熹和陆九渊之间,曾卷入庆历三年(1197)党案,被视为朱熹同党。他平生交游甚广,好古博物,尤喜金石刻辞。宋代诸公曾盛赞其金石学之成就。朱熹赞曰:"真迹集录金石,于古初无,盖自欧阳文忠公始。今顺伯嗜古无厌,又有甚于公之所为。"(《宋欧阳修集古录序》)①周必大《文忠集》卷十五《题修禊帖》曰:"朝士喜藏金石刻,且殚见洽闻者,莫如沈虞卿、尤延之、王顺伯。予每咨问焉。"②好友楼钥《攻媿集》卷七十更是称赞道:"顺伯,博雅好古,畜石刻千计,单骑赋归,行李亦数箧,家藏可知也。评论字法,旁求篆隶,上下数千载,滚滚不能自休,而一语不轻发。"③王氏不仅喜好金石,收藏丰富,而且精鉴绝识,刻画深浅,笺辨无遗,识者赏其博雅,在乾道、淳熙年间享有盛名,宋俞松《兰亭续考》卷二赞道:"王顺伯好古博雅,在二熙间为第一,所藏诸禊帖,尤遂初极称之。袁起岩所赋,兹其一也。"④元陆友仁《研北杂志》卷上记载:"淳熙、绍熙间,尤常伯延之、王左曾顺伯两公,酷好古刻,以收储之富相角,皆能辨别真赝。"⑤《宋元学案》卷五十八引全祖望《答临川杂问》说,"宋人言金石之学者,欧、刘、赵、洪四家而外,首数顺伯"⑥,评价相当高。

王厚之在南宋孝宗和光宗时期,不仅是著名的金石学家,也是有名的藏书家。其家藏丰富,且所收多古字奇文,其《钟鼎款识》所收三代彝器59件,铭文也多为古字。王氏曾著《金石录》三十

①　朱熹:《晦庵集》卷八十二,《四部丛刊》本。
②　周必大:《文忠集》,《文渊阁四库全书》本第1147册,第146页。
③　楼钥:《攻媿集》,《丛书集成新编》本第64册,第364页。
④　俞松:《兰亭续考》,《文渊阁四库全书》本第682册,第176页。
⑤　陆友仁:《研北杂志》,《文渊阁四库全书》本第866册,第570页。
⑥　黄宗羲等:《宋元学案》,中华书局1986年版,第1921页。

卷,《考异》四卷,《考古印章》四卷。张富祥说:"然其《金石录》不传,后世并其《复斋碑录》亦佚去,今唯存此卷《钟鼎款识》及其《汉晋印章图谱》一卷。"①实际上,《复斋碑录》名为佚书,实未全亡佚,《宝刻丛编》引《复斋碑录》多达436条。王氏《钟鼎款识》和《汉晋印章图谱》均由宋拓原件摹印而成,始开印谱先河,故清倪涛《六艺之一录》卷二十一评价道:"然古无印谱。有印谱,自宋宣和始。宣和谱今不传,而后王厚之顺伯亦谱之。"②

因此,在收集金石辞刻和藏书生涯中,王厚之自然积累起不少古代珍贵的石刻文献和作品佚文③。朱剑心曾说:"古文著作,托金石以垂于后;然金石有时而销泐,其幸而存者,不贵存目,贵录其文,而后可传于无穷。"④王厚之本是金石名家,而诸多金石文献,如《石鼓文》、《诅楚文》及《峄山刻石文》在宋金战争中的不幸遭遇,使他更清楚石刻文献随着时间的流逝会自然销泐或遭到人为销毁、破坏的结局,而借助名人所编的书籍却远比石刻文献流传长久。为了保存自己珍爱的《石鼓文》等古代石刻文献,也为了他辑录的诗赋佚文能够长久流传,他在北宋孙洙所编《杂文章》的基础上扩展续编,最终编成《古文苑》。

据我们考证,《古文苑》所录《石鼓文》排列次序与王厚之本、施宿本排列次序完全相同,而明代都穆《金薤琳琅》排列次序与薛尚功一致,元代潘迪和明代安国诸本及天一阁本均与王厚之和施宿次序相同。郭沫若在《石鼓文研究》中,也曾论及:

① 张富祥:《宋代文献学研究》,上海古籍出版社2006年版,第480页。
② 倪涛:《六艺之一录》,《文渊阁四库全书》本第830册,第358页。
③ 王厚之文今存六篇:《题跋周宣王石鼓文后》、《考订秦惠王诅楚文》、《修禊序》、《兰亭考》、《递铺事奏》和《乞根究稽查递角官周细作弊申状》。
④ 朱剑心:《金石学》,文物出版社1981年版,第25页。

此外如《金薤琳琅》所录赵则古本从薛次,自元潘迪以后均从王次,安国诸本及天一阁本亦从王次也。①

虽然王厚之和施宿都是金石学家,但是王厚之金石学水平明显高于施宿,故后人十鼓的排列次序应该均从王厚之而来。此外,明杨慎云:"慎得《石鼓文》拓本于先师李文正公……元至元丁未,唐愚士翻刻于太学,作歌纪之,今本存焉。据《古文苑》所载及王顺伯、郑渔仲二公《石鼓音》,皆言其文可见者,四百七十有四。"②杨慎明确指出,《古文苑》所载《石鼓文》和王厚之、郑樵《石鼓音》所录《石鼓文》字数完全相同,均是 474 字(不计重文)。

另外,张富祥说:"大致到南宋初年,以为石鼓文不出于周宣王时已成学者共识。"③换言之,章樵注释《石鼓文》时,从曾引用的十一种版本来看,当时社会上各家关于石鼓文的学说均广泛流传,且多数学者认为石鼓文不是周宣王时物。让人疑惑的是,章樵却偏偏不采用学术界已经达成的共识,依然坚持己见。而上述四位金石学家中,只有王厚之不遗余力地坚持石鼓文出于周宣王时。

在北宋,欧阳修曾有"石鼓三疑";南渡后郑樵考订石鼓为秦伪鼓;金朝马定国更以为是后周物。这些言论,让王厚之不安。他虽然没有亲眼目睹真鼓,也不知道石鼓在当时的存亡情形,但他认为石鼓是古代至宝,不容轻视妄批,正如明代张清所评价:"昔王顺伯居宋南渡后,不获见此鼓而甚贵其文,以为难得。"④出于金石学家对古物的挚爱,他针对欧阳修和郑樵的说法,进行了针锋相对

---

① 郭沫若:《石鼓文研究·诅楚文考释》,科学出版社 1982 年版,第 41 页。
② 杨慎:《杨升庵集》卷三,《文渊阁四库全书》本。
③ 张富祥:《宋代文献学研究》,上海古籍出版社 2006 年版,第 437 页。
④ 张清:《素斋集》,《文渊阁四库全书》本第 830 册,第 467 页。

的"石鼓三辨"。在辩论后,王厚之又交代了自己收藏《石鼓文》拓本的经过:

> 绍兴己卯岁,予得此本于上庠,喜而不寐,手自装治成帙,因取薛尚功、郑樵二音参校同异,并考核字书而是正之,书于帙之后。其不至者,姑两存之,以俟博洽君子而质焉。

"绍兴己卯岁",即公元 1159 年,王厚之喜获《石鼓文》拓本,他亲自装订,并以薛尚功、郑樵二家音释参校异同,考核字书,书于帙后。此文全篇载于《古文苑》二十一本卷一《石鼓文》后。亦见于《宝刻丛编》卷一。

现在,我们终于解决了章樵的疑惑,即《古文苑》所载《石鼓文》的字画音训,大多与郑樵本合,但次序又与薛尚功和郑樵本完全不同的原因也不难理解了,因为《古文苑》所辑《石鼓文》正源于王厚之本,而王氏作《石鼓音》时,就曾经以薛尚功、郑樵二音参校同异,章樵只是将王氏所考证之语悉录而已。那么,章樵将王厚之《题跋周宣王石鼓文后》全文 1125 字悉录的原因也不言而明。

无独有偶,章樵注释《诅楚文》时,也全文引录了王厚之《诅楚音》,见《秦惠文王〈诅楚文〉》题解:"《秦告巫咸文》,说者皆谓近世出于凤翔府祈年观基之下,眉山苏氏形之诗咏,亦以为然。……文多古字,间有假借,王厚之《音释》颇详,今载于后。"后来,耿文光也曾提及此事:"章本《石鼓文》、《诅楚文》具录王厚之跋。"[①]章樵注释时,黄庭坚、张先、叶梦得、王厚之、施宿等人的《诅楚音》都存世,且后出转精。施宿《诅楚音》成书于嘉定六年(1213),在当时应该是校勘详备、搜集齐全之本,也是较好并最容易找到的本子,章樵却弃之不用,偏偏固执地采用王厚之并不那么完善的《诅

---

① 《清人书目题跋丛刊》(九),中华书局 1993 年版,第 1140 页。

楚音》，而此时王氏离世已将近三十年。这恐怕主要是章樵采用王本作底本，故无须再找他本了。但是，王氏《诅楚文》远没有施宿校勘精良，其《诅楚文跋》曰，"诸石章或沉或瘗，石粗可砺，图其久而存也。赵德甫《金石录》云，张芸叟、黄鲁直皆有释文，世必有存者，偶未之见，俟寻访以校今昔之异同云"，故王厚之并没有找到黄庭坚、张先等人《诅楚文》音义。

此外，据叶梦得《秦祀巫咸文》记载，他所见到的《告巫咸文》文共326字，其中漫灭不可辨者34字：

> 《秦祀巫咸文》，俗谓之《诅楚文》，总三百二十六字，灭及漫不可辨者三十四字，以《大沈久湫文》相参，其灭完字适相补，而以古文考之，可尽读云。①

施宿作《诅楚音》在嘉定六年（1213），又是参校叶石林本和毕造《朝那碑阴记》而来，不但《诅楚文》三种本子音释齐全，而且《告巫咸文》肯定有34个残字②。王厚之《诅楚文跋》（亦见《宝刻丛

---

① 陈思辑：《宝刻丛编》，《丛书集成新编》本第51册，第458页。

② 吾衍编：《周秦刻石释音》：石鼓、诅楚音，皆直宝文阁临川王公顺伯所为书也。公稽古成癖，至忘渴临饥，《石鼓考辨》，尤为精诣。盖自南渡以还，故家之藏，绝不多见，况摹有精粗，故亦艰得往本，参校同异。宿乘传海滨，宾朋罕至，时寻翰墨，拂洗吏尘，以先后得于北方及石林叶氏本，订其笔意，粗得一二，乃略仿古人入行，足成是书。如《诅楚文》，山谷先生、浮林张公，皆尝有释，王氏寻访未获。比岁里居，得石林三文音释颇备，又顷从互市得《朝那碑阴》，有毕造记，徙置宋城县治，是岁盖绍兴八年也。先一岁为丁巳，金人既废刘豫，至己未正月，尝归我河南、陕西地。碑云：岁在敦牂，则戊午岁也，其意盖不肯用房年号，故为此间岁月，皆并录之。异时中原扫清，犹可按图问此石之在否也。呜呼，自周至战国，遗文见于金石者，不过三数，佑陵悉萃之保和宝护，甚至至用金填鼓文，以绝摹拓。一旦戎狄乱华，四海横流，泯焉无复遗踪，良可哀叹。此书之刻，使好古者相与读之，犹足想绝学于千载。穆王吉日癸巳，诸家所记，皆言在赵州州廨，石林跋乃以政和五年归内府矣。其说为信，因附卷末，庶广异闻。第石林诸跋，其间亦有讹舛，而无别本可证者，不容臆决。姑俟知者正之。嘉定六年重五日吴兴施宿书。（《丛书集成初编》本）

编》卷一)曾说:"且如《诅楚文》,刻于秦惠文王时,去宣王为未远,而文细刻浅,过于石鼓远甚,由始出至近岁,戕害所不及,至无一字磨灭者。"也就是说,王厚之作音义时,所见到的《诅楚文》是完本,与董逌于公元1157年编成的《广川书跋》所载《诅楚文》相同,没有一字漫灭,故肯定参校的是除黄、张、叶三家而外的别家之本。这充分说明《诅楚文》在南渡后,就有不同的拓本在流传,有残字本,如叶石林本、施宿本;有字画文字完整本,如王厚之本、《古文苑》本、董逌本等。

　　另外,《古文苑》所收刻石文多古字,也多有假借字。上述四位金石学者中,王厚之金石水平最高,家藏丰富,所收多古字奇文。明李日华《六研斋笔记》卷三记载有李大性《兰亭修禊序》:"丙午(1186)冬,予官于廷,直今淮东漕王公顺伯丞于棘司。每公余,相与翻弄简册。顺伯出其家金石刻百余,古文奇字,多所未见。既出《兰亭》本十余,雠校之笔,了然飞动,其卓然杰出者,则曰定武也。顺伯夸曰:'行半天下,所得惟此'。"①王厚之《钟鼎款识》所收三代彝器59件,铭文也多为古字。我们认为《古文苑》出自金石学家之手,但收录这么多古字奇文,却不是一般从事金石的人所能做到的。

　　因此,我们认为《古文苑》的初编者可能是王厚之。其实,这一观点已见于明范钦藏,清范邦甸撰《天一阁书目》(四卷集部)卷四之三:

　　　　《古文苑》二十一卷:刊本。宋绍兴己卯临川王厚之伯顺
　　(笔者注:应为顺伯)编,绍定壬辰武林章樵升道序。②

---

①　李日华:《六研斋笔记》,《四库全书珍本》第156册,第38页。
②　范钦等:《天一阁书目》,《续修四库全书》本第920册,第272页。

遗憾的是,范氏虽然提出这一观点,但是并未作进一步的考论,故没有引起世人足够的注意。

综上所述,通过对郑樵《通志》著录《古文苑》初编本的卷数与现存韩元吉婺州刻本卷数的分析,我们首先可以肯定韩元吉不是《古文苑》的初编者,也未对《古文苑》初编本作较大删改。在此基础上,通过对《古文苑》九卷本卷首收录《石鼓文》、《诅楚文》、《峄山刻石文》、《魏敬侯碑阴文》四种刻石文和其他卷目大量收录金石刻辞及赠答、唱和、联句类诗歌和箴铭劝诫类散文的编排体例和内容的探索,初步确认其最初编纂者很可能是一位金石学家。而通过对南宋时期诸多金石学家,如董逌、郑樵、薛尚功、王厚之、施宿等人关于《石鼓文》和《诅楚文》等论述的对比、考究,发现王厚之最有可能是《古文苑》一书的最初编纂者。通过对王厚之生平嗜好的考索,又可佐证我们的这一怀疑。同时,《天一阁书目》早已提出《古文苑》初编者是王厚之的观点。我们受此观点启发,详细搜集材料,认真分析排比,进一步证明《古文苑》的编者可能是王厚之,编纂时间大致在南宋高宗绍兴二十一年至绍兴三十一年之间。

第三节 《古文苑》与《杂文章》①

《古文苑》的初编者可能是南宋时期的金石学家王厚之。王厚之在最初编纂《古文苑》时,是在孙洙所编《杂文章》一书的基础上,经过扩展续编而成的。为使《古文苑》能长久流传,王厚之有意托名孙洙。

---

① 此文发表在《中国海洋大学学报》2009 年第 5 期。

一、孙洙编辑《杂文章》

孙洙(1031—1079),字巨源,广陵人(今扬州),宋仁宗天圣九年(1031),出生在一个中小地主家庭,羁丱能文,年十九登进士第,曾长期在馆阁任职,至官翰林学士。《宋史》卷三百二十一有传。孙洙曾撰《褒恤杂录》三卷、《褒题集》三十卷、《张氏诗传》一卷、《孙贤良进卷》十卷(又称《经纬集》),编《杂文章》一卷,可惜均已失传。目前,我们所能见到的孙洙的著作,大致有词两首(另有存目词一首),文十三篇①。

《杂文章》,诸目录书也有零星记载,如《郡斋读书志》卷二十著录道:

> 《杂文章》一卷。右孙巨源得之于秘阁。载宋玉等赋颂五十八篇。景迁生元丰甲子以李公择本校正,后有刘大经、田为、王云、李端、唐君益诸公题跋。②

《文献通考》卷二百四十八也有记载:

> 《杂文章》一卷。晁氏曰孙巨源得之于秘阁,载宋玉等赋颂五十八篇。景迁先生元丰甲子以李公择本校正,后有刘大经、田为、王云、李端、唐君益诸人题跋。③

---

① 孙洙现存作品:词两首:《菩萨蛮楼头尚有三通鼓》、《河满子·秋怨》,另有存目词一首(唐圭璋主编:《全宋词》,中华书局 1999 年版,第 279 页)。文十三篇:《刑氏进号贤妃制》、《乞磨勘迁官诰词随事撰述奏》、《资格》、《严宗庙》、《择使》、《上张唐公书》、《与李侍郎帖》、《明堂原·上》、《明堂原·下》、《封禅原·上》、《封禅原·下》、《论本朝兵制之弊》、《潭州录津庙碑文》(《全宋文》卷一六九九,曾枣庄、刘琳主编:上海辞书出版社 2006 年版,第 464—483 页)。

② 晁公武:《郡斋读书志校证》,孙猛校证,上海古籍出版社 1990 年版,第 1057 页。

③ 马端临:《文献通考》,中华书局 1986 年版,第 1953—1954 页。

通过这两条记载，我们还是能大致推测出《杂文章》的相关信息：

首先，《杂文章》是孙洙亲手编辑。据《宋史》孙洙本传及《续资治通鉴长编》、《宋会要》、《麟台故事》诸书记载，宋仁宗嘉祐四年（1059）六月，经韩琦举荐，孙洙从于潜（今浙江于潜镇）县令调任崇文馆编校秘阁书籍官。因工作出色，两年后孙洙顺利升任馆阁校勘——北宋这一官员升迁制度也从孙洙正式开始。北宋嘉祐年间，朝廷曾经有两次大规模的校书活动，即嘉祐四年和嘉祐七年（1062），而这两次校书工作开展时，孙洙正任馆阁校勘，故是两次校书活动的主要参与者。因工作努力出色，约于治平三年（1066），孙洙迁集贤校理、知太常礼院。熙宁四年（1071）五月，因不满王安石变法，孙洙出知海州（今连云港）。在此期间，孙洙曾前后在馆阁供职长达十二年之久。孙洙在长期从事馆阁校勘和集贤校理的工作中，可能看到编纂详备的《文苑英华》和《唐文粹》，已经将有唐一代精华文粹悉数收入，而唐前古籍却亡佚太多。有感于此，孙洙利用工作之便，着手辑佚工作，最终编成《杂文章》一书。

孙洙热心保存古籍一事并非杜撰，宋阮阅《诗话总龟》甲集卷十的一条记载就可以证明：

> 京师曹氏，家藏《阮步兵诗》一卷，唐人所书，与世所传多异，有数十首集中所无。其一篇云："放心怀寸阴，羲和将欲冥。挥袂抚长剑，仰观浮云行。云间有立鹄，抗首扬哀声。一飞冲青天，强世不再鸣。安与鹑鷃徒，翩翩戏中庭。"又云："嘉木不成蹊，东园损桃李。秋风吹飞雀，零落从此始。"孙巨源见之云："此诗工夫不少。"遂刻之于石。①

---

① 《宋诗话全编》（全十册），江苏古籍出版社 1998 年版，第 1534 页。

此记载无法考证时间,但从"刻之于石"的举动中,无疑可窥孙洙试图保存古籍的急切心情。

其次,《杂文章》的编纂时间,大致在嘉祐四年(1059)至治平三年(1066)之间。嘉祐四年,孙洙任崇文馆编校秘阁书籍官,治平三年,孙洙迁集贤校理。这近八年间,孙洙一直在秘阁供职,这与晁公武所述《杂文章》是"孙巨源得之于秘阁"的记载完全一致。

再次,《杂文章》在当时流传较广。晁公武所说"元丰甲子",即宋神宗七年(1084)。这一年,晁说之用李公择所藏本校正《杂文章》,说明当时《杂文章》至少有两个版本。晁说之(1059—1129),字以道,晁公武之伯父,自号景迂,著有《景迂生集》十二卷传于世。李公择,是北宋著名藏书家之一,苏轼《李氏山房藏书记》记载道:"余友李公择,少时读书于庐山五老峰下白石庵之僧舍。公择既去,而山中之人思之,指其所居为李氏山房藏书,凡九千余卷。"①

晁公武所记《杂文章》是伯父晁说之校订本,此本附有刘大经、田为、王云、李端、唐君益诸人题跋。这五人生平事迹,已湮灭不可考,但他们肯定是孙洙的朋友或同僚。这些北宋著名士人题跋、整理和收藏《杂文章》的情况,足以说明此书在当时流传较为广泛。这确实令人惊奇,因为《杂文章》只是一部收录了58篇赋颂的文集,无论从内容或数量来看,好像不足以受到如此重视,个中原因值得深思。

我们认为原因可能有三:一是孙洙本是名公巨儒和朝廷重臣,交往多是当时俊杰名士,如欧阳修、韩琦、包拯、吴奎、陈襄、苏轼、苏辙、文同、李清臣、刘攽、孙觉、滕元发、钱藻、孔武仲、刘挚、胡宗愈、王存、王定国、王汾、陈侗、陈睦、林希、王仲修、王诜(居卿)、李

---

① 苏轼:《苏轼文集》,孔凡礼点校,中华书局1986年版,第359页。

端愿等人,尤与苏轼、苏辙、刘攽、孙觉、孔武仲、李清臣、王定国等人诗文唱和,交往甚密。因此,他的思想和所作所为无疑会对时人和后人产生较大的影响。

二是体现出后人对孙洙的无限追念之情。元丰二年(1079)十一月,宋神宗赞赏孙洙的才华,命孙洙为翰林学士,士大夫共以丞辅期之。不幸的是,一个月后,即元丰二年十二月,孙洙与陈襄去城南李端愿家,却于座感疾,暴得风缓。次年(1080)五月,神宗欲起用孙洙任参知政事,但孙洙已不能朝。本月,孙洙卒,年49。孙洙英年早逝,朝野震惊,不但神宗临朝对辅臣叹惜,而且士大夫也悯伤不已。十年后,即元祐三年,苏轼有《兴龙节侍宴前一日微雪与子由同访王定国小饮清虚堂定国出数诗皆佳而五言尤奇子由又言昔与孙巨源同过定国感念存没悲欢久之夜归稍醒各赋一篇明日朝中以示定国也》一诗,还在感念孙洙①;苏辙也有《雪中访王定国感旧》,亦为怀念故人孙洙而作②。因此,后人校订其著作,是出

----

① 《苏轼诗集》(全八册)卷三十,《兴龙节侍宴前一日微雪与子由同访王定国小饮清虚堂定国出数诗皆佳而五言尤奇子由又言昔与孙巨源同过定国感念存没悲欢久之夜归稍醒各赋一篇明日朝中以示定国也》:天风淅淅飞玉沙,诏恩归沐休早衙。遥知清虚堂里雪,正似蒼村蕰中花。出门自笑无所诣,呼酒持劝惟君家。踏冰凌兢战疲马,扣门剥啄惊寒鸦。羡君五字入诗律,欲与六出争天葩。头风已愈檄手愈,背痒却得仙爪爬。银瓶泻油浮蚁酒,紫盌铺粟盘龙茶。幅巾起作鸜鹆舞,叠鼓谁掺渔阳挝。九衢灯火杂梦寐,十年聚散空咨嗟。明朝握手殿门外,共看银阙暾朝霞。(王文诰辑注:《苏轼诗集》第5册,孔凡礼点校,中华书局1982年版,第1612—1613页)

② 《苏辙集》(全四册)卷十六《雪中访王定国感旧》:昔游都城岁方除,飞雪纷纷落花絮。径走城东求故人,马蹄旋没无寻处。翰林词人呼巨源,笑谈通夜倒清樽。住在城西不能返,醉卧吉祥朝日暾。相逢却说十年事,往事皆非隔生死。惟有飞霙似昔时,许君一醉那须起。兰亭俯仰迹已陈,黄公酒垆愁杀人。君知聚散翻覆手,莫作吴楚乘朱轮。(陈宏天、高秀芳点校:《苏辙集》第5册,中华书局1990年版,第309页)

于对他的敬仰、怀念和追忆。

第三,可能与《杂文章》一书的辑佚性质有关。《杂文章》是一部类似于《文选》的总集,主要收录宋玉等人的 58 篇赋颂,即此书收录的作品可能都是史传、《文选》不收或当时已经散佚的汉魏诗赋。唐时古人文集与总集存者很多,逮经五代之乱,汉魏诗人文集大都散佚。至北宋,《崇文总目》所载和《唐·艺文志》相比较,几乎十不存一,故《杂文章》的出现,便为世人所珍重。

因此,我们可以明确一点,即孙洙编纂《杂文章》一事,是真实存在的,也是可以肯定的。《杂文章》是一部文学总集,主要收录宋玉等人的赋与颂,在当时流传较广。遗憾的是,《杂文章》在南宋只见录于《郡斋读书志》。可能此书在晁氏记载后不久散佚,但并不是完全佚去,因为被《古文苑》收入。

二、王厚之续编《杂文章》

宋室南渡后,南方地理环境比北方更加优越,加之生产力逐步发展,促使南宋经济逐渐得到好转。随着宋、金两国对峙局面的形成,南北局势逐渐趋于稳定,南宋的政治、文化事业也逐渐得以复苏。到乾道、淳熙年间,文学一度繁荣,出现著名的"中兴四大诗人"——陆游、杨万里、范成大与尤袤。伴随着文学繁荣,出现了大量诗文选本,如洪迈编《万首唐人绝句》,吕祖谦编《古文关键》、《宋文鉴》,蒲积中编《古今岁时杂咏》,桑世昌辑《回文类聚》等。文人尝试从各种角度、通过各种形式来编纂选本,故不论从形式还是内容上,诗文选本都呈现出新兴的局面。与此同时,涵养几十年后,南宋金石学也得到一定发展,涌现出洪适、王厚之等著名金石学家,翻开了南宋金石学的新篇章。

王厚之在南宋孝宗和光宗时期,不仅是著名的金石学家,也是有名的藏书家。在收书藏书生涯中，王氏收集起不少石刻文献和作品佚文，故他完全有可能得到《杂文章》一书。此书本是孙洙所辑佚文，流传到南宋初年，已经近一百年。本为辑佚之书的《杂文章》，在当时可能又处于亡佚的境地，而南宋时期诸目录书没有著录《杂文章》的事实，似乎也可以说明这一点。王厚之爱惜此书，为了使此书重新流传，更为了他平生辑录的石刻文献和诗赋佚文能够长久流传，他有志于继续编定《杂文章》。这一点，清代著名学者邢澍在《古文苑跋》中，就曾提出质疑，怀疑《古文苑》可能并入《杂文章》一书相关篇目：

> 晁氏《读书志》有《杂文章》一卷，云孙巨源得之于秘阁，载宋玉等赋颂五十八篇云。意章氏即取此书而并之与？①

现代学者朱剑心也说道："古文著作，托金石以垂于后；然金石有时而销泐，其幸而存者，不贵存目，贵录其文，而后可传于无穷。"②王厚之本是金石名家，而诸多金石文献，如《石鼓文》、《诅楚文》及《峄山刻石文》在宋金战争的不幸遭遇，使他更清楚石刻文献随着时间的流逝会自然消失或遭到人为销泐、破坏的结局，而借助名人编纂的书籍却远比石刻流传长久。为了保存自己珍爱的《石鼓文》等古代石刻文献，也为了他平生辑录的诗赋佚文能够长久流传，他有志在《杂文章》的基础上扩展续编，最终编成《古文苑》。

《郡斋读书志》和《文献通考》记载《杂文章》载宋玉等赋颂58篇，今九卷本《古文苑》确实收录宋玉等人辞赋57篇，与二目录书

---

① 邢澍：《守雅堂稿辑存》，冯国瑞辑，漆子扬、王锷校点，甘肃人民出版社1992年版，第25页。

② 朱剑心：《金石学》，文物出版社1981年版，第25页。

记载的篇数基本吻合。我们认为,在南宋相对不发达的科技条件下,编者编纂时偶然遗漏个别单篇诗文,是很正常的现象。例如,章樵曾经花三年时间专门为《古文苑》九卷本作注,还是不慎遗漏了张衡《羽猎赋》,故《古文苑》九卷本收录辞赋比《杂文章》少一篇,也不足为奇。

三、《古文苑》托名孙洙

在历史上,借当时名人或古代名人而编的书籍并不少见。托名的目的有很多,王厚之的主要目的是要保存古代石刻文献。有一点毋庸置疑,即王氏虽然是金石名家,但是其文学水平还是有限,且出于金石学家之手的书籍,面对南宋相对繁荣的刻书业来说显得微不足道。为了扩大影响,提高《古文苑》的知名度和价值,达到长久流传的目的,必须借助外在力量。他最终将目标锁定在孙洙身上,我们认为有以下几个原因:

首先,孙洙博闻强识,明练典故,出口成章,文词典丽,有西汉遗风,是一代才子。谢伋赞扬他"语典而重"[①];朱熹称赞其文"温润"[②]。孙洙官至翰林学士,又是参知政事的候选人,作为明公巨儒和朝廷重臣,他的思想和主张不可避免地会对当时的世风和文风产生很大的影响。试举几例说明:

例一:嘉祐三年前后,朝廷诏以六科举士,包拯、欧阳修、吴奎举荐孙洙应贤良方正科,孙洙进策五十篇,指陈政体,明白剀切,名《孙贤良进策》,又名《经纬集》,天下士人争相传写。韩琦读之,太息曰:**"恸哭流涕,极论天下事,今之贾谊也。"**

---

① 谢伋:《四六谈尘》,陶湘涉园刻本,中国书店1981年版。
② 黎靖德:《朱子语类》,王星贤点校,中华书局1986年版,第3315页。

例二:治平三年,京师大雨水,英宗诏求直言,孙洙应诏疏时政七事,要务十五事,共万余言,后多施行。

例三:孙洙在三班院供职时,三班员过万数,功罪籍不明,前后牴牾,吏左右出入,公为欺奸,孙洙革其甚者八事,定为令。

例四:孙洙任知制诰时,曾经抨击王安石因简化统一制辞文字,以致造成吏文千人一词,学士无学,词臣无文的现象,作《乞磨勘迁官诰词随事撰述奏》,其建议被朝廷采纳,朝廷对吏文格式进行了变革①。

因此,当时和后来的许多士大夫大都欣赏、仰慕孙洙的才华,如苏辙曾由衷叹道:"巨源学纵横,世事夙讨论。著书十万字,辩如白波翻。"(苏辙《次韵子瞻广陵会三同舍各以其字为韵·孙巨源》)②孔武仲极力称赞道:"公之文章,美丽闳博。虹霓垂天,收之把握。读者醒然,消醒愈痁。度量浑浑,不见垠崿。粹美积中,发见颜角。"(孔武仲《祭孙巨源文》)③张耒更是评价道:"等闲咳唾烂成文,奏牍三千世共珍。不向人间调鼎鼐,却归天上作麒麟。侍游曲水欢何在,敷奏延英迹已陈。四辅当时曾避柱,熙宁天子属词臣。"(《读孙巨源〈经纬集〉》)④由此可见,孙洙对天下士人的影响之深。虽然孙洙的著作大多失传,但是从现在仅存的两首词和十三篇文中,我们也可以窥见其横溢的才华,故其完全具备编纂诗文选本的才能,也具有托名的条件。

其次,孙洙具有馆阁工作的经历。从嘉祐四年(1059)六月至

---

① 以上四例均见《宋史》孙洙本传。

② 陈宏天、高秀芳点校:《苏辙集》第 5 册,中华书局 1990 年版,第 62 页。

③ 孔武仲等:《清江三孔集》,孙永选校点,齐鲁书社 2002 年版,第 304 页。

④ 张耒:《张耒集》,李逸安等点校,中华书局 1999 年版,第 382 页。

熙宁四年(1071)五月,孙洙曾前后在馆阁供职长达十二年之久。在宋代,"三馆秘阁是国家图书文献管理机构,以藏书为主而兼有学术研究与培养文学才俊的职能。"①追求馆阁、学士职位,正是宋代士人的基本心态。孙洙本人又曾任集贤校理,翰林学士,非常熟悉秘阁的情况。此外,既然《古文苑》从《杂文章》而来,托名孙洙就是自然之举了。不过,既然《杂文章》是孙洙得于秘阁,《古文苑》就肯定不能再自秘阁而出。因为北宋的这两次大型校书活动,朝廷都有明文记载,无法伪造,而且两部书同出一处,自然让人怀疑,故王厚之想到了佛龛,因为佛龛也是前人珍藏秘笈的首选之地。

其实,自从伪《古文尚书》出孔子壁以来,很多文献就来路不明,而宋代的一些书籍,出处也颇令人惊奇,如《楚汉逸书》82篇,《文献通考》卷二百四十八著录道:

> 豫章洪刍编。宋玉、司马相如、司马迁、董仲舒、贾谊、枚乘、路乔如、公孙诡、邹阳、公孙乘、羊胜、中山王胜、淮南王安、班婕妤、王褒、刘向、刘歆、扬雄、班固,凡十九家,叙其可考而读者,共八十二篇。野处洪氏题后,曰此书传于道山。又有《汉贤遗集》,所载略同,凡所脱字,皆据以衍入,犹有疑不可知者,他日当以诸书互出者参校之。②

张商英所编《三坟书》,《郡斋读书志》记载道:

> 《三坟书》七卷,右皇朝张商英天觉得之于比阳民家。《坟》皆古文而《传》乃隶书。所谓"三坟者",山、气、形也。按《七略》不载《三坟》,《隋志》亦无之,世皆以为天觉伪撰,

---

① 陈元锋:《北宋馆阁翰苑与诗坛研究》,中华书局2005年版,第13页。
② 马端临:《文献通考》,中华书局1986年版,第1953页。

盖以比李筌《阴符经》云。①

《楚汉逸书》和《汉贤遗集》传于"道山"，《三坟书》出于"比阳民家"，可谓无奇不有。但是，有一点值得重视——虽然宋人对这些文献的来历颇有疑问，却并没有影响这些书籍的广泛流传，故王厚之托于佛龛，也属无奈之举，只是想使此书具有神秘性，从而得以流传。

另外，孙洙本来就是一个喜欢奇闻逸事的人。《渑水燕谈录》卷九"杂录"记载道：

> 卢丞相多逊谪死朱崖，旅殡海上。天庆观道士练惟，一夜闻窗外有人读书，审其声韵有类多逊。明日，有诗题窗外曰："南斗微茫北斗明，喜闻窗下读书声。孤魂千里不归去，辜负洛阳花满城。"笔迹亦类之。明年，归葬洛。此说得之孙巨源。而杨文公云，其子全扶柩归葬江陵佛舍，与此不同。未知孰是，姑两录之。②

因此，孙洙尚奇好异的性格，也使托名之举顺理成章。

最后，托名孙洙也是因为北宋独特的历史环境。一是北宋具有崇儒抑武的社会风气：宋代君主崇尚文治，宋太宗、真宗、仁宗都以好文之主著称，故北宋初期也是修书盛世，产生了四大奇书——《太平御览》、《太平广记》、《文苑英华》、《册府元龟》。这是一种社会文化氛围，在这种氛围下，出现个人编纂的书籍，应该是顺理成章的事。二是王安石对科举制度改革的影响：诗文选本《文选》在宋初流传甚广，宋神宗熙宁（1068—1077）、元丰（1078—1085）

---

① 晁公武：《郡斋读书志校证》，孙猛校证，上海古籍出版社1990年版，第144页。

② 王辟之：《渑水燕谈录》，金圆整理，大象出版社2006年版，第93—94页。

年间,选学荒废。"我们结合当时的历史情况分析,此事大约和王安石变法有关。宋神宗熙宁四年(1071)二月,王安石对科举制度进行改革,废除明经科,废除进士科的诗赋考试。进士科的考生可在《诗》、《书》、《易》、《周礼》、《礼记》中选治一经,兼治《论语》、《孟子》。考试时,主要考试经书大义,并殿试策论。宋王朝的文武百官大都从科举而来,科举既然进行了改革,士子适应这一要求,自然也得变了。"①这会让后人误以为孙洙与王安石政见不同,有感于文献散佚,选学荒废,他在唐宋类书的基础上,自行编纂类似于《文选》的诗文选本,以保存古代文献,从而将人们的视线成功地转移到孙洙身上,而忽略对《古文苑》本身的考辨。

王厚之托名孙洙很成功。多年来,人们都受到迷惑,不仅无法考证《古文苑》的成书时间,而且无法明辨编者的身份,因为孙洙英年早逝,著作大都散佚,现存史籍也没有更多的史料可以为据。如清叶德辉在《郋园读书志》卷十五中就说:"今《古文苑》,首石鼓文,下即载宋玉赋,凡文二百六十余首,盖即由《杂文章》推广成之。彼讬于出秘阁,此讬于出佛龛,其隐身之术一也。"②叶德辉所说的"彼"即指《郡斋读书志》所收《杂文章》;所说的"此",即指世行之《古文苑》。他认为,《杂文章》就是《古文苑》。孙猛在校证《郡斋读书记》时,进一步阐明了叶德辉的观点:"洙辑原书盖无题,姑名《杂文章》;后又有所增益,传至元吉重加类次刊行,目之《古文苑》。洙实录取唐、宋类书成帙,故又讬之出秘阁、佛龛

---

① 穆克宏:《昭明文选研究》,人民文学出版社1998年版,第157页。
② 叶德辉:《郋园读书志》第15册,戊辰年上海澹园铅印本。

云。"①这二人明确认为《古文苑》是孙洙所编,而这正是王厚之所期望的结果。这也从一个侧面,进一步说明编者是一位身份和地位并不高的士人,故才会借用孙洙的盛名。

综上所述,《古文苑》的编者可能是南宋金石学家王厚之,孙洙是《古文苑》九卷本所收 57 篇赋,即《杂文章》的编者。王厚之是金石名家,他在《杂文章》的基础上扩展续编,最终编成《古文苑》的目的,是为了保存自己珍爱的古代石刻文献。鉴于其相对逊色的文学水平,为了扩大影响,提高《古文苑》的知名度和价值,达到长久流传的目的,王厚之有意托名孙洙。

---

① 晁公武:《郡斋读书志校证》,孙猛校证,上海古籍出版社 1990 年版,第 1057 页。

第二章 《古文苑》版本源流

第一节 版本考①

　　据《通志》记载,《古文苑》初编本有十卷,但此本没有流传下来。南宋淳熙六年(1179),韩元吉加以整理,重新编次为九卷并刊刻之。绍定五年(1232),章樵又加增订,并为注释,重分为二十一卷。端平三年(1236),程士龙受章樵委托,刊刻成书,章氏的注本也成为较为流行的版本。此后,九卷本几近湮没,直到清代嘉庆十四年(1809),著名学者孙星衍始重新校刻宋淳熙本,刊入《岱南阁丛书》中。相比之下,经过章樵校注的二十一卷本就幸运多了,在明清两代曾多次刊刻。道光二十四年(1844),钱熙祚在明代张象贤刊本的基础上,用岱南阁九卷本对樵注本进行校勘,又遍检《艺文类聚》、《初学记》诸书证其所出,分篇别注,后钱氏撰写成《校勘记》一卷,附在所刻《守山阁丛书》本《古文苑》之后。此本遂成为今天常用的本子。现将此书自南宋以来两种版本系统的整理、流传情况分述如下:

---

　　①　此文发表在《福州大学学报》2009 年第 5 期。

一、九卷无注本

（一）刻本

宋淳熙婺州刻本是《古文苑》九卷本最早的版本，也是《古文苑》诸本母本。此本有韩元吉原记，云："世传孙巨源于佛寺经龛中得唐人所藏古文章一编，莫知谁氏录也。皆史传所不载，《文选》所未取，而间见于诸集及乐府，好事者因以《古文苑》目之。今次为九卷，可类观。……淳熙六年六月，颍川韩元吉记。"韩元吉，字无咎，官至吏部尚书、龙图阁学士，被封为颍川郡公，在南渡乾道、淳熙时期，为中原故家代表人物之一，诗文亦有声于时。据万历《金华府志》和周必大《文忠集》卷一百九十一记载，淳熙元年（1174），韩元吉由敷文阁待制知婺州军事；淳熙六年（1179），韩元吉由龙图阁学士再任婺州军事，在任中编次《古文苑》并将其付刻。

宋婺州刻本十行十八字，白口，左右双边，六册。版心下有刻工姓名，包括金敦、吴正、涂逢、吴浩、宋琳、涂通、李忠、金通、徐彦、张明、金章、周祥升。卷前有目录。宋椠之精工者，缺笔字特谨严，"玄"、"殷"、"匡"、"恒"、"让"、"贞"、"弘"、"徵"、"瑗"、"桓"、"慎"等字阙笔。钤有"武陵"、"顾印从德"、"顾晋之印"、"顾印九锡"、"华厅朱氏珍藏"、"青宫侍从之章"、"旅溪后乐园得闲堂印"、"栋厅曹氏藏书"、"云间乔氏图书"、清内府"太上皇帝之宝"、"八徵耄念之宝"、"五福五代堂宝"、"乾隆御览之印"、"天禄琳琅"、"天禄续鉴"诸印。清彭元瑞等撰《天禄琳琅书目后编》卷七著录此本。宋婺州刻本现藏于国家图书馆。

此后，九卷本几近流失。清代嘉庆十四年（1809），著名学者孙星衍才重新校刻宋淳熙婺州本，刊入《岱南阁丛书》中。耿文光

《万卷精华楼藏书记》著录道:"《古文苑》九卷。不著编辑者名氏。兰陵孙氏重刊宋本,嘉庆十四年刊,元和顾广圻序,末有淳熙六年韩元吉记,附书一通。凡赋五十七首、诗五十八首、文一百五篇。元空,皆阴文,每叶二十行,行十八字。"①清赵绍祖《读书偶记》也曾记载。国家图书馆藏有一册、两册、三册三种刻本,版式相同。北京大学图书馆收藏有四册本,版式与国图所藏三种不同,十行十八字,黑口,左右双边,钤有"潘祖荫"、"伯寅"、"蜕庐所藏"、"兰笑楼藏书印"、"刘盼遂藏书"、"江青藏书之印"诸印。

清代光绪五年(1879),飞青阁翻刻《岱南阁丛书》本。国家图书馆藏有两册、三册刻本。二册十行十八字,小字双行,左右双边,单鱼尾,黑口。正文中有朱笔圈点批校,钤有"景宋本古文苑"、"重刻宋淳熙本古文苑九卷"、"光绪五年飞青阁校"等字样,目录、首页、版心有"清江杨氏家藏"字样。另有一种两册刻本,版式相同,正文后却没有韩元吉原记,钤有"黄绍昌"等印。三册本钤有"饮冰室藏"印,有"重刊宋淳熙本"、"《古文苑》九卷"等字样。国图另藏一种清刻二册本,版式相同,但目录有抄配,钤有"先世金陵"、"苏州吴梅藏书"等印。由此可见,这四部书曾各被杨守敬、黄绍昌、梁启超、吴梅四位先生收藏过。

(二)抄本

明代赵凡夫曾收藏宋刻本,其子赵灵均钩摹一本,友人叶林宗见而异之,录成一册。崇祯十四年(1641),孙江、陆贻典从叶林宗处借得叶氏所抄本,又从钱曾处借旧钞本参校,便是明代家抄善本。此本十行十八字,黑口,四周双边,三册,附有孙江跋、陆贻典、顾广圻校并跋语。《铁琴铜剑楼藏书目录》集部五总集类、《铁琴

---

① 《清人书目题跋丛刊》(九),中华书局1993年版,第1138页。

铜剑楼藏书题跋集录》和顾广圻《思适斋书跋》卷四、张元济《古文苑为朱菊生作》①都曾著录。后来,此本先归叶林宗,后又归清代毛扆汲古阁,毛扆《汲古阁珍藏秘本书目》集部曾经记载。现藏于国家图书馆。国图所藏另一种明抄二册本,版式与家抄本相同,但卷二至卷三配清抄本,且文中有红笔圈点。国图另藏有一种清影宋抄本,仅存一册,文中有蔡廷相校语。

钱曾也曾收藏宋钞本,见《读书敏求记》及《述古堂书目》卷二文集记载。此本后为傅增湘所得,存于"藏园",故《藏园群书经眼录》著录道:"《古文苑》九卷,精写本,十行十八字钤有'虞山钱尊王藏书'朱文印。"②

（三）影印本

民国十三年(1924),上海博古斋曾经影印岱南阁本。2006年6月,北京图书馆重新影印宋婺州韩元吉刻本,一函六册,即中华再造善本。

二、二十一卷有注本

（一）刻本

南宋理宗绍定五年(1232),章樵注释韩元吉九卷本,重编为二十一卷。章樵校注完《古文苑》后,转任常州通判。期间,章樵曾有意刊刻校注本。但是,端平元年(1234)十一月,章樵又除登闻鼓院,没有来得及亲手刊刻,便将校注稿留给后任程士龙,程士龙于端平三年(1236)六月刻成樵注本《古文苑》,史称宋常州军刻

---

① 张人凤编:《张元济古籍书目题跋汇编》,商务印书馆2003年版,第1143页。

② 傅增湘:《藏园群书经眼录》,中华书局1983年版,第1481页。

本。遗憾的是,章樵已经卒于前一年(端平二年)六月,见盛如杞《古文苑跋》。嘉熙元年(1237)四月,章樵的儿子章淳来访,取刻好的书版校勘,订正刻工之误二百余字,见江师心《古文苑后序》。这应是二十一卷本最早的刻本,但此本现在已看不到了。

现存最早的二十一卷刻本是宋淳祐盛如杞重修本。淳祐六年(1246),盛如杞(樵兄之婿)新任通判常州军州事。此时,程士龙所刻书版流传十年后,不仅有蠹蚀漫漶之处,而且版片也先后失序。盛如杞遂重新修订,又撰写跋一则。此本书名为《古文苑注》,版匡高六寸八分,阔五寸。十行十八字,小字双行二十二字,白口,左右双边,十册。版心下有刻工姓名,包括求裕、余烨、邵亨、邵思齐、许忠、刘荣。"匡"、"徵"、"桢"、"贞"、"桓"、"慎"、"淳"、"敦"等字阙笔。避讳字和婺州刻本相比,显得较为随意。此本钤有"汪士忠曾读"、"铁琴铜剑楼"、"宋本"诸印。明范钦《天一阁书目》卷四之三、《铁琴铜剑楼藏书目录》集部五、傅增湘《藏园群书经眼录》曾经著录。此本现藏于国家图书馆。

另有一部宋淳祐盛如杞刻残本,曾被黄丕烈所得,仅有十七页。黄丕烈非常珍爱,曾为之做跋三次①。曹元忠撰《笺经室所见宋元书题跋》也曾记载②。此残本后为傅增湘所得,存于"藏园"。《藏园群书经眼录》记载道:"《古文苑》注二十一卷,宋章樵撰。存

---

① 黄丕烈:《荛园藏书题识》,屠友详校注,上海远东出版社 1999 年版,第786 页。

② 曹元忠:《笺经室所见宋元书题跋》:"《古文苑》残本四卷宋刻本:宋章樵注本,行款式样与《铁琴铜剑楼藏书目录》合,惟版心鱼尾之下有刻工许忠、邵思齐等姓名。及缺笔字,尚有玄、朗、弘、怕、树、最、遘为瞿氏所未及耳。惜祇存卷一至卷四,而此四卷尚非完帙,仅四十七番。旧为小读书堆物,旋归五砚,最后为礼居士所得,乃舟三跋于卷尾。至今此书犹荛瓮旧装也。"(黄丕烈、王国维等:《宋板书考录》,北京图书馆出版社 2003 年版,第 699—704 页)

《古文苑》论稿

卷一至四。宋刊本，半叶十行，行十八字，白口双阑，版心记刊工姓名，注双行同。有黄丕烈手跋三则，辛未小春一卷，道光四年甲申二则。（乙亥五月）"①其后，此残本归王文进收藏，《文禄堂访书记》著录道："《古文苑》二十一卷：宋章樵重编。宋淳祐刻本。存卷一至四。半叶十行，行十八字至二十字，注双行二十一字。白口。板心下记刻工姓名。道光四年黄荛夫跋三则，见《题识》。"②此本钤有"宋本"、"松江读有用书斋金山守山阁韩德均钱润文夫妇"诸印。但此残本现在不知在何处，应该还存世。

明代成化十八年（1482），福建巡按御史张世用，重刻樵注本于建阳书肆。此本附有张琳《古文苑跋》："成化岁壬寅，琳释忧，复参闽藩，桉牍之暇，巡按豸史，淮南张公世用间进台下，出示所藏章樵重订唐人所编《古文苑》，且欲发诸建阳书肆，寿梓广传，以开人入古之径，命琳叙之。琳不敏，恒自病其文之难言也，然命不容虚辱。"此本一函八册，十行十八字，小字双行同，白口，四周单边。现藏于国家图书馆。中国人民大学图书馆藏刊本与此版式相同，钤有"积学斋徐乃昌藏书"印。

明代弘治己未（1499），王岳知奉新县，重刻张世用建阳书肆本，此本附有王岳跋，见清丁丙《善本书室藏书志》："《古文苑》二十一卷，明弘治奉新县刊本，时还轩藏书。此明成化壬寅，淮南张世用出示闽藩张琳，发雕建阳书肆，而弘治己未知奉新县事王岳又纵而翻雕。""有时还轩藏书记、王沅私印藏，梅氏廉隐诸印。"③此

---

① 傅增湘：《藏园群书经眼录》，中华书局1983年版，第1482页。
② 王文进：《文禄堂访书记》，柳向春标点，上海古籍出版社2007年版，第371页。
③ 《清人书目题跋丛刊》（二），中华书局1987年版，第879页。

76

本八册,十行十七字或十八字,小字双行十八字,白口,四周单边,现藏于国家图书馆。国图另藏一种王岳六册刊本,九行十八字或十行十八字或十七字,小字双行十六字,黑口,四周单边。

明万历二十一年(1593),姑苏张象贤重刻张世用本。此本有四册、十册版,版式相同,均为八行十八字,小字双行,白口,左右双边,单黑鱼尾,版心上镌书名,中镌卷次,见于清李盛铎著、张玉整理《木樨轩藏书题记及书录》。另有一种四册本,钤有"大明书局"标志,且所收张琳序与其他两本文字出入不少。现三本均藏于国家图书馆。国图另藏一种万历张象贤六册刊本,有朱笔圈点题识。北京大学图书馆所藏明万历刊本于国图所藏版式相同,但钤有"臣齐召南珍藏"、"楝亭藏书"印。北京大学图书馆还藏一种万历张象贤刊乐志斋补修八册本,总目页版心下镌"乐志斋补"。中国人民大学图书馆藏有一种明万历间张象贤刻叶启芳题识本,一函四册,钤有"叶启芳"、"叶启芳为丁酉六十藏书"、"弱侯"诸印。中国人民大学图书馆还收藏两种明万历刊本,版式与国图所藏相同。

国图另藏一种明刻蓝印本,九行十七字,小字双行同,白口,左右双边,八册。此本不少地方破损,极不清楚。国图所藏另一种明刊一册残本仅存两卷(卷八、卷九),九行十七字,小字双行同,细黑口,四周双边。

清嘉庆十四年(1809),张海鹏以王岳本为底本校刻,此为墨海金壶本。此本十一行,行二十三字,小字双行同,单鱼尾,黑口,左右双边,六册。正文前收有《钦定四库全书提要》、韩元吉序、江师心跋、盛如杞跋、章樵序,国家图书馆收藏。

清道光二十四年(1844),钱熙祚据明万历刊版,参以岱南阁本九卷本重编增订刊刻,有钱氏撰写的《校勘记》一卷。见傅增湘《藏园群书经眼录》:"《古文苑》注二十一卷,宋章樵撰。明万历刊本。盛昱校,有跋录后:'《古文苑》明季以来世行皆此本。孙渊如得九卷本刻于平津馆,金山钱氏又重刻此本于守山阁,而以九卷校正。'此跋题书衣上。"①此本十一行,行二十三字,小字双行同,单鱼尾,黑口,左右双边,四册,是目前最为流行的版本。

清咸丰八年(1858),李锡龄重新翻刻,是为《惜阴轩丛书》本。此本十行,二十二字,小字双行同,单鱼尾,黑口,四周单边,四册。版心下方镌有"惜阴轩丛书"字样,国家图书馆有藏。耿文光著录道:"章本刻于嘉熙丙申,而升道以乙未六月卒,盖不成书也。丁酉江师心复订刊板之误,凡二百余字。越十二年丙午冬,盛如杞命工补板,此宋本也。明成化间,有建阳书肆本。弘治己未王岳知奉新县,又刻之,即惜阴轩本之所自出也。"②据此记载可知,《惜阴轩丛书》本是据王岳本翻刻的。

清光绪十二年(1886),江苏书局刊刻张世用本。此本十行,二十二字,小字双行同,单鱼尾,黑口,左右单边,四册。国家图书馆藏两种,一种卷一首页钤有"长乐郑振铎西谛藏书"字样,又有"光绪丙戌江苏书局开雕"字样。另一种四册刊本为左右双边,其他版式相同。

清光绪二十二年(1896),胡元常重刊《惜阴轩丛书》本。十行,二十二字,单鱼尾,黑口,四周单边,四册。版心下方镌有"惜阴轩丛书"字样、后有"光绪丙申七月重刊于长河"字样。此本现藏于国家图书馆。

民国六年(1917),湖阳郑国勋以守山阁丛书本和岱南阁本为底本重新刊刻,即为《龙溪精舍丛书》本。国家图书馆有藏。十

---

① 傅增湘:《藏园群书经眼录》,中华书局1983年版,第1482页。
② 《清人书目题跋丛刊》(九),中华书局1993年版,第1139页。

行,二十二字,单鱼尾,黑口,左右双边,四册。版心下方镌"龙溪精舍校刊",书名上钤有"上强村民"、后钤有"湖阳郑氏用岱南阁本参守山阁本校刊"字样。正文前有《钦定四库全书提要》、章樵序。正文后钤"广陵邱义卿、绍园监刻"、"扬州周楚江刊刻"字样。

(二)抄本

《四库全书总目提要》著录道:"《古文苑》二十一卷。……南宋淳熙间,韩元吉次为九卷。至绍定间,章樵为之注释。明成化壬寅,福建巡按御史张世用得本刊之。"①根据此提要,可知文渊阁四库全书本是据明成化壬寅张世用本抄写的。

(三)影印本

晚清以来,明成化壬寅张世用刊本、《守山阁丛书》本和宋淳祐盛如杞重修本都曾被多次影印:

明成化壬寅张世用刊本,有清光绪十二年(1886)江苏书局影印本,民国八年(1919)上海商务印书馆影印本(即《四部丛刊》首次影印本)和民国十一年(1922)上海涵芬楼影印本。1965 年、1967 年,台北商务印书馆曾两次影印《四部丛刊》初印本。1989年,上海书店也曾影印《四部丛刊》初印本。

《守山阁丛书》本,清光绪十五年(1889)上海鸿文书局②,民国十一年(1922)上海博古斋,民国十八年(1929)上海商务印书馆,1968 年台北商务印书馆,1970 年台北艺文印书馆都曾影印。民国二十四年(1935)和民国二十六年(1937),上海商务印书馆也曾两次影印守山阁本,此即《丛书集成初编》本和《万有文库》本。1985 年,中华书局重印《丛书集成初编》本。

---

① 《钦定四库全书总目》(整理本),中华书局 1997 年版,第 2607 页。
② 国家图书馆藏有一种小本装,三册。

此外，民国十年（1921），上海博古斋曾影印张海鹏校刊本。
1969 年，台北文友书店影印民国十年博古斋本。1983 年台北商务
印书馆、1993 年上海古籍出版社，都曾影印《文渊阁四库全书》本。
民国二十五年（1936），上海商务印书馆据常熟翟氏铁琴铜剑楼藏
宋淳祐盛如杞重修本影印（此即《四部丛刊》二次影印本）。

2003 年 12 月，北京图书馆重新影印宋端平三年常州军刻淳
祐六年盛如杞重修本，一函十册，此即中华再造善本。

三、其他版本

除上述两个系统的版本外，还有一些关于《古文苑》的版本，
虽然个别目录书曾著录，但我们并未看到原本，如章樵二十一卷改
本，见傅增湘《藏园群书经眼录》：

> 《古文苑》注二十一卷，宋章樵撰。明刊本，十行十八字。
> 印甚精。（海虞翟氏书，索八十元。辛酉）"此书非章樵注本，
> 直章樵改本耳。取宋刻九卷本改之如右。光绪辛巳九月初五
> 日伯希。"此跋在目后。（盛昱遗书，索十元。壬子）①
> 只是，不知此本现在何方？

此外，明杨士奇等编《文渊阁书目》卷九，日字号第一厨书目，
文集类著录道："《古文苑》一部四册完全。"②《文渊阁书目题本》
中说："自永乐十九年（1421）南京取回来，一向于左顺门北廊收
贮"，编成在"正统六年（1441）六月二十六日。"③我们知道，现存

---

① 傅增湘：《藏园群书经眼录》，中华书局 1983 年版，第 1482 页。
② 冯惠民、李万健等主编：《明人书目题跋丛刊》，书目文献出版社 1994 年
版，第 78 页。亦见《丛书集成初编》本，《文渊阁书目》，第 95 页。
③ 《文渊阁书目》，《丛书集成初编》本，卷首。

《古文苑》最早的明代刊本,是成化十八年(1482)张世用二十一卷刊本。那么,此文渊阁所藏四册本,可能是元人刊本或元人摹宋抄本。因为毛扆《汲古阁珍藏秘本书目》集部曾著录元抄九卷本:"《古文苑》二本,元人手抄,二、三两卷陈在兹补抄,书末尾张冯定远先生补,二两。孙渊如重刻本,顾千里校注。"①《赠订四库简明目录标注》也记载道:"[续补]元大字本。"②丁丙《善本书室藏书志》卷三十八也曾著录元刊二十一卷本:

> 《古文苑》二十一卷,元刊本。不著编辑名氏,陈振孙《书录解题》云:世传孙巨源于佛寺经龛中得之,所录自周迄南齐,诗、赋、杂文凡二百六十余首,皆史传、《文选》所不载。宋椠九卷末有淳熙六年韩元吉记。此宋章樵注,分为二十卷,末一卷则以旧载文多残缺,存俟博访者。前有绍定壬辰樵自序。樵,字升道,号峒麓,昌化人,嘉定元年进士。注书时,方知平江府吴县事,后官知涟水军,授朝散郎,知处州。

> 《天禄琳琅》载有元刻,缺江师心、盛如杞二序。此本亦缺。字画古雅,纸色润旧,盖元椠也。③

但是,这些版本我们目前并未看到,也不敢妄加断语。

另外,明清一些私家目录书有关于《古文苑》的记载,如明代钱溥《秘阁书目》文集有"《古文苑》五"、总集有"《古文苑》",徐㶳《徐氏红雨楼书目》卷五集部总集类"《古文苑》二十一卷",祁承㸁《澹生堂藏书目》集部上总集"《古文苑》",叶盛《菉竹堂书目》

---

① 《续修四库全书》第919册,第592页。

② 邵懿辰:《赠订四库简明目录标注》,邵章续补,上海古籍出版社2000年版,第886页。

③ 《清人书目题跋丛刊》(二),中华书局1987年版,第879—890页。

卷三"《古文苑》五册",清代徐乾学《传是楼书目》记载"《古文苑》",季振宜《季沧苇藏书目》著录"抄本《古文苑》九卷一本"等等①,均因记载太简单,无法判断其具体版式及版本渊源情况。明代高儒撰《百川书志》卷十九记载有"《古文苑》二十二卷",与诸目录书记载不一致,应该是误记。《天禄琳琅书目》卷十记载宋刊二十一卷本,系明人伪托,不足采信,清代于敏中已经指出。

综上所述,郑樵《通志》所记载《古文苑》十卷本,早在南宋初年就已经遗失。现存《古文苑》最早的版本,是南宋淳熙六年韩元吉婺州刻九卷本,也是《古文苑》诸本母本。章樵二十一卷校注本中,最早的是宋常州军刻本,但此本已佚,现存最早的是宋淳祐盛如杞重修本。这两种版本系统的《古文苑》,韩元吉无注本比章樵注本早五十余年,更接近《古文苑》原貌,且校勘精良,讹误较少,故在保存宋版原刊面貌方面功不可没。不过,章樵注本毕竟出于南宋时期,也正借助他的注释,《古文苑》才流传渐广。此外,章樵注释时曾经征引宋前及宋代经、史、子、集各类文献约150馀种,有

---

① 再如,明代周弘祖《古今书刻》上卷有"南京国子监《古文苑》"、"常州府《古文苑》"、"江西布政司《古文苑》",朱睦㮮《万卷堂书目》卷四总集有"《古文苑》七卷",《近古堂书目》卷下总集类有"《古文苑》",徐图《行人司重刻书目》有"《古文苑》八本",陈弟《世善堂藏书目录》卷下集类有"《古文苑》",李廷相《濮阳蒲汀李先生家藏目录》有"中间朝西:《古文苑》四本。东间朝东:《古文苑》六本。东间朝东:《古文苑》三本",晁瑮《晁氏宝文堂书目》卷上有"文集,《古文苑》",赵琦美《脉望馆书目》馀字号有"不全宋元版书《古文苑》一本",《玄赏斋书目》卷七文总集有"《古文苑注》、《古文苑》",清代钱曾《述古堂书目》卷二文集有"《古文苑》注二十一卷,六本",徐乾学《传是楼书目》著录"《古文苑》",季振宜《季沧苇藏书目》著录"抄本《古文苑》九卷一本",冯瀛《唫香仟馆书目》有"《古文苑》九卷。宋韩元吉编,二本"等。(参见《中国历代书目题跋丛书》,上海古籍出版社2005、2007年版。亦见冯惠民、李万健等选编:《明人书目题跋丛刊》,书目文献出版社1994年版。)

些文献今已散佚,其中也不乏研究古代政治、典章、制度、地理、民俗等诸多方面的材料,只可惜辗转翻刻,讹误也较多。九卷无注本中,经过清代著名学者孙星衍和顾广圻校勘的《岱南阁丛书》本是较好的版本。章樵注本系统中,附有钱熙祚《校勘记》的《守山阁丛书》本最优,也是现行通用的版本。

附录:《古文苑》重要版本渊源一览表

表 2-1 《古文苑》重要版本渊源一览表

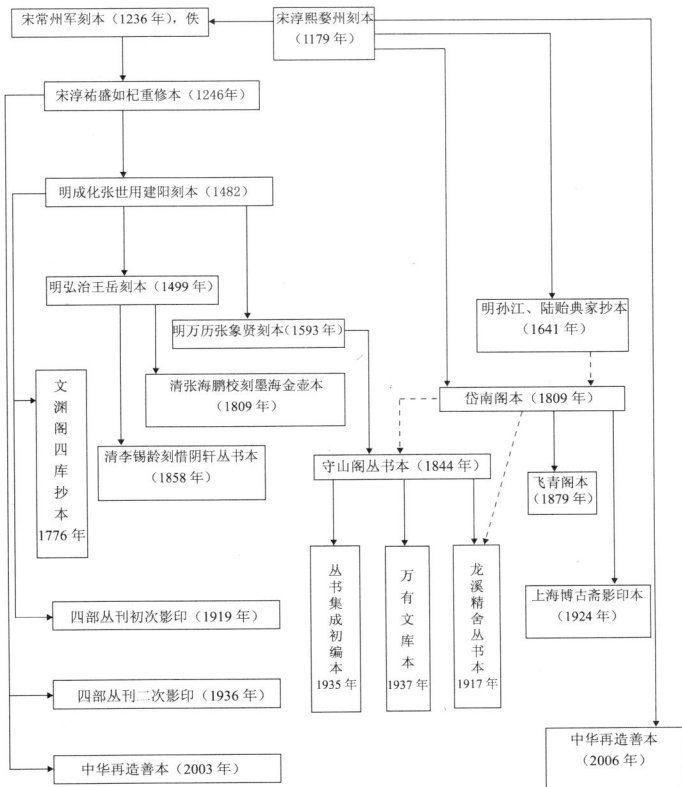

第二节　章樵注本评析①

南宋理宗年间,章樵注释韩元吉九卷本,重编为二十一卷。章樵(?—1235),字升道,号桐麓,临安昌化人(今浙江杭州),宁宗嘉定元年(1208)进士,以廉公善称。绍定二年(1229),章樵在任吴县(今苏州市)知县时,就开始为九卷本《古文苑》做注释。绍定五年(1232),校注工作完成,故章樵注释《古文苑》整整花了三年时间,他根据汉晋间文史册之所遗和唐宋类书所引,在补遗刊误、训释音义、增补资料方面作了不少工作,正如他自己在序言里所说:

> 犹幸佛书龛中之一编,复出于人间,而其中句读聱牙,字画奇古,未有音释。加以传录舛伪,读者病之,有听古乐恐卧之叹。樵学制吴门,窃簿书期会之暇,续以灯火馀工,玩味参订,或袤断简以足其文,或较别集以证其误,推原文意,研核事实,为之训注。其有首尾残缺,义理不属者,姑存旧编,以俟庾考。复取汉晋间文史册之所遗以补其数,凡若干篇,厘为二十卷,将质诸博洽君子以求是正焉。

经过章樵注释,《古文苑》一书的流传和影响日渐扩大,应该说“功劳甚伟”,他的朋友、同僚和晚辈对此校本评价甚高,如嘉熙元年(1237),其友江师心跋语称赞道:“然是集也,其辞屈曲,其义幽深,由唐迄今垂数百载,观者罕究其极。武林章君有忧之,于是研精覃虑,搜采群说篇传而字释之,使开卷者一览而得其指归,可谓好古博雅之君子矣。”

可是,章樵虽然花了很多心血校注《古文苑》,但可能是他本

---

① 此文发表在《中国典籍与文化》2010 年第 1 期。

身学术水平的问题,当时及后来学者对其批评不断,如王应麟《困学纪闻》卷十七批评道:

> 宋玉《钓赋》:宋玉与登徒子偕受钓于玄渊。唐人避讳改"渊"为"泉",《古文苑》又误为"洲"。

又卷二十:

> 《曹操夫人与杨彪夫人书》:送房子官绵百斤。《古文苑》误作"官锦",而注者妄解。按《魏都赋》:绵纩房子。《晋阳秋》:有司奏调房子、睢阳绵,武帝不许。《水经注》:房子城西出白土,可用濯绵。①

至清代,《四库全书总目》评价道:

> 樵序称有首尾残阙者,姑从旧编。复取史册所遗以补其数,厘为二十卷。又有杂赋十四首、颂三首,以其文多不全,别为一卷,附于书末。共为二十一卷,则已非经籧之旧本矣。中间王融二诗,题为谢朓,盖因附见朓集而误。又《文木赋》出《西京杂记》,乃吴均所为,见段成式《酉阳杂俎》,亦不能辨别,则编录未为精核。至《柏梁》一诗,顾炎武《日知录》据所注姓名,驳其依托。钱曾《读书敏求记》谓旧本但称官位,自樵增注,妄以其人实之,因启后人之疑。又如宋玉《钓赋》,"蜎渊"误作"玄洲";曹夫人书"官绵"误作"官锦",皆传写之讹,而注复详为之解,王应麟《困学纪闻》亦辨之,则注释亦不能无失。②

四库馆臣不仅肯定了上述王应麟批评的两条注释,而且涉及其他校核未精处,如王融诗、柏梁诗等。

---

① 王应麟:《困学纪闻》,孙海通校点,辽宁教育出版社 1998 年版,第 322 页。

② 《钦定四库全书总目》(整理本),中华书局 1997 年版,第 2607—2608 页。

清代嘉庆十四年（1809），著名学者孙星衍重刻宋淳熙九卷本，好友顾广圻为此书作序。顾广圻激烈批判章注，认为"后此有章樵者为之注，改分廿一卷，移易篇第，增窜文句，复非旧观"，他列举出《柏梁诗》、《曹夫人与杨彪夫人书》、《钓赋》、《蜀都赋》、《消青衣赋》、《离合作郡姓名字诗》、《度尚曹娥碑》、《上林苑令箴》八篇诗文中的字句错误，并讽刺道："凡若斯类，灼然无疑，其余与群籍出入，足资证明者，尚难胜枚数。夫既通其所不通，而不强通其所不可通，是在善读书者，固非章注望文生解所能见及，抑与韩记之云，初无异致也。"①后来，顾广圻在对孙星衍的信中，再次谈到这个问题："至于九卷本脱误不少，却非章樵廿一卷本所能补正。广圻于校刊时，曾取宋板章本细阅，知樵实未得此书要领，就中最甚者，莫过于据唐人类书各条而已。"又列举出其遗漏、字音未加校正或注释错误的篇章，如《琴赋》、《司徒箴》、《函谷关赋》、《柳赋》、《僮约》、《责髯奴辞》、《述行赋》、《浮淮赋》、《士不遇赋》、《魏卫敬侯碑阴文》、《大理箴》、《羽猎赋》等，并进一步批评道："特是绝不可通之处，仍复不少，故未敢辄谓成书而附卷后。窃意宋人录时，便属如此脱误，今更后彼数百年，古书日少，恐竟不能校之使通体文从字顺，若枚乘《梁王菟园》、扬雄《蜀都》、王廷寿《王孙》、班固《车骑将军窦北征》等篇，其尤弗能无阙疑者也。"②褒韩贬章之意非常明显。

清道光二十四年（1844），钱熙祚针对这种论调，在明万历张象贤二十一卷刊本和孙星衍校刻九卷本的基础上，重新校勘二十一卷本，又遍检《艺文类聚》、《初学记》诸书证其所出，分篇别注，

---

① 顾广圻：《顾千里集》，王欣夫辑，中华书局 2007 年版，第 170 页。

② 顾广圻：《顾千里集》，王欣夫辑，中华书局 2007 年版，第 125 页。

撰写成《校勘记》一卷,对九卷本和二十一卷本做出了比较客观的评价,并充分肯定了章樵注释的功绩。

19世纪20年代,日本学者神田喜一郎在《论四部丛刊之选择底本》一文中曾说:"《古文苑》用二十一卷本,亦为非宜,想因有章樵注故。然不如用孙巨源原本之九卷为佳。"①这是过分推崇宋本之故。至于钱钟书在《管锥编》中说,"《古文苑》章樵注聊胜于无而已"②,则非公允之论。

那么,九卷本和二十一卷本究竟有哪些异同?我们又应该如何正确认识章樵注本的价值呢?让我们分两点来看:

一、章樵校注做的工作

(一)增加篇章,编定目次,考定作者和篇名

首先,章樵增加汉魏诗文32篇。《古文苑》九卷本共收录先秦至齐梁74位作家(包括无名氏)的233篇作品,二十一卷本收录85位作者(包括无名氏)的264篇作品。章樵注释时,新增加诗文32篇(赋作5篇、诗歌14篇、文13篇),但章樵又不慎遗漏张衡《羽猎赋》,故二十一卷本比九卷本多收录诗文31篇,分别是:枚乘《忘忧馆柳赋》、路乔如《鹤赋》、公孙乘《月赋》、中山王《文木赋》、陆机《思亲赋》、秦嘉《述婚诗》、王粲《思亲为潘文则作》、裴秀《大蜡诗》、曹植《元会诗》、闾丘冲《三月三日应诏诗》、王粲《杂诗》(四首)、《七哀诗》、王融《奉和南海王咏秋胡妻》一首、《池上梨花》、谢朓《阻雪联句遥赠和》、沈约《阻雪联句遥赠和》、邹长倩《遗公孙贤良书》、王粲《为刘表与袁尚书》、魏文帝《九日送菊与钟繇书》、傅咸

---

① 叶德辉:《书林余话》,中华书局1999年版,第44页。
② 钱钟书:《管锥编》,中华书局1991年版,第951页。

《皇太子释奠颂》、张衡《绥笋铭》、胡广《笋铭》、《印衣铭》、李尤《孟津铭》、《洛铭》、王粲《刀铭》、张华《尚书令箴》、傅玄《吏部尚书箴》和无名氏《楚相孙叔敖碑》。

我们认为，章樵增加篇目是有意的，如枚乘《梁王菟园赋》、《忘忧馆柳赋》、路乔如《鹤赋》、公孙乘《月赋》、羊胜《屏风赋》与公孙诡《文鹿赋》、邹阳《酒赋》，本是同一组赋，是汉景帝前元四年（前153），梁王游忘忧之馆，其手下诸游士所作，葛洪《西京杂记》卷四曾经著录。《古文苑》九卷本只选录枚乘和羊胜二赋，其他七首赋作则摒弃不用，故章樵将未录之赋基本补全，公孙诡《文鹿赋》和邹阳代韩安国所作《酒赋》水平稍逊，章樵则弃之不录①。再如《阻雪连句遥赠和》，王融集载有七首，九卷本只录江革、王融（章樵不慎将王融误题为谢朓）二首，章樵将首倡人谢朓、沈约二人和诗补入，王兰、谢昊、谢缓三首，因词意不同而略去不录，以成词意相同的联句组诗②。章樵增加诗文中，王粲《七哀诗》一首、王融《池上梨花》两首，目前所知最早见录于《古文苑》，其馀和篇，文字也有小异，故其具有的校勘、辑佚等文献价值不容忽视。

其次，调整卷数和篇目次序。九卷本卷一为"文"，收录《石鼓文》、《诅楚文》、《峄山刻石文》和闻人牟准《魏敬侯碑阴文》四篇

---

① 《古文苑》卷三《忘忧馆柳赋》题解："梁孝王游于忘忧之馆，集诸游士，各使为赋。枚乘《柳赋》、路乔如《鹤赋》、公孙诡《文鹿赋》、邹阳《酒赋》、公孙乘《月赋》、羊胜《屏风赋》，韩安国作《几赋》不成，邹阳代作。邹阳、安国罚酒三升，赐枚乘、路乔如绢人五疋。出葛洪《西京杂记》。"

② 《古文苑》卷九《阻雪连句遥赠和》题解："融集载《同咏》，七人各赋绝句，音韵相叶而不相犯，意亦往来酬答题以联句，盖宋齐间体也。至唐，则有人咏一韵两句，周而复始合成长篇者。旧本止载江革、王融二首，姓名又差，今添入倡首谢朓、殿后沈约二绝足成联句一篇。外有王兰、谢昊、谢缓三首，词意不相，殊绝弗载。"

88

刻石文;卷二、卷三为赋作,收录31位作者的57篇赋作;卷四收录诗、歌、曲,共计70首;卷五至卷九收录31位作者的散文103篇,依次而下分别是敕、启、状、书、对、颂、述、赞、铭、箴、杂文、叙、记、碑、诔。章樵重新改分为二十一卷时,又将九卷本各类的前后排列次序做了一些调整:卷一保留三篇刻石文,将闻人牟准《魏敬侯碑阴文》抽出放入卷十七"杂文";把九卷本卷二至卷三所收赋作,重新别为六卷,将宋玉六首赋、扬雄三首赋分别剔出,别为二卷,其余赋作按年代先后分为四卷,分别是"汉臣赋十二首"、"汉臣赋九首"、"汉臣赋六首"、"赋十一首",并增加5篇赋作(枚乘、路乔如、公孙乘、中山王、陆机),又遗漏张衡《羽猎赋》,故二十一卷本比九卷本多收4首赋;卷八、卷九为诗歌,共计84首,与九卷本相同;卷十至卷二十收录37位作者的散文116篇。此外,章樵将九卷本"歌"、"曲"与"诗"次序互换,将"书"与"状"的次序互换,将九卷本中的"叙"类(仅《董仲舒集叙》一篇)取消,归并入杂文类,将九卷本中所收的残缺诸篇,抽出列入卷二十一,定名为"杂赋十三首"。其他次序与九卷本相同。经过章樵的调整,《古文苑》所录诗文的时间和作者脉络更为清楚,文体的分类也趋于合理。由此我们还可以看出,章樵在注释时,比较关注《古文苑》的编纂体例,不仅注意到了对文学史料的极尽搜罗,而且刻意在庞杂的文学史资料之中凸显各个时代的大家名作、精品,这种注释思想自然有其可取之处。

再次,考定部分作品的作者。张衡《温泉赋》、《观舞赋》、张超《诮青衣赋》、班固《终南山赋》、程晓《嘲热客》、王融《侍游四方应诏》、《游仙诗》、《奉和南海王咏秋胡妻》、《栖玄寺听讲毕游郊园》、《别萧谘议》、《和王友德古意》、《别王丞僧孺》、《杂体报范通直》、《奉和月下》、《奉和秋夜长》、《四色咏》、《奉和纤纤》、《奉和代徐》、《并代徐》二首、《咏梧桐》、崔瑗《河间相张平子碑》、邯郸淳《度尚曹娥碑》等,九卷本都未署作者姓名,章樵为其一一考定了作者。王融《寒晚敬和何徵君点》,九卷本误题为刘绘,章樵改正。如果作者存疑,章樵便在注释时,于题下注明:如扬雄《司空箴》和《太常箴》,章樵注曰,"一作崔骃";《尚书箴》和《博士箴》,章樵注曰,"一作崔瑗";崔瑗《尚书箴》,章樵注曰,"一作繁钦";《郡太守箴》,章樵注曰,"一作刘骃余";胡广《侍中箴》,章樵注曰,"一作崔瑗";张昶《西岳华山堂阙碑铭》,章樵注曰,"一作张旭";张超《尼父赞》,章樵注曰,"道书《洞天集》云,留侯张良作";傅毅《车左铭》、《车右铭》、《车后命》,章樵注曰,"一本作崔瑗"。这些注解,不但彰显出章樵严谨的学术态度,而且保存了一定的史料,对我们今天具体考证上述作品的作者,还原事实真相,无疑有借鉴意义。

另外,章樵修改九卷本部分诗文篇名。如九卷本录有刘绘和王融《咏池上梨花》一诗,篇名作《和王中书》,章樵改篇名为《和池上梨花》,并附入王融原诗。这样编排,不但使刘绘和诗更加清晰,而且便于读者将两首诗进行对比,也从一定程度上保存了王融的佚诗。再如沈约、虞炎、范云、王融、萧琛、刘绘六人各所作《饯谢文学离夜》诗和谢朓《答》诗,九卷本排列次序为沈约、虞炎、范云、谢朓、王融、萧琛、刘绘,显得杂乱无章。章樵调整作者次序,将六人饯别诗放在前面,将谢朓答诗改篇名为《谢文学答》,并放在最后,让读者能一目了然。

(二)补勘文字,注音释义,校勘版本

章樵注释《古文苑》的直接起因,就是《古文苑》不仅所收多为古字,句读聱牙,没有音释,而且文中有不少传录舛伪之处,让读者感到无所适从,从而影响此书的进一步研究和传播。因此,他注释的注意力,主要放在校勘补全原文和注音释义上,并引用史书、类书、石刻、地志、目录、笔记等相关文献对名物、典制、作者和版本进行一定的考辨。如仅注释扬雄《蜀都赋》一文,章樵就引用将近40种文献,足见其校注态度的严谨性和注释的全面性。据我们初步统计,章樵注释时曾经征引的经、史、子、集(总集)类书目大约有108种①。别集类书目,《王粲集》《谢朓集》和《王融集》,章樵在

----

① 章樵注释引用书目:《周易》《易乾凿度》《尚书》《尚书大传》《诗经》《韩诗外传》《周礼》《仪礼》《礼记》《大戴礼记》《孝经》《春秋左氏传》《春秋公羊传》《春秋谷梁传》《十六国春秋》(魏·崔鸿)《春秋繁露》(汉·董仲舒)《论语》《孟子》《尔雅》(晋·郭璞注)《方言》(汉·扬雄)《广雅》(魏·张揖)《说文解字》(东汉·许慎)《广韵》(隋·陆法言)《史记》(汉·司马迁)《汉书》(汉·班固)《后汉书》(南朝宋·范晔)《三国志》(汉·陈寿)《晋书》(唐·房玄龄等)《宋书》(南朝梁·沈约)《南齐书》(梁·萧自显)《北齐书》(隋·李百药)《梁书》(唐·姚思廉)《魏书》(齐·魏收)《周书》(唐·令狐德棻)《隋书》(唐·长孙无忌)《南史》(唐·李延寿)《汲冢周书》《国语》《战国策》《越绝书》《列女传》(魏末晋初·项原)《山海经》《河图括地象》《华阳国志》(晋·常璩)《舆地志》(陈·顾野王)《水经注》(北魏·郦道元)《丹阳记》(南朝宋·山谦之)《十三州记》(北魏·阚骃)《元中记》《益州记》(南朝梁·李膺)《蜀王本纪》(汉·扬雄)《广志》《南中八郡志》《成都古今记》《成都志》《三辅黄图》《三辅旧事》《三辅故事》《元和郡国志》《会稽志》(宋·施宿)《元丰九域志》(宋·王存)《湘中记》《孔子家语》(晋·王肃)《孔丛子》(秦·孔鲋)《新语》(汉·陆贾)《说苑》(汉·刘向)《新序》(汉·刘向)《法言》(汉·扬雄)《新论》(汉·桓谭)《物理论》(汉·杨泉)《程氏解经》(宋·程颐)《管子》《本草》《琴操》(晋·孔衍编)《琴谱》(唐·陈康士)《竹谱》(晋·戴凯之)《吕氏春秋》《淮南子》《白虎通义》(汉·班固)《古今注》(晋·崔豹)《容斋随笔》(宋·洪迈)《演蕃露》(宋·程大昌)《论衡》(汉·王充)《艺文类聚》(唐·欧阳询等)《初学记》(唐·徐坚等)《世说新语》(南朝宋·刘义庆)《西京杂记》(晋·葛洪)《殷芸小说》(南朝宋·殷芸)《唐语林》(宋·王谠)《会稽典录》(晋·虞预)《穆天子传》(晋·郭璞注)《十州记》(晋·王嘉)《拾遗记》《续齐谐志》(晋·张华)《博物志》《搜神记》(晋·干宝)《列仙传》(晋·葛洪)《神仙传》《录异传》《博异志》《老子道德经》《列子》《庄子》《天官书》《楚辞补注》(宋·洪兴祖)《文选》(南朝梁·萧统)《洞天集》(唐·王贞范)。

注释时明确提到。其他汉魏作家别集，章樵虽没有明确注明，但也屡次引用其单篇文章①。因此，章樵注释是花了大量心血的。除注释《古文苑》外，章樵还著有《曾子》十八篇、《章氏家训》七卷、补注董仲舒《春秋繁露》十八卷，但世多不传。因此，《古文苑》应该是章樵的遗作，他甚至没有看到此书刊刻问世，就溘然长逝。故其注释，可以说是呕心沥血，也是章樵一生学术思想的汇总，正如其友吴渊《书〈古文苑〉后序》所说："余闻其言已伏其整暇不废，文字非俗吏之所能为。及阅其书，则荟萃音释，核别章句，发千古之奥赜，定众人之讹谬。其援据精切，其阐叙敷郁，凡山经、水志、稗官、冢竹、籀书、谱靡不收罗，捃摭成一家言，于是又服君之博而感君之瘁也。"让我们逐一来看：

1. 补勘文字

《古文苑》九卷本所录作品，不仅有遗漏未录之文，而且在流传过程中出现不少讹误。章樵考核群书，力争补全原文，也多有收获：

例一：王粲《羽猎赋》，九卷本只存 100 字。章樵注存 158 字。此赋《艺文类聚》卷六十六《产业部下》"田猎"条存 25 句，103 字。

---

① 章樵注释引用单篇文章：宋玉：《神女赋》、《高唐赋》；李斯：《谏逐客书》；贾谊：《服赋》、《惜誓》；枚乘：《七发》；司马相如：《凡将篇》、《子虚赋》、《上林赋》、《美人赋》；董仲舒：《山川颂》；王褒：《洞箫赋》；刘向：《别录》；扬雄：《校猎赋》、《甘泉赋》、《长杨赋》、《解嘲》、《蜀王纪》、《七赋》、《大人赋》；刘歆：《七略》、《与扬雄书》；班固：《西都赋》、《东京赋》、《子虚赋》、《宾戏》、《燕然铭》；李尤：《佩错刀铭》；张衡：《西京赋》、《七盘赋》；蔡邕：《独断》；徐干：《思室诗》；魏文帝：《弹棋赋》、《柳赋》；嵇康：《琴赋》；左思：《吴都赋》、《东京赋》、《蜀都赋》；庾信：《终南山诗》；刘琨：《扶风行》；孙绰：《天台山赋》；鲍照：《芜城赋》；挚虞：《文章流别论》；孔稚圭：《北山移文》；谢惠连：《捣衣诗》；李奇：《上林赋注》；杜牧：《题木兰庙诗》；苏轼：《离合砚》及其关于《木兰诗》、《苏李诗》的论述等。

《初学记》卷二十二《武部猎第十》所引存 24 句,101 字。现比勘如下(注:下加线的是章樵补入文字):

　　济漳浦而横阵,倚紫陌而并征。树重置于西址,列骏骑乎北埛。遵古道以游豫兮,昭劝助乎农圃。因时隙之余日兮,陈苗狩而讲旅。(此 8 句 50 字,九卷本、《艺文类聚》、《初学记》均无)。相公乃乘轻轩,驾四骆,拊流星,属繁弱。选徒命士,咸兴("兴"《初学记》、《艺文类聚》作"舆")竭作。旌旗云扰("扰"字,《艺文类聚》作"桡"),锋刃林错。扬辉("辉"字,《艺文类聚》作"晖")吐火,曜野蔽泽。山川于是乎(《艺文类聚》无"乎"字)摇荡,草木为之(《初学记》后有"以"字)摧落("落",《艺文类聚》作"拔")。禽兽振骇,魂亡("亡"《初学记》作"忘")气夺。举首触丝(此四字,《艺文类聚》作"兴头触系"),摇尾("尾",九卷作"足")遇拨。陷心裂胃,溃颈("颈"字,《艺文类聚》作"脑")破颇("颇"字,九卷作"颣",《初学记》作"颊",《艺文类聚》作"颡")。鹰大("大",九卷作"犬")竞逐,奕奕霏霏。下鞲穷绁,搏肉噬肌(《初学记》、九卷本无上 8 字)。坠者若雨,僵者若坻。清野涤原,莫不殰夷。

　　显然,《古文苑》九卷本与《艺文类聚》、《初学记》所录有遗漏之文。章樵根据《王粲集》补入 58 字,从而使此赋首尾完整,见章樵《羽猎赋》注:"挚虞《文章流别论》云:'建安中,魏文帝从武帝出猎,命陈琳、王粲、应场、刘桢并作。琳为《武猎》,粲为《羽猎》,场为《西狩》,桢为《大阅》。凡此各有所长,粲其最也。'此赋首尾有缺文,以《粲集》补。"

　　例二:王融《奉和南海王咏秋胡妻》九卷本只录六首,章樵根据王融别集所录,补入第七首:

披帷惕有忘，出门迟所欲。彼美后来仪，惭颜变欣瞩。

兰艾隔芳臭，泾渭分清浊。去去夫人子，请殉川之曲。

从而使此组诗七首齐全，也保存了王融一部分佚诗。后人辑刻王融别集所收此组诗，最早无疑出自《古文苑》。

例三：章樵注释王粲《无射钟铭》时，引录了王粲另一铭，即《蕤宾钟铭》，见《无射钟铭》题解：

> 《粲集》二铭：一曰《蕤宾钟铭》，其词："有魏匡国，诞成天功。底绥六合，纂定庶邦。承民靡庶，休征惟同。皇命孔昭，造兹衡钟。纪之以三，平之以六。度量允嘉，气齐允淑。表声韶和，民听以睦。时作蕤宾，永享遐福。"一曰《无射钟铭》云云。蕤宾，五月，律其音徵。无射，九月，律其音商，二钟盖以音别之。刘达注左思《魏都赋》：文昌殿前有钟簴，其铭曰："惟魏四年，岁在丙申。龙次大火，五月丙寅，作蕤宾钟，又作无射钟。建安二十一年七月，始设钟簴于文昌殿前，岁月并铭各铸于钟之甬。"按魏以建安十八年开国，二十一年正魏之四年也。

这一注释，不但明确说明王粲创作二铭的时代背景和具体制作时间，而且最早最完整地保存了王粲的这篇铭文，后人辑刻王粲别集所收《蕤宾钟铭》，都是从《古文苑》中辑录出来的。

例四：蔡邕《九疑山碑》，九卷本有目无文，章樵根据史料补入188字：

> 岩岩九疑，峻极于天。触石肤合，兴播建云。时风嘉雨，浸润下民。芒芒南土，实赖厥勋。逮于虞舜，圣德光明。克谐顽傲，以孝蒸蒸。师锡帝世，尧而授征。受终文祖，璇玑是承。太阶以平，人以有终。遂葬九疑，解体而升。登此崔嵬，讬灵神仙。

《艺文类聚》卷七《山部上九疑山》收录此碑文,共 88 字,远远少于章樵所录。也正赖章樵,蔡邕此篇碑文才完整流传下来。

例五:贾谊《簴赋》九卷本只存 36 字:"妙雕文以刻镂兮,象巨兽之屈奇兮。戴高角之峨峨,负大钟而顾飞。美哉烂兮,亦天地之大式。"章樵认为此赋"后俱缺文",故又将《艺文类聚》载贾谊《簴铭》载于文后,以供后人参考:"考太平以深志,象巨兽之屈奇。妙雕文以刻镂,舒循尾之采垂。举其锯牙以左右相指,负大钟而欲飞。"此赋《初学记》卷十六《乐部下钟第五》亦录 36 字,与《古文苑》同。《太平御览》卷五百八十二录 20 字,与此不同。

2.注音释义

章樵将九卷本所收的古字和假借字大都进行了注音释义,尤其是刻石文和汉赋。如《诅楚文》,章樵在古字下一一列出今字及注音:

表 2-2　章樵注释《诅楚文》字音一览表

序号	《古文苑》九卷本	《古文苑》章樵注本
1.	"又秦嗣王睔"	"又"通作"有","睔"籀文"敢字"
2.	"用吉玉瑄"	"瑄"古"宣"字
3.	"楚王熊相之多皋"	"楚"作"楚","皋"作"罪"
4.	"沓我先君穆公"	"沓"作"昔","穆"作"穆"
5.	"及成王是"	"是"读作"寔"
6.	"缪力同心"	"缪"读作"戮"
7.	"两邦喦壸"	"喦",古"若"字;"壸",古"壹"字
8.	"绊以敔敀"	"敔",古"婚"字;"敀",古"姻"字
9.	"裑以齐盟曰枼"	"枼"古"叶"字
10.	"楚王熊相康回无遒"	"康"读作"庸","遒"古"道"字
11.	"淫失甚"	"失"读作"佚","甚"读作"耽"

序号	《古文苑》九卷本	《古文苑》章樵注本
12.	"夌竞從"	"夌",古文"侈"字,"從"读作"纵"
13.	"变输盟刺内之鼎"	"输"读作"渝","盟"籀文"盟"字,"鼎"籀文"则"字
14.	"虩虐不辜"	"虩",古文"暴"字
15.	"刑戮孕敀"	"敀",古文"妇"字
16.	"幽刺親戚"	"親",古文"亲"字,"戚",古文"戚"字
17.	"巫咸之光列"	"列",即"烈"字
18.	"兼佰十八世之诅"	"佰",古文"倍"字
19.	"寘者冥室"	"者",读作"诸"
20.	"伐灭我百牧"	"牧",古文"姓"字
21.	"求蔑灋皇天上帝"	"灋",古文"法"字
22.	"以圭玉羲牲"	"羲",即"牺"字
23.	"述取唔边城"	"唔",古文"我"字
24.	"张矜意"	"意",籀文"亿"字
25.	"偪唔边竞"	"竞",读作"境"
26.	"将欲复其睨迹"	"睨",即"睨"字
27.	"敫赋辅輸"	"辅",音"鞁","輸",音"俞"
28.	"以自救殹"	"殹",古"也"字
29.	"亦应夯皇天上帝"	"夯",古文"受"字
30.	"不显大神巫咸之几灵德赐亩"	"亩",古文"克"字
31.	"犯诅箸者"	"箸",即"著"字,"者",即"诸"字

　　显然,经过章樵的注释,句读聱牙、没有音释、艰涩难懂的《诅楚文》变得明白晓畅,通俗易识。

　　再如贾谊《旱云赋》,章樵注释时不仅有注音,也有释词和解

句,仅取两例:

> 运淖浊之颏洞兮。(注)颏,胡动反。颏洞,汹涌也。

> 惟昊天之大旱兮,失精和之正理。(注)《尔雅》夏曰:昊
> 天精纯和合,乃天地细缊之常。今则反之,所谓失其正理也。

这些校注工作,是琐碎的,辛苦的,却足以体现出章樵扎实的
音义学功底和广博的学识,对我们今天研究唐前作家作品无疑有
所裨益。

3.校勘版本

章樵也比较关注版本,如校注《石鼓文》时,章樵曾引用当时
社会上尚流传的十一种金石学音义,分别是:石本、眉山苏氏石鼓
诗、薛尚功、郭忠恕、郑樵、施宿、岐城石刻本、王厚之、潘本、坡城刻
本和今碑本,足见其搜集之广,用力之精。如扬雄《蜀都赋》"绣王
茫兮无幅"句,章樵校注曰:"旧本作'望茫茫兮于无盐',或曰言其
日富,若无盐氏之贷子钱,恐失其凿。今从《艺文类聚》。"《蜀都
赋》九卷本"雕镂釦器"下脱五字,即"百伎千工集",章樵补之。杜
笃《竹扇赋》"来风避暑致清凉"句,章樵校勘道:"另有一本作'来
风堪避暑,静致夜清凉'。"再如贾谊《旱云赋》:"农夫垂拱而无聊
兮,释其鉏耨而下泪。忧疆畔之遇害兮,痛皇天之靡惠",章樵校
勘道,"(疆)一作壤。"蔡邕《焦君赞》"如何穹苍,不召斯或",章樵
校勘道:"焦山石刻作'不照斯惑'。"其他诗文,章樵也一一考辨不
同版本所录异同文字。

既然版本不同,是否可以做这样的猜测,即除韩元吉刊刻本
外,当时《古文苑》还有不同的刻本或抄本在流传? 抑或说郑樵所
记《古文苑》十卷本当时仍然在流传呢? 这一问题,清代赵绍祖已
经提出:

> 近阳湖孙渊如观察重刻《古文苑》,余取以校前明张天如

所刻《百三名家》，则扬子云、蔡伯喈二集多有未收者，诚可以补其阙矣。然王伯厚《玉海》谓子云有《龙骨》、《绣补》、《灵节》三铭见《古文苑》，而此本无有，则亦非全书矣。①

（三）注释典章制度名物地理

《古文苑》收录的 264 篇诗文中，涉及秦汉魏晋的典章制度、名物地理，至南宋时已不为人们所熟悉。章樵的注对这些颇为关注，其注释主要集中在以下几个方面：

第一，对当时各种礼仪的解释。注曹植《元会诗》曰："《晋礼志》：汉仪有正会礼，正旦，受贺，公侯以下执贽夹庭，二千石以上升殿称岁，后作乐宴飨。魏帝都邺，正会文昌殿，用汉仪。此诗止述宴飨之礼。"注裴秀《大蜡诗》曰："《礼记·郊特牲》：天子大蜡，八蜡也。岁十二月，合聚万物而索飨之也。八蜡以记四方，年不顺成，八蜡不通，以谨民财也。顺成之方，其蜡乃通，所以移民也。"注蔡邕《协和昏赋》曰："嫁娶合二姓之好，正人伦之始。用昏时者，取幽阴之义也，故谓之昏礼。"注秦嘉《述婚诗》"群祥既集，二族交欢。敬兹新婚，六礼不愆"句曰："《仪礼》婚有六礼：纳采、问名、纳吉、纳征、请期、亲迎。"又注"羔雁摠备，玉帛戈戈"句曰："羔雁、玉帛，所以将其礼易束帛。"注"君子将事，威仪孔闲。猗兮容兮，穆矣其言"句曰："君子，谓主婚及掌判者，亲迎婿之女家前，五礼必有，将其事者。《仪礼》，国君用卿，其次有介有摈。"这些注释，对我们今天了解汉晋礼仪都有一定的帮助。

第二，天文历法也是典章制度注释中的一部分。章樵注黄香《九宫赋》"历天阴之晦暗，阳玉石以炳明"句曰："杨泉《物理论》

---

① 赵绍祖：《读书偶记》，赵英明、王懋明点校，中华书局 1997 年版，第 101 页。

曰,极南为太阳,极北为太阴。日月五星行太阴,则无光;行太阳,则能照。赋言九宫之行始于坎,正北,故为阴晦;终于离宫,离,正南,故曰阳明。玉石,皆阳物也。"这些注释,虽然数量较少,但是也体现出章樵校注的广泛性。

第三,对古今职官的注释。《古文苑》不仅收录扬雄28篇《州箴》和《官箴》,还收录崔骃、崔瑗、胡广、崔寔、张华、傅玄六人有关职官箴文15篇,共计43篇。此外,《古文苑》还涉及其他秦汉魏晋职官,故对古今职官的注释,也非常重要。章樵引经据典,注释简要明确,也间有考证。如注扬雄《光禄勋箴》曰:

> 《汉书·百官表》:郎中令,秦官,掌宫殿掖门户。武帝太初元年,更名光禄勋。属官有大夫、郎、谒者,大夫掌议论,郎掌守门户,谒者掌宾赞受事。

注崔骃《太尉箴》曰:

> 太尉,秦官,金印紫绶,掌武事。武帝元狩四年初,置大司马,位在丞相上,后复为太尉,更置不常。

注崔瑗《河堤谒者箴》云:

> 汉成帝时,河堤大坏,以校尉王延世领河堤谒者,秩千石。洪迈《随笔》,汉官名有不书于《百官表》因事乃见者。如河堤谒者,因王延世塞决河而见。岂非因事置官,事已即罢乎?后汉《循吏传》注,或名其官为护都水使者。

子迁《汉故中常侍骑都尉樊君之碑》有"然后慷慨官于王室,历中黄门冗从仪史,拜小黄门,小黄门右史,迁藏府令中常侍"句,章樵注曰:"黄门、常侍,皆得入禁中,给事左右。常侍,多为大夫博士以上加官。朱穆疏云:按汉故事,中常侍参选士人。建武以后,乃悉用宦者。又云:自和熹太后以女主称制,乃以阉人为常侍,小黄门通命两宫。考之此碑,可验颜师古注《百官表》,云:中黄门,谓奄人居禁中,在黄门之内给事者。参考未的。"樊毅《掾臣条属臣准书佐臣谋弘农太守上祠西岳乞差一县赋发复华下十里以内民租田口算状》,篇名较长,一般人也难以理解,章樵注释曰:"掾、属、书佐,皆尚书属官。条、准、谋,其人名也,并主通郡国书状者。"通过章樵注释,我们知道这是太守樊毅和其属官条、准、谋等人的一篇书状。

第四,人名与地名的注释是《古文苑》名物制度中最大的部分。《古文苑》横跨上下 1300 余年,其中涉及数不清的人名、地名,对他们的注释无疑至为关键。这些人名,既涉及历史人物,又涉及神话传奇人物,如孔丘、墨翟、屈原、伍子胥、秦始皇、李斯、晁错、汉武帝、钟子期、伯牙、伯奇、申生、柳下惠、登徒子、杨候、蕢夫、赤松子、王乔、素女、冯夷、宓妃等等,注清这些人名地名,对读者无疑大有帮助。章樵在引经据典简要注释的同时,也间有考证。如:

注王粲《正考父赞》曰:正考父,孔子七世祖,系出宋襄公,佐戴、武、宣三君。三命,兹益恭,故其鼎铭曰:一命而偻,再命而伛,三命而俯,循墙而走,亦莫余敢侮饘。于是粥,于是以糊余口。事见《左传》。

注邯郸淳《后汉鸿胪陈君碑》曰:《本传》:陈寔,字仲弓,颍州许人也,除太丘长,修德清静,百姓以安。子纪,字元方,亦以至德称。兄弟孝养,闺门雍和,后进之士,皆推慕其风。及遭党锢,发愤著书数万言,号曰陈子。锢禁解,四府并命,无所屈就。遭父忧,每哀至,辄呕血绝气,虽衰服已除,而积毁消瘠,殆将灭性。豫州刺史嘉其至行,表上尚书,图像百城,以厉风俗。董卓入洛阳,乃使就家拜五官中郎将,不得已,到京师,迁侍中。出为平原相,时议欲以为司徒。纪见祸乱方作,不复辨严,即时之郡。玺书追拜太仆,又征为尚书令。建安初,拜大鸿胪。年七十一卒于官。弟谱与纪齐德,父子并著高名,时号三君。

  注蔡邕《焦君赞》曰:镇江焦山寺有《焦征君赞碑》,僧了元跋云:《丹阳旧图经》言,焦山以焦光所隐,故以为名。按,皇甫谧《逸士传》曰,世莫知焦光所出。或言生汉末,无父母兄弟,见汉衰,乃不言。常结草为庵,冬夏袒露,垢污如泥,居于海岛之上,三召不起,飞升洞中。今录蔡邕赞以附于石,元祐四年己巳正月十三日。按,伯喈遇害于汉末,《魏志》载焦光青龙间事,兼不及征召之说,未知孰是。

  章樵认为《魏志》记载朝廷征召焦光事件发生在青龙年间(233—237),蔡邕卒于汉献帝初平四年(193),并没有见到、也不可能预测到此事会发生,二书记载在时代上互相抵牾,无法辨明,便二说并存。这种实事求是的注释态度,是值得我们肯定的。

  第五,关于地理方面的注释,也是章樵比较注意的一个方面。章樵引用各类地理书籍,对地名的来源、方位、故事及变迁情况进行了较为详细的注释。如:

  注刘歆《甘泉宫赋》曰:《三辅黄图》,甘泉宫,一曰云阳宫,秦始皇作,在云阳县甘泉山。汉武增广之周十九里,乃黄帝以来圜丘祭天处,故武帝以后,皆于此祀天。成帝时,扬雄从祠甘泉,还奏赋以讽。此赋不及祠祝,后有阙文也。

  注扬雄《蜀都赋》云:《周书·牧誓》,及庸蜀羌髳微卢彭濮人。孔安国注:羌在西蜀,蜀、髳、微在巴蜀,卢、彭在西北,庸、濮在江汉之南。扬雄《蜀王纪》,秦惠王灭蜀,使张若与张仪筑成都城。按,蜀,即汉之蜀郡也。成都又为三蜀之都会,故称蜀都。

  注张衡《温泉赋》说:按,《汉地理志》,京兆尹,新丰县骊山,古骊戎地也。山有神井泉,温如汤。辛氏《三秦记》云,骊山汤可以去疾消病。《武帝故事》云,骊山汤,初始皇砌石起寺,汉武加修饰焉。至唐时,有宫在骊山下,名温泉宫。天宝间,治汤井为池,环山列宫室。

注蔡邕《九疑山碑》道:《山海经》曰,南方苍梧之丘,苍梧之川,其中有九疑山焉。舜之所葬,在长沙零陵界。《湘中记》曰,九山相似,行者疑惑,故名九疑。

第六,章樵对古代器物,如笛、琴、棋等,也简要进行注释,并间有考证:

注宋玉《笛赋》:《广雅》曰,钥谓之笛,有七孔。《诗·简兮》"左手执钥",则笛之为乐器久矣。或曰,汉武帝时,丘仲始作笛。其说曰,羌人伐竹,闻龙吟水中,截竹吹之象其声,盖羌笛也。

注傅毅《琴赋》云:《桓谭新论》,神农氏削桐为琴,绳丝为弦,以通神明之德,合天人之和。《广雅》曰,神农氏琴长三尺六寸六分,上有五弦,曰宫商角征羽,文王增二弦,曰少宫少商。

注蔡邕《笔赋》云:古者简牍画以铅椠,至秦,蒙恬始制笔。《释名》,笔,述也,述事而书之。

注蔡邕《弹棋赋》云:汉元帝好蹴鞠,以蹴鞠为劳。求相类而不劳者,遂为弹棋之戏。予观弹棋,绝不类蹴鞠,颇与击踘相近,疑是传写误耳。其局方二尺,中心高如覆盂,其巅为小壶,四角微隆起。白乐天诗,"弹棋局上事,最妙是长斜",长斜,谓抹角斜弹,一发过半局,今谱中具有此法。

通过章樵的注释,我们对古代笛、琴、笔、棋等器物的来源、特征、材质和流传有了具体和感性的认识,而章樵对弹棋的考证,也让我们对这种失传的古代娱乐活动有了进一步的了解。刘满仓先生曾在《魏晋南北朝社会生活史》中对弹棋做过考证,认为棋盘为方形,中间隆起,四周低平,棋盘的两方各有一个由蛟龙盘成的圆洞,棋子有十二枚,每方六枚,弹棋用手,使自己的棋子通过棋盘中间的隆起部分射入对方的圆洞①。章樵的注释可以让我们丰富并纠正刘先生的个别认识:一是棋盘方为二尺,四角并非一味低平,而是微微隆起;二是弹棋在唐宋依然流行,南宋时仍有弹棋的棋谱棋法在流传,如"长斜",就是弹棋活动中一种很重要的棋法。

此外,章樵还关注民俗风情,如扬雄《蜀都赋》、王褒《僮约》中对汉代蜀地民俗的注解等等。上述这些注释,不仅让我们了解到汉魏时期相关的典章制度名物地理知识,而且便于更好地理解作品,自然具有积极意义。

(四)小传与题解

章樵为多数作者写小传,为多数篇章做题解,小传与题解或有或无,视具体情况而定。作者小传多引旧史简述作者姓名、爵里、事迹。如刘向小传:"字子政,前汉书有传。"黄香小传曰:"《后汉书·文苑传》,黄香,字文强,江夏安陆人。博学经典,究精道术,能文章。初授郎中,肃宗诏香诣东观,读所未尝见书,累迁尚书令。所著赋笺奏书令,凡五篇。"曹大家小传曰:"班姓,名昭,班孟坚女弟,适曹氏。和帝数召入宫,令皇后诸贵人师事焉,号曰大家。见后汉《列女传》。"应场小传曰:"字德琏,曹公辟丞相掾,后为五官将文学,有文名。与鲁国孔融、广陵陈琳、山阳王粲、北海徐干、陈留阮瑀、东华刘桢,谓之建安七子。"左思小传曰:"《晋书》,字太冲,齐国人,少博览文史。"

解题有时结合小传,介绍写作背景、写作时间或写作缘由。例

---

① 朱大渭、刘满仓等:《魏晋南北朝社会生活史》,中国社会科学出版社 1998 年版,第 399 页。

如：班婕妤《捣素赋》解题曰："班婕妤，班彪之姑也，为成帝婕妤。汉后宫十四等，婕妤视上卿，三夫人之位也。古者后夫人亲蚕分茧缲丝，朱绿之，玄黄之，以备君之祭服。君服之以事天地祖宗，敬之至也。成帝耽于酒色，政事废弛，婕妤贞静而失职，故托捣素以见意。"班固《车骑将军窦北征颂》题解云："汉和帝永元元年，拜窦宪车骑将军，以执金吾耿秉为副，发北军五校、黎阳雍营、缘边十二郡骑士，及羌胡兵出塞。六月，将精骑万余与北单于战于稽落山，大破之。斩名王以下万三千级，获生口甚众，诸裨小王率众降者八十一部二十余万人。宪、秉遂登燕然山，去塞三千余里，刻石勒功纪汉威德，命中护军班固作铭。固又为之颂。铭载于本传。"王粲《柳赋》题解："魏文帝《柳赋》序云，昔建安五年，上与袁绍战于官渡，时余从行，始植斯柳，自彼迄今十五载矣。感物伤怀，乃作斯赋，盖命粲同作。"蔡邕《胡粟赋》题解："人有折蔡氏祠前栗者，故作斯赋。"邯郸淳《度尚曹娥碑》题解："《会稽典录》曰，上虞长度尚弟子邯郸淳，字子礼，时甫弱冠，有异材。尚先使魏朗作《曹娥碑》，文成未出。子礼至，试使为之。操笔而成，无所点定，朗嗟叹不暇，遂毁其草。"扬雄《元后诔》题解："《汉书》本传，孝元皇后，王莽之姑也。莽篡汉，国号新，更命太皇太后为新室文母，年八十四崩，莽诏大夫扬雄作诔。"王粲《太庙颂》题解："《粲集》作'显庙'，魏公曹操之祖庙也。是时，未敢僭称'太庙'，故止曰'显庙'。此篇目以'太庙'，后人改之耳。《魏志》：建安十八年，汉天子以十郡封操为魏公，加九锡，始建魏社稷宗庙。盖建庙之始，令粲作颂以献，寻以粲为侍中。"

　　章樵撰小传与题解，并非一味据史传转叙，也留意史实的考辨。如李陵《录别诗》，章樵曰："眉山苏氏曰：'刘子元《辨文选》所载李陵与苏武书，非西汉文，盖齐梁间文士拟作者也。吾因悟陵与苏武赠答五言，亦后人所拟。'又云：'齐梁文章衰陋，而萧统尤为卑弱,《文选》引斯可见矣。如李陵书苏武五言,皆伪而不能辨。'以前诗为非真,则此数篇不言可知。"章樵先引用苏轼《题蔡琰传》、《题文选》诸题跋中,对《文选》收录"苏李诗"真伪的怀疑,然后提出《古文苑》辑录"苏李诗"也是后人拟作的观点。再如《汉金城太守殷君碑》,九卷本题作郦炎,章樵于目下考辨道:"一作卫觊。是敬侯,碑文可证。按《史》,郦炎以熹平六年死,此碑称殷君光和二年卒,乃次年。"章樵以史料记载郦炎卒年及碑文为依据,说明《汉金城太守殷君碑》的作者应是卫凯(谥敬侯)。因为熹平六年(177)已经离世的郦炎,不可能在光和二年(179)再为他人作碑记。其说甚是。宋玉《舞赋》,章樵考辨道:"傅毅《舞赋》,《文选》已载全文。唐人欧阳询简节其词,编之《艺文类聚》,此篇是也。后人好事者以前有楚襄、宋玉相唯诺之词,遂指为玉所作。其实非也。"班固《终南山赋》后,章樵注曰:"《本传》:肃宗雅好文章,固愈得幸,每行巡狩,辄献上赋颂。按,《章帝本纪》行幸祠祀之事,无岁无之。如增修群望,柴告岱宗,祀汶上,祠阙里,幸岐山,登太行,史不绝书。惟终南荐享不见于史,岂偶遗佚邪?"扬雄《答刘歆书》,章樵将《方言》所记与扬雄《答书》进行了对比,怀疑《答刘歆书》是汉魏之际好事者伪作。孔融《六言诗》三首,章樵从孔融的人品、文风入手,佐以魏文帝好融文之事,怀疑出于他人之手①。这些考辨,无疑具有真知灼见。

在题解中,章樵也偶尔评价作者、作品内容及作品寓意。如赞扬董仲舒《雨雹对》道:"观仲舒之对,广大精切,岂汉儒拘拘灾异

---

① 《古文苑》卷八孔融《六言诗》题解:"文举平时讥嘲慢侮曹操,如待小儿。天子在许,无异羁囚。操弑伏后,鸩二皇子,人神共愤。此诗称美不暇,又率直略无含蓄,必非其真。本传称魏文帝深好融文,每叹曰,扬班俦也。人有上融文章者,赏以金帛。岂好事者假此以说丕邪?"

者之比邪。"于董仲舒《山川颂》曰:"《春秋繁露》有此篇,与《韩诗外传》解仁者乐山知者乐水,文意颇相类。"于黄香《责髯奴词》曰:"寓辞髯奴,以讥世之饰容貌滕颊舌者。"于刘安《屏风赋》曰:"因木有自然奇怪之形,连合为屏风。譬世有遗弃之材,遭时见用。"这些简明扼要的评价,对我们把握作品主题都有一定的启发。

章樵注释时,也注意从文艺理论的角度去关注诗体之特性和诗风流变等文学现象。如《离合作郡姓名字诗》,是孔融将自己的籍贯、姓名、字号用"离合诗体"表现出来的游戏之作。章樵注释时,一一指出所离合之字,即前四句"离鱼字"、"离日字,鱼日合成鲁"、中间八句"离口字"、"离或字,口或合成国"、"离子字"、"当离乙字。恐古文与今文不同。合成孔也"、后十句"离鬲字"、"离虫字,合成融"、"去玉成文不须合"、"离与字"、"离才字,合成举。"离合之字合起来就是"鲁国孔融文举",并进一步引用苏轼戏作来说明"离合体":"此以文为戏,后人多仿之。如眉山苏氏《离合砚盖字》云,'研石犹在,岘山已颓。美女既去,孟子不来',尤为简妙。"章樵的注释,对我们理解"离合诗体"非常有帮助。此诗体,叶梦得《石林诗话》也曾论述,可以参考①。

----

① 《石林诗话》:古诗有离合体,近人多不解。此体始于孔北海,余读《文类》,得北海四言一篇云:"渔父屈节,水潜匿方,与时进止,出寺弛张。吕公矶钓,阖口渭旁,九域有圣,无土不王。好是正直,女固于匡,海外有截,隼逝鹰扬。六翮不奋,羽仪未彰,龙蛇之蛰,俾也可忘,玟琁隐曜,美玉韬光。无名无誉,放言深藏,按辔安行,谁谓路长。"此篇离合"鲁国孔融文举"六字。徐而考之,诗二十四句,每四句离合一字。如首章云"渔父屈节,水潜匿方,与时进止,出寺弛张。"第一句"渔"字,第二句"水"字,渔犯水字而去水,则存者为鱼字。第三句有时字,第四句有寺字,时犯寺字而去寺,则存者为日字。离鱼与日而合之,则为鲁字。下四章类此。殆古人好奇之过,欲以文字示其巧也。(何文焕辑《历代诗话》,中华书局1997年版,第418页)

注王融《游仙诗》曰:"游仙者,谓轻身远举超出人间,上与群仙遨游也,晋宋间人多作此诗。融集云'应教'。按史:齐武帝时,竟陵王子良为护军将军兼司徒,领兵置佐镇,西州才隽之士皆游集其门。融与范云、萧琛、任昉、萧衍、谢朓、沈约、陆倕并以文学尤见亲待,号曰'八友'。'应教',盖奉子良之命而作。"章樵不仅对"游仙诗体"进行了解释,而且解释"竟陵八友"及其相关创作情况,不仅让我们对所选诗歌有了更深入的理解,而且也对编者的选编意图把握得更加准确。注王融《四色咏》曰:"此体盛于齐梁间,范云有《拟古四色》诗,云:'丹如桓公庙,青如夕郎门。黑如角岩啸,白如来山猨。'徒取其色,意义颇短,与此诗相类。又有分为四首四句咏色者。"章樵通过解释"四色体"来关注齐梁诗风流变情况。

因此,章樵注中的小传与题解,不仅取法汉王逸《楚辞注》等书,而且继承了李善注《文选》的方法,对后世总集和别集的注释也产生了一定的影响。

二、章樵注释的不足

虽然《古文苑》因章樵注释而流传渐广,但章樵毕竟不是鸿儒巨匠,故其注仍存在不少问题。简述如下:

首先,章樵录文有漏、讹现象。九卷本载有张衡《羽猎赋》,章樵不慎将全赋遗漏。蔡邕《述行赋》,九卷本载残文84字,章樵未加校录,编入卷二十一,故顾广圻批评道:"《述行赋》载《中郎集》,全篇并序千有余言,经氲所录,出自《艺文类聚》,祗存数语,樵不能甄取,而退此赋于其廿一卷内,抑何疏也。"①孙星衍《续古文

---

① 顾广圻:《顾千里集》,王欣夫辑,中华书局2007年版,第124—125页。

苑》卷一完整校勘并收录蔡邕《述行赋》全文。

其次，章樵有妄改妄注现象。王粲《浮淮赋》，《艺文类聚》卷八收录40字："从王师以南征，浮淮水而遄逝。背涡浦之曲流，望马丘之高濑。于是迅风兴，涛波动，长濑潭涄，滂沛汹溶。"《古文苑》九卷本卷三收151字："从王师以南征兮，浮淮水而遄逝。背涡浦之曲流兮，望马丘之高濑。泛洪櫂于中潮兮，飞轻舟乎滨济。建众樯以成林兮，譬无山之树艺。于是迅风兴涛钲鼓若雷。旗旄翳日，飞云天回。苍鹰飘逸，递相竞轶。凌惊波以高骛，驰骇浪波而赴质。加舟徒之巧极，美榜人之闲疾。白日未移，前驱已届，群帅按部，左右就队，轴轳千里，名卒亿计。运并威以赫怒，清海隅之蒂芥。济元勋于一举，垂休绩乎远裔。"上述《艺文类聚》下加线的16字，九卷本别引作"于是迅风兴涛钲鼓"，遗漏"波动，长濑潭涄，滂沛汹溶"10字。《初学记》与《古文苑》九卷本同。章樵注本收160字："从王师以南征兮，浮淮水而遄逝。背祸浦之曲流兮，望马丘之高濑。泛洪櫂于中潮兮，飞轻舟乎滨济。建众樯以成林兮，譬无山之树艺。于是迅流兴潭涄涛波动长濑钲鼓若雷。旌旄翳日，飞云天回。苍鹰飘逸，滂沛汹溶，递相竞轶。飞惊波以高骛，驰骇浪而赴质。（后面60字与九卷本同）"上述这16字，章樵别引作"于是迅风兴潭涄涛波动长濑钲鼓若雷，旌旄翳日，飞云天回，苍鹰飘逸，滂沛汹溶。"显然，章樵按照己意，将这16字割裂开，散置在《古文苑》九卷本文句之间，又何其谬也。

其他如备受学者批评的"房子官绵"、"《钓赋》'玄渊'"等问题和顾广圻指出的《蜀都赋》、《诮青衣赋》、《离合作郡姓名字诗》、《上林苑令箴》、《琴赋》、《司徒箴》、《函谷关赋》、《柳赋》、《僮约》、《责髯奴辞》、《述行赋》、《士不遇赋》、《魏敬侯碑阴文》、《大理箴》、《羽猎赋》等篇录文不全、文字错误和遗漏的问题，确实存在，故其注释也难免遭人非议，以致在一定程度上影响了《古文苑》一书更为广泛的流传。

再次，章樵对作者考辨不精。最明显的例证就是他给《柏梁诗》作注时妄署汉武帝君臣姓名。顾炎武在《日知录》卷二十一中，以为此篇序文及所记载的官名人名考之于史，多不相符，便断为后人拟作。顾氏为一代巨儒，其说影响最大，多数学者奉为圭臬①。游国恩《〈柏梁台诗〉考证》列出五条证据，也认定柏梁台诗是后世伪作②。1945 年，逯钦立著《汉诗别录》一文，考证最早著录《柏梁联句》的《东方朔别传》写成于西汉后期，《汉书·东方朔传》多本此书，所以其真实性无可怀疑③。伏俊琏老师《〈柏梁台诗〉再考证》也讨论这一问题，针对游国恩的观点，引用相关史料，逐一考证，最终认为："《柏梁台诗》是汉武帝时期文人汇集在一起进行游戏活动的产物，他们使用的七言韵语，是当时流行下层社会的一种韵诵文体，在汉代学术观念中属于'杂赋'的范畴。"④王晖《柏梁台诗真伪考辨》一文，从柏梁台诗的用韵、诗句排序、诗句所附官职作者及内容等多方面考证，认为柏梁台诗就是作于汉武帝

---

① 如钱曾《读书敏求记》、王士禛、闻人倓《古诗笺》、沈德潜《古诗源》、杭世骏《订讹类编续补》、陆以湉《冷庐杂识》卷四、刘熙载《艺概》卷二，都认同顾炎武之说。近现代学者亦多若此。如汪辟疆说："顾说取证史文，断为后人拟作，其说可信。"（《汪辟疆文集》，上海古籍出版社 1988 年，第 159 页）罗根泽称"顾亭林这一篇考证文字，精当异常，不容不信。"（《罗根泽古典文学论文集》，上海古籍出版社 1985 年，第 176 页）
② 游国恩：《游国恩学术论文集》，中华书局 1989 年版，第 352—379 页。
③ 逯钦立：《魏晋南北朝文学论集》，陕西人民出版社 1984 年版，第 108 页。
④ 伏俊琏：《〈柏梁台诗〉再考证》，《中国古典文学与文献学研究》第 3 辑，学苑出版社 2004 年版，第 331 页。

时期,是我国最早的完整的七言诗①。至此,可以说,《柏梁台诗》的真伪问题基本上解决了。而导致这一学术论争的根源就是章樵的误注。

又如《梁父吟》一诗,九卷本题为《古梁父吟》,章樵却署以诸葛亮名。《木兰诗》九卷题为"唐韦元甫续补入",章樵却直接误题为《唐人木兰诗》,都有失考证。《赋物为咏得幔》和《阻雪连句遥赠和》二诗,本是王融诗,九卷本误题为谢朓,章樵也沿袭了这一错误。

再如《梁王菟园赋》,九卷本署名枚乘,章樵虽然也将其归入枚乘名下,但他从枚乘的经历,本赋的内容和特色几个方面入手,怀疑此赋出自乘子枚皋之手:

> 乘有二书谏吴王濞,通亮正直,非词人比。是时梁王宫室逾制,出入警跸,使乘果为此赋,必有以规警之。详观其词,始言苑囿之广,中言林木禽鸟之富,继以士女游观之乐,而终之以郊上采桑之妇人,略无一语及王,气象萧索。盖王薨乘死后其子皋所为,随所睹而笔之。史言皋诙笑,类俳倡,为赋疾而不工,后人传写误以为乘耳。

这个问题,赵逵夫老师在《关于枚乘〈梁王兔园赋〉的校理、作者诸问题》中,曾从此赋的篇名、体制、内容、艺术成就、真伪、写作时间及枚乘本人的相关情况入手作过考证,认为此赋确出于枚乘之手②。

最后,在程朱理学的影响下,宋代文人形成了对前代作者进行

---

① 王晖:《柏梁台诗真伪考辨》,《文学遗产》2006 年第 1 期。
② 赵逵夫:《关于枚乘〈梁王兔园赋〉的校理、作者诸问题》,《文献》2005 年第 1 期。

道德评判的较为普遍的社会风气。章樵学宗伊洛,是理学的忠实追随者,故其注释时,字里行间往往流露出理学思想,有些注解难免带有时代成见和牵强附会之感。如章樵评价司马相如《美人赋》道:"美人者,相如自谓也。诗人骚客所称美人,盖以才德为美,相如乃托其容体之都冶,以自媚于世,鄙矣。"章樵避而不谈《美人赋》的文学文献价值,却对司马相如的道德指手画脚,指责他缺乏才德,言辞间颇有鄙视之意。九卷本载有蔡邕《青衣赋》,章樵却将其退置于张超《消青衣赋》题解中,原因是:"旧编载《青衣赋》以为蔡伯喈文,岂少年时所为耶?志荡词淫,不宜玷简册。以有消之者,故附见之。"卫道之心不言而喻。再如魏文帝《曹苍舒诔》,章樵注曰:"《礼》:男子十三成,童死则称下殇,言未成人也。苍舒之葬配以甄氏死女,又窃王朝命服以加之,为立寝庙,悖礼甚矣。曹氏父子所谓小人而无忌惮者也。"曹冲,字苍舒,曹操子,母環夫人,魏文帝之弟,少聪察岐嶷,有成人之智,十三岁不幸病卒。曹公哀甚,聘甄氏亡女与曹冲合葬。章樵站在理学的角度,激烈批评这种冥婚行为,认为"悖礼甚矣",并痛斥曹氏父子是"所谓小人而无忌惮者"。又如贾谊《旱云赋》,章樵以《易经》为据,指出阴阳和畅则云行雨施,泽被万物,阴阳失调则密云不雨,百姓受害,进而臆测贾谊该赋旨在表达自己遭受权臣挤压,满腹才华无法施展,君臣不能谐和的政治遭遇,未免有牵强附会之感。

尽管有上述这些问题,章樵注本毕竟出于南宋时期,也正借助他的注释,《古文苑》才流传渐广,其功不可没。此外,章樵注释时曾经征引宋前及宋代经、史、子、集各类文献约150余种,有些文献今已散佚,其中也不乏研究古代政治、典章、制度、地理、民俗等诸多方面的材料,我们不该妄加否定。因此,我们同意钱熙祚《古文苑·校勘记》中较为客观的评价："近孙渊如观察复刊宋九卷本，榛芜丛杂，脱误颇多。章氏据唐宋类书所引补遗刊误，其功甚伟。又注本中所称王粲、王融等集，今皆不传，尚赖是而存其一二。固与韩本互有优劣，不能偏废也。惜屡经翻刻，辗转失真。"

第三章 《古文苑》文体分类

第一节 作家作品

《古文苑》收录先秦至齐梁85位作家（包括无名氏）的264篇作品。这些作品，从宏观看，大致辑录刻石文3篇、辞赋61篇、诗歌84篇、散文116篇，分别占总数的1%、23%、32%和44%，收录重点是散文。具体而言，有刻石文、赋、歌、曲、诗、敕、启、书、对、状、颂、述、赞、铭、箴、杂文、记、碑、诔十九种。其中，诗、赋、箴、铭、书、碑，收录篇数较多，依次为84篇、61篇、43篇、21篇、13篇、10篇，其他文体选录1到7篇不等（其中收录杂文六类，分别是约、叙、奕旨、势、辞、碑阴文）。从收录时间看，《古文苑》收录先秦作品8篇，秦代1篇，汉代（包括无名氏）183篇，三国13篇，晋代8篇，齐37篇，梁14篇。收录最多的显然是汉代，占69%；其次为齐，占14%，再次为梁，占5%。从作品内容看，涉及政治、历史、人物、传记、地理、职官、射猎、事物、宫殿、音乐、鸟兽、出游、文字、书画、友谊、爱情、亲情等社会生活的方方面面。

从收录作家作品数量看，少则1篇，如羊胜《屏风赋》、司马相如《美人赋》、班婕妤《捣素赋》、杜笃《首阳山赋》、闻人牟准《魏敬侯碑阴文》、冯衍《车铭》、程晓《嘲热客》、傅咸《皇太子释奠颂》等；多则几十篇,如扬雄 33 篇,王融 32 篇,蔡邕 15 篇,王粲 15 篇,崔骃、崔瑗、班固各 8 篇,孔融 7 篇,宋玉、董仲舒、李尤各 6 篇,分布呈现出不平衡性。从作者身份看,既有帝王,如汉高祖、汉武帝、汉昭帝、后汉灵帝、魏武帝、魏文帝、晋明帝;有知名作家,如宋玉、董仲舒、扬雄、班固、蔡邕、王粲、曹植、秦嘉、谢朓、沈约、庾信;也有一般文人和普通人,如公孙乘、路乔如、羊胜、子迁、杨彪、曹公卞夫人、杨太尉夫人袁氏、闻人牟准等。总的倾向是,所选录的作家多是政治地位比较高的。可贵的是,初编者王厚之没有排斥女性作品,不仅收录班婕妤《捣素赋》、曹大家《针缕赋》、曹公卞夫人《与杨太尉夫人袁氏书》、杨太尉夫人袁氏《答书》4 篇诗文,还收录了以女性为主人公,歌颂女性的作品,即无名氏《木兰诗》和邯郸淳《度尚曹娥碑》。这种编纂思想,无疑增加了《古文苑》的价值,呈现出包容兼并的姿态,反映出编者不但具有一定的编纂水平,而且具有深邃的历史观和进步的文学观,正如章樵《古文苑》序所言:"始于周宣石鼓文,终于齐永明之倡和。上下一千三百年间,世道之升降,风俗之醇漓,政治之得失,人才之高下,于此而概见之。可谓萃众作之英华,擅文人之巨伟也。"

《古文苑》收录 4 篇无名氏作品,分别是《秦惠文王诅楚文》、《汉樊毅修西岳庙记》、《楚相孙叔敖碑》和《木兰诗》。此外,《古文苑》所收先秦至齐梁 81 位作者中(九卷本收入 71 位作者),史籀、李斯、汉高祖、汉昭帝、后汉灵帝、公孙乘 * ①、路乔如 *、羊胜、邹长倩 *、中山王刘胜 *、苏武、曹大家、秦嘉 *、子迁、杨彪、张昶、曹公卞夫人、杨太尉夫人袁氏、卫凯、闻人牟准、樊毅、王延、萧衍、萧琛等 24 人,有些人没有别集,有些人的别集没有流传下来(如《高祖歌诗》2 篇,《隋书·经籍志》已经不著录)。其他 57 人(九

---

① 后加"＊"的,是章樵注释时增加作者和篇目。后面章节相同。

卷本 52 人），我们可以凭借隋代到元初的官、私目录对其别集的收录，比勘这些作家的别集变迁情况，从而进一步探寻《古文苑》一书的文学和文献价值。

现有别集流传的这 57 位作者中，唐魏征等《隋书·经籍志》、五代刘昫等《旧唐书·经籍志》、宋欧阳修、宋祁《新唐书·艺文志》、北宋官修《崇文总目》、晁公武《郡斋读书志》、尤袤《遂初堂书目》、陈振孙《直斋书录解题》和元脱脱等《宋史·艺文志》等官、私目录书籍都有著录，其别集流传情况和历代卷数变化如表3－1：

表 3－1　隋代至元初官私目录书著录《古文苑》所载作者别集及其卷数变化情况一览表

序号	作者	《隋书·经籍志》	《两唐志》	《崇文总目》	《郡斋读书志》	《遂初堂书目》	《直斋书录解题》	《宋史·艺文志》
1.	宋玉	《楚大夫宋玉集》三卷	《楚宋玉集》二卷				《宋玉集》一卷	
2.	汉武帝	《汉武帝集》一卷	《汉武帝集》二卷					
3.	贾谊	《贾谊集》四卷	《贾谊集》二卷					
4.	枚乘	《汉弘农都尉枚乘集》二卷,亡	《枚乘集》二卷			《枚乘集》	《枚叔集》一卷	《枚乘集》一卷
5.	刘安	《汉淮南王集》一卷	《淮南王集》一卷					
6.	司马相如	《汉孝文园令司马相如集》一卷	《司马相如集》二卷					
7.	董仲舒	《汉胶西相董仲舒集》一卷	《董仲舒集》二卷	《董仲舒集》一卷		《董仲舒集》	《董仲舒集》一卷	《董仲舒集》一卷
8.	李陵	《汉都骑尉李陵集》二卷	《李陵集》二卷					
9.	刘向	《汉谏议大夫刘向集》六卷	《刘向集》五卷			《刘向集》	《刘中垒集》五卷	《刘向集》五卷

续表

序号	作者	《隋书·经籍志》	《两唐志》	《崇文总目》	《郡斋读书志》	《遂初堂书目》	《直斋书录解题》	《宋史·艺文志》
10.	刘歆	《汉太中大夫刘歆集》五卷	《刘歆集》五卷					
11.	王褒	《汉谏议大夫王褒集》五卷	《王褒集》五卷					《王褒集》五卷
12.	扬雄	《汉太中大夫扬雄集》五卷	《扬雄集》五卷			《汉扬雄集》	《扬子云集》五卷,《二十四箴》一卷	《扬雄集》六卷,又《二十四箴》一卷
13.	班婕妤	《汉成帝班婕妤集》一卷						
14.	冯衍	《后汉司录从事冯衍集》五卷	《冯衍集》五卷					
15.	杜笃	《后汉车骑从事杜笃集》一卷	《杜笃集》五卷					
16.	傅毅	《后汉车骑司马傅毅集》二卷	《傅毅集》五卷					
17.	崔骃	《后汉长岑长崔骃集》十卷	《崔骃集》十卷					

续表

序号	作者	《隋书·经籍志》	《两唐志》	《崇文总目》	《郡斋读书志》	《遂初堂书目》	《直斋书录解题》	《宋史·艺文志》
18.	班固	《后汉大将军司马班固集》十七卷	《班固集》十卷					
19.	李尤	《乐安相李尤集》五卷,亡				《李尤集》		《李尤集》二卷
20.	黄香	《魏郡太守黄香集》二卷,亡	《黄香集》二卷					
21.	张衡	《后汉河间相张衡集》十一卷	《张衡集》十卷			《张衡集》		《张衡集》六卷
22.	崔瑗	《后汉济北相崔瑗集》六卷	《崔瑗集》五卷					
23.	马融	《后汉南郡太守马融集》九卷	《马融集》五卷					
24.	胡广	《后汉太傅胡广集》二卷,录一卷,亡	《胡广集》二卷					

续表

序号	作者	《隋书·经籍志》	《两唐志》	《崇文总目》	《郡斋读书志》	《遂初堂书目》	《直斋书录解题》	《宋史·艺文志》
25.	崔寔	《五原太守崔寔集》二卷，录一卷						
26.	邯郸淳	《魏给事中邯郸淳集》二卷	《邯郸淳集》二卷					
27.	蔡邕	《后汉左中郎将蔡邕集》十二卷	《蔡邕集》二十卷	《蔡邕文集》五卷	《蔡邕集》十卷	《蔡邕集》	《蔡中郎集》十卷	《蔡邕集》十卷
28.	王延寿	《王延寿集》三卷						
29.	郦炎	《郦炎集》二卷	《郦炎集》二卷			《郦炎集》		
30.	张超	《别部司马张超集》五卷，亡				《汉张超集》		《张超集》三卷
31.	孔融	《后汉少府孔融集》九卷	《孔融集》十卷					
32.	曹操	《魏武帝集》二十六卷	《魏武帝集》三十卷			《魏武帝集》		
33.	王粲	《后汉侍中王粲集》十一卷	《王粲集》十卷		《王粲集》八卷	《王粲集》		《王粲集》八卷

续表

序号	作者	《隋书·经籍志》	《两唐志》	《崇文总目》	《郡斋读书志》	《遂初堂书目》	《直斋书录解题》	《宋史·艺文志》
34.	刘桢	《魏太子文学刘桢集》四卷	《刘桢集》二卷					
35.	应玚	《魏太子文学应玚集》一卷	《应玚集》一卷					
36.	诸葛亮	《蜀丞相诸葛亮集》二十五卷	《诸葛亮集》二十四卷					《诸葛亮集》十四卷
37.	魏文帝	《魏文帝集》十卷	《文帝集》十卷			《文帝集》		《魏文帝集》一卷
38.	曹植	《魏陈思王曹植集》三十卷	《陈思王集》二十卷 又三十卷		《曹植集》十卷	《陈思王集》	《陈思王集》二十卷	《曹植集》十卷
39.	程晓	《魏汝南太守程晓集》二卷	《程晓集》二卷					
40.	裴秀 *	《裴秀集》三卷,亡 录一卷,亡	《裴秀集》三卷					
41.	晋明帝	《晋明帝集》五卷,录一卷						

续表

序号	作者	《隋书·经籍志》	《两唐志》	《崇文总目》	《郡斋读书志》	《遂初堂书目》	《直斋书录解题》	《宋史·艺文志》
42.	傅玄*	《晋司录尉傅玄集》十五卷	《傅玄集》五十卷			《傅玄集》		《傅玄集》一卷
43.	傅咸*	《晋司录尉傅咸集》十七卷	《傅咸集》三十卷					
44.	张华*	《晋司空张华集》十卷	《张华集》十卷		《张华集》三卷	《张华集》	《张司空集》三卷	《张华集》二卷，又《诗》一卷
45.	左思	《晋齐王府记室左思集》二卷	《左思集》五卷					
46.	闾丘冲*	《光禄勋闾丘冲集》二卷，录一卷，亡	《闾丘冲集》二卷					
47.	陆机	《晋平原内史陆机集》十四卷	《陆机集》十五卷		《陆机集》十卷	《陆机集》	《陆士衡集》十卷	《陆机集》十卷
48.	王融	《齐中书郎王融集》十卷	《王融集》十卷	《王融文集》七卷				《王融集》七卷
49.	谢朓	《齐吏部郎谢朓集》十二卷,《谢朓逸集》一卷	《谢朓集》十卷	《谢玄晖文集》十卷	《谢朓集》十卷	《谢玄晖集》	《谢宣城集》五卷	《谢朓集》十卷，又《诗》一卷

《古文范》论稿

序号	作者	《隋书·经籍志》	《两唐志》	《崇文总目》	《郡斋读书志》	《遂初堂书目》	《直斋书录解题》	《宋史·艺文志》
50.	虞炎	《虞炎集》七卷						
51.	刘绘	《梁国从事中郎刘绘集》十卷，亡						
52.	范云	《梁尚书仆射范云集》十一卷	《范云集》十二卷					
53.	宗夬	《梁司徒谘议宗夬集》九卷	《宗夬集》十卷					
54.	任昉	《梁太常卿任昉集》三十四卷	《任昉集》三十四卷			《任昉集》		《任昉集》六卷
55.	沈约	《梁特进沈约集》一百一卷，《集略》三十卷	《沈约集》一百卷，又《集略》三十卷	《沈约集》九卷			《沈约集》十五，《别集》一卷，又《集》九卷	《沈约集》九卷，又《诗》一卷
56.	江革	《梁都夫尚书江革集》六卷	《江革集》十卷					
57.	庾信	《后周开府仪同庾信集》二十一卷	《庾信集》二十卷			《庾信集》	《庾开府集》二十卷	《庾信集》二十卷，又《哀江南赋》一卷

上表显示，这 57 位作者，《隋书·经籍志》著录 57 家，《旧唐书·经籍志》与《新唐书·艺文志》一样，都收录 49 家。《隋书·经籍志》反映了隋代国家图书馆的藏书情况。《两唐志》所反映的是唐代官府藏书的情况。《隋书·经籍志》和《两唐志》相比，相差八位，分别是班婕妤、李尤、崔寔、王延寿、张超、晋明帝、虞炎、刘绘。李尤、张超和刘绘的别集，在隋时已亡，其他五位作家的别集在隋唐之际也亡佚了。另外，枚乘、黄香、胡广和裴秀四人的别集在隋时已亡，故《两唐志》所载《枚乘集》二卷、《胡广集》二卷、《黄香集》二卷和《裴秀集》三卷，应是唐人重辑。

其他作家的别集，唐、隋两代的卷数也不一致：有卷数增加的，如魏武帝、贾谊、刘安、董仲舒、李陵、司马相如、江革、蔡邕、孔融、宗夬、范云、应场、傅玄、陆机、左思等人，篇数增加一到几十卷不一。其中，蔡邕别集由隋代的十二卷增至二十卷，傅玄由隋代的十五卷增至五十卷，傅咸由十七卷增加至三十卷，变化较大。也有卷数减少的，如刘桢别集由隋代的四卷减至二卷，宋玉、刘向、张衡、崔瑗、王粲、谢朓、庾信七人别集由隋入唐均减少一卷。这说明他们的别集在隋唐时期变化较大。

《崇文总目》仅收录五位作家：董仲舒、蔡邕、王融、谢朓、沈约。《崇文总目》是北宋官府所藏昭文、史馆、集贤、秘阁四馆之书，能反映出北宋官府藏书的真实情况。从《两唐志》所录四十九家到《崇文总目》的五家，这些汉魏文人的别集在五代竟亡佚四十四家。仅存的五家，卷数与隋唐相比，也大大减少。其中，沈约别集亡佚卷数最多，由百卷降至九卷，几乎十不存一——故章樵叹息道："世代踰邈，遗文雕耗，若昔贤所欲舆致太学，以助论切之真迹，今既不可复得。而浮磬之刻，蔚宗之注与隋、唐《艺文》目录所载诸家文集，亦沦落十九，莫可寻访。"

《郡斋读书志》著录十八家。其中,阮籍、嵇康、陆云、陶潜、鲍照、谢惠连、吴均、江淹、何逊、阴铿十人,《古文苑》没有收录他们的作品。其他八人,分别是蔡邕、曹植、王粲、张华、陆机、谢朓、庾信、扬雄。《郡斋读书志》大致成书于南宋高宗绍兴二十一年(1151),基本上可以反映出南宋初年文人别集的存亡情况。《崇文总目》所收录的董仲舒、王融、沈约三家别集,晁公武已不录,说明当时已经散佚。晁氏增收的扬雄、蔡邕、曹植、王粲、阮籍、嵇康、张华、陆机、陆云、陶潜、鲍照、谢惠连、吴均、江淹、何逊、阴铿、庾信十六家别集,应当是南宋初年重辑。

《遂初堂书目》是现存最早记载《古文苑》的目录书,其记载时间应在宋光宗绍熙五年(1194)以前,所记是韩元吉刊刻本。和《郡斋读书志》相比,另收十一家,分别是张超、枚乘、郦炎、李尤、张衡、董仲舒、刘向、魏武帝、魏文帝、傅玄和任昉。李尤和张超的别集,在隋时已亡,而两人的别集现在又见录于《遂初堂书目》,则说明他们的集子是南宋人重辑。其他八位作者,即郦炎、张衡、董仲舒、刘向、魏武帝、魏文帝、傅玄和任昉的别集,《郡斋读书志》无录,说明也应是南宋乾道、淳熙年间重辑。南宋人在辑录这些作家作品时,应该参校过《古文苑》。其中,《郡斋读书志》所著录的曹植、阮籍、嵇康、陆云、陶潜、鲍照、谢惠连、吴均、江淹、何逊、阴铿十一家中,《遂初堂书目》、《直斋书录解题》(只录曹植)和《宋史·艺文志》均不录,说明这些别集在南宋绍兴二十一年后已经逐渐亡佚。

有一点我们应该留意,即《古文苑》九卷本为何不给张衡、张超、班固、程晓、王融、崔瑗等人的一些诗文署作者姓名呢?——我们认为,是因为王厚之辑录《古文苑》时,这些人的别集已经散佚,他一时无法确定作者所致。《郡斋读书志》著录的十八家别集中,也没有上述五位作家。这不是简单的巧合,这又证明《古文苑》并非成书于唐代。因为张衡、班固、程晓、王融、崔瑗五人的别集《两唐志》都曾著录,所以唐人不会犯这类错误。张衡和张超的别集,《遂初堂书目》有著录,应是南宋乾道、淳熙年间重辑。如果韩元吉认真校勘,四处寻访,也许能够给这些作品署名,事实上仍然不注姓名。这不仅说明韩元吉没有对《古文苑》初编本做大的调整,而且进一步说明《古文苑》成书于南宋绍兴末年。

《直斋书录解题》卷十六收录十二家,现一一列举如下:

《宋玉集》一卷。楚大夫宋玉撰。《史记·屈原传》言:"楚人宋玉、唐勒、景差之徒,盖皆原之弟子也,而玉之辞赋独传,至以屈、宋并称于后世,余人皆莫能及。"案:《隋志》集三卷,《唐志》二卷。今书乃《文选》及《古文苑》中录出者,未必当时本也。

《枚叔集》一卷。汉弘农都尉淮阴枚乘撰。叔其字也。《隋志》:"梁时有二卷,亡。"《唐志》复著录。今本乃于《汉书》及《文选》诸书钞出者。

《董仲舒集》一卷。汉胶西相广川董仲舒撰。案:《隋》、《唐志》皆二卷,今惟录本传中《三策》及《古文苑》所载《士不遇赋》、《诣公孙弘记室书》二篇而已。其叙篇略本传语,亦载《古文苑》。仲舒平生著书,如《玉杯》、《繁露》、《清明》、《竹林》之类,其泯没不存多矣。所传《繁露》,亦非本真也。

《刘中垒集》五卷。汉中垒校尉刘向子政撰。前四卷,《封事》并见《汉书》,《九叹》见《楚辞》,末《请雨华山赋》见《古文苑》。

《扬子云集》五卷。汉黄门郎成都扬雄子云撰。大抵皆录《汉书》及《古文苑》所载。案:宋玉而下五家,皆见唐以前《艺文志》,而《三朝志》俱不著录。《崇文总目》仅有《董集》

一卷而已,盖古本多已不存,好事者于史传、类书中钞录,以备一家之作,充藏书之数而已。

《二十四箴》一卷。扬雄撰。今广德军所刊本,校集中无《司空》、《尚书》、《博士》、《太常》四箴。集中所有,皆据《古文苑》。而此四箴,或云崔骃,或云崔子玉,疑不能明也。

《蔡中郎集》十卷。后汉左中郎将陈留蔡邕伯喈撰。《唐志》二十卷,今本阙亡之外,才六十四篇。其间有称建安年号及为魏宗庙颂述者,非邕文也。卷末有天圣癸亥欧阳静所书《辨证》甚详,以为好事者杂编他人之文相混,非本书。

《陈思王集》二十卷。魏陈王曹植子建撰。卷数与前志合。其间亦有采取《御览》、《书钞》、《类聚》诸书中所有者,意皆后人附益,然则亦非当时全书矣。其间或引挚虞《流别集》。此书国初已亡,犹是唐人旧传也。

《张司空集》三卷。晋司空范阳张华茂先撰。前二卷为四言、五言诗,后一卷为祭、祀、哀、诔等文。

《陆士衡集》十卷。晋平原内史吴郡陆机士衡撰。

《谢宣城集》五卷。齐中书郎陈郡谢朓玄晖撰。集本十卷,楼炤知宣州,止以上五卷赋与诗刊之,下五卷皆当时应用之文,衰世之事。可采者已见本传及《文选》。余视诗劣焉,无传可也。

《沈约集》十五卷,《别集》一卷,又九卷。梁特进吴兴沈约休文撰。约有文集百卷,今所存惟此而已。十五卷者,前二卷为赋,余皆诗也。《别集》杂录诗文,不分卷。九卷者,皆诏草也。《馆阁书目》但有此九卷及诗一卷,凡四十八首。

《庾开府集》二十卷。周司宪中大夫南阳庾信子山撰。信,肩吾之子,仕梁及周。其在扬都,有集四十卷;及江陵,又有三卷,皆兵火不存。今集止自入魏以来所作,而《哀江南赋》实为首冠。①

陈振孙又另收五家,分别是宋玉、扬雄、枚乘、董仲舒和刘向。《直斋书录解题》明确说明所收文人别集的来源,即大多是从《古文苑》、《文选》、《汉书》和唐宋类书中抄录而出。其中,标明出自《古文苑》者有四,出自《文选》者有三,出自《汉书》者有二。如刘向别集所录《请雨华山赋》,陈振孙注明出自《古文苑》。《汉书艺文志考证》卷八也著录道,"刘向赋三十三篇:《楚辞·九叹》,《古文苑·请雨华山赋》,《文选注·雅琴赋》。《隋志》向集六卷,《唐志》五卷,今所存十八篇。《别录》曰,向有《芳松枕赋》"②,王应麟明确说明《请雨华山赋》出自《古文苑》。这充分证明《古文苑》在南宋宁宗、理宗时已经在民间广泛流传,并被大多数文人所接受,成为和《文选》一样的诗文选本,并成为南宋人整理汉魏六朝作家别集的来源之一。也正赖《古文苑》,一部分汉魏六朝文人的作品才得以完整地保留下来。这也从另一个角度说明,南宋人对《古文苑》并没有太多的排斥和怀疑。

《宋史·艺文志》所录二十一家别集,基本上是《崇文总目》、《遂初堂书目》、《郡斋读书志》和《直斋书录解题》四家所载之和。《宋史·艺文志》,是根据宋代官修历代国史艺文志及《崇文总目》、《中兴馆阁书目》编成。《宋史·艺文志》著录的二十一家中,《古文苑》都收录其作品。王融和沈约的别集,《隋书·经籍志》、《两唐志》和《崇文总目》都有著录,南宋目录书《郡斋读书志》、

---

① 陈振孙:《直斋书录解题》,徐小蛮、顾美华点校,上海古籍出版社1987年版,第460—466页。

② 王应麟:《汉书艺文志考证》,光绪十一年刻本,一函四册。

《遂初堂书目》、《直斋书录解题》却均不见载,《宋史·艺文志》却又著录,充分说明是南宋末或元初重辑,而其来源之一,便是《古文苑》,因为王融现存诗歌中有 32 首目前最早见录于《古文苑》。

因此,《古文苑》在保存汉魏六朝文学史料、辑佚、校勘等方面的价值毋庸置疑。南宋以后的学者在整理作家别集时多参考此书。现在我们可以看到的一些作家别集,如《扬子云集》、《孔北海集》、《王粲集》、《王融集》等,都是后人在整理时,从《古文苑》、《文选》和唐宋类书中辑录出来的。如王粲的诗文,在南宋就已经散佚,章樵《思亲为潘文则作》题解云:"挚虞《文章流别》云:'王粲所与蔡子笃及文叔良、士孙文始、杨德祖诗及所为潘文则作《思亲诗》,其文当而整,皆近乎雅矣。'《赠杨修诗》今亡,《三赠诗》入《选》。"说明王粲曾经做过多首赠答诗,其中 3 首,即《赠蔡子笃诗》1 首、《赠士孙文始诗》1 首和《赠文叔良诗》1 首,《文选》卷二十三收录,《赠杨修诗》在南宋已亡①,《思亲为潘文则作》被《古文苑》收录。再如王粲《七哀诗》,章樵注释道:"《粲集》,《七哀诗》六首,其二诗入《选》。"证明王粲《七哀诗》本有 6 首,《西京无乱象》和《荆蛮非我乡》两首,《文选》卷二十三收录,《边城使心悲》1 首《古文苑》收录,其他 3 首后来完全亡佚,只字不存。王粲别集亡佚后,后人辑录时,也多以《古文苑》为来源,如余绍初辑校《王粲集》所收录《浮淮赋》、《羽猎赋》、《柳赋》、《大暑赋》、《思亲为潘文则作》、《七哀诗》1 首、《杂诗》4 首、《无射钟铭》、《蕤宾钟铭》、《为刘表与袁尚书》,均注明出自《古文苑》。此外,后人在编纂诗文总集时,也多参考《古文苑》。如明代张溥辑《汉魏六朝百三家

---

① 《颜氏家训·文章》收录王粲《赠杨德祖诗》之"我君伐之,其乐泄泄"两句。见余绍初辑校:《建安七子集》,中华书局 2005 年版,第 83 页。

集》、清代严可均编《全上古三代秦汉三国六朝文》,都多有文章直接录自于《古文苑》。因此,《古文苑》一书的文学史研究价值,也无须再强调,承如《四库全书总目提要》所说:"然唐以前散佚之文,间赖是书以传。"

第二节 文体分类

《古文苑》所收的19种文体①,大致可以分为刻石文、辞赋、诗歌、散文四类。刻石文指《石鼓文》、《诅楚文》和《峄山刻石文》3篇。辞赋主要包括宋玉等人57篇赋作,大体是孙洙所辑《杂文章》。诗歌分诗、歌、曲三类,大多是齐梁诗。文章以箴、铭、书、碑、颂体为主体,共有14类。

一、文体归类

区分赋和文,对《古文苑》辑录文体进行归类,是我们必须的工作。《古文苑》录载王褒《僮约》、黄香《责须髯奴辞》(一说王褒)、班固《弈旨》、傅毅《东巡颂》等作品,学者对其归属尚意见不一。这个看似简单的问题,实际上已涉及赋的本质特征及文体归类问题。姜书阁先生《汉赋通义》就说:"汉人之赋多有不名为赋而实为赋者,骚体之辞,司马迁、班固已称之曰赋,此尽人所知,固无异议;此外,若东方朔《答客难》、王褒《圣主得贤臣颂》、扬雄《连珠》……,后世或别立名目,独立于辞赋之外,而在汉世则皆赋

---

① 《古文苑》九卷本有文体20类,章樵将"叙"归并入"杂文",故二十一卷本只有文体19类。我们以二十一卷本所收文体为主来论述,是不想遗漏章樵增补的32篇诗文。

也。……是故赋与非赋之别，初不在于题名而在于文章之实也。"①按照这一观点，他在《现存汉人辞赋篇目考略》中，将《僮约》和《责须髯奴辞》归于王褒现存辞赋篇目中。程章灿先生也说："在汉代，赋虽有辞、赋、颂等不同的名称，其实质往往一致，应统归于赋体。""《文心雕龙·杂问》所论对问、七、连珠三体，实为赋之旁衍。对问、七体可说是赋体体制的一种特殊变型，从其本质上看，也可以说他们仍属赋之嫡系。连珠则是一篇精粹的微型赋。"②费振刚、胡双宝、宗明华先生《全汉赋·前言》却说："《文选》还有'颂'一体，如王褒的《圣主得贤臣颂》。有人认为，'颂'与'诵'通，'诵'与'赋'在词义上亦有相近之处，因此这类作品也是赋。我们认为，汉代的'颂'写法上虽与《诗经》的'颂'不同，但前者确是从后者发展而来的，是一种专门用于颂扬某种事物的文体，与作为文体的赋是有区别的，因此本书没有收入这类作品。"③各位先生的观点都有一定道理，而伏俊琏老师的说法更简洁，他在《论敦煌赋的表现特色中》说："赋从他产生之日起，就摄乎诗文这两个大国之间，有时界限极难区分。""本着名随其主的原则，凡不以曰'赋'命名者暂不作为赋论述。"④《古文苑》韩元吉九卷本将《僮约》、《奕旨》和《责髯奴辞》都收录在卷八"杂文"中，将傅毅《东巡颂》收录在卷六"颂"中，章樵也将前三篇收录在卷十七"杂文"中，至于他将傅毅《东巡颂》收录在二十一卷末的原因是此颂残缺不全。因此，一是尊重《古文苑》编纂者和注者对文体的划

---

① 姜书阁：《汉赋通义》，齐鲁书社1989年版，第400页。
② 程章灿：《魏晋南北朝赋史》，江苏古籍出版社1992年版，第12—13页。
③ 费振刚等：《全汉赋》，北京大学出版社1993年版，前言。
④ 赵逵夫主编：《论敦煌赋的表现特色》，甘肃人民出版社1995年版，第111页。

分,二是抱着探究《古文苑》全书的想法,三是"本着名随其主的原则",我们也将这些作品归属于文而不是"赋"。

二、刻石文

《文选》收录作品上限定为《楚辞》,下限定为齐天监十二年(513),即南朝最后一位作家沈约的卒年,反映了萧统企图对前人文学进行总结的愿望。《古文苑》为补《文选》而编,编者在收录作品的断代上也颇费苦心,最终打破《文选》的体例,将上限定为《石鼓文》,并将《石鼓文》等刻石文列在卷首。这样做的原因如下:

第一,《古文苑》所录刻石文与后世的碑文有别。刘勰《文心雕龙·诔碑》说:"碑者,埤也;上古帝皇,纪号封禅,树石埤岳,故曰碑也。周穆纪迹于弇山之石,亦古碑之意也。又宗庙有碑,树之两楹,事止丽牲,未勒勋绩。而庸器渐缺,故后代用碑,以石代金,同乎不朽,自庙徂坟,犹封墓也。"①可见,碑有两种,一种是皇帝按一定的礼仪祭告天地,在山上树立石碑,以增加山的高度,以此来彰扬自己的丰功伟绩之文。另有一种是在宗庙立碑,用以系祭祀用的牛羊等物,后逐渐演化为纪功德。《文选》散文类收录35种文体。其中,碑文仅录蔡邕、王俭、王巾、沈约四人五篇②。这五篇碑文中,蔡邕《郭有道碑文》、《陈太丘碑文》、王俭《褚渊碑文》、沈约《齐故安陆昭王碑文》主要是记述死者生前事迹的墓碑文,属神道碑。王巾《头陀寺碑文》属于庙宇碑文。

王厚之认为《石鼓文》是周宣王(前827—前782)史籀所作,

---

① 周振甫:《文心雕龙今译》,中华书局2005年版,第112—113页。

② 傅刚:《昭明文选研究》,中国社会科学出版社2000年版,第278—279页。

是与《诗经》相似的四言铭诗,因多言宣王渔猎之事,又称为周宣王《猎碣》文。《诅楚文》为秦惠文王使其宗祝,诅咒楚怀王引六国兵一再侵秦,秦求巫咸、久渊、亚驼之神保佑,而"克剂楚师"的文章。《峄山刻石文》是秦始皇二十八年(前219)第二次东巡登邹县峄山时,命李斯等为颂秦德而立,是韵文,属于皇帝封禅,树石碑岳,纪功勒勋之类的碑文。故这三篇刻石文,均与后代的庙宇碑文、神道碑文有别。因此,编者把他单独分类,而在散文类另立"碑"以示区别。如樊毅《乞复华下十里以内民租田口算状》、无名氏《汉樊毅修西岳庙记》、卫凯《西岳华山亭碑》、《汉金城太守殷君碑》、张昶《西岳华山堂阙碑铭》、王延寿《桐柏庙碑》、蔡邕《九疑山碑》、无名氏《楚相孙叔敖碑》、子迁《汉故中常侍骑都尉樊君之碑》、邯郸淳《后汉鸿胪陈君碑》、《度尚曹娥碑》和崔瑗《河间相张平子碑》等,就属于庙宇碑文、神道碑或碑记。

第二,刻石文单独成体,显示出其在初编者王厚之心目中,具有相当重要的价值。这与南宋初年金石学家对《石鼓文》的论争息息相关。北宋欧阳修曾有"石鼓三疑",南宋郑樵也怀疑石鼓时间,认为当作于秦惠文王后、秦始皇前,刘词臣、马定国更以为石鼓是后周物。王厚之虽然针对这些说法进行了针锋相对的"石鼓三辨",但他还是惧石鼓不传或误传,故将《石鼓文》放在选本的卷首,欲借《古文苑》来长久保存金石文献。果然,稍后程泌所见到的《石鼓文》只有七篇,便怀疑石鼓成于周成王时。程大昌更是怀疑石鼓的真伪。程氏曾见过三种石鼓文拓本:一种是郑昂所得洪庆善所遗石鼓墨本;一种是郑樵摹写本;另一种是建康秦丞相(秦桧)家藏摹本。其实,秦家所藏古玩彝器,早在绍兴二十九年(1159),就被王厚之悉数获取:

朱彝尊《宋拓钟鼎款识跋》:宋绍兴中,秦相当国,其子熺伯阳居赐第十九年,日治书画碑刻,是册殆其所集,如楚公钟师旦鼎,皆一德格天阁中物也。余或得之毕少董,或得之朱希真,或得之曾大中,盖希真晚为伯阳客,而少董时视盱眙榷场,因摹款识十五种标以青笺,末书"良史拜呈",以纳伯阳,至今装池册内。秦氏既败,册归王厚之,毋款铃以"复斋珍玩厚之"私印,且复释文疏,其藏弃之所,后转入赵子昂家,子昂复用"大雅"印铃,兼书薛氏考证于后。于时,钱德平、柯敬仲、王叔明、陈惟寅均有赏鉴私印。隆庆六年,项子京获之,寻归倦圃曹先生。康熙戊申,先生出示予,予爱玩不忍释手。①

王厚之《题跋周宣王石鼓文后》也明确指出:

绍兴己卯岁,予得此本于上庠,喜而不寐,手自装治成帙,因取薛尚功、郑樵二音参校同异,并考核字书而是正之,书于帙之后。其不至者,姑两存之,以俟博洽君子而质焉。

清阮元也说道:

此册款识五十九种,为王顺伯复斋所辑。内毕良史笺识十五器,皆秦熺之物。……三代法物自足万古,不以过秦氏为辱,不以归王氏为幸。周孔之书,为赵中定、朱子所读,又何尝不为秦桧、韩侂胄所读。②

因此,程大昌所见秦桧家藏《石鼓文》摹本,应该就是王厚之藏本。经过对比分析后,程大昌认为秦家藏《石鼓文》摹本是伪本,"又不知何世何年好事者怅其不足,而创为一鼓以补足之也"③,时在绍熙二年(1191)。事实证明,王厚之在三十年前的担

---

① 王厚之:《钟鼎款识》,中华书局 1985 年版,第 70—71 页。
② 王厚之:《钟鼎款识》,中华书局 1985 年版,第 78—79 页。
③ 程大昌:《雍录》,黄永年点校,中华书局 2005 年版,第 203—205 页。

忧是有前瞻性的——三十年后,人们已经抛开对《石鼓文》年代的怀疑,转向对石鼓本身的质疑。而这,恰恰是金石学家最惧怕、最担忧的事。

众所周知,石刻文献重在录文,而不重在录目。虽然欧阳修、赵明诚等人都编纂过三代石刻文献目录,但都不录碑文,诚如朱剑心所言:"古文著作,托金石以垂于后;然金石有时而销泐,其幸而存者,不贵存目,贵录其文,而后可传于无穷。……今所存者,惟洪适《隶释》一书。"①——遗憾的是,洪适却只收汉碑。薛尚功《历代钟鼎彝器款识法帖》虽然录《石鼓文》原拓,但是所录《石鼓文》字数远远少于《古文苑》。《古文苑》所收石鼓文,是现存《石鼓文》原拓较早较完整的文献。而其所录《诅楚文》拓本,也是现存较早的文献,比元代周伯琦至正中吴刊本要早近两百年。正赖《古文苑》,这些金石文献才得以较好较完整地保存下来。

这一点,我们可以通过《石鼓文》和《诅楚文》出土后,后世诗文选本是否收录来印证:徐铉编《唐文萃》时,收文体 27 类,碑下列子目 26 类,收录庙记、庙碑、碑阴、庙文、碣、神道碑、塔记等 15 卷;吕祖谦编《宋文鉴》收文体 60 类,列碑文、神道碑铭、墓表 3 类;吴讷《文章辩体序说》收文体 59 类,列碑、墓碑、墓碣、墓表 4 类;徐师曾《文体明辨序说》更是罗列文体 127 类,列碑文、墓碑文、墓碣文、碑阴文、墓表 5 类。但是,这四家所收碑文大都是庙宇碑文或神道碑类,并不曾收录《石鼓文》等三篇刻石文——这充分说明,虽然《石鼓文》是珍贵的三代古物,但还是被排斥在选本的编纂外。这再次证明,《古文苑》的初编者可能是一位金石学家。只有金石学家,才会如此看重他们的金石价值。

---

① 朱剑心:《金石学》,文物出版社 1981 年版,第 25 页。

第三,将刻石文编排在总集的卷首,还体现出南宋人对国家分裂深沉的哀痛,对中原故家的深切思念以及对北宋文献和中原传统文化的自觉继承与弘扬。如南宋理宗宝祐甲寅(1254),王柏在《诅楚文辞并序》一文中,就流露出其拳拳爱国之心:

> 先秦之碑凡三,有祀亚驼之文,有祀大沈九湫之文,有祀巫咸之文,大抵皆诅楚也。……其碑出于凤翔开元寺土下,后置于太守之便厅,盖秦穆葬于雍橐泉祈年观。今闻墓在开元寺东南数十步,则寺岂祈年观故基耶?见坡公手笔后之学古者谓三诅文,惟祀巫咸者笔法最精,王厚之亦谓笔迹高妙,世人无复异论,此杜工部所谓书贵瘦硬方通神者。此为得之大观间,旱入御府,人始不得而模拓。渡江后,间有临模本,失其真多矣。宝祐甲寅之春,金华王柏得于鬻书人,见而叹曰:"此事固无足取也。亦先秦之古文也,中原之旧物也。通国弃之而流落,于陋巷之书生,岂不异哉!"为之序而系以辞曰。①

从王柏"亦先秦之古文也,中原之旧物也。通国弃之而流落,于陋巷之书生,岂不异哉"的感叹中,我们不难体会南宋国土沦丧,偏安一方,积贫积弱的严酷现实带给广大士人的深切刺激和他们内心深重的伤痛。

王厚之是金石名家,他关于《诅楚文》的观点被包括王柏在内的南宋大部分人认可。他将《石鼓文》放在篇首,不仅使选本的收录上限打破《文选》,拉长了选本断代的年限,丰富了选本的内容,而且推出一种崭新的选本编纂体例,即以金石文置篇首的体例。这一编纂思想,对后世也有较大影响,如清孙星衍所编《续古文苑》,就直承《古文苑》之体例,在篇首收录16篇周、秦、汉三代钟

---

① 王柏:《鲁斋集》卷四,《文渊阁四库全书》本第1186册,第50—51页。

鼎文,其次为赋,再次为诗,再次为文(包括庙宇碑文、神道碑文)。更重要的是,这种体例完整保存了古代石刻文献。从这个角度看,确实"功劳甚伟"。

三、辞赋类

《古文苑》所列第二种文体是辞赋。在《文选》之前,人们大多将诗置于赋之前论述,如《文心雕龙》在文体论中,赋居第三,诗作第一。将赋置于诗之前,是从《文选》开始的。《古文苑》也将赋列为第二种文体,显示出赋作在编纂者心目中,仍然是一种较重要的文体,也表明《古文苑》对《文选》编选体系的认同与继承。

宋代科举考试以赋、诗、论三种文题为科考文体,朝廷对赋极为重视。宋王朝的文武百官多从科举而来,士子对朝廷的要求当然亦步亦趋,故赋在当时仍然是一种比较重要的文体。《古文苑》九卷本收录 57 篇赋作,章樵附入 5 篇,又不慎脱去张衡《羽猎赋》,故二十一卷本收录辞赋 61 篇:

表 3−2 《古文苑》所选赋作统计表

序号	年代	作者	篇 目	九卷篇数	二十一卷篇数
1.	先秦	宋玉	《笛赋》、《大言赋》、《小言赋》、《讽赋》、《钓赋》、《舞赋》	6	6
2.	两汉	贾谊	《旱云赋》、《簴赋》	2	2 ·
3.		枚乘	《梁王菟园赋》、《忘忧馆柳赋》*	1	2
4.		公孙乘*	《月赋》*	0	1
5.		路乔如*	《鹤赋》*	0	1
6.		羊胜	《屏风赋》	1	1

续表

序号	年代	作者	篇 目	九卷篇数	二十一卷篇数
7.		刘安	《屏风赋》	1	1
8.		中山王 *	《文木赋》*	0	1
9.		司马相如	《美人赋》	1	1
10.		董仲舒	《士不遇赋》	1	1
11.		刘向	《请雨华山赋》	1	1
12.		刘歆	《甘泉宫赋》、《遂初赋》	2	2
13.		扬雄	《太玄赋》、《逐贫赋》、《蜀都赋》	3	3
14.		班婕妤	《捣素赋》	1	1
15.		杜笃	《首阳山赋》	1	1
16.		傅毅	《琴赋》	1	1
17.		班固	《竹扇赋》、《终南山赋》	2	2
18.		李尤	《函谷关赋》	1	1
19.		曹大家	《针缕赋》	1	1
20.		黄香	《九宫赋》	1	1
21.		张衡	《髑髅赋》、《冢赋》、《羽猎赋》、《观舞赋》、《温泉赋》	5	4
22.		马融	《围棋赋》	1	1
23.		崔寔	《大赦赋》	1	1
24.		蔡邕	《汉津赋》、《短人赋》、《青衣赋》、《笔赋》、《协和昏赋》、《琴赋》、《胡栗赋》、《述行赋》、《弹棋赋》	9	9
25.		王延寿	《梦赋》、《王孙赋》	2	2
26.		张超	《诮青衣赋》	1	1

序号	年代	作者	篇　　目	九卷篇数	二十一卷篇数
27.		王粲	《浮淮赋》、《大暑赋》、《羽猎赋》、《柳赋》	4	4
28.		刘桢	《大暑赋》	1	1
29.		应场	《灵河赋》	1	1
30.	魏晋	魏文帝	《浮淮赋》	1	1
31.		曹植	《述行赋》	1	1
32.		左思	《白发赋》	1	1
33.		陆机*	《思亲赋》*	0	1
34.	齐梁	谢朓	《游后园赋》	1	1
35.		庾信	《枯树赋》	1	1
	合计			57	61

上表可见，《古文苑》共选录 35 位作家的 61 首赋作（九卷本共选录 31 位作家的 57 首赋作）。由多到少，依次是蔡邕 9 篇，宋玉 6 篇，张衡 5 篇，王粲 4 篇，扬雄 3 篇，其他人 1 到 2 篇不等。选录赋作中，有汉赋 49 首（九卷本 46 首），魏晋赋作 4 首（九卷本 3 首），齐梁谢朓、庾信各 1 首。选录重点在汉代，所选基本是名家名篇。

关于赋体的分类，历代多有不同。《汉书·艺文志》分为四类：屈原赋、陆贾赋、孙卿赋、杂赋。《文选》将先秦至梁的赋作以题材分为 15 类，即京都、郊祀、耕籍、畋猎、纪行、游览、宫殿、江海、物色、鸟兽、志、哀伤、论文、音乐、情，较为冗杂。这种承类书而来的分类法，虽然不尽完美，却使赋的类目相对清楚，故为后代选本编纂所继承。《古文苑》九卷本只是大体按时间先后排列，首为宋

玉,依次而下分别是贾谊、董仲舒、枚乘、司马相如、刘安、羊胜、班
婕妤、刘向、扬雄、刘歆、杜笃、班固、傅毅、黄香、曹大家、马融、张
衡、李尤、崔寔、王延寿、蔡邕、魏文帝、王粲、曹植、刘桢、应场、左
思、谢朓、庾信。

　　章樵在同一文体上进行了二级分类,将赋以作者或时间分为
"宋玉赋六首"、"汉臣赋十二首"(收贾谊、董仲舒、路乔如、公孙
乘、羊胜、刘安、中山王、司马相如、班婕妤、曹大家各一首,枚乘两
首)、"扬雄赋三首"、"汉臣赋九首"(刘歆、杜笃、马融各一首,班
固两首,张衡四首)、"汉臣赋六首"(黄香、李尤、崔寔、张超各一
首,王延寿两首)、"赋十一首"(蔡邕四首、王粲三首、陆机、左思、
谢朓、庾信各一首),分类略显杂乱。二十一卷本卷末还收有"杂
赋十三首",这十三首赋不仅篇制短小,而且残缺不全。章樵注
曰:"旧编载此诸篇,文多残缺,搜检他集,互加参证,或补及数句,
犹非全文。姑存卷末,以俟博访。"章樵将此类名为"杂赋",其意
或在此。章樵注释时没有征引类书,也没有遵循类书的分类方式,
从而也间接证明《古文苑》并非出自类书。

　　实际上,《古文苑》所收赋作题材也较为广泛,我们可以按《文
选》的体例大致归类如下:

表3-3　《古文苑》选录赋作题材统计表

题材	作者及作品	篇数
京都	扬雄《蜀都赋》	1
郊祀		
耕籍		
畋猎	张衡《羽猎赋》、王粲《羽猎赋》	2
纪行	蔡邕《述行赋》、曹植《述行赋》、魏文帝《浮淮赋》、王粲《浮淮赋》	4

题材	作者及作品	篇数
游览	谢朓《游后园赋》	1
宫殿	黄香《九宫赋》、刘歆《甘泉宫赋》	2
江海	张衡《温泉赋》、蔡邕《汉津赋》、应场《灵河赋》	3
物色	刘向《请雨华山赋》、班固《终南山赋》、杜笃《首阳山赋》、李尤《函谷关赋》、贾谊《旱云赋》、枚乘《梁王菟园赋》、《忘忧馆柳赋》*、公孙乘《月赋》*、羊胜《屏风赋》、刘安《屏风赋》、中山王《文木赋》*、班固《竹扇赋》、曹大家《针缕赋》、马融《围棋赋》、王粲《大暑赋》、《柳赋》、蔡邕《胡栗赋》、《笔赋》、《弹棋赋》、《协和昏赋》、刘桢《大暑赋》、庾信《枯树赋》	22
鸟兽	路乔如《鹤赋》*	1
志	宋玉《大言赋》、《小言赋》、《讽赋》、《钓赋》、董仲舒《士不遇赋》、扬雄《太玄赋》、《逐贫赋》、王延寿《梦赋》、《王孙赋》、张衡《髑髅赋》、《冢赋》、蔡邕《短人赋》、崔寔《大赦赋》	13
哀伤	刘歆《遂初赋》、陆机《思亲赋》*、左思《白发赋》	3
论文		
音乐	宋玉《笛赋》、《舞赋》、贾谊《簴赋》、傅毅《琴赋》、蔡邕《琴赋》、张衡《观舞赋》	6
情	司马相如《美人赋》、班婕妤《捣素赋》、蔡邕《青衣赋》、张超《诮青衣赋》	4
合计		62

　　《文选》所列 15 类中,郊祀、耕籍和论文 3 类,《古文苑》没有选入,其他所选篇目不等,以物色、江海和志类为多。事实上,唐朝人做赋,已经不再以"大"显胜,铺绘京都、郊祀、耕籍、畋猎、宫殿等类的赋作占的比例极小,成就也不高。如《文苑英华》所选的1000 多首唐人赋作,基本上都是小赋。到了宋代,赋作更倾向于抒情,逐渐形成"文赋"。故《古文苑》所选赋作,从形制看,多是抒情小赋,一般都篇制短小,即使是昔日常常铺张扬厉题材的赋作,也简洁短小,如黄香《九宫赋》、刘歆《甘泉宫赋》。从赋的内容看,

《古文苑》所选,也多是关注民生的赋作,现实性较强,如崔寔《大赦赋》、刘桢《大暑赋》、蔡邕《述行赋》、曹植《述行赋》等。这也是《古文苑》编纂思想与《文选》的不同之处。

四、诗歌类

《古文苑》所列第三种文体是诗歌。关于诗歌,《文选》共分24 小类(含"临终"),其中又以公宴、祖饯、咏史、游览、哀伤、赠答、行旅、乐府、杂诗、杂拟为 10 大类。《古文苑》九卷本进行了二级分类,具体分为诗、齐梁诗、歌、曲四类。章樵也进行了二级分类,将歌、曲合并,重新排列为歌曲、诗、齐梁诗。章樵又增收秦嘉、王粲、曹植、闾丘冲、裴秀、王融等人诗歌 14 首。这种分类,说是以时代先后为序,但又不尽然;说是以题材划分,又有不同处;说是以诗体分类,又有重合,从而显得零乱无序,其归类见下表:

表 3－4 《古文苑》所收诗歌归类表

类别		作品	九卷篇数	二十一卷篇数
歌、曲		汉武帝《落叶哀蝉曲》、汉昭帝《琳池歌》、《黄鹄歌》、后汉灵帝《招商歌》	4	4
诗	诗	《柏梁诗》、《梁父吟》、李陵《录别诗》八首、苏武《答诗》、《别李陵》	12	12
	临终	孔融《临终诗》	1	1
	四言诗	孔融《离合作郡姓名字诗》、四言诗五首＊(秦嘉＊、王粲＊、曹植＊、闾丘冲＊、裴秀＊)	1	6
	六言诗	孔融《六言诗》三首	3	3
	杂诗	孔融《杂诗》二首、王粲《杂诗》四首＊	2	6
	五言诗	程晓《嘲热客》	1	1
	七哀	王粲《七哀诗》＊	0	1

续表

类别		作品	九卷篇数	二十一卷篇数
齐梁诗四十五篇	应诏	王融《侍游方山应诏》	1	1
	游仙	王融《游仙诗》五首	5	5
	奉和	王融《奉和南海王咏秋胡妻》（九卷六首，二十一卷七首＊）、《奉和月下》、《奉和秋夜长》、《四色咏》、《奉和纤纤》、《奉和代徐》二首	12	13
	游览	王融《栖玄寺听讲毕游邸园》	1	1
	赠答	任昉《别萧谘议衍》、王延《别萧谘议衍》、宗夬《别萧谘议衍》、王融《别萧谘议衍》、萧衍《萧谘议衍答》、王融《和王友德元古意》二首、王融《寒晚敬和何征君点》、沈约《饯谢文学离夜》、虞炎《饯谢文学离夜》、范云《饯谢文学离夜》、王融《饯谢文学离夜》、萧琛《饯谢文学离夜》、刘绘《饯谢文学离夜》、谢朓《谢文学答》、王融《别王丞僧孺》、范云《学古贻王中书》、王融《杂体报范通直》、王融《阻雪连句遥赠和》、江革、沈约＊、谢朓＊《阻雪联句遥增和》	20	22
	应教	萧琛《萧记事琛前夜以醉乖例今昼由醒敬应教》	1	1
	咏物	王融《幔》、王融《琵琶》、沈约《篪》、王融《咏梧桐》、王融《咏池上梨花》＊、刘绘《和池上梨花》	5	6
	古辞	无名氏《木兰诗》	1	1
总计			70	84

上表可见，自《柏梁诗》而下有四言诗、六言诗、杂诗、五言诗、临终诗、应诏诗、游仙诗、应教、咏物、赠答诗等名目，以齐梁诗收录较多，有45篇。其中，收录王融32首，沈约3首，谢朓3首，范云、虞炎、萧琛、刘绘、任昉、王延、宗夬、江革、萧衍等人1、2首不等。

这些诗歌中，尤以赠答、唱和之作为多。《古文苑》所录齐永明年间的多首唱和赠答诗，多出于齐竟陵王西府文学集团。竟陵王指萧子良，齐高帝建元四年（482）封，时年23岁。齐武帝永明二年（484），萧子良为护军将军，兼司徒，领兵置佐，镇西州。本年,范云为竟陵王记室参军事,王融为竟陵王法曹行参军,萧衍为竟陵王西阁祭酒,萧琛为丹阳尹王俭主簿。永明四年(486),沈约为竟陵王长史。谢朓为随王萧子隆东中郎府。陆倕17岁,举本州秀才,造竟陵王府。永明五年(487),任昉为竟陵王记室参军,王增孺亦从萧子良游。永明十一年(493),在争夺帝位的斗争中,王融谋立萧子良失败被杀,年仅27岁。次年(494),萧子良病卒,竟陵王西府文学集团解散,故这些赠答唱和诗多集中在齐永明六年至十一年间。其中,范云《学古赠王中书》,《文选》已收。为何《文选》已收诗歌,《古文苑》还要再收呢?章樵揣测编者的用意是,"辑者欲收王融《报章》,故并录此篇,以见赠答往来之意",即王厚之只是为了体现王融与范云之间的赠答往来之意,故将范云之作亦附入。因此,章樵注释时,也有意增加唱和篇目,如枚乘《忘忧馆柳赋》、路乔如《鹤赋》、公孙乘《月赋》、与公孙诡《文鹿赋》、邹阳《酒赋》、公孙乘《月赋》、羊胜《屏风赋》,本是一组赋,故章樵就将九卷未录之赋基本补全。《古文苑》还收录有托名苏武和李陵的赠答诗。

王厚之似乎对联句之作还特别感兴趣。曹道衡《南北朝文学史》论述永明诗风的新变时说:"联句、同咏和类似文字游戏的诗歌在永明时期大量出现,是文人之间经常集会和锻炼写作技巧的反映。当时文人群集竟陵王萧子良西邸,沈约、谢朓、王融、萧深、范云、任昉、陆倕和萧衍号称'竟陵八友'。在永明三、四年到十年这一段时间里,各种形式的文学活动经常不断。联句的形式起源虽较早,但到这一时期才蔚为风气,甚至还有不在同一地而作联句赠答诗歌的,如谢朓集中就有《阻雪连句遥赠和》一诗"、"类似文字游戏的诗,最早是孔融《离合郡名姓氏诗》。"①以上提到的"竟

---

① 曹道衡:《南北朝文学史》,人民文学出版社1991年版,第131页。

陵八友"(除陆倕外)赠答诗,如《阻雪连句遥赠和》,《王融集》载有 7 首,《古文苑》九卷本录有江革、王融(章樵不慎将王融误题为谢朓)2 首。章樵将首倡人谢朓、沈约二人诗补入,王兰、谢昊、谢缓 3 首,因词意不同而略去,以成词意相同的联句一组。孔融《离合作郡姓名字诗》,是孔融将自己的籍贯、姓名、字号用"离合诗体"表现出来的游戏之作。《古文苑》还录有现存最早的联句作品,即汉武帝君臣联句诗《柏梁诗》,似乎是有意淡化此书的文学性。可见,王厚之力搜《文选》、史传未录之作,在选择作品时,比较重视永明时期的这种赠答、唱和诗,以致收入游戏之作。这也从一个侧面反映出南宋初期文坛上的唱和之风较甚,王厚之受此风气影响,故在编辑时不自觉地表现出来。

《古文苑》所收辞赋倾向于大家名作,文学性较强;诗歌更倾向于赠答唱和之作,可读性较弱。故我们有理由相信,《古文苑》所收辞赋是孙洙所辑,本是孙洙所编《杂文章》,而《古文苑》所收诗歌是王厚之续编,故文学性不强。因为孙洙是文学家,而王厚之是金石学家。二者身份不同,文学修养不同,编纂水平也有差异。这不但反应出二者不同的文学批评观,而且也为《古文苑》是在孙洙所辑《杂文章》的基础上续编而成的观点,增加了另一条证据。

另外,《古文苑》选录歌、曲 4 首,即汉武帝《落叶哀蝉曲》、汉昭帝《琳池歌》、《黄鹄歌》、后汉灵帝《招商歌》。徐师曾《文体明辨序说》云:"乐府命题,名称不一:盖自琴曲之外,其放情长言,杂而无方者曰'歌';步骤驰骋,疏而不滞者曰'行';述事本末,先后有序,以抽其意者曰'引';高下长短,委屈尽情,以道其微者曰'曲';……"①

---

① 徐师曾:《文体明辨序说》,罗根泽校点,人民文学出版社 1982 年版,第 104 页。

徐师曾对"歌"、"行"、"引"、"曲"、"吟"、"辞"、"篇"、"调"、"怨"、"叹"、"诗"、"弄"、"章"、"度"、"乐"、"思"与"愁"等各类乐府诗体进行了概括、区分,明确说明其体各不相同。其实,宋代人对此类诗体的区分也是比较严格的,如南宋吴曾《歌行吟谣》就说:

> 《西清诗话》谓蔡元长尝谓之曰:"'汝知歌行吟谣之别乎?近人昧此,作歌而为行,制谣而为曲者多矣。且虽有名章秀句,苦不得体,如人眉目娟好而颠倒位置,可乎?'余退读少陵诸作,默有所契,惟心语口,未尝为人道也。"予按《宋书·乐志》曰:"诗之流乃有八名,曰行、曰引、曰歌、曰谣、曰吟、曰咏、曰怨、曰叹,皆诗人六义之余也。"然则歌、行、吟、谣,其别岂自子美耶?①

吴曾为南宋绍兴时人②。此时,即使都是诗体,文坛上对行、引、歌、谣、曲、辞等的区别还是较为严格,认为诗体各不相同,要求各诗体在应用时,应符合与其文体相适应的特殊的语言条件,不可贸然混用。《古文苑》的编纂正好在绍兴末年,故编者将歌、曲单列出来,是符合当时的创作环境和对文体的要求的。

五、散文类

《古文苑》共选录 37 位作者的 116 篇文章(九卷本选录 33 位,103 篇)。其中,选录扬雄文最多,有 30 篇,崔骃、崔瑗各 8 篇,班固、蔡邕各 6 篇,董仲舒、王粲、李尤各 5 篇,其他人 1 到 4 篇不等。《古文苑》所收散文类共分文体 14 类,选录最多的是箴,有 43

---

① 吴曾:《能改斋漫录》,上海古籍出版社 1979 年版,第 287—288 页。
② 《四库全书总目》说:曾字虎臣,崇仁人。秦桧当国时,曾上所业得官。绍兴癸酉,自敕局改右承奉郎,主奉常簿,为玉牒检讨官,迁工部郎中。出知严州。致仕,卒。(《钦定四库全书总目》(整理本),中华书局 1997 年版,第 1580 页)

篇;其次为铭,选21篇;再次为书,选录13篇;再次为碑,选录10篇;再次为颂,选录8篇,其他文体选录1到7篇不等。这充分说明编者选编时,非常重视箴、铭、书、碑、颂等应用文体。这亦与南宋初年的理学思想、文学思潮相符合。《古文苑》所收散文篇目、作者及文体分类见下面两表:

表3-5 《古文苑》选录文章篇目及作者统计表

序号	年代	作者	篇 目	九卷篇数	二十一卷篇数
1.	两汉	汉高祖	《手敕太子》	1	1
2.		邹长倩*	《遗公孙贤良书》*	0	1
3.		董仲舒	《诣丞相公孙弘记室书》、《郊祀对》、《雨雹对》、《山川颂》、《集叙》	5	5
4.		王褒	《僮约》	1	1
5.		扬雄	《答刘歆书》、《冀州牧箴》、《兖州牧箴》、《青州牧箴》、《徐州牧箴》、《扬州牧箴》、《荆州牧箴》、《豫州牧箴》、《益州牧箴》、《雍州牧箴》、《幽州牧箴》、《并州牧箴》、《交州牧箴》、《光禄勋箴》、《卫尉箴》、《太仆箴》、《廷尉箴》、《大鸿胪箴》、《宗正箴》、《大司农箴》、《少府箴》、《执金吾箴》、《将作大匠箴》、《城门校尉箴》、《上林苑令箴》、《司空箴》、《太常箴》、《尚书箴》、《博士箴》、《元后诔》	30	30
6.		冯衍	《车铭》	1	1
7.		傅毅	《车左铭》、《车右铭》、《车后铭》、《北海王诔》	4	4
8.		崔骃	《仲山父鼎铭》、《樽铭》、《袜铭》、《太尉箴》、《司徒箴》、《河南尹箴》、《大理箴》、《东巡颂》	8	8

序号	年代	作者	篇　目	九卷篇数	二十一卷篇数
9.		班固	《车骑将军窦北征颂》、《沛泗水亭碑记》、《十八侯铭》、《奕旨》、《东巡颂》、《南巡颂》	6	6
10.		李尤	《孟津铭》*、《洛铭》*、《井铭》、《小车铭》、《漏刻铭》	3	5
11.		黄香	《天子冠颂》、《责髯奴辞》	2	2
12.		张衡	《绶笥铭》*	0	1
13.		崔瑗	《东观箴》、《关都尉箴》、《河堤谒者箴》、《尚书箴》、《北军中候箴》、《司隶校尉箴》、《郡太守箴》、《河间相张平子碑》	8	8
14.		胡广	《侍中箴》、《笏铭》*、《印衣铭》*	1	3
15.		崔寔	《谏大夫箴》	1	1
16.		子迁	《汉故中常侍骑都尉樊君之碑》	1	1
17.		邯郸淳	《魏受命述》、《后汉鸿胪陈君碑》、《度尚曹娥碑》	3	3
18.		蔡邕	《焦君赞》、《警枕铭》、《樽铭》、《篆势》、《九惟文》、《九疑山碑》	6	6
19.		王延寿	《桐柏庙碑》	1	1
20.		郦炎	《遗令书》四首、《对事》	5	5
21.		樊毅	《乞复华山下十里以内民租田口算状》	1	1
22.		无名氏	《汉樊毅修西岳庙记》	1	1
23.		张超	《尼父赞》	1	1
24.		张昶	《西岳华山堂阙碑铭》	1	1
25.		曹操	《与杨太尉书论刑杨修》	1	1
26.		杨彪	《答曹公书》	1	1

续表

序号	年代	作者	篇　目	九卷篇数	二十一卷篇数
27.		曹公卞夫人	《与杨太尉夫人袁氏书》	1	1
28.		杨太尉夫人袁氏	《答书》	1	1
29.		卫凯	《西岳华山亭碑》、《汉金城太守殷君碑》	2	2
30.		闻人牟准	《魏敬侯碑阴文》	1	1
31.		王粲	《为刘表与袁尚书》*、《太庙颂》、《正考父赞》、《无射钟铭》、《刀铭》*	3	5
32.	魏晋	魏文帝	《九日送菊与钟繇书》*、《曹苍舒诔》	1	2
33.		晋明帝	《启元帝》	1	1
34.		傅玄*	《吏部尚书箴》*	0	1
35.		傅咸*	《皇太子释奠颂》*	0	1
36.		张华*	《尚书令箴》*	0	1
37.		无名氏*	《楚相孙叔敖碑》*	0	1
38.	合计			103	116

3－6　《古文苑》收录散文类文体分类对比表

序号	文体	篇　目	九卷篇数	二十一卷篇数
1.	敕	汉高祖《手敕太子》	1	1
2.	启	晋明帝《启元帝》	1	1
3.	书	董仲舒《诣丞相公孙弘记室书》、邹长倩《遗公孙贤良书》*、扬雄《答刘歆书》、郦炎《遗令书》四首、王粲《为刘表与袁尚书》*、曹操《与杨太尉书论刑杨修》、杨彪《答曹公书》、曹公卞夫人《与杨太尉夫人袁氏书》、杨太尉夫人袁氏《答书》、魏文帝《九日送菊与钟繇书》*	10	13

序号	文体	篇　　目	九卷篇数	二十一卷篇数
4.	对	董仲舒《郊祀对》、《雨雹对》、郦炎《对事》	3	3
5.	状	樊毅《乞复华山下十里以内民租田口算状》	1	1
6.	颂	董仲舒《山川颂》、班固《车骑将军窦北征颂》、黄香《天子冠颂》、傅咸《皇太子释奠颂》*、王粲《太庙颂》、崔骃《东巡颂》、班固《东巡颂》、《南巡颂》	7	8
7.	述	邯郸淳《魏受命述》	1	1
8.	赞	王粲《正考父赞》、张超《尼父赞》、蔡邕《焦君赞》	3	3
9.	铭	班固《沛泗水亭碑铭》、《十八侯铭》、冯衍《车铭》、傅毅《车左铭》、《车右铭》、《车后铭》、张衡《绶笥铭》*、胡广《笥铭》*、《印衣铭》*、崔骃《仲山父鼎铭》、《樽铭》、《袜铭》、李尤《孟津铭》*、《洛铭》*、《井铭》、《小车铭》、《漏刻铭》、蔡邕《警枕铭》、《樽铭》、王粲《无射钟铭》、《刀铭》*	15	21
10.	箴	扬雄《冀州牧箴》、《兖州牧箴》、《青州牧箴》、《徐州牧箴》、《扬州牧箴》、《荆州牧箴》、《豫州牧箴》、《益州牧箴》、《雍州牧箴》、《幽州牧箴》、《并州牧箴》、《交州牧箴》、《光禄勋箴》、《卫尉箴》、《太仆箴》、《廷尉箴》、《大鸿胪箴》、《宗正箴》、《大司农箴》、《少府箴》、《执金吾箴》、《将作大匠箴》、《城门校尉箴》、《上林苑令箴》、《司空箴》、《太常箴》、《尚书箴》、《博士箴》、崔骃《太尉箴》、《司徒箴》、《河南尹箴》、《大理箴》、崔瑗《东观箴》、《关都尉箴》、《河堤谒者箴》、《尚书箴》、《北军中候箴》、《司隶校尉箴》、《郡太守箴》、胡广《侍中箴》、崔寔《谏大夫箴》、张华《尚书令箴》*、傅玄《吏部尚书箴》*	41	43
11.	杂文	董仲舒《集叙》、王褒《僮约》、班固《奕旨》、蔡邕《篆势》、《九惟文》、黄香《责髯奴辞》、闻人牟准《魏敬侯碑阴文》	7	7
12.	记	樊毅《修西岳庙记》	1	1

续表

序号	文体	篇　　目	九卷篇数	二十一卷篇数
13.	碑	卫凯《西岳华山亭碑》、《汉金城太守殷君碑》、张昶《西岳华山堂阙碑铭》、王延寿《桐柏庙碑》、蔡邕《九疑山碑》、无名氏《楚相孙叔敖碑》*、子迁《汉故中常侍骑都尉樊君之碑》、邯郸淳《后汉鸿胪陈君碑》、《度尚曹娥碑》、崔瑗《河间相张平子碑》	9	10
14.	诔	扬雄《元后诔》、傅毅《北海王诔》、魏文帝《曹苍舒诔》	3	3
15.	合计		103	116

　　《文选》收录"文章"类,共有诏、册、令、教、文、表、上书、启、弹事、笺、奏记、书、移、檄、难、对问、设论、辞、序、颂、簪、符命、史论、史述赞、论、连珠、箴、铭、诔、哀、碑文、墓志、行状、吊文、祭文等35种。《古文苑》收录敕、启、书、对、状、颂、述、赞、铭、箴、杂文(集叙、约、奕旨、势、辞、阴文、叙)记、碑、诔14类。二者既有重合,也有不同之处。如《文选》所录诏、册、令、教、文、表、上书、弹事、笺、奏记、移、檄、难、设论、序、簪、符命、史论、史述赞、论、连珠、碑文、墓志、祭文等,《古文苑》没有收录。《古文苑》所录敕、状、述、杂文、记等,《文选》不录。现将这14类《古文苑》所录文章一一介绍如下:

　　(一)敕

　　敕是帝王自上命下之词。汉时凡尊长或官长告诫子孙或僚属,皆称敕,南北朝以后专指皇帝诏书①。《文心雕龙·诏策》第十

---

　　① 顾炎武:《金石文字记》卷一《西岳华山庙碑》:"汉时人,官长行之椽属,祖父行之子孙,皆曰敕。……至南朝以下,则此字唯朝廷专之。"(《文渊阁四库全书》本第683册,第713页)

九:"汉初定仪则,则命有四品:一曰策书,二曰制书,三曰诏书,四曰戒敕。敕戒州部,诏诰百官,制施赦命,策封王侯。策者,简也。制者,裁也。诏者,告也。敕者,正也"①,分列"敕"、"诏"、"制"与"策"。《古文苑》"敕体类"收录文章为《汉高祖手敕太子》,题下章樵注曰:"《汉书·艺文志》,《高祖传》十三篇,固自注高祖与大臣述古语及诏策也。此编或居诏策之一。"此"敕",即高祖刘邦诏策、劝戒太子刘盈之语。

(二)启

启的对象范围不仅可以上启下,而且可以下启上,凡是臣僚表章奏事、陈政言事、让爵谢恩之类,都可用启,可能是取"启者开也"之意。《文心雕龙·奏启》第二十三:"启者开也。高宗云,'启乃心,沃朕心',取其义也。孝景讳启,故两汉无称。至魏国笺记,始云'启闻'。奏事之末,或云'谨启'。自晋来盛'启',用兼表奏。陈政言事,既奏之异条;让爵谢恩,亦表之别干。必敛饬入规,促其音节,辨要轻清,文而不侈,亦启之大略也。"②《古文苑》"启"类仅录 1 篇,即《晋明帝启元帝》,是晋明帝司马绍尚为太子时,父皇元帝曾沐浴,明帝关心并奏问此事,属于下启上。

(三)书

书是较为常用之文体,大致有两类,一为臣僚上言,二为朋旧往复,后逐渐演化为书信,仅用于朋旧之间。明吴讷《文章辨体序说》言:"昔臣僚敷奏,朋旧往复,借总曰书。近世臣僚上言,名为

---

① 周振甫:《文心雕龙今译》,中华书局 2005 年版,第 178 页。
② 周振甫:《文心雕龙今译》,中华书局 2005 年版,第 217 页。

表奏;惟朋旧之间,则曰书而已。"①《古文苑》录"书"13篇,邹长倩《遗公孙贤良书》、董仲舒《诣丞相公孙弘记室书》、扬雄《答刘歆书》、郦炎《遗令书》4首、王粲《为刘表与袁尚书》、曹操《与杨太尉书论刑杨修》、杨彪《答曹公书》、曹公卞夫人《与杨太尉夫人袁氏书》、杨太尉夫人袁氏《答书》、魏文帝《九日送菊与钟繇书》。其中,既有臣僚上言,如董仲舒《诣丞相公孙弘记室书》、王粲《为刘表与袁尚书》;也有朋旧往复,如扬雄《答刘歆书》和曹操、杨彪、卞夫人、杨太尉夫人袁氏四人之间往答书等。

(四)对

对,是议论政事之文,《文选》无此体。刘勰明确认为"对"是"议"的别体,见《文心雕龙·议对》第二十四:"又对策者,应诏而陈政也;射策者,探事而献说也,言中理准,譬射侯中的;二名虽殊,即议之别体也。"②《古文苑》选录"对"体3篇,即董仲舒《郊祀对》、《雨雹对》和郦炎《对事》。

(五)状

状有两类,一类是"行状",用以记载表彰死者生平事迹,即"状之大者";二为表奏事实之文,见《文心雕龙·书记》第二十五:"状者,貌也。体貌本原,取其事实,先贤表谥,并有行状,状之大者也。"③"状"体,《文选》不列,首见列于《文苑英华》。《古文苑》所收樊毅《乞复华山下十里以内民租田口算状》,不是"行状"之类,而是下级对上级陈述事情之体,属于第二类。

---

① 吴讷:《文章辨体序说》,于北山校点,人民文学出版社1982年版,第41页。

② 周振甫:《文心雕龙今译》,中华书局2005年版,第225页。

③ 周振甫:《文心雕龙今译》,中华书局2005年版,第240页。

（六）颂

颂本是帝王祭祀神灵，以昭其功绩之文。挚虞《文章流别论》："颂，诗之美者也，古者圣帝明王功成治定而颂声兴，于是史录其篇，工歌其章，以奏于宗庙，告于鬼神，故颂之所美者，圣王之德也，则以为律吕。或以颂形，或以颂声，其细也甚，非古颂之意。"①《文心雕龙·颂赞》第九："四始之至，颂居其极。颂者，容也，所以美盛德而述形容也。昔帝喾之世，咸墨为颂，以歌九韶。自商以下，文理允备。夫化偃一国谓之风，风正四方谓之雅，容告神明谓之颂。风雅序人，事兼变正；颂主告神，义必纯美。"②二人均阐述了"颂"的特点、创作和流变情况。《古文苑》收录董仲舒《山川颂》、班固《车骑将军窦北征颂》、黄香《天子冠颂》、傅咸《皇太子释奠颂》、王粲《太庙颂》、崔骃《东巡颂》、班固《东巡颂》、《南巡颂》共九篇，大多是赞美之作，即刘勰所说"变颂"，而非帝王功成制定之颂。其所颂对象也已由帝王扩展到其他人。

（七）述

述体，《文选》、《文章缘起》与《文苑英华》都不录。吴讷《文章辨体序说》言："《字画》云：'述，撰也。纂撰其人之言行以俟考也。'其文与状同，不曰状，而曰述，亦别名也。此体见诸集者不多，故录一首以为式云。"③细看《古文苑》所收邯郸淳《魏受命述》，似同表奏，章樵题解也论及："汉建安二十二年，魏王操以子丕为太子。黄初元年，王薨，太子即王位。左中郎将李伏、大史丞

---

① 梅鼎祚编：《西晋文纪》卷十三，见《四库全书珍本》第336册。
② 周振甫：《文心雕龙今译》，中华书局2005年版，第84页。
③ 吴讷：《文章辨体序说》，于北山校点，人民文学出版社1982年版，第148页。

许芝表言：'魏当代汉，见于图纬，其事甚众。'群臣因上表，劝王顺天人之望。王不许。十月，汉帝使行御史大夫张音持节奉玺绶诏册，禅位于魏王，为坛受玺绶即皇帝位，改元黄初。"

（八）赞

赞，就是赞扬，赞美。《文心雕龙·颂赞》第九："赞者，明也，助也。昔虞舜之祀，乐正重赞，盖唱发之辞也。""然本其为义，事生奖叹，所以古来篇体，促而不广，必结言于四字之句，盘桓乎数韵之辞，约举以尽情，昭灼以送文，此其体也。"①《古文苑》录3篇，即王粲《正考父赞》、张超《尼父赞》、蔡邕《焦君赞》，都是对名人的赞美之词。

（九）铭

铭是刻在器物上的铭文，一般分为两种，一为警戒之语；二为记功颂德之辞。《文心雕龙·铭箴》第十一，"铭者，名也，观器必也正名，审用贵乎盛德"②，刘勰所提到的大家如班固、张昶、蔡邕、崔骃、李尤等人铭文，《古文苑》都有入选。《古文苑》收录铭文中，有些是记功颂德之辞，如班固《泗泗水亭碑铭》、《十八侯铭》；其他则多是警戒之语，如冯衍《车铭》、张衡《绶笥铭》、傅毅《车左铭》、《车右铭》、《车后铭》、崔骃《樽铭》、《袜铭》、李尤《孟津铭》、《洛铭》、《井铭》、《小车铭》、《漏刻铭》、蔡邕《警枕铭》、《樽铭》、王粲《无射钟铭》、《刀铭》、胡广《笴铭》和《印衣铭》等。

（十）箴

"箴"是规劝之词，用四言韵语，如治病防患的针石，故曰箴。《文心雕龙·铭箴》第十一："箴者，所以攻疾防患，喻针石也。"箴

---

① 周振甫：《文心雕龙今译》，中华书局 2005 年版，第 88—89 页。
② 周振甫：《文心雕龙今译》，中华书局 2005 年版，第 101 页。

与铭用意相似——"警戒实同",不同的是"箴诵于官,铭题于器"、"箴全御过,故文资确切;铭兼褒赞,故体贵弘润。"①刘勰所推崇的扬雄、崔骃等人,《古文苑》都有作品入选。其中,选入扬雄31箴、崔骃4箴、崔瑗7箴、胡广、崔寔、傅玄、张华各1箴。《古文苑》辑录43篇箴体与宋代科举考试息息相关。王应麟《玉海》卷二百四十不仅解释了箴体的特点与渊源,而且记载了唐宋科举考试中有关箴体的内容,如宋哲宗绍圣(1094—1097)年间,朝廷就直接以扬雄箴为科考题目。宋王朝的百官大都从科举而来,士子们又怎能不重视试题内容与文体。因此,我们不难理解《古文苑》选入大量箴体的用意。

(十一)记

记作为名称出现较早,《文心雕龙·书记》第二十五曾说:"记之言志,进己志也。"②但作为一种真正成熟的文体,是在唐代,如韩愈、柳宗元等人记文。《文选》不列"记"体。《古文苑》只收一篇"记"体文章,即无名氏《汉樊毅修西岳庙记》,章樵注曰:"一作碑。"可见别的版本或作"碑",且南宋人也认为是碑文之类,如王应麟《玉海》卷二百四《辞学指南》之《记》曰:"记,末云谨记,今题云臣谨记。记者,纪事之文也。……《文选》止有奏记,而无此体。《古文苑》载《后汉樊毅修西岳庙记》,其末有铭,亦碑文之类。"

(十二)碑

碑本有两类,一为封禅,二为纪功,后代逐渐演化为庙宇碑和神道碑。《古文苑》收录10篇碑文,即卫凯《西岳华山亭碑》、《汉金城太守殷君碑》、张昶《西岳华山堂阙碑铭》、王延寿《桐柏庙

---

① 周振甫:《文心雕龙今译》,中华书局2005年版,第104—106页。
② 周振甫:《文心雕龙今译》,中华书局2005年版,第233页。

碑》、蔡邕《九疑山碑》、无名氏《楚相孙叔敖碑》、子迁《汉故中常侍骑都尉樊君之碑》、邯郸淳《后汉鸿胪陈君碑》、《度尚曹娥碑》、崔瑗《河间相张平子碑》。这些碑文,有些是庙宇碑文,有些是神道碑。刘勰最推崇蔡邕碑文:"自后汉以来,碑碣云起。才锋所断,莫高蔡邕。"①《古文苑》收录蔡邕《九疑山碑》。

(十三)诔

诔是以哀悼之词追述死者生前德行的文体,多用四言韵语。古代用于身份地位较高的人,普通人不作诔,且贱不诔贵,幼不诔长。见《文心雕龙·诔碑》第十二:"诔者,累也;累其德行,旌之不朽也。夏商已前,其详靡闻。周虽有诔,未被于士。又贱不诔贵,幼不诔长,其在万乘,则称天以诔之。"②刘勰称赞汉魏八人诔文:扬雄、杜笃、傅毅、苏顺、崔瑗、崔骃、潘岳和曹植。扬雄《元后诔》、傅毅《北海王诔》,《古文苑》均收。《古文苑》所收第三篇诔文是魏文帝《曹苍舒诔》,曹丕以兄长的名义来哀悼未成年而夭折的弟弟曹冲,写得凄婉动人,不失为诔文中的佳作。

(十四)杂文

《古文苑》"杂文类"下收文章6篇:董仲舒《集叙》、王褒《僮约》、班固《奕旨》、蔡邕《篆势》、黄香《责髯奴辞》、闻人牟准《魏敬侯碑阴文》。刘勰《文心雕龙·杂文》所列杂文类仅包括对问、七、连珠三类。《文选》没有杂文一类,将这三种文体与其他文体并列。《古文苑》所收杂文范围已经扩大到六种,包括集叙、约、奕旨、势、辞、碑阴文,可见乃是杂合各种文体的"杂文"。这几种文体皆见于《文章缘起》。有些也见于《文心雕龙》,如"约",刘勰

---

① 周振甫:《文心雕龙今译》,中华书局 2005 年版,第 113 页。
② 周振甫:《文心雕龙今译》,中华书局 2005 年版,第 109 页。

《文心雕龙·书记》就曾著录。这些文体到南宋已经较少见,《古文苑》也只是略备一体,故所选不多。

因此,《古文苑》与《文选》所分文体 39 类相比(取傅刚观点),其中歌、敕、状、颂、述、杂文、记、杂赋八种文体不见于《文选》;歌、颂、记三种文体虽不见于《文选》,却都见于《文章缘起》,《文选》不收此三类文体文章,概与其选录标准有关。《文章缘起》将文体分为 84 类,与《文选》分类思想大致相同,只是更加细致。《古文苑》共收石刻文 3 篇,赋作 61 篇,诗歌 84 首,散文 116 篇,多是大家名作。就文学性而言,所选赋作是大家名作,可读性强;诗歌多为齐梁赠答唱和类,可读性较弱。从《古文苑》录"文"的各种文体看,在数量上有明显差异,最少者只收一篇,如状、记类;多者却至几十篇,如箴、铭、颂、碑等。这些,既与编者的身份及编选用意,即选录时坚持尚古、典雅的文学主张和批评态度有关,也与南宋初年文体分类和人们对文体的具体认识、运用相关。编者将刻石文置于总集之首,以今托古,目的是为了保存古代石刻文献。

第四章 《古文苑》文献渊源

第一节 收录标准①

仔细分析归纳《古文苑》收录的作家作品,结合该书后人的注释及相关评价,我们可以看出,《古文苑》一书的收录标准大致有四点:

一、收录史传不传,《文选》集外作品

《古文苑》可能是南宋金石学家王厚之所编,大致成书于南宋绍兴二十一年至三十一年之间。在此前有很多文学选本存世,如孔逭《文苑》一百卷、萧统《文选》三十卷、《古今诗苑英华》二十卷、许敬宗等辑《文馆词林》一千卷、《芳林要览》三百卷等,但是大多已经散佚或者残缺不全,惟有《文选》从隋唐、五代到宋,完整地保存下来,成为我国现存最早的一部诗文选本,影响深远,在宋代就有"《文选》烂,秀才半"的谚语。宋人也把《文选》当作编纂诗文选本的范本,如北宋初年官修《文苑英华》和徐铉编辑

---

① 此文发表在《社会科学家》2009 年第 11 期,有删节。

《唐文粹》,就是依照《文选》的编排体例编纂的两部大型诗文选本。

《文选》的选录标准,萧统在序中明确作了交代,即"事出于沉思,义归乎翰藻",不收经、史、子类作品,但子书中"综辑辞采"、"错比文华"的论文,可以入选。这个标准也代表了齐梁时期一般文人对文学的认识。

《古文苑》以《文选》为圭臬,也是一部诗文合选本,也不收经、史、子类作品。编者在编纂时,体例上也刻意模仿《文选》。鉴于《石鼓文》、《诅楚文》、《峄山刻石文》在文学、历史、文字、书法等方面的重要价值,《古文苑》将其放在卷首,这不仅代表编者王厚之对这些金石文字的珍爱和重视,而且使《古文苑》的收录上限突破《文选》,更丰富了选本文体的内容。《古文苑》收录作品下限大体是梁元帝承圣三年(554)庾信《枯树赋》①。这比《文选》所收作品的下限(齐天监十二年)要更晚一些。

编纂体例上不同的是,《古文苑》着力辑录《文选》集外、史传不载之作。为了说明这一问题,我们不妨将唐前史传文学著作,即《史记》、《汉书》、《三国志》、《后汉书》、《宋书》、《南齐书》、《魏书》七部正史和《文选》收录赋作情况与《古文苑》辑录赋作情况进行对比:

---

① 张鷟:《朝野佥载》卷六曰:"梁庾信从南朝初至北方,文士多轻之。信将《枯树赋》以示之,于后无敢言者。时温子升作《韩陵山寺碑》,信读而写其本。南人问信曰:'北方文士何如?'信曰:'唯有韩陵山一片石堪共语。薛道衡、卢思道少解把笔,自余驴鸣犬吠,聒耳而已。'"梁元帝承圣三年(554),江陵陷后,庾信被留于长安,侍于西魏。故此赋可能作于此年左右。(袁宪校注:《朝野佥载》,三秦出版社2004年版,第184页)

表 4－1　《古文苑》与唐前史传、《文选》收录赋作情况对比表

作者	《古文苑》	《文选》	《史记》	《汉书》	其他
宋玉	《笛赋》《大言赋》《小言赋》《讽赋》《钓赋》《舞赋》	《风赋》《高唐赋》《神女赋》《登徒子好色赋》			
贾谊	《旱云赋》《簴赋》	《鹏鸟赋》《吊屈原文》	《吊屈原赋》《鹏鸟赋》	《吊屈原赋》《鹏鸟赋》	
枚乘	《梁王菟园赋》《忘忧馆柳赋》	《七发》			
公孙乘	《月赋》				
路乔如	《鹤赋》				
羊胜	《屏风赋》				
刘安	《屏风赋》				
司马相如	《美人赋》	《子虚赋》《上林赋》《长门赋》《难蜀父老》	《天子游猎赋》(《子虚赋》《上林赋》)《难蜀父老赋》《哀二世赋》《大人赋》	《天子游猎赋》(《子虚赋》《上林赋》)《难蜀父老赋》《哀二世赋》《大人赋》	
董仲舒	《士不遇赋》				
刘胜	《文木赋》				
刘彻		《李夫人赋》		《李夫人赋》	
东方朔		《答客难》		《答客难》《非有先生论》	
王褒		《洞箫赋》			
刘向	《请雨华山赋》				

作者	《古文苑》	《文选》	《史记》	《汉书》	其他
扬雄	《太玄赋》《逐贫赋》《蜀都赋》	《甘泉赋》《羽猎赋》《长杨赋》《解嘲》		《甘泉赋》《河东赋》《校猎赋》《长杨赋》《解嘲》《解难》《酒赋》	
刘歆	《遂初赋》《甘泉宫赋》				
班婕妤	《捣素赋》	《自捣赋》		《自捣赋》	
班彪		《北征赋》			
冯衍					《后汉书》：《自论赋》
杜笃	《首阳山赋》				《后汉书》：《论都赋》
傅毅	《琴赋》	《舞赋》			
崔骃					《后汉书》：《达志》
班固	《竹扇赋》《终南山赋》	《两都赋》二首《幽通赋》《答宾戏》		《幽通赋》《答宾戏》	《后汉书》：《两都赋》
班昭	《针缕赋》	《东征赋》			
黄香	《九宫赋》				
李尤	《函谷关赋》				
张衡	《髑髅赋》《冢赋》《羽猎赋》《观舞赋》《温泉赋》	《西京赋》《东京赋》《南都赋》《思玄赋》《归田赋》			《后汉书》：《应间赋》《思玄赋》
马融	《围棋赋》	《长笛赋》			
崔寔	《大赦赋》				

作者	《古文苑》	《文选》	《史记》	《汉书》	其他
王延寿	《梦赋》《王孙赋》	《鲁灵光殿赋》			
赵壹					《后汉书》：《穷鸟赋》《刺世疾邪赋》
蔡邕	《汉津赋》《短人赋》《青衣赋》《笔赋》《协和昏赋》《琴赋》《胡栗赋》《述行赋》《弹棋赋》				《后汉书》：《释海》
张超	《诮青衣赋》				
弥衡		《鹦鹉赋》			
王粲	《浮淮赋》《大暑赋》《羽猎赋》《柳赋》	《登楼赋》			
刘桢	《大暑赋》				
应场	《灵河赋》				
崔篆					《后汉书》：《慰志赋》
边让					《后汉书》：《章华赋》
曹丕	《浮淮赋》				
曹植	《述行赋》	《洛神赋》			
何晏		《景福殿赋》			
嵇康		《琴赋》			
胡综					《三国志》：《黄龙赋》

续表

作者	《古文苑》	《文选》	《史记》	《汉书》	其他
张华		《鹪鹩赋》			
成公绥		《啸赋》			
孙绰		《游天台山赋》			
向秀		《思旧赋》			
左思	《白发赋》	《三都赋序》《蜀都赋》《吴都赋》《魏都赋》			
潘岳		《籍田赋》《射雉赋》《西征赋》《秋兴赋》《闲居赋》《怀旧赋》《寡妇赋》《笙赋》			
陆机	《思亲赋》	《叹逝赋》《文赋》			
木华		《海赋》			
郭璞		《江赋》			
谢灵运					《宋书》：《撰征赋》《山居赋》
谢惠连		《雪赋》			
谢庄					《宋书》：《舞马赋》
颜延之		《赭白马赋》			
鲍照		《芜城赋》《舞鹤赋》			
谢希逸		《月赋》			

《古文苑》论稿

作者	《古文苑》	《文选》	《史记》	《汉书》	其他
孝敬王					《宋书》:《拟李夫人赋》
傅亮					《宋书》:《感物赋》
谢朓	《游后园赋》				
张融					《南齐书》:《海赋》
江淹		《恨赋》《别赋》			
元顺					《魏书》:《蝇赋》
李骞					《魏书》:《释情赋》
李谐					《魏书》:《述身赋》
袁翻					《魏书》:《思归赋》
阳固					《魏书》:《演赜赋》
张渊					《魏书》:《观象赋》
庾信	《枯树赋》				

注:1.《古文苑》将歌、行、吟、颂、箴等视为不同文体,故上表将史传著作中有些题为"吟"、"颂"、"箴"的作品不视为赋作,也未作统计。2.张新科老师曾对唐前史传中收录的辞赋进行统计,见《唐前史传文学研究》,西北大学出版社2000年版,第248—251页。本表采纳了张老师的结论。

上表可见,这七部唐前史传著作都曾或多或少地收录一些文人辞赋:如《史记》收录2家6篇辞赋,《汉书》收录7家18篇辞赋(《天子游猎赋》,即《子虚赋》与《上林赋》,记为1篇),《三国志》收录1篇,《后汉书》收录9家11篇,《宋书》收录4家5篇,《南齐书》

收录 1 篇,《魏书》收录 6 家 6 篇,七部正史共收录 27 人的 43 篇辞赋。同时,《文选》收录 35 家的 28 篇辞赋。至于《古文苑》,则辑录 35 家的 62 篇辞赋。仔细比勘,发现《古文苑》辑录的这 62 篇辞赋,的确均不见于史传与《文选》。

因此,辑录《文选》不收、史传不载之诗文是《古文苑》最重要的选文标准。这一方法果然奏效。《古文苑》与《文选》体例相似,收录的是先秦至齐梁间诗文,却又不收《文选》、史传已载之文,不但加强了《古文苑》一书的辑佚性质,而且促使此书进一步流传。南宋人很早就注意到这一点。韩元吉《古文苑记》第一次提出《古文苑》所录之文:"皆史传所不载,《文选》所未取,而间见于诸集及乐府。"其后,赵希弁《读书附志》和陈振孙《直斋书录解题》亦肯定此说法。清《四库全书总目》也承继了此观点:"所录诗赋杂文,自东周迄于南齐,凡二百六十余首,皆史传、《文选》所不载。"①清代道光二十四年(1844),钱熙祚校勘《古文苑》时也强调道:"齐梁以上之文,凡正史所不收,选家所未录者,略具《古文苑》一书。"——《古文苑》自然具有"补《文选》、史传不足"的作用。因此,"《文选》不收,史传不载"是《古文苑》最主要的编纂标准。这也是此书虽然在编纂及校勘方面有一些不足之处,却得以不断流传的一个重要原因。

二、崇尚典雅之文

《文选》的另一选录标准,是追求雅正。萧统不收南朝艳丽绮靡的宫体诗,从而为扭转梁陈时期绮靡的文风做出了一定的努力。《古文苑》紧承《文选》,也不收齐梁宫体诗,同样体现出一种"尚古"雅正的选文情结。这一特点,章樵之友江师心在《古文苑序》中早已指出:

---

① 《钦定四库全书总目》(整理本),中华书局 1997 年版,第 2607 页。

《古文苑》唐人之所集,梁昭明之所遗也。昭明易为遗之? 盖以法而为之去取也。唐人局为集之? 盖思古而贵于兼存也。

江师心认为萧统没有选录的原因,是不符合萧统的选编思想;"唐人"编辑的原因是"思古而贵于兼存"。其实,并不是《古文苑》所选诗文不符合萧统的编纂标准,而是萧统当时面临太多的作品,又是第一次筛选诗文,不可能面面俱到。不过,江师心确实指出此书编纂时"尚古"的原则。明代张世用重刊《古文苑》,除了"《文选》不收、史传不载"的原因外,看重的也是《古文苑》古奥典雅的内容,见张琳《古文苑跋》:

> 窃惟文所以载道也,道在天地间,无时无之,而其文之显晦,亦不能无时也。《古文苑》,周秦两汉之文也,唐人编录,莫识谁氏,其文间非真手,疑以传疑。史传所不载,《文选》所不录,固不能无意也。歌、诗、赋、颂,为卷二十有一,言深意古,词奥理著,如周宣狩于岐阳,刻石纪功而见中兴之绩,子云仿古作箴,随官致戒,以明人心之几,其近古而寓道者显矣。千百年间,宋孙巨源于佛书龛中得之,复出于人间。逾二百年,绍定间章樵又得于残编断简之余,而校正训注之。虽得板行世,远言湮而尚古学者亦罕睹焉。迄今又二百余年,公复获刊之,则斯文既晦而复显,信有时矣。

同时,蔡清应张世用请求,为其所刊《古文苑》作后序时,也强调这一点:

> 自六籍四书而下,诸子百氏及诸传记,凡人间昔所未有者,往往以次而出。至于文章之集,若《文选》及《文粹》、《文鉴》、《文类》之属,所以供学者之玩者,又不知其几,然犹未得见《古文苑》也。今张公复为梓行之,使学者复得增许多见

闻,学者之生斯世,何其幸哉! 故是编之传,愚以为益足以征
我朝文物之盛也。然公于是编特以其近古而好之耳,近古者
犹好之,而况于纯乎其古者乎。文辞之古者,公犹且好之如
此,而况于古之所以为古者乎? 故是编之传,愚又窃以为公
喜,而其所以喜者,则又在于刊书之外也。①

《古文苑》收录先秦至齐梁 85 位作家(包括无名氏)的 264 篇
作品,从收录时间看,收录先秦两汉 192 篇诗文,魏晋 21 篇诗文,
齐梁 51 篇诗文。相对于南宋人来说,这些作品无疑都是"古代"
作品,故从时间上体现出"尚古"的文学主张和文学批评思想。从
所收文体来看,《古文苑》诗、赋、箴、铭、碑,收录篇数较多,依次为
84 篇、61 篇、43 篇、22 篇、10 篇,同样体现出"雅正"的儒家传统思
想。另外,《古文苑》没有收录释家、道家及其他杂家的作品,本身
也是对儒家传统文学主张的彰显与继承。

《古文苑》编于南宋绍兴末年,这一时期,文坛上盛行复古之
风。在复古的社会风潮下,编者搜辑《文选》、史传所未收之文,并
将《石鼓文》等刻石文放在卷首,本身就是一种好古情怀的表现,
也是金石学家的嗜好,诚如章樵《古文苑序》所言:"至别而观之,
如岐阳搜狩,实肇中兴之美;勒石纪功,词章浑厚,足以补诗雅之遗
佚。泗水碑铭,铺扬兴王之盛;叙功考德,表里名实,足以续闳散之
芳烈。"因此,崇尚典雅之文,这既是编纂者个人文学审美兴趣之
所致,也部分地受时代文学审美思想的影响所致。

三、注意挑选各时代的诗文精品

《文选》"略其芜秽,集其清英",共收录了周代至六朝七八百

---

① 蔡清:《虚斋集》,《文渊阁四库全书》本第 1257 册,第 844 页。

年间,120 个知名作者和少数佚名作者的作品 700 余首。《古文苑》收录作品时间自周宣王至齐梁,跨越 1300 余年,比《文选》的跨度还要长几百年,但只收录作品 264 篇,远远少于《文选》。如果收录作品太繁杂太细致,则会陷入滥收的泥沼。如何才能做到"使莠稗咸除,菁华毕出"呢? 只有注意挑选各时代的诗文精品。

"一代有一代之文学",编者于先秦择文,于汉选赋、文,齐梁取诗,却不收齐梁宫体诗,这与《文选》的标准基本相似。编者收录的重点在汉代,选录汉代 56 位作家(包括无名氏)的 183 篇诗文,占 69%,所辑录诗文基本上都是名家名作。如辞赋,代表作无疑是汉赋,《古文苑》共收录 35 位赋家的 62 篇赋作,其中就有汉代 28 位作者的 49 篇赋作。刘勰《文心雕龙·诠赋》共列出先秦至魏晋杰出辞赋家 18 名:荀子、宋玉、枚乘、司马相如、贾谊、王褒、班固、张衡、扬雄、王延寿、王粲、徐干、左思、潘安、陆机、成公绥、郭璞、袁宏。这 18 人中,《古文苑》收录宋玉、枚乘、司马相如、贾谊、班固、张衡、扬雄、王延寿、王粲、左思、陆机 11 人之赋作,占 61%,基本上涵盖大家及其名篇。

《古文苑》收录诗歌,基本以时代先后为序。刘勰《文心雕龙·明诗》列出的张衡、曹植、王粲、徐干、应玚、刘桢、何晏、嵇康、阮籍、应璩、张华、张载、张协、张亢、潘岳、潘尼、左思、陆机、陆运、袁宏、孙绰、郭璞等著名诗人的诗作,《文选》大都收录,《古文苑》却只收录王粲 10 首、曹植 1 首,其他人诗作少有入选。东晋著名诗人陶渊明的诗作,今存 120 余首,《文选》收入 15 首,《古文苑》没有选录 1 首。宋代"元嘉三大家"诗人颜延之、谢灵运、鲍照三人诗作,《古文苑》也没有收录 1 首。相反,《古文苑》齐梁诗收录较多,有 45 篇,但仅收录沈约、范云、虞炎、王融、萧琛、刘绘、任昉、王延、宗夬、谢朓、江革、萧衍等人之诗,却不收梁代著名诗人江淹、吴均、何逊的诗作。从表面上看起来,编者王厚之好像是在排斥大家作品。其实,现行《古文苑》文本看不到上述诗人的原因,是由于这些作家当时都有别集在流传。这一点,《郡斋读书志》著录阮籍、嵇康、陆云、陶潜、鲍照、谢惠连、吴均、江淹、何逊、阴铿十人别集的事实,就是很好的证明——《郡斋读书志》成书于南宋绍兴二十一年(1151)前后。因此,《古文苑》不录汉魏六朝部分大家作品,晁公武却着意著录一事,也不是表面的、偶然的现象,恰恰从另一个侧面再次阐明《古文苑》以辑佚为目的的学术动机。

　　《古文苑》卷首所录刻石文3篇,其价值毋庸置疑,兹不赘。此外,《古文苑》选录散文116篇,多是大家名作,也多典雅之作。刘勰赞扬的"对"之典范董仲舒,《古文苑》选录其作《郊祀对》、《雨雹对》。刘勰推崇的"箴"之楷模扬雄、崔骃,《古文苑》收有扬雄《州箴》、《官箴》28篇,收有崔骃《太尉箴》、《司徒箴》、《河南尹箴》、《大理箴》4篇。刘勰盛赞蔡邕碑文,《古文苑》也收录其《九疑山碑》。刘勰评价甚高的汉魏八人之诔文(扬雄、杜笃、傅毅、苏顺、崔瑗、崔骃、潘岳、曹植),《古文苑》收有扬雄《元后诔》、傅毅《北海王诔》二诔。此外,刘勰看重的王褒《责髯奴辞》,《古文苑》亦收录。因此,从总体上看,《古文苑》所选作品,是以各个时代的大家名作、精品为主的。由此我们也可以看出,《古文苑》的编纂者在确立该书编纂体例的时候,既注意到了对文学史料的极尽搜罗,又刻意在庞杂的文学史资料之中凸显各个时代的大家名作、精品,这种编选思想无疑也是极为可取的。

　　四、有意收录争议之作

　　《古文苑》收录的一些作品,如"石鼓文"、"宋玉赋六首"、"苏李诗"、"柏梁诗"、"木兰诗"等,多年来人们一直对其作者或成文时间有所怀疑。直到现在,研究者仍对这些诗赋的真伪争论不休。

其实，在宋代就有质疑者，如苏轼曾怀疑"苏李诗"可能出于齐梁时，南宋程珌怀疑范围已较大，对《古文苑》所收录的"石鼓文"、宋玉《讽赋》、《钓赋》、"柏梁诗"、"苏李诗"、"梁父吟"、贾谊《旱云赋》、董仲舒《郊祀对》、《雨雹对》、扬雄箴等，都有所怀疑：

> 有如石鼓之歌，千代杰作。夫子西行，果不到秦。彼岐阳之搜，乃成王尔。今所传七篇，自"吾车既攻"讫于"天求又是"，固"张生所持"者耶？汉初最为近古，李陵一书，气干颇高，类非近体，而或者以为齐梁之士所拟，果何见而云然耶？当是时，歌与乐章已有七言，至五言特未也，而苏武之作，人以为伪。今所传李诗自《有鸟西南飞》而下，凡七篇，苏诗自《童童孤生竹》而下，凡二篇，与萧统所编绝不相似，然则以何为是耶？世有《梁父吟》一篇，五言也，为三士而作，彼诸葛孔明抱膝而吟者，是邪？人言柏梁体者，七言也，有似乎联句，彼汉武皇与一时廷臣登台而更倡者，是邪？宋玉《讽》《钓》二赋，靡而能谏，贾谊之赋《旱云》，董仲舒之对《郊祀》、对《雨雹》，帅有深致，乃不见于二史，何邪？班固载扬雄之作备矣。至雄自叙，以为平生为文不解五经之训，惟得于輶轩之使，奏籍之书于君平孺尔，如《成都》《四堨铭》《龙骨诗》三章，乃雄少年立声名者，而皆不录，何邪？至于《州箴》，如所谓世虽安平无敢逸豫，与其《官箴》所谓，内不可以不省，外不可以不清，其词藻典丽，意存规正，真足以警一时而诏万世者。方之古作，孰可比肩乎？……①

我们认为，编者王厚之在编辑《古文苑》时，主要出发点是辑佚和保存金石文献，他着力收录《文选》、史传不收之文，却没有考证这些诗文的来源和真伪。章樵注释并重编《古文苑》为二十一

---

① 程珌：《洺水集》卷五，《四库全书珍本》第244册，第30页。

卷时,主要做的工作是补勘文字、注音释义,也忽视了对这些诗文真伪的考辨。究其原因,主要缘于南宋多数人本来就坚信这些诗文是真实存在的这一事实,尽管这些诗文在现在看来有许多疑点。

如《石鼓文》,北宋欧阳修曾有"石鼓三疑";南渡后郑樵考订石鼓为秦伪鼓;金朝马定国更以为是后周物,但是编者王厚之却坚持石鼓出于周宣王史籀之手,认为石鼓是古代至宝,不容轻视妄批。此条第一、二章已经论及,兹不赘。

再如《柏梁诗》,从顾炎武开始,不断有学者认定是后人拟作。伏俊琏老师《〈柏梁台诗〉再考证》和王晖先生《〈柏梁台诗〉真伪考辨》对这一问题进行详细考证,最终认为柏梁台诗确实作于汉武帝时期,是我国最早的完整的七言韵语。而导致这一学术论争的根源是章樵误注汉武帝君臣姓名。应该说初编者王厚之是无辜的,因为他和唐宋多数人一样,相信柏梁体是汉武帝君臣所创,如唐皮日休《松陵集》卷十"杂体诗八十六首"云:"汉武集元封三年作柏梁台,诏群臣二千石有能为七言诗者,乃得上坐。帝曰,'日月星辰和四时',梁王曰,'骖驾驷马从梁来',繇是联句兴焉。孔融诗云,'渔父屈节,水潜匿方',《作郡姓名字》,离合也,繇是离合兴焉。"①而宋代高承《事物纪原》卷四经籍艺文部"联句"条说:"自汉武为柏梁诗使群臣作七言,始有联句体。梁何逊集多有其格,唐文士为之者亦众。凡联一句或二句,亦有对一句出一句者……始于汉武柏梁之作而成于何逊也。"②

再如《梁父吟》,明代以来学者就认为是假托诸葛亮名而做,

① 皮日休:《松林集》,《文渊阁四库全书》本第 1332 册。
② 高承:《事物纪原》,李果订,李锡龄校刊,清咸丰八年惜阴轩丛书本,一函十册,第 4 册。

如明杨时伟编《诸葛忠武书》卷九认为《梁父吟》作者是褚亮（唐太宗时人），"乃因与亮《本传》好为'梁父吟'事相合，又褚亮姓名与诸葛亮字相近，遂讹为亮作"①。清何焯《义门读书记》卷二十七也认为《梁父吟》不是诸葛亮所作："《诸葛亮传》：好为《梁父吟》。蔡中郎《琴颂》云：'梁父悲吟，周公越裳'，武乡之志，其有取于此乎？今所传之词，盖非其作。"②当代学者也一致认为《梁父吟》是假托诸葛亮而作。但是，唐宋人却是相信者多于怀疑者。如《艺文类聚》卷七、《太平御览》卷一百五十七、宋乐史《太平寰宇记》卷十八都曾记载此诗，并署名作者是诸葛亮。宋姚宽《西溪丛语》卷上更是对宋以前有关记载进行了归纳③。宽，字令威，嵊县人，以父任补官，仕至权尚书户部员外郎枢密院编修官，其书多考证典籍之异同——这些记载，基本都是在编者编纂《古文苑》之前出现

---

① 杨时伟编：《诸葛忠武书》，《四库全书珍本》第 100 册。
② 何焯：《义门读书记》，崔高维点校，中华书局 1987 年版，第 461—462 页。
③ 姚宽：《西溪丛语》卷上："《乐府解题》有《梁父吟》。《蜀志·诸葛亮传》云："亮躬耕陇亩，好为《梁父吟》。"《艺文类聚·吟门》云："《蜀志》：诸葛亮《梁父吟》云：'步出齐城门，遥望荡阴里。里中有三坟，累累正相似。问是谁家冢，田疆、古冶氏。力能排南山，又能绝地纪。一朝被谗言，二桃杀三士。谁能为此谋？相国齐晏子。'又《青州图经》临淄县冢墓门云："三士冢，在县南一里。三坟周围一里，高二丈六尺。"张勃《齐记》云：是烈士公孙捷、田开疆、古冶子三士冢，所谓二"桃杀三士"者。唐褚亮《梁甫吟》曰："步出齐城门，遥望荡阴里。里内有三坟，累累皆相似。借问谁家冢，田疆、古冶子。"李白有《梁甫吟》一篇，云："力排南山三壮士，齐相杀之费二桃。"杜甫《李邕登历下亭》云："不阻蓬荜兴，得兼《梁父吟》。"又《登楼》诗云："可怜后主还祠庙，日暮聊为《梁父吟》。"陆士衡《拟今日良宴会》云："齐僮《梁父吟》"。李善注："蔡邕《琴颂》曰：'梁父悲吟。'"不知名为《梁父吟》何义。张衡《四愁诗》云："欲往从之梁父艰。"注云："泰山，东岳也。君有德，则封此山，愿辅佐君王，致于有德，而为小人谗邪之所阻。梁父，泰山下小山名。"诸葛好为《梁父吟》，恐取此意。（姚宽：《西溪丛语》，汤勤福、宋斐飞整理，《全宋笔记》第四编三，大象出版社 2008 年版，第 25—26 页）

的,王氏致力于搜集《文选》集外、史传不载之佚文,是不会错过这些文献,也是有意收录的。

再如苏武与李陵赠答诗,《文选》收录 7 首,《古文苑》收录 17 首。虽然现在学术界还不能确定其具体制作时代,但一致认为是假托李陵、苏武而做。不过,南宋人还是愿意相信出自李陵、苏武之手。如宋章如愚《群书考索》卷二十一《文章门》就曾论及。何况,这 17 首诗歌中的 13 首,唐宋类书,如《艺文类聚》、《太平御览》就曾经收录,并署以李陵、苏武之名,《古文苑》以辑佚为编纂目的,自然要补入《文选》集外、史传不载之诗歌了。

至于宋玉 5 首赋(《舞赋》存疑),从唐李善注《文选》多次引用的情况和唐代类书——《艺文类聚》、《初学记》摘录其内容及唐余知古《渚宫旧事》收录《大言赋》、《小言赋》、《钓赋》等的字数看,应该出自宋玉之手。如其《钓赋》,王应麟《困学纪闻》卷十七《评文》著录道:"宋玉《钓赋》:宋玉与登徒子偕受钓于玄渊。唐人避讳改'渊'为'泉',《古文苑》又误为'洲'。"①钱熙祚《校勘记》也提到此事。这一记载,不但明确说明宋玉的作品在南宋末年仍然有不同的版本在流传,而且为《古文苑》非唐人所编又增加了一条证据。如果《古文苑》果真出自唐人之手,就应该避高宗讳,而事实并非如此。而现在研究宋玉的学者,如吴广平等,已经确认这 5 首赋均出自宋玉之手,故《古文苑》编者伪造作品的误解应该结束了。因为要伪造上下 1300 余年间 85 位不同作者,在不同时期所创作的不同文体和不同风格的作品,简直是匪夷所思之事。

由上述《古文苑》收录作品的标准可以看出,其编纂者在编选

---

① 王应麟:《困学纪闻》,孙海通校点,辽宁教育出版社 1998 年版,第 322 页。

该书的时候,应该已经具有了较为清晰的文学思想为其编纂原则:第一,编者的主要目的是辑佚,故遍检当时存在于金石、传记、地志、类书、目录、笔记、小说等文献资料中《文选》不收、史传不载之诗文。第二,编者编选时,始终坚持儒家正统思想,选录作品崇尚雅正,故不取齐梁华丽、靡艳的宫体诗,也不取儒家之外的别家作品。第三,《文选》不收、史传不载之诗文甚夥,编者在编纂时,注意挑选各时代的精品,所选基本上是大家名作。第四,编者致力于搜集《文选》集外、史传不传之佚文,是有意收录"石鼓文"、"宋玉赋"、"苏李诗"、"柏梁诗"、"木兰诗"等有争议的作品的。编者没有考证这些诗文的真伪,是因为他们和南宋的多数人一样,认为这些诗文在历史上是真实存在的。

第二节　辑录诗文来源

《古文苑》共收录作品 264 篇,其中有 4 篇无名氏之作及多篇残缺作品。关于其所录诗文来源,清代四库馆臣首次评价道:

> 然所录汉魏诗文多从《艺文类聚》、《初学记》删节之本。石鼓文亦与近本相同,其真伪盖莫得而明也。①

著名学者顾广圻在《与孙渊如论九卷本〈古文苑〉书》中,继承了四库馆臣的说法,并进行了一些考证:

> 承论以《古文苑》多从类书中采出,洵精确不易之论也。曾考此书世传为唐人所录,未见其然。……此书乃宋人所录,其时隋以前集罕存,凡不全各篇,采诸唐人类书,固其宜矣。②

---

① 《钦定四库全书总目》(整理本),中华书局 1997 年版,第 2067—2068 页。
② 顾广圻:《顾千里集》,王欣夫辑,中华书局 2007 年版,第 123—124 页。

继顾氏之后，耿文光也持同样的看法，认为《古文苑》是从类书中抄录而来：

> 孙渊如以《古文苑》多从类书中采出，顾千里证以《石鼓文》、《诅楚文》、《汉樊常侍碑》，以为宋人所录皆精确不易之论，其文出《艺文类聚》、《初学记》者甚多。选注所引《隶释》所载足资证明者，累累在樵注外，而绝不可通者亦无能是正。①

显然，由于清代学者对《古文苑》缺乏深入理性的研究，他们很容易从该书所辑诗赋杂文短小简洁的体制特征上得出结论，认为其所录汉魏诗文多自唐人类书删节而来。更为可怕的是，清代学者的这种观点，又直接被很多现代学者继承，几乎成为一种固定的看法。

那么，《古文苑》所辑录的汉魏诗文究竟是不是抄自唐人类书呢？值得注意的是，《古文苑》所收录的作品，大多同时见于唐宋类书之中，这种情况在导致清代学者认为其所录皆是从其他类书中抄录而来结论的同时，也为我们考订《古文苑》真正的文献来源提供了一个方便法门。为了说明这一问题，我们不妨将《古文苑》所录诗文和唐宋类书，即唐欧阳询撰《艺文类聚》、虞世南撰《北堂书钞》、徐坚等撰《初学记》和宋李昉等编《太平御览》加以比勘研究。因为，这不仅关系到《古文苑》著录诗文的来源问题，更涉及如何正确评价《古文苑》在文学、史学和文献学上的价值问题。

我们首先将《古文苑》辑录的 264 篇诗文的字数进行了较为详细的统计。在此基础上，仔细翻阅四部唐宋类书(《艺文类聚》、

---

① 《清人书目题跋丛刊》(九)之《万卷精华楼藏书记》，中华书局 1993 年版。

《北堂书钞》、《初学记》、《太平御览》)中收录上述诗文相关情况，并对类书收录每一篇诗文的字数进行了统计。然后，将二者所录字数进行认真对比。经过详细的比勘研究，我们发现这 264 篇诗文，有 137 篇见于《艺文类聚》，有 103 篇见于《初学记》，有 41 篇见于《太平御览》，有 16 篇见于《北堂书钞》。有 163 篇诗文，或见于《艺文类聚》，或见于《初学记》，或见于《太平御览》，或见于《北堂书钞》，也有时同时见于唐宋类书。有 52 篇诗文，虽不见于唐宋类书，但见于南宋前和南宋初年其他文献；既不见于唐宋类书，也不见于南宋前和南宋初年其他文献，目前最早见于《古文苑》的有 49 篇。这 264 篇诗文从字数统计的结果看，可以分为三种情况：

一、《古文苑》辑录诗文亦见于唐宋类书

这部分诗文共 163 篇，大致分为三类：第一类，《古文苑》辑录诗文的字数与四部类书中某部相同。这种情况共有 64 篇：羊胜《屏风赋》、刘安《屏风赋》、扬雄《逐贫赋》、杜笃《首阳山赋》、傅毅《琴赋》、班固《终南山赋》、曹大家《针缕赋》、蔡邕《弹棋赋》、《协和昏赋》、《述行赋》、《青衣赋》、刘桢《大暑赋》、左思《白发赋》、《柏梁诗》、《梁父吟》、李陵《录别诗》四首、苏武《别李陵》、孔融《离合作郡姓名字诗》、秦嘉《述婚诗》、王粲《杂诗》四首、《太庙颂》、曹植《元会诗》、王融《别萧谘议衍》、《幔》、《琵琶》、《四色咏》、《奉和纤纤》、任昉《别萧谘议衍》、宗夬《别萧谘议衍》、萧琛《萧记事琛前夜以醉乖例今昼由醒敬应教》、扬雄《青州牧箴》、《并州牧箴》、《廷尉箴》、《宗正箴》、《司空箴》、冯衍《车铭》、崔骃《河南尹箴》、《太尉箴》、《樽铭》、《袜铭》、傅毅《车左铭》、《车右铭》、《车后铭》、李尤《洛铭》、《小车铭》、《井铭》、黄香《天子冠颂》、崔瑗《关都尉箴》、《郡太守箴》、胡广《侍中箴》、《笥铭》、《印衣铭》、崔寔《谏大夫箴》、蔡邕《焦君赞》、《警枕铭》、《樽铭》、《九疑山碑》、王粲《无射钟铭》。不过,虽然类书所录与《古文苑》所录字数相同,但《古文苑》所收具体字词却与类书多有不同:

例一:扬雄《逐贫赋》,《古文苑》收录 460 字,《艺文类聚》、《太平御览》与《古文苑》同。《初学记》录 152 字,《北堂书钞》不录。现将《古文苑》与《艺文类聚》所录异字校勘如下:

序号	《古文苑》	《艺文类聚》
1.	"离俗独处"	"独"作"隐"
2.	"礼薄义弊"	"弊"作"敝"
3.	"嬉戏土砂,居非近邻"	"砂"作"沙","居"作"亦"
4.	"其意谓何"	"谓"作"若"
5.	"人皆稻粱"	"粱"作"粮"
6.	"宗室之燕,为乐不盘"	"燕"作"宴","盘"作"期"
7.	"岩穴隐藏"	"岩"作"蚩"
8.	"尔复我随"	"我随"作"随我"
9.	"捨尔入海,泛彼柏舟"	"捨"作"舍"
10.	"我静尔休"	"尔"作"汝"
11.	"多言益嗤"	"嗤"作"蚩" ·
12.	"瑶台琼榭,室屋崇高"	"榭"作"室","室屋"作"华屋"
13.	"积肉为崤"	"崤"作"肴"
14.	"处君之家"	"家"作"所"
15.	"人皆重蔽"	"蔽"作"闭"
16.	"摄齐而兴"	"齐"作"斋"
17.	"余乃避席"	"余"作"予"
18.	"长与汝居"	"汝"作"尔"

例二:杜笃《首阳山赋》,《古文苑》与《艺文类聚》均收213字,

《北堂书钞》、《初学记》、《太平御览》不录。现将《古文苑》与《艺文类聚》所录异字校勘如下：

(1)"吾殷之遗民者也"，《艺文类聚》无"者"字。

(2)"育年艾于黄耇"，《艺文类聚》"黄"作"胡"。

(3)"子忽靓其不祥"，《艺文类聚》"靓"作"途"。

(4)"誓不步于其乡"，《艺文类聚》"誓"作"憺"。

(5)"并卒命乎山傍"，《艺文类聚》"乎"作"赞"。

例三：《梁父吟》，《古文苑》与《艺文类聚》均收 60 字，《北堂书钞》、《初学记》、《太平御览》不录。现将《古文苑》与《艺文类聚》所录异字校勘如下：

步出齐城门，遥望荡阴里。里中有三墓（"墓"，《艺文类聚》作"坟"），累累正相似。问是谁家墓（"墓"，《艺文类聚》作"冢"），田强古冶子。力能拔（"拔"，《艺文类聚》作"排"）南山，文能绝地纪（"纪"，《艺文类聚》作"理"）。一朝被谗言，二桃杀三士。谁能为此谋，国相齐晏子。

例四：孔融《离合作郡姓名字诗》，《古文苑》收录88字，与《艺文类聚》同。《北堂书钞》、《初学记》、《太平御览》不录：

渔父屈节，水潜匿方。与时（"时"，《艺文类聚》作"对"）进止，出行施张。吕公矶（"矶"，《艺文类聚》作"饥"）钓，盍（"盍"，《艺文类聚》作"阖"）口渭旁。九域有圣，无土不王。好是正直，女回于（"回于"，《艺文类聚》作"固予"）匡。海内（"内"，《艺文类聚》作"外"）有截，隼逝鹰扬。六翮将（"将"，《艺文类聚》作"不"）奋，羽仪未彰。蛇龙（"蛇龙"，《艺文类聚》作"龙蛇"）之蛰，俾也可忘。玫璇隐曜（"玫璇"，《艺文类聚》作"玖琁"），美玉韬光。无名无誉，放言深藏。按辔安行，谁谓路长。

例五：黄香《天子冠颂》，《古文苑》、《艺文类聚》与《太平御览》均收录84字。《北堂书钞》、《初学记》不录：

> 以三载之孟春，建寅月之上旬，皇帝将加玄冠（"冠"，《艺文类聚》、《太平御览》作"冕"），简甲子之元辰。厥日王于大畔，厥时叶于百神。既臻庙而成礼，乃回轸而反（"反"，《艺文类聚》作"及"）宫。正朝服以享宴，撞太簇之蕤（"蕤"，《艺文类聚》、《太平御览》作"庭"）钟。作（"作"，《艺文类聚》、《太平御览》作"祚"）蕃屏而鼎转（"转"，《太平御览》作"辅"），既（"既"，《艺文类聚》作"暨"）夷裔之君王。咸进酌于金罍，献万年之玉觞。

例六：崔骃《太尉箴》，《古文苑》录124字，与《初学记》同，《艺文类聚》录52字，《北堂书钞》、《太平御览》不录（注：下画线的是《艺文类聚》所录文字）：

> 天官冢宰，庶僚之帅（"帅"，《艺文类聚》作"师"，《初学记》作"率"）。师锡有帝，命虞作尉。爰叶台极，爰平国域。制军诘禁，王旅惟式。九州用绥，群公咸治。干戈载戢，宿缠其纪。上之云据，下之云戴。（以上10句40字《艺文类聚》不录）苟非其人，戙我帝载。昔周人思文公，而召南咏甘棠。昆吾隆（"隆"，《初学记》作"崇"）夏，伊挚盛（"盛"，《初学记》作"嘉"）商。季世（"世"，《初学记》作"叶"）颇僻，礼用不匡。无曰我强，莫余敢丧。无曰我大，轻战好杀。纠师百万，卒以不艾。宰臣司马，敢告在际。（以上8句32字《艺文类聚》不录）

从上述比较看，造成6篇诗文字句差异的原因可能是多方面的，有些可能是文本流传过程中本身出现的异体异音字，如扬雄《逐贫赋》中"弊"作"敝"，"蔽"作"闭"，"砂"作"沙"，"余"作

"予"，"粱"作"粮"，"燕"作"宴"，"嗤"作"蚩"，杜笃《首阳山赋》"黄"作"胡"等；有些可能是所据版本不同，如扬雄《逐贫赋》"榭"作"室"，"室屋"作"华屋"，杜笃《首阳山赋》"靓"作"途"，"誓"作"檐"，"乎"作"赞"等；有些可能是刻工造成的失误，如扬雄《逐贫赋》"我随"作"随我"，"齐"作"斋"，杜笃《首阳山赋》"吾殷之遗民者也"之"者"字等。而《古文苑》所录与唐宋类书所收具体字词形音上的差别，除了能够彰显其价值之所在——具有不容置疑的校勘、辑佚等文献价值外，还可以部分地揭示其材料的来源并非完全是从其他类书中抄录而来的，至少他是可以引起我们这种怀疑的。

第二类，《古文苑》录载诗文字数多于唐宋四部类书中之某部。这类诗文共 80 篇：宋玉《笛赋》、《大言赋》、《小言赋》、《钓赋》、《讽赋》、贾谊《旱云赋》、枚乘《梁王菟园赋》、《忘忧馆柳赋》、司马相如《美人赋》、董仲舒《士不遇赋》、扬雄《蜀都赋》、刘歆《遂初赋》、班婕好《捣素赋》、班固《竹扇赋》、黄香《九宫赋》、李尤《函谷关赋》、张衡《髑髅赋》、《冢赋》、《温泉赋》、马融《围棋赋》、崔寔《大赦赋》、王延寿《梦赋》、《王孙赋》、张超《诮青衣赋》、蔡邕《汉津赋》、《协和婚赋》、《胡栗赋》、王粲《浮淮赋》、《羽猎赋》、《柳赋》、《大暑赋》、应场《灵河赋》、魏文帝《浮淮赋》、曹植《述行赋》、谢朓《游后园赋》、庾信《枯树赋》、李陵《录别诗》两首、孔融《临终诗》、王粲《思亲为潘文则作》、闾丘冲《三月三日应诏》、王融《别王丞僧孺》、扬雄《冀州牧箴》、《徐州牧箴》、《扬州牧箴》、《豫州牧箴》、《荆州牧箴》、《兖州牧箴》、《益州牧箴》、《雍州牧箴》、《幽州牧箴》、《交州牧箴》、《光禄勋箴》、《卫尉箴》、《太仆箴》、《大鸿胪箴》、《大司农箴》、《将作大匠箴》、《上林苑令箴》、《太常箴》、《尚书箴》、《博士箴》、《元后诔》、崔骃《司徒箴》、《东巡颂》、班固《沛泗水亭碑记》、《奕旨》、《北海王诔》、李尤《孟津铭》、《漏刻铭》、崔瑗《东观箴》、张昶《西岳华山堂阙碑铭》、邯郸淳《魏受命述》、王粲《正考父赞》、《刀铭》、魏文帝《九日送菊与钟繇书》、《曹苍舒诔》、傅咸《皇太子释奠颂》、傅玄《吏部尚书箴》、张华《尚书令箴》。

这些诗文,类书所录字数动辄相差十几到二十字,有时甚至相差千余字,而且类书所录往往掐头去尾,文意极不连贯。《古文苑》所录,却首尾一致,文意畅达。如扬雄《蜀都赋》,《古文苑》录载 1423 字,《艺文类聚》只节录 284 字,相差 1139 字,其他三部类书不录此赋;刘歆《遂初赋》,《古文苑》录载 1146 字,《艺文类聚》节录 133 字,相差 1013 字,而其他三部类书也不录此赋。其他的如宋玉《笛赋》、枚乘《梁王菟园赋》、黄香《九宫赋》等,字数也相差较大:

例七:宋玉《笛赋》,《古文苑》收录 459 字,《艺文类聚》收录 120 字,与《初学记》同。《太平御览》、《北堂书钞》不录。比勘如下(注:下划线的是《艺文类聚》、《初学记》所录文字):

余尝观于衡山之阳,见奇条异干、罕节间("间",《艺文类聚》、《初学记》作"简")枝之丛生也。其处磅磄("磅磄",《艺文类聚》作"旁塘")千仞,绝溪凌阜,隆("隆",《初学记》作"崇")崛万丈,盘("盘",《艺文类聚》作"磐")石双起;丹水涌其左,醴泉流其右。其阴则积雪凝霜,雾露生焉;其东则朱天皓日,素朝明焉;其南则盛夏清微,春阳荣焉;其西则凉风游旋,吸逮存焉。干枝洞长,桀出有良。名高("其阴"以下 52字,《艺文类聚》、《初学记》不录)师旷,将为《阳春》《北鄙》《白雪》之曲。假涂南国,至此山,望其丛生,见其异形,曰命陪乘,取其雄焉。宋意将送荆卿于易水之上,得其雌焉。于是乃使王尔、公输之徒，合妙意，角较手，遂以为笛。<u>于是天旋少阴，白日西靡。命严春，使午子。延长颈</u>（"颈"，《艺文类聚》、《初学记》作"䳃"），<u>奋玉手，摛朱唇，曜皓齿，颓颜臻，玉貌起。吟《清商》，追</u>（"追"，《艺文类聚》作"起"）<u>《流徵》，歌《伐檀》</u>，号《孤子》，发久转，舒积郁。其为幽也，甚乎！怀永抱绝，丧夫天，亡稚子。纤悲征痛，毒离肌肠腠理。激叫入青云，慷慨切穷士。度曲羊肠坂，椓㾞振奔逸。游洰志，列弦节，武毅发，沈忧结，呵鹰扬，叱太一，声淫淫以黯黮，气旁合而争出。歌壮士之必往，悲猛勇乎飘疾。麦秀渐渐兮，鸟声革翼。招伯奇于源阴，追申子于晋域。夫奇曲雅乐，所以禁淫也；锦绣黼黻，所以御暴也。缛则泰过，是以檀卿刺郑声，周人伤北里也。乱曰：芳林皓干有奇宝兮，博人通明乐斯道兮。般衍澜漫终不老兮，双枝间丽貌甚好兮。八音和调成禀受兮，善善不衰为世保兮。绝郑之遗离南楚兮，美风洋洋而畅茂兮。嘉乐悠长俟贤士兮，鹿鸣蓁蓁思我友兮。安心隐志可长久兮。

例八：刘歆《遂初赋》，《古文苑》收录序文 140 字，赋文 1006 字，《艺文类聚》收录序文 60 字，赋文 72 字，《初学记》、《太平御览》、《北堂书钞》不录。现将两文摘录、对比如下（注：下划线的是《艺文类聚》所录文字）：

《古文苑》卷五：《遂初赋》者，刘歆所作也。歆少通诗书，能属文。成帝召为黄门侍郎、中垒校尉、侍中奉车都尉、光禄大夫。<u>歆好《左氏春秋》，欲立于学官，时诸儒不听。歆乃移书太常博士</u>（《艺文类聚》无"博士"二字），<u>责让深切，为朝廷大臣非疾</u>（"非疾"，《艺文类聚》作"所非"），<u>求出补吏</u>，为河内太守。又以宗室不宜典三河，<u>徙五原太守</u>。是时朝政已多失矣，歆以论议见排摈，<u>志意不得</u>。之官，经历故晋之域，感今思古,遂作斯赋,以叹往事而寄己意。

昔遂初之显禄兮,遭阊阖之开通。跖三台而上征兮,入北辰之紫宫。

备列宿于钩陈兮,拥太常之枢极。总六龙于驷房兮,奉华盖于帝侧。

惟太阶之侈阔兮,机衡为之难运。惧魁杓之前后兮,遂隆集于河滨。

遭阳侯之丰沛兮,乘素波以聊戾。得玄武之嘉兆兮,守五原之烽燧。

二乘驾而既俟,仆夫期而在涂。驰太行之严防兮,入天井之乔关。

历岗岑以升降兮,马龙腾以起摅。舞双驷以优游兮,济黎侯之旧居。

心涤荡以慕远兮,回高都而北征。剧强秦之暴虐兮,吊赵括于长平。

好周文之嘉德兮,躬尊贤而下士。骛驷马而观风兮,庆辛甲于长子。

哀衰周之失权兮,数辱而莫扶。执孙、蒯于屯留兮,救王师于余吾。

过下虒而叹息兮,悲平公之作台。背宗周而不恤兮,苟偷乐而惰怠。

枝叶落而不省兮,公族阅其无人。日不悛而俞甚兮,政委弃于家门。

载约屦而正朝服兮,降皮弁以为履。宝砾石于庙堂兮,面隋和而不眠。

始建衰而造乱兮,公室由此遂卑。怜后君之寄寓兮,喑靖公之铜鞮。

越侯田而长驱兮，释叔向之飞患。悦善人之有救兮，劳祁奚于太原。

何叔子之好直兮，为群邪之所恶。赖祁子之一言兮，几不免乎徂落。

两美不必为偶兮，时有羞而不相及。虽韫宝而求贾兮，嗟千载其焉合。

昔仲尼之淑圣兮，竟隘穷乎蔡陈。彼屈原之贞专兮，卒放沈于湘渊。

何方直之难容兮，柳下黜而三辱。蘧瑗抑而再奔兮，岂材知之不足。

扬蛾眉而见妒兮，固丑女之情也。曲木恶直绳兮，亦小人之诚也。

以夫子之博观兮，何此道之必然。空下时而瞩世兮，自命已之取患。

悲积习之生常兮，固明智之所别。叔群既在皂隶兮，六卿兴而为桀。

荀寅肆而颛恣兮，吉射叛而擅兵。憎人臣之若兹兮，责赵鞅于晋阳。

轶中国之都邑兮，登句注以陵厉。历雁门而入云中兮，超绝辙而远逝。

济临沃而遥思兮，垂意乎边都。野萧条以寥廓兮，陵谷错以盘纡。

飘寂寥以荒昒兮，沙埃起而杳冥。回风育其飘忽兮，回飚飚之泠泠。

薄涸冻之凝滞兮，莽溪谷之清凉。漂积雪之皑皑兮，涉凝露之隆霜。

扬霅霰之复陆兮,慨原泉之凌阴。激流渐之潎洌兮,窥九渊之潜淋。

飒凄怆以惨怛兮,戚风潦以冽寒。兽望浪以穴窜兮,鸟胁翼之浚浚。

山萧瑟以鹍鸣兮,树木坏而哇吟。地坼裂而愤忽急兮,石捌破之嵒嵒。

天烈烈以厉高兮,廖珲窅以枭牢。雁邕邕以迟迟兮,野鹊鸣而嘈嘈。

望亭隧之嶽嶽兮,飞旗帜之翩翩。回百里之无家兮,路修远之绵绵。

于是勒障塞而固守兮,奋武灵之精诚。摅赵奢之策虑兮,威谋完乎金城。

外折冲以无虞兮,内抚民以永宁。既邕容以自得兮,唯惕惧于笠寒。

攸潜温之玄室兮,涤浊秽於太清。反情素于寂漠兮,居华体之冥冥。

玩书琴以条畅兮,考性命之变态。运四时而览阴阳兮,总万物之珍怪。

虽穷天地之极变兮,曾何足乎留意。长恬淡以欢娱兮,固贤圣之所喜。

乱曰:处幽潜德,含圣神兮。抱奇内光,自得真兮。宠幸浮寄,奇无常兮。寄之去留,亦何伤兮。大人之度,品物齐兮。舍位之过,忽若遗兮。求位得位,固其常兮。守信保己,比老彭兮。

例九:贾谊《旱云赋》,《古文苑》卷三全篇并存,共 420 字;《北

堂书钞》卷一百五十六岁时部四热篇二十六"煎砂"条仅节录 42
字。《艺文类聚》、《初学记》、《太平御览》不录(注:下划线的是
《北堂书钞》所录文字):

> 惟昊天之大旱兮,失精和之正理。遥望白云之蓬勃兮,
> 溏澹澹而妄止。运淖浊之颎洞兮,正重沓而并起。
> 嵬隆崇以崔巍兮,时彷佛而有似。屈卷轮而中天兮,
> 象虎惊与龙骇。相搏据而俱兴兮,妄倚俪而时有。
> 遂积聚而给沓兮,相纷薄而慷慨。若飞翔之从横兮,
> 扬侯怒而澎濞。正帷布而雷动兮,相击冲而破碎。
> 或窈窕而四塞兮,诚若雨而不坠。阴阳分而不相得兮,
> 更惟贪邪而狼戾。终风解而霾散兮,陵迟而堵溃。
> 或深潜而闭藏兮,争离而并逝。廓荡荡其若涤兮,
> 日照照而无秽。<u>隆盛暑而无聊兮,煎砂石而烂渭</u>
> <u>汤风至而含热兮,群生闷满而愁愤。畎亩枯槁而失泽兮,</u>
> <u>壤石相聚而为害。</u>农夫垂拱而无聊兮,释其鉏耨而下泪。
> 忧疆畔之遇害兮,痛皇天之靡惠。惜稚稼之旱天兮,
> 离天灾而不遂。怀怨心而不已兮,窃讬咎于在位。
> 独不闻唐虞之积烈兮,与三代之风气。时俗殊而不还兮,
> 恐功久而坏败。何操行之不得兮,政治失中而违节。
> 阴气辟而留滞兮,厌暴至而沉没。
> 嗟乎,惜旱大剧,何辜于天无恩泽。忍兮啬夫,何寡德矣。
> 既已生之,不与福矣。来何暴也,去何躁也。孳孳望之,其可
> 悼也。憭兮栗兮,以郁怫兮。念思白云,肠如结兮。终怨不
> 雨,甚不仁兮。布而不下,甚不信兮。白云何怨,奈何人兮。

例十:王粲《思亲为潘文则作》,《古文苑》录 224 字,《初学记》
录 84 字,《艺文类聚》录 56 字,《太平御览》、《北堂书钞》不录:

（1）"穆穆显妣"，《初学记》"显"作"皇"。

（2）"咨予靡及，退守祧祊。五服荒离，四国分争。祸难斯逼，救死于颈。磋我怀归，弗克弗逞。圣善独劳，莫慰其情。春秋代逝，于兹九龄。缅彼行路，焉讬予诚。予诚既否，委之于天。庶我刚妣，克保遐年。疊疊惟惧，心乎如悬。如何不吊，早世徂颠。于存弗养，于后弗临。遗愆在体，惨痛切心。形景尸立，魂爽飞沉。在昔蓼莪，哀有余音。我之此譬，忧其独深。胡宁视息，以济于今。严严聚险，则不可摧。仰瞻归云，俯聆飘回。飞焉靡翼，超焉靡阶。思若流波，清似抵颓。诗之作矣，情以告哀。"《初学记》缺。《艺文类聚》有"咨予靡及，退守祧祊"二句，其余均缺。

例十一：李陵《录别诗》第一首《有鸟西南飞》，《古文苑》录60字，《太平御览》有前6句30字，缺后6句。《艺文类聚》、《初学记》、《北堂书钞》不录：

有鸟西南飞，熠熠似苍鹰。朝发天北隅，暮闻日南陵。欲寄一言去，讬之笺彩缯。因风附轻翼，以遗心蕴蒸。鸟辞路悠长，羽翼不能胜。意欲从鸟逝，驾马不可乘。

例十二：邯郸淳《魏受命述》，《古文苑》收录序文180字，文369字，《艺文类聚》没有收录序文，赋文与《古文苑》同。《初学记》、《太平御览》、《北堂书钞》不录。现将两文异字及《古文苑》所录序文摘录如下：

臣闻雅颂作于盛德，典谟兴于茂功。德盛功茂，传序弗忘，是故竹帛以载之，金石以声之，垂诸来世，万载弥光。陛下以圣德应期，龙飞在位，其有天下也。恭已以受天子之籍，无为而四海顺风，若乃天地显应休征祥瑞以表圣德者，不可胜载。铄乎焕显，真神明之所以祚命世之令主也。凡自能言之类，莫不讴叹于野。执笔之徒，咸竭文思，献诗上颂。臣抱疾伏蓐，作书一篇，欲谓之颂，则不能雍容盛懿，列伸元妙欲。谓之赋，又不能敷演洪烈，光扬绪熙，故思竭愚，称《受命述》，曰：

(1)"旅力戮心"，《艺文类聚》作"饰躬戮力"。

(2)"含光而弗辉"，《艺文类聚》"辉"，作"耀"。

(3)"煌煌厥耀"，《艺文类聚》"耀"作"辉"

(4)"既受帝位"，《艺文类聚》"受"作"践"。

(5)"气祲不作"，《艺文类聚》"气"作"氛"。

(6)"谋访老成"，《艺文类聚》"谋访"作"访谋"。

(7)"策纳公卿"，《艺文类聚》"策纳"作"纳策"。

例十三：魏文帝《曹苍舒诔》，《古文苑》收录序文193字，《艺文类聚》收录103字。《初学记》、《太平御览》不录（注：下划线的是《艺文类聚》所录文字）：

惟建安十有五年（《艺文类聚》作"建安十二年"）五月甲戌，童子曹苍舒卒。呜呼哀哉（《艺文类聚》无"呜呼哀哉"四字），乃作诔曰：于惟淑弟，懿矣纯良。诞丰令质，荷天之光。既哲且仁，爰柔克刚。彼德之容，兹（"兹"，《艺文类聚》作"慈"）义肇（"肇"，《艺文类聚》作"聿"）行。狷钦公子，终然允臧（《艺文类聚》无此8字）。宜逢介（"介"，《艺文类聚》作"分"）祉（"祉"，《艺文类聚》作"祚"），以永无疆。如何昊天，雕（"雕"，《艺文类聚》作"凋"）斯俊英。呜呼哀哉！惟人之生，忽若朝露。役役（"役役"，《艺文类聚》作"促促"）百年，叠叠行暮。翍尔凤天（"凤天"，《艺文类聚》作"既天"），十三而卒。何辜于天，景命不遂。兼悲增伤，侘傺失气。永思长怀，哀尔罔极。贻尔良妃，襚尔嘉服。越以乙酉，宅彼城隅。

增丘峨峨,寝庙渠渠。姻媾云会,充路盈衢。悠悠群司,炭炭其车。倾都荡邑,爰迋尔居。魂而有灵,庶可以娱。呜呼哀哉!

两相对比,《古文苑》所录诗文首尾完整,语言流畅,是七篇情文并茂的作品,而《艺文类聚》与《北堂书钞》等只是节录了个别字句,掐头去尾,显得支离破碎,极其严重地割裂文意,基本失去了原作的抒情性、结构性和完整性。由此,我们应该有理由相信,正是有赖于《古文苑》所录,这七篇赋作才完整保留下来,使我们在千年之后幸运地欣赏到这些完整的汉魏作品。这同样可以部分地说明,《古文苑》所录作品并非是从其他类书中抄录而来的。

第三类,《古文苑》录载字数少于唐宋类书。这种诗文共有 19 篇:贾谊《簴赋》、刘歆《甘泉宫赋》、张衡《羽猎赋》、《观舞赋》、蔡邕《短人赋》、《琴赋》、《笔赋》、陆机《思亲赋》、裴秀《大腊诗》、程晓《嘲热客》、王褒《僮约》、崔骃《大理箴》、黄香《责髯奴辞》、班固《东巡颂》、《南巡颂》、张衡《绶笥铭》、蔡邕《篆势》、《九惟文》、张超《尼父赞》。

例十四:蔡邕《琴赋》,《古文苑》录载 105 字,与《初学记》同;《艺文类聚》录 169 字,《初学记》录 105 字,《北堂书钞》录 39 字。钱熙祚《校勘记》曰:"《初学记》十六,《艺文类聚》四十四,《北堂书钞》百九。按:此赋原刻仅存二十三句,诸书所引又皆割裂不全,今按其文义臆为补正,录于左方,以质知者。"钱熙祚校勘后文(263 字)如下:

尔乃言求茂木,周流四垂。观彼椅桐,层山之陂。丹华炜烨,绿叶参差。甘露润其末,凉风扇其枝。鸾凤翔其巅,玄鹤巢其岐。考之诗人,琴瑟是宜。以上十二句原缺,依《艺文类聚》补爰制雅器,协之钟律。通理治性,恬淡清溢。此四句原缺,依

《北堂书钞》补丹弦既张,八音既平。此二句原缺,依《文选》文通杂体诗注补。按此下当有缺文尔乃清声发兮五音举尔乃二字原缺,依《艺文类聚》补韵宫商兮动征羽。曲引兴兮繁弦抚弦原作丝,依《艺文类聚》改间关九弦,出入律吕。屈伸低昂,十指如雨。此四句原缺,依《北堂书钞》补然后哀声既发,秘弄乃开,左手抑扬,右手徘徊,抵掌反复,抑按藏摧。一弹三杀,凄有余哀。此二句原缺,依《北堂书钞》补于是繁弦既抑,雅韵乃扬,仲尼思归,鹿鸣三章。梁甫悲吟,周公越裳。青雀西飞,别鹤东翔。饮马长城,楚曲明光。楚姬遗叹,鸡鸣高桑。此二句原缺,依《艺文类聚》补走兽率舞,飞鸟下翔。感激弦歌,一低一昂。于是歌人恍惚以失曲,舞者乱节而忘形。哀人塞耳以惆怅,辕马跌足以悲鸣。苟斯乐之可贵,宣箫琴之足听。此句疑有误字。按以上十六句原缺,依《北堂书钞》补

钱熙祚根据文意,补全数句。究竟是否补全原文,我们不敢妄下断语。

例十五:陆机《思亲赋》,《古文苑》录载 96 字,与《初学记》同;《艺文类聚》录 136 字,《太平御览》、《北堂书钞》不录(注:下加点的是《古文苑》未录文字):

悲桑梓之悠旷,愧烝尝之弗营。指南云以寄钦("钦",《艺文类聚》作"款"),望归风而效诚。年岁俄其聿暮,明星烂而将清。回飙肃以长赴,零云纷其下颓。美纤枝之在干,悼落叶之去枝("枝",《艺文类聚》作"枚")。存("存",《艺文类聚》作"在")顾复之遗志("志",《艺文类聚》作"忘"),感明发之所怀。居辞安而厌苦,养引约而摧丰。忘天命之晚慕,愿鞠子之速融。兄琼芳而蕙茂,弟兰发而玉晖。感瑰姿之晚就,痛慈景之先违。天步悠长,人道短矣。异途同归,无早晚矣。

例十六:程晓《嘲热客》,《古文苑》录 90 字,《艺文类聚》录 60 字,《太平御览》卷三十一载 60 字,卷三十四录载 100 字。《初学记》、《北堂书钞》不录(注:下加点的是《古文苑》未录文字):

> 平生三伏时,道里("里",《艺文类聚》、《太平御览》作"路")无行车。闭门避暑卧,出入不相过。今世㣴襸子,触热到人家。主人闻客来("来",《太平御览》作"至"),蹙竦奈此何。谓当起行("起行",《太平御览》作"行起")去,安坐正咨嗟,所说无一急(《太平御览》作"所说了无急"),踏踏吟何多(《太平御览》作"踏吟一何多")。疲倦向之苦,甫问居极那(以上 6 句 30 字,《艺文类聚》不载)。摇扇髀中疾("髀",《太平御览》作"臂"。"疾",《太平御览》作"疼"。此句《艺文类聚》作"摇扇膊中疼")流汗正滂沱。莫谓为小事,亦是一大瑕(《太平御览》作"亦是人一瑕","莫谓"二句《艺文类聚》不录)。传戒诸高明,热行宜见呵("呵",《太平御览》作"诃")。

除上述 3 篇作品而外,其他 16 篇诗文,也相差 1 到 50 字不等,如贾谊《簴赋》,《古文苑》录载比《艺文类聚》少 3 字;刘歆《甘泉宫赋》,《古文苑》比《艺文类聚》少 2 字;张衡《羽猎赋》,《古文苑》录载比《艺文类聚》少 5 字;《观舞赋》,《古文苑》录载比《艺文类聚》少 2 字;蔡邕《笔赋》,《古文苑》录载比《艺文类聚》少 4 字。裴秀《大腊诗》,《古文苑》录载比《艺文类聚》少 4 字;王褒《僮约》,《古文苑》录载比《初学记》少 28 字;崔骃《大理箴》,《古文苑》录载比《艺文类聚》少 2 字;黄香《责髯奴辞》,《古文苑》录载比《初学记》少 3 字;班固《东巡颂》,《古文苑》录载比《艺文类聚》少 50 字,比《初学记》少 46 字;《南巡颂》,《古文苑》录载比《艺文类聚》少 49 字;张衡《绶笥铭》,《古文苑》录载比《初学记》少 1

字;蔡邕《篆势》,《古文苑》录载比《初学记》少4字;《九惟文》,《古文苑》录载比《艺文类聚》少6字;张超《尼父赞》,《古文苑》录载比《艺文类聚》少16字。

这种情况的出现还可以使我们做这样的思考:《古文苑》的初编者致力于搜集史传、《文选》之外的汉魏诗文,做注者章樵又专门花三年时间校勘订定。那么,对于《古文苑》所录作品中字数少于唐宋类书的作品,他们又是为什么不据类书所载补全《古文苑》所录作品的遗漏之文,以使该书更臻完美呢? 这应该是一个轻易就可以完成的工作。这两点似乎只能昭示这样一个事实——即《古文苑》并非抄自唐宋类书而是自有其可靠的文献来源。

从上述三种情况看,前两种情况的作品共144篇,第三种情况的作品共19篇。毫无疑问,字词不同于类书以及字数多于类书,应该是《古文苑》所辑录诗文作品的突出特点。足以使我们疑窦顿生的是,如果《古文苑》抄自唐宋类书,字数就应该少于类书所录,但奇怪的是——《古文苑》录载作品中却有80篇作品的字数却偏偏多于类书所载。因此,说《古文苑》中的所录作品皆是从其他类书中抄录而来的结论显然是难以成立的。

二、《古文苑》所录诗文见于宋前及宋代其他文献

我们认为《古文苑》成书于南宋初年,其初编者可能是南宋时期的金石学家王厚之,故在剖析《古文苑》录载诗文来源时,除了将其与唐宋类书相比外,我们还将其置于历史的坐标中,关注除类书之外的其他宋前文献,试图更深入地找寻《古文苑》辑录诗文的来源。于是,我们发现,《古文苑》中还有52篇诗文,虽然唐宋类书不曾收录,但却散见于宋前其他文献记载:《石鼓文》见于《历代钟鼎彝器款识法帖》(南宋·薛尚功);《诅楚文》见于《广川书跋》

（南宋·董逌）；《峄山碑文》见北宋郑文宝摹碑，现存于西安碑林；宋玉《舞赋》（存疑）见《文选》（梁·萧统）；路乔如《鹤赋》、公孙乘《月赋》、刘胜《文木赋》、汉昭帝《黄鹄歌》、邹长倩《遗公孙贤良书》、董仲舒《雨雹对》见《西京杂记》（晋·葛洪）。扬雄《太玄赋》见宋晁说之《景迂生集》；汉昭帝《琳池歌》、汉灵帝《招商歌》、汉武帝《落叶哀蝉曲》见于《拾遗记》（前秦·王嘉）；王粲《为刘表与袁尚书》见于《后汉书·袁绍传注》和《三国志·袁绍传注》；王融《游仙诗》第三首、《奉和南海王咏秋胡妻》七首见《乐府诗集》；王融《和王友德元古意》二首、《奉和秋夜长》、沈约《箎》见《玉台新咏》；王融《奉和代徐》二首见《玉台新咏》和《乐府诗集》；王融《饯谢文学离夜》、《阻雪连句遥赠和》、沈约《饯谢文学离夜》、《阻雪连句遥赠和》、虞炎、萧琛、范云与刘绘《饯谢文学离夜》、谢朓《答诗》、《阻雪连句遥赠和》、江革《阻雪连句遥赠和》十一首见《谢宣城集》（齐·谢朓）；范云《学古贻王中书》见《文选》；无名氏《木兰诗》见《乐府诗集》（宋·郭茂倩）和《文苑英华》（宋·李昉等）；董仲舒《郊祀对》、《山川颂》见《春秋繁露》（汉·董仲舒）；扬雄《答刘歆书》见《方言》（汉·扬雄）；《汉高祖手敕太子》、《晋明帝启元帝》、曹操《与杨太尉书论刑杨修》、杨彪《答曹公书》、曹公卞夫人《与杨太尉夫人袁氏书》、杨太尉夫人袁氏《答书》六篇见《殷芸小说》（南朝宋·殷芸）；邯郸淳《度尚曹娥碑》见《会稽掇英总集》（北宋·孔延之）①。

我们将这些篇目单独罗列出来，是为了更好地考证《古文苑》录载诗文的来源。因为按照学术发展的一般规律，编者在编纂诗文选本时，往往会参考当时存在的其他文学选本或文献资料。

① 章樵增入无名氏《楚相孙叔敖碑》，见《隶释》卷三。

《后汉书注》、《三国志注》、《春秋繁露》、《方言》、《西京杂记》、《殷芸小说》、《拾遗记》、《文选》、《玉台新咏》、《文苑英华》、《乐府诗集》、《景迂生集》和《会稽掇英总集》等著作,不仅成书都在南宋前,而且比较完整地流传下来,初编者王厚之又专门搜集《文选》、史传不收之文,又怎会错过这些文献。至于《谢宣城集》,《四库全书总目》道:

> 《谢宣城集》五卷,齐谢朓撰。……据陈振孙《书录解题》称,"朓集本十卷,楼炤知宣州,止以上五卷赋与诗刊之,下五卷皆当时应用之文,衰世之事,可采者已见《本传》及《文选》,余视诗劣焉,无传可也。"考钟嵘《诗品》称,"朓极与予论诗,感激顿挫过其文",则振孙之言审矣。张溥刻《百三家集》,合朓诗赋五卷为一卷。此本五卷,即绍兴二十八年楼炤所刻,前有照序,犹南宋佳本也。①

可见,楼炤刊刻《谢宣城集》,在绍兴二十八年(1158)。《古文苑》编纂时间大致在绍兴二十一年至三十一年之间,王厚之身为藏书家,应该看到过此书,也借鉴过此书。而从宋人多次征引这些文献的历史事实看,他们不仅是宋代人辑佚的来源之一,也是他们进行校注工作时使用较多的书籍。

《古文苑》所录这些出自其他文献中的作品,实际上也可以说明,其所录并非自唐宋类书中抄录而来。尤其值得注意的是,以《古文苑》所录与《文选》、《玉台新咏》、《西京杂记》、《文选》、《景迂生集》等文献所录同篇作品相比照,他们的区别同样是明显的:

例一:宋玉《舞赋》(存疑),《文选》卷十七收录,作傅毅《舞赋》,现比勘如下:

---

① 《钦定四库全书总目》(整理本),中华书局1997年版,第1986—1987页。

序号	《古文苑》	《文选》
1.	无此	"使宋玉赋高唐之事"
2.	无此	"臣闻歌以咏言,舞以尽意,是以论其诗不如听其声,听其声不如察其形。"
3.	"可近乎"	"可以近乎"
4.	无此	"王曰:'如其《郑》何?'玉曰:'小大殊用,《郑》、《雅》异宜。驰张之度,圣哲所施。是以《乐》记干戚之容,《雅》美蹲蹲之舞,《礼》设三爵之制,《颂》有醉归之歌。夫咸池六英,所以陈清庙,协神人也。郑卫之乐,所以娱密坐,接欢欣也。余日怡荡,非以风民也,其何害哉?'"
5.	无此	"夫何皎皎之闲夜兮,明月烂以施光。朱火晔其延起兮,耀华屋而熺洞房。戴帐袪而结组兮,铺首炳以焜煌。陈茵席而设坐兮,溢金罍而列玉觞。腾觚爵之斟酌兮,漫既醉其乐康。严颜和而怡怿兮,幽情形而外扬。文人不能怀其藻兮,武毅不能隐其刚。简惰跳踃,般纷挐兮。渊塞沈荡,改恒常兮。"
6.	"而乃"	"于是"
7.	"二八徐待"	"二八徐侍"
8.	"貌嫽妙以妖冶"	"貌嫽妙以妖蛊兮"
9.	"晔其阳华"	"晔其扬华"
10.	"眉连娟以增绕"	"眉连娟以增绕兮"
11.	"珠翠灼烁而照曜兮"	"珠翠的砾而炤燿兮"
12.	"纡清扬"	"纡清阳"
13.	"而抗音高歌"	"亢音高歌"
14.	无此	"歌曰:摅予意以弘观兮,绎精灵之所束。弛紧急之弦张兮,慢末事之骩曲。舒恢炱之广度兮,阔细体之苛缛。嘉《关雎》之不淫兮,哀《蟋蟀》之局促。启泰真之否隔兮,超遗物而度俗。**扬激徵**,骋清角,赞舞操,奏均曲。形态和,神意协。从容得,志不劫。於是蹑节鼓陈,舒意自广。游心无垠,远思长想。"

序号	《古文苑》	《文选》
15.	无此	"其少进也,若翱若行,若竦若倾。兀动赴度,指顾应声。"
16.	"飒沓合并"	"飒擖合并"
17.	无此	"鹄鹢燕居,拉揩鹄惊。"
18.	无此	"姿绝伦之妙态,怀悫素之洁清。修仪操以显志兮,独驰思乎杳冥。在山峨峨,在水汤汤。与志迁化,容不虚生。明诗表指,噕息激昂。气若浮云,志若秋霜。观者增叹,诸工莫当。于是"
19.	"埒簇角妙"	"埒材角妙"
20.	无此	"眄般鼓则腾清眸,吐哇咬则发皓齿。摘齐行列,经营切疑。仿佛神动,回翔竦峙。击不致策,蹈不顿趾。翼尔悠往,暗复辍已。及至"
21.	无此句	"浮腾累跪,趺蹋摩跌"
22.	"纡形赴远,灌以摧折"	"纡形赴远,灌似摧折"
23.	"纤縠蛾飞,缤焱若绝"	"纤縠蛾飞,纷焱若绝"
24.	无此	"超逾鸟集,纵弛殟殁。蜲蛇姌嫣,云转飘曶。"
25.	无此	"黎收而拜,曲度究毕"
26.	无此	"於是欢洽宴夜,命遣诸客。扰躟就驾,仆夫正策。车骑并狎,龍嵸逼迫。良骏逸足,跄捍凌越。龙骥横举,扬镳飞沫。马材不同,各相倾夺。或有踰埃赴辙,霆骇电灭。蹠地远群,暗跳独绝。或有宛足郁怒,般桓不发。后往先至,遂为逐末。或有矜容爱仪,洋洋习习。迟速承意,控御缓急。车音若雷,骛骤相及。骆漠而归,云散城邑。天王燕胥,乐而不洪。娱神遗老,永年之术。优哉游哉,聊以永日。"

　　两相对比,《古文苑》所收《舞赋》显然只是截取了《文选》所录的主要内容,舞者舞姿的绝伦,歌者歌声的优美以及宴会结束后

众人归家,驷马争道的热闹场面和富有文彩、感情色彩的语句,则大都删去。一场美妙绝伦的歌舞晚会,也顿然失色。

例二,扬雄《太玄赋》,除《古文苑》外,晁说之《景迂生集》最早附录。现将两者所录比勘如下:

(1)"览老氏之倚伏",《景迂生集》"氏"作"子"。

(2)"何俗圣之暗烛",《景迂生集》"俗圣"作"圣人"。

(3)"自夫物有盛衰兮",《景迂生集》"自"作"且"。

(4)"膏含肥而见炳",《景迂生集》"含"作"合"。

(5)"疾身殁而名灭",《景迂生集》"殁"作"没"。

(6)"永览周乎八极",《景迂生集》"览周"作"周览","乎"作"于"。

(7)"不掛纲罗固足珍兮",《景迂生集》"掛"作"卦","纲"作"罔"。

(8)"断迹属娄何足称兮",《景迂生集》"迹"作"蹟"。

(9)"辟斯数子智若渊兮",《景迂生集》"辟"作"譬"。

(10)"我异于此执太玄兮",《景迂生集》"此"作"是"。

显然,晁说之《景迂生集》所录扬雄《太玄赋》与《古文苑》所载多有不同。其中,有些是异体异音字,如"殁"作"没","掛"作"卦","网"作"罔","迹"作"蹟","辟"作"譬"等。有些却差异较大,如"俗圣"作"圣人","自"作"且","含"作"合等,可能是所据版本不同造成的。

例三:王融《和王友德元古意》二首,《玉台新咏》卷四收录,作《古意二首》,现比勘如下:

　　游禽暮知反,行人独未("未",《玉台新咏》作"不")归。
　　坐销芳草气,空度明月晖("晖",《玉台新咏》作"辉")。嗽容入朝镜,思泪沾春衣。巫山采("采",《玉台新咏》作"彩")云合("合",《玉台新咏》作"没"),淇上绿条稀。待君竟不至,秋雁双双飞。

> 霜气下盟("盟",《玉台新咏》作"孟")津,秋风度函谷。念君凄已寒,当轩卷罗縠。纤手废裁缝,曲鬓罢膏沐。千里不相闻,寸心郁纷蕴("纷蕴",《玉台新咏》作"氛氲")。况复飞萤夜,木叶乱纷纷。

例四,王融《奉和秋夜长》,《玉台新咏》卷十作《秋夜》、《乐府诗集》卷七十六作《秋夜长》,《古文苑》所录与《乐府诗集》相同:

> 秋夜长(此句《玉台新咏》作"秋夜长复长"),夜长乐未央。舞袖拂花("花",《玉台新咏》作"明")烛,歌声绕凤梁。

例五:范云《学古贻王中书》,《古文苑》卷九收录;《文选》卷二十六作《古意增王中书一首》:

> 摄官青璅("璅",《文选》作"琐")闼,遥望凤凰("凰",《文选》作"皇")池。谁言("言",《文选》作"云")相去远,脉脉阻光仪。岱山饶灵异,沂水富英奇。独("独",《文选》作"逸")翮凌北海,翻("翻",《文选》作"搏")飞出南皮。遭逢圣明后,来栖桐树枝。竹花何莫莫,桐叶何离离。可栖复可食,此外亦何为。岂如鹓鶵者,一粒有余赀。

例六:王粲《为刘表与袁尚书》,《后汉书·袁绍传注》和《三国志·袁绍传注》都曾收录。现比勘如下(下加双线的,是《后汉书》注和《三国志》注所录文字):

> 表顿首顿首:将军麾下,勤整六师,芟讨暴虐,戎马斯养,蘖无不宜,甚善甚善。河山阻限,狼虎当路,虽遣驿使,或至或否,使引领告而莫达。初闻郭公则辛仲治,通内外之言,造交遘之隟,使士民不协,奸釁并作,闻之愕然为增忿怒。校尉刘坚皇河、田买等前后到。到得二月六日所起书。又得贤兄贵

弟显雍及审别驾书，陈叙事变本末之理，乃知变起辛、郭，祸结同生，追阏伯、实沈之踪，忘《棠棣》死丧之义，亲寻干戈，僵尸流血，闻之哽咽，若存若忘。乃追案书传思与古比，昔轩辕有涿鹿之战，周公有商、奄之军，皆所以剪除灾（"灾"，《后汉书》、《三国志》作"秽"）害而定王业者也，非强弱之争，喜怒之恣也。是故虽灭亲不为尤，诛兄不伤义也（《三国志》作"故虽灭亲不为尤，诛兄不伤义"）。今二君初承洪业，纂继前轨，进有国家倾危之虑，退有先公遗恨之真（"真"，《后汉书》、《三国志》作"负"），当唯曹氏是务（《三国志》作"当唯义是务"）不争，雄雌之势，唯国是康。不计曲直之利，虽蒙尘垢，罪下为隶囿析入汙泥，犹当降志辱身，方以定事为计。何者？夫金木水火，以刚柔相济，然后克得其和，能为民用（"民"，《后汉书》作"人"）。若使金与金相连，火与火相烂，则燋然摧折，俱不得其所也。今青州天情峭急，迷于目前曲直是非，昭然可见。仁君智数宏大（《后汉书》、《三国志》作"度数弘广"），绰有余裕（"绰有余裕"，《后汉书》、《三国志》作"绰然有余"），当以大包小，优容劣（《后汉书》、《三国志》作"以优容劣"）归，是于此乃道教之和，义士之行也。纵不能，尔有难忍之恣，且当先除曹操，以卒（"卒"，《后汉书》作"平"）先公恨，事定之后，乃议兄弟之怨，使记注之士，定曲直之评（"评"，《后汉书》作"计"），不亦上策邪（《后汉书》、《三国志》作"不亦善乎"）？且初天下起兵，以尊门为主，是以众寡喁喁莫不乐袁氏之大也。今虽分裂，有存有亡，向然景附，未有革心。若仁君兄弟能悔前之缪，克己复礼，（《后汉书》、《三国志》前有"若留神远图"）以从所骧，则弱者自以为强，危者自以为宁，诚欲勠力长驱（"戮力长驱"，《后汉书》、《三国志》作"振旅长驱"），共奖王室。虽亡之日，犹存之愿,则伊周不足参,五霸不足六也。若使迷而不返,遂("遂",《后汉书》作"遵",《三国志》作"违")而不("不",《后汉书》作"无")改,则戎狄蛮夷("戎狄蛮夷",《后汉书》作"胡夷")将有诮让之言,况我同盟,复能戮力为君之役哉? 则是大公坟垄,将有污池之祸。夫人弱小,将有灭族之变。彼之与此,岂可同日而论之哉! 且行违道以自存,犹尚不可况,失义以自亡,而遗敌之禽哉。此韩卢、东郭自困于前,而遗田父之获也。昔齐公孙灶卒,晏子知子期之不免也。故曰二惠竞爽犹可,又弱一个姜氏危哉,与刘左将军及北海孙公佑共说此事,未尝不痛心入骨,相为悲伤也。今整勒士马,愤踊鹤立("立",《后汉书》、《三国志》作"望"),冀闻和同之声。约一举之期,故复遣信并与青州书。若其泰也,则袁族其与汉升降乎! 若其否也,则同盟永无望矣。临书怆恨,不知所言。刘表顿首。

前后对比,《后汉书》注和《三国志》注只是截取了书信的主要内容,信的开头、结尾以及议论性的富有文彩和感情色彩的语句,则一概删去。一封情文并茂的书信,也就变成了干巴巴的公文。

上述六例充分说明,《古文苑》的编者在辑录这些作品的时候,并不是完全照搬上述文献中的材料。因此,我们是否可以这样理解:《古文苑》的初编者王厚之在编纂该书的时候,应该已经形成了自己较为明确而理性的编纂体例与目的,他也许借鉴过上述文献,同时又很可能还参校当时存在的他认为更加可据的材料而成呢? 这同样可以证明,认为《古文苑》所录皆抄录自唐宋类书,显然是将问题简单化了。

三、目前最早见于《古文苑》的诗文

《古文苑》所收诗文,既不见于唐宋类书,也不见于现存南宋

以前的其他文献,目前仅见于《古文苑》的有 49 篇:刘向《请雨华山赋》;李陵《录别诗》两首、苏武《答诗》、孔融《六言诗》三首,《杂诗》二首、王粲《七哀诗》、王融《侍游方山应诏》、《游仙诗》三首、《栖玄寺听讲毕游邸园》、《寒晚敬和何征君点》、《杂体报范通直》、《奉和月下》、《咏梧桐》、《咏池上梨花》、王延《别萧咨议衍》、萧衍《答诗》、刘绘《和池上梨花》、董仲舒《诣丞相公孙弘记室书》、《集叙》、扬雄《少府箴》、《执金吾箴》、《城门校尉箴》、崔骃《仲山父鼎铭》、班固《车骑将军窦北征颂》、《十八侯铭》、崔瑗《河堤竭者箴》、《尚书箴》、《北军中候箴》、《司隶校尉箴》、《河间相张平子碑》、子迁《汉故中常侍骑都尉樊君之碑》、邯郸淳《后汉鸿胪陈君碑》、王延寿《桐庐庙碑》、郦炎《遗令书》四首、《对事》、樊毅《乞复华山下十里以内民租田口算状》、无名氏《汉樊毅修西岳庙记》、闻人牟准《魏敬侯碑阴文》、卫凯《西岳华山亭碑》、《汉金城太守殷君碑》、无名氏《楚相孙叔敖碑》。

尽管只有 49 篇作品,但这一情况似乎已明确提供给我们这样一个信息:即《古文苑》有他自己的诗文来源。因此,说《古文苑》"所录汉魏诗文多从《艺文类聚》、《初学记》删节之本"的观点,应该是欠妥当的。相反,后世文人在著录时,很可能借鉴过《古文苑》。如樊毅《乞复华山下十里以内民租田口算状》,章樵注本卷十一、韩元吉九卷本卷五、《隶释》卷二①均收录,现以章樵注本为底本比勘如下:

> 光和二年冬("冬",九卷本和《隶释》无此字)十二月庚午朔十三日壬午("壬午",《隶释》为"王")宏("宏",九卷本、《隶释》为"弘")农太守臣毅顿首死罪状书("书",《隶释》

---

① 洪适:《隶释》,中华书局 2003 年版,第 28 页。

为"上尚"两字,九卷本为"尚书")臣毅顿首顿首死罪死罪谨案文书臣以去元年十一月到官其十二月奉祠西岳华山省视庙舍及斋衣祭器率皆久远有垢故鲁不修大("大",九卷本为"太")室春秋示讥臣以神岳至尊宜加恭肃辄遣行事荀班与华阳令先谒以渐缮治成就之后仍雨甘雪瀓("瀓"字,九卷本、《隶释》为"澂")润宿麦惠滋黎庶臣即日以诏书斋祀("祀",《隶释》作"祠")雪未消释时日清和神亲("亲",《隶释》作"欢")民喜诚圣朝劳神日昃广被四表覆育之德神人被施遐尔大小莫下("下",《隶释》、九卷本作"不")幸甚臣毅顿首顿首死罪死罪说(《隶释》、九卷本后有"又"字)书言县当孔道加奉尊岳一岁四祠养牲百日常常充肥用榖薁三十("十",《隶释》、九卷本作"千")余斛或有请雨斋祷役费兼倍每被诏书调发无差山高听下恐近庙小民不堪役赋有饥寒之窘违宗神之敬乞差诸赋役复华下十里以内民租田口业以宠灵神广祈多福降("降",《隶释》、九卷本作"隆")中兴之祚臣辄听行尽力奉宣诏书思惟惠利增异复上臣毅诚惶诚恐顿首顿首死罪死罪上尚书

通过比勘,除了在流传过程中造成的异体字外,章樵二十一卷本还有讹误遗漏现象。但《隶释》所录与九卷本却有颇多相似之处。

《隶释》,洪适撰。洪适(1117—1184),字景伯,号盘洲,鄱阳(今江西鄱阳)人,洪皓子,与弟遵、迈皆知名于时,工书,好收藏古今石刻,有《隶释》、《隶续》和《盘洲文集》存世。王厚之和鄱阳三洪一直是好友。洪适《隶续》卷二,"厚之,字顺伯,乐古多闻",《盘洲文集》卷六十三又称赞道:"王厚之,好古博闻,赖其助为多。"①清人钱大昕也曾指出:"此册(《钟鼎款识》)当是王厚之顺伯所汇

---

① 洪适:《盘洲文集》(上下函十二册),《四部丛刊》本第10册,第11页。

稗。顺伯,好金石,精于赏鉴,与番阳三洪善,所撰《复斋碑录》最为容斋称。"①——足见王氏与洪适兄弟交往甚密。据《隶释》序记载,此书成于乾道三年(1167)。《古文苑》九卷本成书在前,《隶释》成书在后,王厚之《复斋碑录》虽存436条,但樊毅《乞复华山下十里以内民租田口算状》却不存。从比勘中《隶释》和九卷本的相似处看,《隶释》应该借鉴过王厚之《古文苑》初编本。

因此,从上文的考论可知,清代学者提出又被很多现代学者所继承的,认为《古文苑》所录汉魏诗文多自唐人类书删节而来的观点,是难以成立的。其理由是:

其一、如果《古文苑》所录汉魏诗文多自唐人类书删节而来,那么按照常理,删节而来的作品的字数就应该少于唐人类书。但事实是,《古文苑》所录载的80篇诗文的字数却远远多于类书所载。有些作品,如贾谊《旱云赋》、扬雄《蜀都赋》、刘向《请雨华山赋》、班固《终南山赋》、《竹扇赋》等主要部分见于《古文苑》,而见于唐人类书中的却大多为删节之文。还有一些作品,如王延寿《梦赋》、《王孙赋》、王粲《为刘表与袁尚书》等,《艺文类聚》、《太平御览》、《后汉书·袁绍传注》及《三国志·袁绍传注》的征引残缺不全,而《古文苑》却完整保存下来。显然,字数多的作品不可能是自字数少的作品中抄录而来的。

其二、从前文《古文苑》所录作品与唐人类书字数比照的结果看,《古文苑》中的部分诗文,字数虽与类书所载相同,但却明显存在文字音义上的差异,这种情况尽管可能是由多种原因造成的,但如果我们从这种现象出发而得出他们很可能是来自于不同文献材料的猜测,那么这种猜测也应该是较为合理的。

---

① 王厚之:《钟鼎款识》,中华书局1985年版,第76页。

其三、《古文苑》所录作品中有 19 篇诗文字数少于类书,如果《古文苑》出自类书,那么其编辑者照理应该补全类书多出内容,使其书更臻于完善。其编辑者之所以没有做这样的补录功夫,而注释者章樵又将 17 篇残缺不全之文附于卷末作为第二十一卷的做法,皆足以说明,不管是《古文苑》的初编者王厚之还是作注者章樵,他们在编辑或注释时,依据的并不是唐宋类书,而是当时仍在社会上流传的作家别集或他们认为可靠的诗文材料。王厚之可能从唐宋类书中采录过部分诗文,但绝大多数诗文应该有另外的来源,只可惜"文献不足征",南宋人所能看到的一些存在于金石、传记、地志、类书、目录、笔记、小说中的文献资料,其中的一部分早已掩埋在历史的深处,我们无法得知其真面目了。

其四、《古文苑》中 52 篇唐宋类书不曾收录,但是却见于其他文献记载的诗文,以及既不见于唐宋类书,也不见于现存南宋以前的其他文献,而仅见于《古文苑》的 49 篇诗文也都足以说明,《古文苑》应该是有他自己的文献来源。类似采自《玉台新咏》、《西京杂记》、《文选》、《景迁生集》等著作中的文章,同样也可以说明,《文选》所不录、史传所不收之文,才是《古文苑》的基本编纂目的与体例,这种目的与体例实际上已经充分说明,《古文苑》是有其特殊的材料来源的。

由以上四方面综合而论,我们似乎还是应该相信方铭先生的说法:"实则怀疑该书的可靠性是没有道理的,因为史传、文选所选载,不当包括一人的全部著作;而编辑者要捏造《古文苑》所造之文,岂非需要一个轰轰烈烈的造假运动? 而如此伪托前人,目的又是什么呢? 这都是匪夷所思之事。在没有确切证据之前,对像《古文苑》这样现今存世的辑本,不可以轻下否定之结论,才是科学的态度。"①

---

① 方铭:《战国文学史》,武汉出版社 1996 年版,第 416 页。

附录:《古文苑》录载诗文来源简表

表4-2 《古文苑》录载辞赋来源简表

作者	《古文苑》	来源			《全上古三代秦汉三国六朝文》	注 释
		《艺文类聚》	《初学记》	其他		
宋玉	卷二《宋玉赋六首》:《笛赋》459字	卷四十四《乐部》四笛》25句,120字	卷十六《乐部下》120字		《全上古三代文》卷十:《古文苑》,《北堂书钞》一百十一引七条,《艺文类聚》四十四。按:此赋用宋意送荆卿事,非宋玉作。然隋唐已前本集有之。误收久矣,不必删耳。	①《古文苑》录载最为完整。②《艺文类聚》更多删节,与《初学记》大体相同。
	卷二《宋玉赋六首》《大言赋》153字	卷十九《人部三言语》22句,107字	卷十《王第五》"唐禾"条引23字	《渚宫旧事》三,162字	《全上古三代文》卷十:《古文苑》	①《艺文类聚》有删节。②《渚宫旧事》录载最为完整。
	卷二《宋玉赋六首》《小言赋》331字	卷十九《人部三言语》43句,254字	卷十《王第五》"赐田"条引8字	《渚宫旧事》三,347字	《全上古三代文》卷十:《古文苑》	①《古文苑》"王曰"至"贤人"73字《艺文类聚》无,其他字句大体相同。②《渚宫旧事》录载最为完整。

作者	《古文苑》	来源			《全上古三代秦汉三国六朝文》	注　释
		《艺文类聚》	《初学记》	其他		
宋玉	卷二《宋玉赋六首》《讽赋》309字	卷二十四《人部八讽赋》36句,187字			《全上古三代文》卷十:《古文苑》	①《艺文类聚》有删节。
	卷二《宋玉赋六首》《钓赋》501字	卷二十四《人部八讽赋》56句,273字		《诸宫旧事》卷三,422字	《全上古三代文》卷十:《古文苑》	①《艺文类聚》有删节。
	卷二《宋玉赋六首》《舞赋》265字	卷四十三《乐部》263字,题《舞》三舞五为傅毅	卷十五《乐部上》263字,与《艺文类聚》同	《文选》卷十七《音乐》933字,《太平御览》五百八十一—21三百字,卷六百九十一15字,卷七百七十六10字	《全后汉文》卷四十三傅毅:《文选》、《艺文类聚》四十三,《初学记》十五,《古文苑》以为宋玉作。	①《文选》、《艺文类聚》、《初学记》均题为傅毅作。②章樵题注云:"傅毅《舞赋》,此篇简节是也。后之好事者以前者有楚襄之词,遂好事者以前者有楚襄之词,其实非也。"③钱熙祚:《初学记》十五,《艺文类聚》四十三并作傅毅,与《文选》合。《古文苑》者以篇首有楚襄、宋王问答,遂以此赋为宋玉作。唐人不应有此巨襄,其出宋人无疑。"④今人方铭,可能出自宋玉。郑良树等人认为风等人认为是傅毅(见吴广平编注《宋玉集》,岳麓书社2001年版,第139至140页)。

续表

作者	《古文苑》	来源			《全上古三代秦汉三国六朝文》	注释
		《艺文类聚》	《初学记》	其他		
贾谊	卷三《汉臣赋十二首》《旱云赋》420字			《北堂书钞》一百五十六,42字	《全汉文》卷十五:《古文苑》	
	卷二十一《杂赋九首》《虡赋》(《笋赋》)6句36字	卷四十四《乐部四》笋簴7句39字	卷十六《乐部下》钟第五36字	《太平御览》五百八十二,20字《北堂书钞》一百二十四字,卷一百五十六引16字	《全汉文》卷十五:《艺文类聚》四十四	①章樵注云:"前前后后皆有阙文。" ②《古文苑》第一二、四句与《艺文类聚》三二,末句异。
枚乘	卷三《汉赋二首》《梁王兔园赋》(《兔园赋》)、《兔园赋》495字	卷六十五《产业部上园》25句108字,题为《梁王兔园赋》	卷十《王第五》"檐栾竹"条引6句,卷二十八《竹第八》"栾"条引7字	《太平御览》三百七十三《人事部二十八乘》《梁兔苑赋》,18字	《全汉文》卷二十:《古文苑》《艺文类聚》六十五	①章樵注云:"盖王薨乘死后其子案所为,随所睹而言耳秦诔笑类俳倡,为赋疾而不工,后人传写误以为乘耳。" ②《艺文类聚》与《古文苑》文虽不同,但大致无异,可能经过删节。 ③严可均全录《古文苑》。 ④赵逵夫老师认为是枚乘作《关于枚乘〈梁王兔园赋〉的校理,作者诸问题》(《文献》,2005(1),第65页)。

《古文苑》论稿

作者	《古文苑》	来源			《全上古三代秦汉三国六朝文》	注 释
		《艺文类聚》	《初学记》	其他		
枚乘	卷三《汉臣赋十二首》《忘忧馆柳赋》(《柳赋》) * 495字		卷二十八《果木部柳》第十七·4句,16字	《西京杂记》卷四"梁孝王游于忘忧馆,集诸游士各使为赋,枚乘为《柳赋》,其辞曰'忘忧之馆,垂条之木,……'"云,共162字	《全汉文》卷二十:《西京杂记》上,又略见《初学记》二十八	①章樵注云:"出《西京杂记》。" ②韩元吉九卷本无此篇。 ③严可均题作《柳赋》。
路乔如	卷三《汉臣赋十二首》*《鹤赋》90字			《西京杂记》卷四:"路乔如为《鹤赋》,其辞曰:'白鸟朱冠,鼓翼池干……'"云云,共90字	《全汉文》卷十:《西京杂记》上	①章樵注云:"出《西京杂记》。" ②韩元吉九卷本无此篇。
公孙乘	卷三《汉臣赋十二首》*《月赋》84字		卷一《天部上月部》误题枚乘:"枚乘《月赋》曰:'猗嗟明月,当心而出,隐岩而现,敝修楪而如镜',4句20字	《西京杂记》卷四"公孙乘为《月赋》其辞曰:'月出皎兮……'"云,84字,《文选》李善注	《全汉文》卷十:《西京杂记》,又《文选》《雪赋》注,曹植《赠丁诗》注,鲍照《玩月城西门中诗》注引,《初学记》一以为枚乘作,疑误。	①章樵注云:"出《西京杂记》。" ②韩元吉九卷本无此篇。

续表

作者	《古文苑》	来源			《全上古三代秦汉三国六朝文》	注 释
		《艺文类聚》	《初学记》	其他		
羊胜	卷三《汉臣赋十二首》《屏风赋》*40字		卷二十五器用部屏风第三误作羊胜，40字	《西京杂记》卷四"羊胜为《屏风赋》"其辞曰："屏风鞈匝，蔽我君王……"云云，共40字	《全汉文》卷十：《西京杂记》下	①章樵注云："出《西京杂记》。"②韩元吉苦九卷本无此篇。
刘胜	卷三《汉臣赋十二首》《文木赋》*228字			《西京杂记》卷六"鲁恭王得文木一枚，伐以为器，意甚玩之，中山王为赋以赞之，曰，'丽木离枝，生彼高岸，顾盼而笑，王大悦，赐骏马二匹"，共228字	《全汉文》卷十二：《西京杂记下》	①章樵注云："出《西京杂记》。"②韩元吉苦九卷本无此篇。
刘安	卷三《汉臣赋十二首》《屏风赋》四言32句，共128字	卷六十九《服饰部上屏风》四言22句,88字	卷二十五《器物部屏风》四言32句,128字	《太平御览》卷七百一《服用部三屏风》4句,16字	《全汉文》卷十九，《初学记》《御览》七百一《艺文类聚》五十五，《御览》二十五。	①章樵注云："出《西京杂记》。"②《艺文类聚》题：汉淮南王《屏风赋》。

续表

| 作者 | 《古文苑》 | 来源 | | | 《全上古三代秦汉三国六朝文》 | 注 释 |
		《艺文类聚》	《初学记》	其他		
司马相如	卷三《汉臣赋十二首》《美人赋》共466字	卷十八《人部二》《美妇人》331字	卷十九《人部下》《美妇人二》36句,189字	《太平御览》卷三百八十一录67字;五百七十一录16字;三百七十九引8字;三百七十五引28字;七〇七引8字;七〇八引4字;七百二十八引10字;八百一十六12字。《北堂书钞》卷一〇六《乐部》歌篇二录104字。	《全汉文》卷二十二:《古文苑》《艺文类聚》十八;《初学记》十九	①《艺文类聚》和《初学记》都有删节。
董仲舒	卷三《汉臣赋十二首》《士不遇赋》414字	卷三十《人部十四》《怨》243字			《全汉文》卷二十三:《艺文类聚》三十;《古文苑》	①《艺文类聚》有删减。
刘向	卷二十一《杂赋十三首》《请雨华山赋》236字				《全汉文》卷三十五:《古文苑》。按:此文赋多脱误,无从校正。	①章樵题注曰:"此文赋讹难读,姑存其旧,以俟误者。"

续表

作者	《古文苑》	来源			《全上古三代秦汉三国六朝文》	注 释
		《艺文类聚》	《初学记》	其他		
刘歆	卷五《汉臣赋九首》《遂初赋》序140字,赋1006字	卷二十七《人部十一·行旅》载一段133字		《水经注》卷九"沁水"注引12字;卷六"汾水"注引10字	《全汉文》卷四十:《艺文类聚》二十七;《古文苑》	赋文。①《艺文类聚》并序61字,72字,共133字。
	卷二十一《杂赋十三首》《甘泉宫赋》178字	卷六十二《居处部二宫》35句180字	卷二十四《居处部三宫》33句174字		《全汉文》卷四十:《艺文类聚》六十二,《初学记》二十四	①章樵题注曰:"此赋不及祠祝,后有阙文也。" ②《艺文类聚》与《初学记》基本相同,应非全文,《文选·西都赋》注所引二句这两书均无。
扬雄	卷四《扬雄赋三首》《太玄赋》407字			宋晁说之撰《景迁生集》卷二十,408字	《全汉文》卷五十二:《古文苑》	
	卷四《扬雄赋三首》《逐贫赋》460字	卷三十五《人部十九贫》460字	卷十八《人部中贫六》节录38句152字	《太平御览》卷四百八十五《人事部一百二十六·贫下》460字	《全汉文》卷五十一:《艺文类聚》三十五,《初学记》十八,《御览》四百八十五,《古文苑》	①章樵注题曰:"子云自序云,不汲汲于富贵,不戚戚于贫贱,家产不过十金,乏无儋石之储,晏如也",此赋以史为戏耳。《艺文类聚》与《初学记》无此段话。

作者	《古文苑》	来源			《全上古三代秦汉三国六朝文》	注　释
		《艺文类聚》	《初学记》	其他		
扬雄	卷四《扬雄赋三首》《蜀都赋》1423字	卷六十一《居处部一》284字《总载居处》节录		《北堂书钞》一百四十二引65字,一百四十四引8字,一五零四引4字,《太平御览》卷一百五十六8字,卷七百五十六8字,八〇三16字,卷九百六十11字,卷九百六十七十七16字	《全汉文》卷五十一:《古文苑》韩元吉本,又章樵注本,又略见《艺文类聚》六十一	
班婕妤	卷三《汉臣赋十二首》《捣素赋》528字	卷八十五《布帛部一》34句178字			《全汉文》卷十一:《古文苑》,又见《艺文类聚》八十五,有删节	①《艺文类聚》有删减。
杜笃	卷五《汉臣赋九首》《首阳山赋》213字	卷七《山部上首阳山》39句213字			《后汉文》卷二十八:七	①《古文苑》与《艺文类聚》同。

续表

作者	《古文苑》	来源			《全上古三代秦汉三国六朝文》	注释
		《艺文类聚》	《初学记》	其他		
傅毅	卷二十一《杂赋九首》《雅琴赋》（《雅琴赋》）84字	卷四十四《乐部》14句84字	卷十六《乐部下》《琴第一》15句84字		《全后汉文》卷四十三；《艺文类聚》四十四，《初学记》十六。案：乔世宁，汪士贤等以此赋入蔡邕集，误也。注：题名《雅琴赋》。	①《文选》卷十八嵇康《琴赋》李善注引傅毅此赋语"时促而促而增微，接角徵而控商"，又"明仁又以厉己，故永御而密亲"，或李善以赋中有"雅"字钦？《初学记》："雅"字作"唯"字，与上下文文意顺，是以赋题仍为《琴赋》。严可均辑《全后汉文》卷四十三从《雅琴赋》，恐非，当以《初学记》为是（姜书阁）。
班固	卷五《汉臣赋九首》《终南山赋》151字			卷五《地理上·终南山八》33句151字	《全后汉文》卷二十四：①《初学记》五②《文选》班固《终南颂》有此语，或颂即赋之误	①张溥：《文选》卷四左思《蜀都赋》李善注引班固《终南颂》："蜜房溜其巅"语，张以为颂即赋，房溜即赋之误。

《古文苑》《论稿》

作者	《古文苑》	来源			《全上古三代秦汉三国六朝文》（《古文苑》）	注　释
		《艺文类聚》	《初学记》	其他		
班固	卷五《汉臣赋九首》《竹扇赋》七言11句77字	卷六十九《服饰部上扇》录"汉班固《竹扇诗》四句:'供时有度量,异好有团方。来风堪避暑,静夜致清凉。'"	卷二十五《器物部扇第七》"事对"中"白绮、绿"条注云:《班孟坚集》有《白绮扇绮扇之赋》		《全后汉文》卷二十四:（《古文苑》）	①《古文苑》有此四句:"供时有度量,异好有团方。来风堪避暑,静夜致清凉。"不知《竹扇赋》是否是《白绮扇之赋》?
曹大家	卷五《汉臣赋九首》《针缕赋》60字	卷六十五《产业部上针》六言10句60字		《太平御览》卷八百三十《资产部十针》录24字	《全后汉文》卷九十六,《艺文类聚》六十五,《御览》八百三十	
黄香	卷六《汉臣赋六首》《九宫赋》518字	卷七十八《灵异部上仙道》引录一段18句,117字		《太平御览》卷七百一十八,6字	《全后汉文》卷四十二:《古文苑》《艺文类聚》七十八	
李尤	卷六《汉臣赋六首》《函谷关赋》427字	卷六《地部关》194字	卷七《地部下关八》:162字		《全后汉文》卷五十:《艺文类聚》六,《初学记》七,《古文苑》	①《艺文类聚》从《古文苑》中间节录三十六句;《初学记》从《古文苑》录三十句,唯有《古文苑》开始节录三句;载较长。

续表

作者	《古文苑》	来源			《全上古三代秦汉三国六朝文》	注释
		《艺文类聚》	《初学记》	其他		
张衡	卷五《汉臣赋九首赋》《髑髅赋》410字	卷十七《人部一·髑髅》39句,177字	卷十四《礼部下·死丧第八》30句,146字	《太平御览》三百七十四《人事部一十五·髑髅》录183字。《文选》注	《全后汉文》卷五十四:《古文苑》《艺文类聚》七、《初学记》十四、《御览》三百七十四、《文选》谢灵运之《五君咏》注（郭泰机赠傅咸诗）注	①《艺文类聚》有删节,所录辞中也有删节,个别字也不同。《初学记》录中间一段。
	卷五《汉臣赋九首赋》《冢赋》246字	卷四十《礼部下·冢墓》10句,40字	卷十四《礼部下·葬第九》6句,24字	《北堂书钞》九十四《家墓》第四十"号玄号二"条引此事	《全后汉文》卷五十四:《古文苑》《艺文类聚》四十、《初学记》十四	①《艺文类聚》从《古文苑》中间节录一段,这一段中也删掉十二句。②《初学记》从中间节录六句。
	卷五《汉臣赋九首赋》《温泉赋》169字,有序有乱	卷九《水部下·汤泉》21句98字	卷七《地部下·骊山汤第三》28句,130字	《水经注》卷九,渭水注,20字	《全后汉文》卷五十一:《水经渭水》注下,《艺文类聚》九,《文选·雪赋》注,又见《初学记》七引六条	①《初学记》所录辞,乱与《古文苑》同,赋文基本相同,但有删节。②《艺文类聚》只有序,无"乱",赋文也不尽相同,显有删节。③严可均均引用《艺文类聚》"乱","赋",又引用《古文苑》"序","乱",将二者合为一篇,不知所据何本。

《古文苑》《论稿》

作者	《古文苑》	来源			《全上古三代秦汉三国六朝文》	注 释
		《艺文类聚》	《初学记》	其他		
张衡	卷五《汉臣赋》九首《观舞赋》（《舞赋》、《七盘赋》）203字	卷四十《乐部三》题为《舞赋》,205字	卷十五《乐部上》舞第五》37句204字	《太平御览》三百八十一《人事部二十二美妇人下》,32字,五百七十四,6字,《北堂书钞》一百零七《舞第三》引8字	卷五十三:《全后汉文》卷五十《艺文类聚》四十、《初学记》十五、又《御览》三百八十一,又《文选》潘岳《射雉赋》注,陆机《为顾彦先赠妇时》注	①姜书阁："有可疑者,同一《初学记》卷十五"舞蹈第五"事对"中"乐亲主:谐君臣"注引"张衡《舞赋》"十句,则皆非此篇所有,又《文选》注引,亦多出此外者,岂此赋原文甚长而仅存其一部分欤?抑另有一篇《舞赋》《观舞赋》外,果另有一篇《舞赋》欤?未可知矣。" ②严可均题为《舞赋》。 ③《初学记》与《艺文类聚》字数虽大致相同,但字句有近十处不同。 ④《古文苑》大致与《艺文类聚》相同,但也有个别字句不同。
	《羽猎赋》九卷卷,149字	卷六十六《产业部下·田猎》32句,154字	卷二十二《武部·猎第十》32句,152字	《太平御览》八百零九,12字	《全后汉文》卷五十四,《初学记》二十二,《艺文类聚》六十六《学记》二十二	①钱熙祚校曰："九卷本有此篇,章本脱去。今以《初学记》二十二,《艺文类聚》六十六所引补正脱误,录'手刃方'。"(注:朴元儿补录36字)。 ②《古文苑》韩元吉本九卷本与《艺文类聚》相同,《羽猎赋》149字,基本与《初学记》相同。

续表

作者	《古文苑》	来源			《全上古三代秦汉三国六朝文》	注　释
		《艺文类聚》	《初学记》	其他		
马融	卷五《汉臣赋九首》《围棋赋》412字	卷七十四《巧艺部围棋》36句,144字			《全后汉文》卷十八,《艺文类聚》七十四,《古文苑》	①《艺文类聚》节取开头和结尾,中间大量删减,且用四言;《古文苑》全篇为骚体赋。
崔寔	卷六《汉臣赋六首》《大赦赋》178字（序文33字）	卷五十二《治政部上 赦宥》34句,176字	卷二十《政理部 赦》25句,142字		《全后汉文》卷四十六,《艺文类聚》五十二,《初学记》二十	①《初学记》分两段节录,亦有删节。
	卷六《汉臣赋六首》《梦赋》458字	卷七九《灵异部下 梦》267字			《全后汉文》卷四十七,《艺文类聚》七十九	①《艺文类聚》无序文,大量删节。
王延寿	卷六《汉臣赋六首》《王孙赋》385字	卷九十五《兽部下 猕猴》32句,193字	卷二十九《兽部 猴第十五》六言64句,384字	《太平御览》卷九百一十《兽部二十二 猴》241字	《全后汉文》卷五十八,《艺文类聚》九十五,《初学记》二十九,《御览》九百十	①章樵题注云:"徐坚《初学记》载此文,同有而无释。兹略校补,未详者阙之。" ②《初学记》录载与《古文苑》只有个别字句不同。
张超	卷六《汉臣赋六首》《诮青衣赋》367字	卷三十五《人部十九 婢》231字	卷十九《人部下 奴婢六》四言八十五句,342字		《全后汉文》卷八十五,《艺文类聚》三十五,《初学记》十九	①《艺文类聚》题:《诮青衣赋》。②《初学记》题:"张超字子并《诮青衣赋》"（注:张超字子并,《后汉书》卷八十下《文苑列传》下《张超传》）。

《古文苑》论稿

作者	《古文苑》	来源			《全上古三代秦汉三国六朝文》	注　释
		《艺文类聚》	《初学记》	其他		
蔡邕	卷七《赋》一首《汉津赋》217字	卷八《水部上》汉水23句,164字	卷七《地部下》水二22句,141字		《全后汉文》卷六十九,《艺文类聚》八,《古文苑》七,《初学记》同。	①《艺文类聚》虽首尾与《古文苑》同,但中间有删节,没有"兮"字。②《初学记》没有结尾76字,但文中用"兮"字与《古文苑》同。
	卷七《赋》一首《笔赋》153字	卷五十八《杂文部》笔28句,157字	卷二十一《文部》笔28句,153字	《北堂书钞》卷一百零四《笔》第四十五引18字	《全后汉文》卷六十八,《艺文类聚》五十八,《初学记》二十一	①《艺文类聚》与《初学记》同,《古文苑》只有个别字不同。②姜书阁认为"观其文似乎中段以后之辞,惟《初学记》同卷同篇《事对》中'立笔成功;雕金饰壁;案下引'蔡邕',曰'昔仓颉创业,……弗可尚矣'云云,共九句,则显是首段。《古文苑》卷七录此赋亦仅抄自《艺文类聚》,无前段。"
	卷七《赋》一首《弹棋赋》65字	卷七十四《巧艺》部弹棋16句,65字		《太平御览》卷七百五十五《工艺部》十二弹棋引录一段,12句53字	《全后汉文》卷六十九,《艺文类聚》七十四,《古文苑》二文	①《艺文类聚》与《古文苑》全同。
	卷七《赋》一首《短人赋》198字		卷十九《人部下》短人五四十一句,199字		《全后汉文》卷六十九《艺文类聚》十九引两条集,《初学记》十九	①《初学记》与《古文苑》有八处字不同。

续表

作者	《古文苑》	来源			《全上古三代秦汉三国六朝文》	注　释
		《艺文类聚》	《初学记》	其他		
	卷七《赋》张超《诮青衣赋一首》《诮青衣赋》注《青衣赋》184字	卷三十五《人部》《人奴婢》四言32句,128字	卷十九《人部下》46句,184字	《太平御览》卷七十四"砥"条,8字	《全后汉文》卷六十九,《艺文类聚》三十五,《初学记》十九	①钱熙祚校勘云:"九卷本有此篇,章本退入序中。今以《初学记》十九、《艺文类聚》三十五所引补正,脱误字于左方。"
	卷二十一《杂赋十三首》蔡邕《协和婚赋》,152字	卷十八《人部二美妇人》后有《协》汉蔡邕《协和昏赋》"12句62字	卷十四《礼部第七婚姻》30句,152字	《太平御览》卷三百八十一《人事部二十二美妇人下》24字	《全后汉文》卷六十九,《初学记》十四,《古文苑》	①章樵赋末注云:后阙。②《初学记》与《古文苑》有七处不同。③严可均将《艺文类聚》中录载十二句移录在此赋下,并注曰:"《艺文类聚》十七,《御览》三百八十一"。
蔡邕	卷二十一《杂赋十三首》《琴赋》《弹琴赋》105字	卷四十四《乐部》四言37句,169字	卷十六《乐部下》琴一23句105字	《北堂书钞》一百零九《乐部琴十》引"雅韵乃扬""通理治性""考之诗人""琴瑟是宜""秘弄乃开""左手徘徊抑扬右手""同关九弦""出入律吕"等九条	《全后汉文》卷六十九,《艺文类聚》四十四,《初学记》一百六十九。案:前明乔民宁汪士贤等刻《蔡中郎集》别收《琴赋》一篇,《初学记》十六乃傅毅作也,今删。	①章樵题注:此赋首尾具有阙文。②钱熙祚校勘记:《初学记》十六,《北堂书钞》百四十,《艺文类聚》四十四,《文选·陆机《拟古诗》注,又赋引序二十三句,今按其文书所引又皆割裂不全,今质知者。③《艺文类聚》首56字《古文苑》书均无,余同。④严可均均从《艺文类聚》将《古文苑》前56字补入。

续表

作者	《古文苑》	来源			《全上古三代秦汉三国六朝文》	注 释
		《艺文类聚》	《初学记》	其他		
	卷二十一《杂赋十三首》《胡栗赋》《伤故栗赋》91字	卷八十七《菓部》题："后汉蔡邕《伤胡栗赋》"10句(序2句,赋8句)61字	卷二十八《果部栗第六》题为"《伤故栗赋》"10句,65字	《太平御览》卷九百六十四《果部一栗》14字	《全后汉文》卷六十九,《艺文类聚》八十七,《初学记》二十八,《御览》九百六十四	①严可均均题为《伤故栗赋》。②《艺文类聚》有序,有首尾,中间删节。③《初学记》节录中段,无前序及末26字。
蔡邕	卷二十一《杂赋十三首》《述行赋》《述征赋》84字	卷二十七《人部》14字	卷七《地部下》,36字	《水经注》卷七"济水"注,12字	《全后汉文》卷六十九,《水经·济水注》、《文选》陆机《前缓声歌》注引此,而《魏都赋》作《述征赋》,《雪赋》注引与本集同。《古文苑》又略见《艺文类聚》二十七	①钱熙祚校勘记:"《艺文类聚》二十七。按:此赋见《蔡中郎集》全篇并序,千有余言,章氏不能补足而退置末卷,何其疏也。今以蔡集现存,故不具录。"②严可均均全篇,968字。③《古文苑》与《艺文类聚》《初学记》同。④孙星衍《续古文苑》全收录。
王粲	卷七《赋十一首》《浮淮赋》231字《序》71字	卷八《水部上》淮水》八句43字,前有魏文帝《浮淮赋》10句47字,赋前有序文29字	卷六《地部中淮水》五,5句28句,150字	《北堂书钞》卷一百三十七《舟部舟篇》"浮舟万艘"条引魏文帝《浮淮赋》48字。卷一百三十八"建橹成材"条引王粲《浮淮赋》两句12字	《全后汉文》卷九十一,《艺文类聚》八,《初学记》六	①《初学记》无序,章樵本有代序:"魏文帝赋序云:建安十四年,王师自谯东征,大兴水军。浮舟百艘,时余从行,始从淮口,行泊乐山。晤师徒,观旌帆,赫哉盛矣!虽幸武盛唐之荇,舟舻千里,殆不过也,乃作斯赋云,命粲同作。"

续表

作者	《古文苑》	来源			《全上古三代秦汉三国六朝文》	注　释
		《艺文类聚》	《初学记》	其他		
	卷二十一《杂赋十三首》《羽猎》《校猎赋》156字	卷六十六《产业部》下《田猎》25句,103字	卷二十二《武部》猎第十24句,101字		《全后汉文》卷九十:《艺文类聚》六十六引,又《初学记》二十二引三条	①章题注云:"此赋首尾有阙文,以蔡集补"。②《艺文类聚》无开头"济漳浦而横陈……"50字。③《艺文类聚》与《初学记》同。
王粲	卷七《赋十一首》《柳赋》120字	卷八十九《木部》下《杨柳》10句60字	卷二十八《果木部》柳第十七:14句,84字		《全后汉文》卷九十:《艺文类聚》八十九,又《初学记》二十八	①《艺文类聚》前"昔我君之定武"等36字《初学记》无,《初学记》"人情感于旧物"后《古文苑》《艺文类聚》无。②严可均同《古文苑》,将《艺文类聚》所录者并录为一篇。
	卷二十一《杂赋十三首》《大暑赋》168字	卷五《岁时下》热28句,156字,漱	卷三《岁时部夏二》"大暑"4句24字	《北堂书钞》卷一百三十二《帐二》引12字,一百五十六《热二》引二十六字,《太平御览》卷三十四《时序部十九热》84字	《全后汉文》五,《艺文类聚》五,《初学记》三,《御览》三十四	①《艺文类聚》与《初学记》同,(《初学记》作"穑")而啸,风既至而,(《初学记》作其"加汤")二句同,余二句异。②《古文苑》与《艺文类聚》同,只是多两句"气呼吸以怯短,汗雨下而沾裳"(这两句均出自《初学记》)。③严可均均同《古文苑》。
刘桢	卷二十一《杂赋十三首》《大暑赋》95字	卷五《岁时下》热十六句,95字		《北堂书钞》一百五十六《热篇》引二十六字	《全后汉文》卷六十五《艺文类聚》五	

作者	《古文苑》	来源			《全上古三代秦汉三国六朝文》	注　释
		《艺文类聚》	《初学记》	其他		
应场	卷二十一《杂赋十三首》《灵河赋》（《虚河赋》）160字	卷八《水部上·河水》22句,127字	卷六《地部中河水》14句,91字	《北堂书钞》一百三十八《艇舡》引16字,《水经注》卷五"河水",26字	《全后汉文》卷四十二:《水经·河水》注五,《艺文类聚》八,《初学记》六	①《初学记》中间四句同26字《艺文类聚》无。《艺文类聚》后67字《初学记》无。②严可均均同《古文苑》。
曹丕（魏文帝）	卷二十《杂赋十三首》《浮淮赋》（《溯淮赋》）98字	卷八《水部上·淮水》并序6句,序29字;赋文10句47字,共76字	卷六《地部中淮五》137字（赋69字,序29字）	《太平御览》卷七百七十《舟部下》三舟十三卷《北堂书钞》一百三十七《舟部》卷一百三十七《舟部总篇》"浮万艘"条引47字,赋前有序文29字	《全三国文》卷四:《艺文类聚》八,《北堂书钞》一百三十七,《初学记》六,《御览》七百七十。案:《书钞》,《御览》作《溯淮赋》。（并序）	①《艺文类聚》有删节。②章樵题云,"序见王粲《浮淮赋》前",故《古文苑》没有重录序文。
曹植	卷二十一《杂赋十三首》《述行赋》136字		卷七《地部下骊山汤三》6句36字		《全三国文》卷十三:《骊山汤记》七《初学记》七《骊山汤》三,36字	
左思	卷十七《赋一首》《白发赋》312字	卷十七《人部发》75句,312字		《太平御览》三百七十三《人事部二十四发》312字	《全三国文》卷十四:《初学记》十七,《御览》十七,《艺文类聚》三百七十三	①《古文苑》与《艺文类聚》全同。

《古文苑》论稿

续表

作者	《古文苑》	来源			《全上古三代秦汉三国六朝文》	注　释
		《艺文类聚》	《初学记》	其他		
陆机	卷七《赋一首》《思亲赋》*96字	卷二十《人部四·孝》23句,136字	卷十七《人部上·孝第四》16句,96字		《全晋文》卷九十六,《艺文类聚》二十,《初学记》十七	①《初学记》与《古文苑》同。②《艺文类聚》中有4句24字别书无;《艺文类聚》后有4句16字《古文苑》无。严可均据《艺文类聚》补入这遗落的40字。
谢朓	卷七《赋一首》《游园赋》后180字	卷六十五《产业部上·园》18句,104字		《谢宣城集》卷一180字	《全齐文》卷二十三:本集,文略见《艺文类聚》六十五	①《艺文类聚》录前十二句及中间四句。《古文苑》中间四句有24字和后52字《艺文类聚》无。②严可均均同《古文苑》。
庾信	卷七《赋一首》《枯树赋》465字	卷八十八《木部上·木》84句,411字		《文苑英华》卷一百四十三,469字	《全后周文》卷九,《艺文类聚》八十八,《文苑英华》一百四十三,《古文苑》	①《艺文类聚》录篇尾俱全,有删节,有删节56字,字句有3处与《古文苑》不同。②严可均均同《古文苑》。

223

表4-3 《古文苑》录载诗歌来源简表

作者	《古文苑》二十一卷	来源(卷数)			
		《艺文类聚》	《初学记》	《太平御览》	其他
汉昭帝	《黄鹄歌》,51字		卷三十《鹤第三》,43字	卷五百九十二《文部八》,51字	《西京杂记》卷一
	《淋池歌》				《拾遗记》卷六
汉灵帝	《招商歌》				《拾遗记》卷六
汉武帝	《落叶哀蝉曲》				《拾遗记》卷五
	《柏梁诗》,182字	卷五十六《杂文部二》,182字		卷五百九十二《文部八》,14字	
	《梁父吟》,60字	卷十九《人部三吟》,60字			《乐府诗集》卷四十一
李陵《录别诗》八首	《有鸟西南飞》,60字			卷八百一十四《布帛部一绦》,30字	《文选·西都赋注》
	《烁烁三星列》100字	卷二十九《人部别上》,90字			
	《寂寂君子坐》				
	《晨风鸣北林》,70字	卷二十九《人部别上》,70字			
	《陟陟南山隅》,70字	卷二十九《人部别上》,70字			

作者	《古文苑》二十一卷	来源(卷数)			
		《艺文类聚》	《初学记》	《太平御览》	其他
李陵《录别诗》八首	《钟子歌南音》,70字	卷二十九《人部别上》,70字			
	《凤凰鸣高岗》,20字	卷九十《鸟部上凤》,20字			
	《红尘蔽天地》,10字				
苏武	《答诗》				
	《别李陵》,50字	卷二十九《人部别上》,50字	卷十八《离别七》,20字	卷九百一十九,50字。《御览》误题为李陵赠别苏武。	
孔融	《临终诗》				《北堂书钞》卷一百五十八略引
	《离合作郡姓名字诗》,88字	卷五十六《杂文部二》,88字			《石林诗话》,88字
	六言诗三首				
	杂诗二首				
秦嘉	《述婚诗》*,80字		卷十四《婚姻第七》,80字		
王粲	《思亲为潘文则作》*,224字	卷二十《人部四孝》,56字	卷十七《孝第四》,48字		
	七哀诗*				

《古文苑》论稿

作者	《古文苑》二十一卷		来源(卷数)			
			《艺文类聚》	《初学记》	《太平御览》	其他
王粲	杂诗四首*	《吉日简清时》40字	卷二十八《人部十二游览》,40字			
		《列车息众驾》50字	卷二十八《人部十二游览》,50字			
		《聊翻飞鸾鸟》,40字	卷九十二《鸟部鸾下》,40字			
		《鸷鸟化为鸠》,40字	卷九十《鸟部下鸠》,40字			
曹植	《元会诗》*,64字		卷四《岁时中元正》,64字	卷四《元日第一》,64字		
闾丘冲	《三月三日应诏诗》*,176字		卷四《岁时中三月三日》,176字	卷四《三月三日第六》,168字	卷三十《时序部十五三月三日》,168字。	《古今岁时杂咏》卷十六,168字
裴秀	《大蜡诗》*,136字		卷五《岁时下腊》,140字	卷四《腊第十三》,136字		
程晓	《嘲热客》,90字		卷五《岁时下伏》,60字	卷四《伏日第八》,60字	卷三十一《伏日》60字,三十四《时序部热》100字	
王融	《侍游方山应诏》					
	《游仙诗》五首					第三首见《乐府诗集》卷六十四

续表

作者	《古文苑》二十一卷	来源（卷数）			
		《艺文类聚》	《初学记》	《太平御览》	其他
王融	《奉和南海王咏秋胡妻》七首 *	第一首见卷三十二《人部十六闺情》，40字			《乐府诗集》卷三十六
	《栖玄寺听讲毕游邸园》				
	《别萧谘议衍》，50字	卷二十九《人部十三别上》，50字	卷十八《离别第七》，50字		《玉台新咏》卷四、《文苑英华》卷二百八十六
	《和王友德元古意》二首				《玉台新咏》卷四
	《饯谢文学离夜》				《谢宣城集》卷四
	《寒晚敬和何征君点》				
	《别王丞僧孺》，50字	卷二十九《人部十三别上》，30字，引作谢朓			《文选》
	《杂体报范通直》				
	《幔》，40字	卷六十九《服饰部幔上》，40字	卷二十五《帷幕第二》，40字		
	《琵琶》，40字	卷四十四《乐器部琵琶》，40字	卷十六《琵琶第三》，40字		

作者	《古文苑》二十一卷	来源（卷数）			
		《艺文类聚》	《初学记》	《太平御览》	其他
王融	《奉和月下》				
	《奉和秋夜长》				《玉台新咏》卷十、《乐府诗集》卷七十六
	《四色咏》, 20字	五十六《杂咏部二诗》, 28字			
	《奉和纤纤》, 28字	卷五十六《杂文部二诗》, 28字			
	《奉和代徐》二首				《玉台新咏》卷十、《乐府诗集》卷六十
	《咏梧桐》				
	《咏池上梨花》*				
	《阻雪连句遥赠和》				《谢宣城集》卷五
任昉	《别萧谘议衍》, 50字	卷二十九《人部十三别上》, 50字			《文苑英华》卷二百八十六
王延	《别萧谘议衍》				
宗夬	《别萧谘议衍》, 50字	卷二十九《人部十三别上》, 50字			《文苑英华》卷二百八十六
萧衍	《萧谘议衍答》				

作者	《古文苑》二十一卷	来源(卷数)			
		《艺文类聚》	《初学记》	《太平御览》	其他
萧琛	《萧记事琛前夜以醉乖例今昼由醒敬应教》,50字	卷二十九《人部十三别上》,50字			
	《饯谢文学离夜》				《谢宣城集》卷四
沈约	《饯谢文学离夜》,40字	卷二十九《人部十三别上》,30字			《谢宣城集》卷四
	《篪》				《玉台新咏》卷四、卷五
	《阻雪联句遥增和》*				《谢宣城集》卷五
虞炎	《饯谢文学离夜》				《谢宣城集》卷四
范云	《饯谢文学离夜》				《谢宣城集》卷四
	《学古贻王中书》,80字		卷十二,10字		《文选》
刘绘	《饯谢文学离夜》				《谢宣城集》卷四
	《和池上梨花》				
谢朓	《谢文学答诗》				《谢宣城集》卷四
	《阻雪联句遥增和》*				《谢宣城集》卷五
江革	《阻雪联句遥增和》				《谢宣城集》卷五

作者	《古文苑》二十一卷	来源（卷数）			
		《艺文类聚》	《初学记》	《太平御览》	其他
无名氏	《木兰诗》				《文苑英华》卷三百三十三、《乐府诗集》卷二十五

表4-4 《古文苑》录载散文来源简表

作者	《古文苑》二十一卷	来源			
		《艺文类聚》	《初学记》	《御览》	其他
汉高祖	《手敕太子》				《殷芸小说》
王褒	《僮约》，779字	卷三十五《人部十九奴》，431字	卷十九《奴婢第六》，807字	卷五百九十八《文部十四》，录612字；卷五百，录422字。	
	《责髯奴辞》，226字		卷十九《奴婢第六》，229字		
邹长倩	《遗公孙贤良书》*				《西京杂记》卷五
董仲舒	《诣丞相公孙弘记室书》				
	《郊祀对》				《春秋繁露》卷十五
	《雨雹对》				《西京杂记》卷五
	《山川颂》				《春秋繁露》卷十六
	《集叙》				

作者	《古文苑》二十一卷	来源			
		《艺文类聚》	《初学记》	《御览》	其他
扬雄	《答刘歆书》				《方言》
	《冀州牧箴》，138字	卷六《州部》，78字			
	《兖州牧箴》，150字	卷六《州部》，78字			
	《青州牧箴》，112字	卷六《州部》，112字	卷八《河南道第二》，104字		
扬雄	《徐州牧箴》，114字	卷六《州部》，72字			
	《扬州牧箴》，182字	卷六《州部》，117字	卷八《淮南道第九》，100字	卷九百七十三《果部十柚》，16字	
	《荆州牧箴》，129字	卷六《州部》，120字	卷八《河南道第七》，128字		
	《豫州牧箴》，165字	卷六《州部》，80字	卷八《河南道第二》，88字		
	《益州牧箴》，144字	卷六《州部》，64字	卷八《剑南道第八》，64字		
	《雍州牧箴》，119字	卷六《州部》，41字	卷八《关内道第三》，40字		
	《幽州牧箴》，122字	卷六《州部》，106字	卷八《河北道第五》，104字		
	《并州牧箴》，110字	卷六《州部》，110字	卷八《河东道第四》，188字		

《古文苑》论稿

作者	《古文苑》二十一卷	来源			
		《艺文类聚》	《初学记》	《御览》	其他
扬雄	《交州牧箴》，141字	卷六《州部》，106字	卷八《岭南道第十一》，96字		
	《光禄勋箴》，106字		卷十二《光禄卿第十六》，106字		
扬雄	《卫尉箴》，120字	卷四十九《职官部五》，48字	卷十二《卫尉第十九》，121字		
	《太仆箴》，135字	卷四十九《职官部五》，48字	卷十二《太仆卿第二十》，135字		
	《廷尉箴》，141字	卷四十九《职官部五》，84字	卷十二《大理卿第十一》，134字		
	《大鸿胪箴》，104字	卷四十九《职官部五》，40字	卷十二《鸿胪卿第十七》，104字		
	《宗正箴》，94字		卷十二《宗正卿第十八》，94字		
	《大司农箴》，135字	卷四十九《职官部五》，81字	卷十二《司农卿第十四》，137字		
	《少府箴》				
	《执金吾箴》				
	《将作大匠箴》，151字	卷四十九《职官部五》，99字			
	《城门校尉箴》				

作者	《古文苑》二十一卷	来源			
		《艺文类聚》	《初学记》	《御览》	其他
扬雄	《上林苑令箴》,91字			卷二百三十二《职官部三十》,40字	
扬雄	《司空箴》,104字	卷四十七《职官部三》,48字	卷十一《尚书令第三》,114字		
	《太常箴》,148字	卷四十九《职官部五》,72字	卷十二《司农卿第十四》,92字		
	《尚书箴》,145字	卷四十八《尚书》,58字			
	《博士箴》,190字	卷四十六《职官部二》,134字			
	《元后诔》,821字	卷十五《后妃部》,136字			
冯衍	《车铭》,20字	卷七十一《舟车部车》,20字	卷二十五《灯第十三》,20字		
崔骃	《太尉箴》,124字	卷四十六《职官部二》,52字	卷十一《太尉司徒司空第二》,124字		
	《司徒箴》,121字	卷四十七《职官部三》,64字	卷十一《太尉司徒司空第二》,114字		
	《河南尹箴》,65字	卷六《郡部三河南郡》,65字			
	《大理箴》,212字		卷十二《大理卿第二十一》,214字		

作者	《古文苑》二十一卷	来源			
		《艺文类聚》	《初学记》	《御览》	其他
崔骃	《仲山父鼎铭》				
	《樽铭》，24字	卷七十三《杂器物部樽》，24字			
	《袜铭》，40字	卷七十《服饰部下》，40字			
	《东巡颂》，195字	卷三十九《礼部中巡守》，169字，引作崔骃	卷十三《巡守第九》，154字	卷五百三十七《礼仪部十六巡猎》，24字	《北堂书钞》卷一百二十
班固	《车骑将军窦北征颂》				
	《沛泗水亭碑记》，183字	卷十二《帝王二汉高祖》，128字			
	《十八侯铭》				
	《奕旨》，305字	卷七十四《巧艺部围棋》，82字		卷七百五十三《工艺部十围棋》，76字	
	《东巡颂》，109字	卷三十九《礼部中巡守》，159字，引作班固	卷十三《巡守第七》，156字	卷五百三十七《礼仪部十六巡狩》，录27字，尚有14字不同	
	《南巡颂》，52字	卷三十九《礼部中巡守》，101字	卷十三《巡守第七》，52字		

作者	《古文苑》二十一卷	来源			
		《艺文类聚》	《初学记》	《御览》	其他
傅毅	《车左铭》,48字	卷七十一《舟车部车》,48字		卷七百七十三《车部二》,48字	
	《车右铭》,48字	卷七十一《舟车部车》,48字	卷二十五《车第十二》,48字	卷七百七十三《车部二》,48字	
	《车后铭》,48字	卷七十一《舟车部车》,48字		卷七百七十三《车部二》,48字	
	《北海王诔》,149字	卷四十五《职官部诸王》,147字			
李尤	《孟津铭》*,56字	卷九《水部下津》,40字			
	《洛铭》*,64字		卷六《洛水第七》,64字		
	《小车铭》,40字	卷七十一《舟车部车》,41字	卷二十五《车第十三》,40字	卷七百七十三《车部二》,40字	
	《漏刻铭》,96字	卷六十八《仪饰部漏刻》,84字	卷二十五《器用部漏刻第一》,64字		
	《井铭》,32字	卷九《水部下井》,32字			
黄香	《天子冠颂》,84字		卷十四《冠第六》,84字	卷五百四十《礼仪部十六巡狩》,24字	

作者	《古文苑》二十一卷	来源			
		《艺文类聚》	《初学记》	《御览》	其他
张衡	《绶笥铭》*,95字		卷二十六《绶第四》,96字	卷七百一十一《服用部十三笥》,32字	
崔瑗	《东观箴》,155字		卷十二《秘书监第九》,154字		
	《关都尉箴》,56字		卷七《关第八》,56字		
	《河堤谒者箴》				
	《尚书箴》				
	《北军中候箴》				
	《河间相张平子碑》				
	《司隶校尉箴》				
	《郡太守箴》,48字	卷六《郡部》,48字			
张昶	《西岳华山堂阙碑铭》,686字	卷七《山部上华山》,203字	卷五《华山第五》,244字		
胡广	《侍中箴》*,168字		卷十二《侍中第一》,168字		
	《笥铭》,48字		卷二十六《绶第四》,48字		《北堂书钞》卷一百三十一

续表

作者	《古文苑》二十一卷	来源			
		《艺文类聚》	《初学记》	《御览》	其他
胡广	《印衣铭》*,48 字		卷二十六《印第三》,48 字		
崔寔	《谏大夫箴》,128 字		卷十二《谏议大夫第五》,128 字		
子迁	《汉故中常侍骑都尉樊君之碑》				
邯郸淳	《魏受命述》序 180 字,文 369 字	卷十《符命部符命》,369 字			
	《后汉鸿胪陈君碑》				
	《度尚曹娥碑》,425 字				《会稽掇英总集》卷十六,391 字
蔡邕	《焦君赞》,80 字	卷三十六《人部二十隐逸上》,80 字			
	《警枕铭》,24 字	卷七十《服饰部下枕》,24 字		卷七百零七《服用部九枕》,24 字	
	《樽铭》,32 字	卷七十三《杂器部五樽》,32 字			
	《篆势》,211 字	卷七十四《巧艺部书》,41 字	卷二十一《文字第三》,225 字	卷七百四十九《工艺部六篆书》,32 字	

续表

作者	《古文苑》二十一卷	来源			
		《艺文类聚》	《初学记》	《御览》	其他
蔡邕	《九惟文》,72字	卷三十五《人部十九贫》,78字			
	《九疑山碑》,188字	卷七《山部上九疑山》,88字			
王延寿	《桐柏庙碑》				
郦炎	《遗令书》四首				
	《对事》				
樊毅	《乞复华山下十里以内民租田口算状》				《隶释》卷二
	《修西岳庙记》				
张超	《尼父赞》,16字	卷二十《人部四圣》,32字	卷十七《人部圣第一》,16字		
曹操	《与杨太尉书论刑杨修》				《殷芸小说》
杨彪	《答曹公书》				《殷芸小说》
卞夫人	《与杨太尉夫人袁氏书》				《殷芸小说》
袁氏	《答书》				《殷芸小说》

续表

作者	《古文苑》二十一卷	来源			
		《艺文类聚》	《初学记》	《御览》	其他
卫凯	《西岳华山亭碑》				
	《汉金城太守殷君碑》				
闻人牟准	《魏敬侯碑阴文》				
王粲	《为刘表与袁尚书》*，777字				《后汉书》《三国志》袁绍传注引《魏氏春秋》，307字。
	《太庙颂》，100字		卷十三《宗庙第四》，100字		
	《正考父赞》，48字		卷十七《贤第二》，32字		
	《无射钟铭》，46字		卷十六《乐部下》，46字		《北堂书钞》卷一〇八，24字序言
	《刀铭》*，序42字，文56字	卷六十《军器部刀》，32字	卷二十二《武部刀第三》，8字	卷三百四十六《兵部十七刀下》，24字	
魏文帝	《九日送菊与钟繇书》*，111字		卷四《九月九日第十一》，111字		
	《曹苍舒诔》，193字	卷四十五《职官部一诸王》，103字			

239

作者	《古文苑》二十一卷	来源			
		《艺文类聚》	《初学记》	《御览》	其他
傅玄	《吏部尚书箴》＊,164字	卷四十八《职官部四》,48字	卷十一《吏部尚书第六》,157字		
傅咸	《皇太子释奠颂》＊96字		卷十四《礼部上释奠》,40字		
张华	《尚书令箴》＊,131字	卷四十八《职官部四》,60字	卷十一《尚书令第三》,123字		
无名氏	《楚相孙叔敖碑》＊				《隶释》卷三
晋明帝	《启元帝》				《殷芸小说》

第五章 《古文苑》与其他诗文选本

    文学选编是编选者按照一定的编选意图和标准,选择一定范围内的作品,以作品集的形式呈现在读者面前,阐述一种文学主张,进行文学批评实践的一种活动。选本的优劣,不但和选家的文学观、文学史观息息相关,而且和当时的文学批评、文学创作、社会思潮和审美活动密不可分。因此,选编不仅是一种文学批评方式,也是一种文学审美实践。

    我国古代文学史的传承比较特殊,基本上是以文学选本的形式存在并假借文学选本对文学的发展作出隐约阐释的,人们对选本的阅读和接受在一定程度上也就体现了对文学史的接受和认同。因此,我们同意这样的说法:一部中国文学史,就是一部选文史。因为选本较之别的文学形式,在联系文学活动的两个基本方面——作者与读者亦即写作与阅读方面,必然具有别的文学形式所不具备的优越性,从而易于在文本的接受和流传中发生较大影响。

    那么,作为诗文选本之一的《古文苑》,其选本学思想和文学观,以及此书在文学与文选史上的影响又是什么呢?

第一节 《古文苑》与宋前及宋代诗文选本

我国的选本活动,起源于《诗经》,成熟于南朝,自宋至明清,选家辈出,选本迭现。西汉儒学鼎盛,人们不自觉地选录前人诗文,如司马迁撰写《屈原贾生列传》,刘向编订《楚辞》,王逸注释《楚辞》等,但是主要为了张扬儒学传统,故西汉将《诗三百》视为儒家经典,历代也将其列为"经部"。东汉以后,文人创作活动增加,文体日繁,别集日滋,已经出现汇集某一体文章的文学形式,如杜预《善文》、傅玄《七林》、陈寿《魏名臣奏事》等(见《隋书》)。挚虞《文章流别集》不仅选录各体文章,而且促使目录学最终形成了经、史、子、集并列的四部分类法。但是,《文章流别集》并不是严格意义上的选本,因为他没有辨明文学与非文学的概念,也就未形成选学思想。第一部真正意义上的文学选本,是萧统所编《文选》。萧统首次确定了文学选本的选编标准,确立了文体归类模式,阐述了崇古的文学主张,使《文选》成为文学独立的标志,其编选标准和体例亦成为后世仿效的范式,也开启了后世的一种专门学问——选学。更重要的是,《文选》实现了一部文学选本的批评价值:"第一次从文学的角度,以'选'的形式给作家及其作品以历史的定位,为后人示范了文学的经典及其解读模式""首次以具体直观的行为确定了'选'这种方式在中国文学批评史上的地位。"①

这一时期,选学之风盛行,除《文选》外,还有许多其他诗文选本,如谢灵运编《赋集》,萧统编《文章英华》、《古今诗苑英华》,萧

---

① 邹云湖:《中国选本批评》,上海三联书店 2002 年版,第 24 页。

淑编《西府新文》,徐陵编《玉台新咏》等,可惜流传至今的只有《玉台新咏》。《玉台新咏》是一部诗歌选本,选者是梁简文帝萧纲的宫廷诗人徐陵(507—583),编选目的是为了扩大齐梁宫体诗的创作和影响,崇尚俗、艳,追求艳丽的文风,以与儒家传统"雅正"的审美追求相抗衡。这一审美追求和创作主张,在后代也褒贬不一:一方面,人们对《玉台新咏》香艳、重色的题材与绮丽文风嗤之以鼻,认为与儒家传统大相径庭。另一方面,"《玉台新咏》所带来的'齐梁宫掖之风'(唐李阳冰《草堂集序》)成了后代中国'煽情'文学的直接渊薮。""后代文学批评的主情者也对《玉台新咏》之'重情'推崇备至。"①

进入唐代以后,诗歌创作呈现出空前繁荣的景象,各种诗歌题材与体裁,都在唐人诗歌中出现。仅现在可知的唐人选唐诗,就有130多种,以无名氏的《搜玉小集》、《唐写本唐人选唐诗》、殷璠编《河岳英灵集》、芮挺章编《国秀集》、元吉编《篋中集》、高仲武编《中兴间气集》、令狐楚编《御览集》、姚合编《极玄集》、韦庄编《又玄集》、韦谷编《才调集》十种,最为有名。这些选本,各有其编纂目的,提出了不同的选编标准和不同的文学主张,对唐代诗歌创作和成就进行了全面总结,和唐代不同时期的时代审美追求息息相关,始终洋溢着唐音,是唐代社会的真实写照,也是唐代文学创作和审美价值的文本体现。

宋代初期,诗文创作完全沿袭晚唐五代的风格,诗人仿效李商隐,创作讲究词采,情感却苍白无力。杨亿等所编《西昆酬唱集》的流行,更是助长了这一风气。直到北宋诗文革新运动兴起,才逐渐扭转此风,并慢慢形成宋代诗文重道义、切世用的特点。据张智

---

① 邹云湖:《中国选本批评》,上海三联书店2002年版,第34—35页。

华统计,北宋所编的诗文选本有 80 多种,现存 30 种左右,如郭茂倩编《乐府诗集》、李昉等编《文苑英华》、姚铉编《唐文粹》、杨亿等编《西昆酬唱集》、邓忠臣编《同文馆唱和诗》、王安石编《唐百家诗选》、孔延之编《会稽掇英总集》、无名氏编《宋文选》等①。南宋时期编选的诗文选本,据张智华统计,今可考知其名者就有 300 余种,现存吕祖谦编《古文关键》、《宋文鉴》、楼昉编《崇古文诀》、汤汉编《绝妙古今文选》、真德秀编《文章正宗》、谢枋得编《文章轨范》、蒲积中编《古今岁时杂咏》、桑世昌编《回文类聚》、洪迈编《万首唐人绝句》、周弼编《唐三体书法》等 200 多种②。这些选本,大都有一个特征,那就是洋溢着宋代的理学思想。当时,理学思想已经得到长足发展,并逐渐成为官方的统治思想,也成为大多数文学选本编纂时坚持的一条标准。由此可见,唐人选本崇“风骨”、“兴象”,宋代更重道义、轻文学,二者大相径庭——《古文苑》选录大量的箴、铭、颂体就是明证。《古文苑》所体现出来的这种审美倾向和审美趣味,也是其不成书于唐代的又一旁证。

以上,我们简单回顾了宋前及宋代诗文选本发展的概况,并指出了其中具有代表性的诗文选本。《古文苑》的编纂大致在宋高宗绍兴二十一年至绍兴三十一年之间,故不可能脱离历史,必然和宋前和宋代诗文选本有千丝万缕的关系。

因此,我们主要在宋前和宋代选本中选取对后世影响较大的六种诗文选本和《古文苑》相比较,即《文选》、《文苑英华》、《唐文

---

① 张智华:《南宋的诗文选本研究》,北京师范大学出版社 2002 年版,第 2 页。

② 张智华:《南宋的诗文选本研究》,北京师范大学出版社 2002 年版,第 2 页。

粹》、《唐百家诗选》、《宋文选》和《宋文鉴》。

一、《古文苑》与《文选》

萧统在《文选序》里,明确表明"选"的含义:

> 自姬汉以来,眇焉悠邈。时更七代,数逾千祀。词人才子,则名溢于缥囊;飞文染翰,则卷盈乎缃帙。自非略其芜秽,集其清英,盖欲兼功,大半难矣! 若夫姬公之集,孔父之书,与日月俱悬,鬼神争奥,孝敬之准式,人伦之师友,岂可重以芟夷,加之剪截? 老、庄之作,管、孟之流,盖以立意为宗,不以能文为本,今之所撰,又亦略诸。若贤人之美词,忠臣之抗直,谋夫之话,辩士之端,冰释泉涌,金相玉振。所谓坐狙丘,议稷下,仲连之却秦军,食其之下齐国,留侯之发八难,曲逆之吐六奇,盖乃事美一时,语流千载。概见坟籍,旁出子史。若斯之流,又亦繁博,虽传之简牍,而事异篇章,今之所集,亦所不取。至于记事之史,系年之书,所以褒贬是非,纪别异同,方之篇翰,亦已不同。若其议论之综缉词采,序述之错比文华,事出于沉思,义归乎翰藻。故与夫篇什,杂而集之。[①]

首先,萧统确定了选编标准,总体来看是"综缉词采","错比文华","事出于沉思,义归乎翰藻",故他不收四类文章,即周公、孔子之文,老、庄、管、孟之作,贤人、忠臣、谋夫、辩士之语和记事、系年之书,便将经、史、子作排列在外。但他同时认为,史书中"错比文华"之赞论和序述也可以入选。萧统区分了文学与非文学的界限,基本划定了文学的性质和范围,从而使文学与经学、史学、子学并称。

---

① 萧统编:《文选》,李善注,中华书局 1977 年版,卷首。

其次,萧统确立了文体归类模式:"凡次文之体,各以汇聚。诗赋体既不一,又以类分;类分之中,各以时代相次。"《文选》将单一的诗选,变为赋、诗、文等符合文体内容的各体文选。《文选》区别了39类文体,以类编排篇章内容,并确定这些文体编排的先后次序。在此基础上,萧统又进行了二次分类,如将赋分为15类,将诗分为20类。同时,在篇章排列次序上,萧统确定了"以时排列法",即以作者的生年先后加以排列,这可以清楚地展现出某一类文体演变的历史轨迹。

再次,萧统阐述了崇古的文学主张,反对齐梁侈靡的文风。他具有独到的审美眼光,《文选》不仅保存了大量的古代优秀作品,还保存了一些其他别集不载的优秀作品,如出自中下层文人的《古诗十九首》。他还认识到东晋著名诗人陶渊明的价值。陶氏诗作,今存120余首,在南朝时一直被人忽略,《宋书·谢灵运传》、《南齐书·文学专论》、《文心雕龙》对陶渊明都只字不提,《诗品》也将陶渊明列为"中品",但《文选》比较重视,收入15首。此外,萧统曾编过《陶渊明集》并写过序,还写过《陶渊明传》,对其评价甚高。

《古文苑》与《文选》一脉相承。在选编体例上,《文选》之"文"是一种狭义概念,包括诗篇、赋作和文章;《古文苑》之"文"也相同,也是赋、诗、文的合编。《文选》区别了39类文体,以类编排篇章内容,并确定这些文体编排的先后次序;《古文苑》紧随《文选》,也以类编排文章,共收录19类文体。在篇章排列次序上,萧统用"以时排列法",《古文苑》九卷本正同。在选编标准上,《文选》和《古文苑》都崇尚典雅,《文选》不收别集中南朝的艳体诗和乐府民歌中的情歌;《古文苑》虽收录一些齐梁唱和诗,但也不收这些艳情歌诗。郭英德在《中国古代文体学论稿》中,对《文选》类选本进行研究时,共比较了《文苑英华》、《唐文粹》、《宋文鉴》、《元文类》、《明文衡》、《文章辨体》、《文体明辨》七种,而没有列入《古文苑》。这无疑是一个疏忽,因为《古文苑》与《文选》有太多相似和可以比较的地方。

当然,《古文苑》和《文选》毕竟是产生于不同历史时期的两种选本,《古文苑》在继承《文选》的编选体例和收录标准时,既有其不足处,也有其创新处。不足的是,《文选》存在二次分类,如将赋分为15类,将诗分为20类,《古文苑》却只是大体按时间划分。郭英德说:"历代《文选》类选本的文体排序大体遵循先文后笔、先源后流、先公后私、先生后死、先雅后俗等基本规则。""历代《文选》类选本在文体排序的体例上,将与'诗'关系密切的'有韵之文'之于各种文体序列之首,其次是官府应用文体,紧随其后的是文人日常应用文体或'纯文学'文体中的衍生文体,伤悼文体序列则一般置于一部选本文体排序之末。"①《古文苑》与此有相似处,亦遵循这些基本规则。但《古文苑》在收录时间上,却与《文选》不同。萧统入选作品年代上限是《楚辞》,下迄梁天监十二年,共800余年。《古文苑》选文上限是周宣王《石鼓文》,下限是庾信约作于梁元帝承圣三年的《枯树赋》,涵盖1300余年,跨度远远大于《文选》。萧统将赋置卷首,《古文苑》开卷第一篇却是《石鼓文》。因此,将刻石文置于诗文选本卷首,既是《古文苑》的创举,也是其不同于《文选》编选体例之处。可是,两部书的命运却迥然不同,《文选》被视为选学之宗,在历代都有较深入的研究,《古文苑》却被置于历史的角落,几近湮灭。

---

① 郭英德:《中国古代文体学论稿》,北京大学出版社2005年版,前言。

二、《古文苑》与《文苑英华》

《文苑英华》本为承续《文选》而编,《四库全书总目》将这一特点解释得非常清楚:"梁昭明太子撰《文选》三十卷,迄于梁初。此书所录,则起于梁末,盖即以上续《文选》。其分类编辑,体例亦略相同,而门目更为烦碎。则后来文体日增,非旧目所能括也。"① 从选编标准来看,《文苑英华》也基本仿效《文选》。《文选》不收经、史、子类作品,但史书中的赞论和序述,萧统又无法割舍,认为可以入选,故萧统实际上已经选取史部作品。《文苑英华》将史论并入"论"中,只收录文人所撰论史文章,又删去"史述赞",完全排除了史籍在选本中的位置,从而使《文苑英华》成为更为纯粹的诗文选本。这一点意义重大,促使诗文选本完全与经、史、子类分开,也被后代的诗文选本所遵从。

《古文苑》编纂标准之一,就是专门收录《文选》不收、史传不传之文,故在收录文体上完全可以仿照《文选》的体例,选入赞论、序述等史部文章,但《古文苑》却没有收录,这不能不说和《文苑英华》无关。此外,《古文苑》收入樊毅《乞复华山下十里以内民租田口算状》一文,此"状"体,《文选》不列,现存"状"体最早也见于《文苑英华》。

此外,《古文苑》名称的由来,我们认为也和《文苑英华》有关。在宋初编纂《文苑英华》之前,已经有一些和此意义相近、名称相似的选本,如萧统编《文章英华》、《古今诗苑英华》,孔逭编《文苑》,许敬宗编《丽正文苑》等。凌朝栋认为:"《文苑英华》从名称上有袭用昭明《诗苑英华》或者《文章英华》之意,而从具体选

---

① 《钦定四库全书总目》(整理本),中华书局1997年版,第2608页。

录文体的种类看,则真正是继承《文选》之体例。"①《古文苑》的得名,韩元吉并不清楚,只是依据当时的传闻,认为是"好事者因以《古文苑》目之",好像是先有文本,后有书名。《古文苑》初编本早已散佚,我们无法窥其真实面目。但是,不管是初编者王厚之命名,还是后来流传过程中"好事者"所为,以"古文苑"为名,本身就需要对历代选本的熟悉。《古文苑》之"文苑"和《文苑英华》之"文苑"意义相近,"古文苑"即"古代文苑英华"之意,还是承续《文选》和《文苑英华》而来,即将《文苑英华》之前的、《文选》未收、史传不传的古代"英华"汇集成编之意。这和后来乾道六年(1170)陈骙撰《文则》及后来吕祖谦编《古文关键》和谢枋得编《文章轨范》等类以"古文"为对象,专以文法为基础的文章选本是不同的。如《古文关键》,取法近代,专取唐宋古文,不取六朝文章,也不收诗文,从而奠定的后世"古文"的传统理念。

三、《古文苑》与《唐文粹》、《唐百家诗选》、《宋文选》、《宋文鉴》

姚铉编选《唐文粹》,坚持文赋惟取古体,不录四六骈文;诗歌亦惟取古体,而五七言近体不录,是为了反对北宋初年文坛上西昆体诗人效仿李商隐诗歌,讲究词彩华丽、精工属对,而感情贫乏、无病呻吟的贵族唱和游戏文字之风。和《文苑英华》相比,《唐文粹》更注重"古文",不仅将《文苑英华》的"杂文"类改名为"古文",又在其下罗列子目 19 类,表现出徐铉对中唐以降古文的极力推崇。姚铉积极倡导朴素平实的文风,他和穆修、柳开一起,掀开了宋代

---

① 凌朝栋:《文苑英华研究》,上海古籍出版社 2005 年版,第 5 页。

诗文新篇章,为北宋诗文革新运动拉开了序幕。

王安石编纂《唐百家诗选》时,诗文革新运动已蔚然成风。王安石不选李白、杜甫、韩愈三家,是因为另有《四家诗选》(选录李白、杜甫、韩愈、欧阳修四家);不选唐代名家,是试图避开唐人诗歌成就,为宋诗寻找新的途径,这与王安石追求多样化的诗歌风格是一致的。更重要的是,王安石选诗的标准也是为了矫正西昆体流弊,而元稹、白居易、刘长卿、刘禹锡、韦应物、杜牧、李商隐、王维等人的诗,多半是以艳情或闲情取胜,可能与王安石注重文章经世致用的思想相悖,也与宋代重道义、切世用的哲学、文学、美学追求不一致,故被摒弃,正如明代何良俊《四友斋丛说》卷二十四所评价:"其中大半是晚唐诗,虽是晚唐,然中必有主,正所谓六艺无缺者,与近世但为浮滥之语者不同。盖荆公学问有本,故是堂上人。"①因此,王安石才会自信地在《唐百家诗选原序》中说:"欲知唐诗者,观此足矣。"②

《宋文选》,大约成书于北宋末年。此书不录诗、赋、碑、铭之类,也不录三苏和二程文,只收北宋政论文和史论文中的宏文巨篇,自欧阳修而下,共收录司马光、范仲淹、王禹偁、孙复、王安石、余靖文、曾巩、石介、李清臣、唐庚、张耒、黄庭坚和陈瓘等十四家文章。这些都是北宋政坛上著名的政治人物,正如《四库全书总目》所说:"惟以其有关于经术、政治者。""其赅备虽不及《文鉴》,然用意严慎,当为能文之士所编。"③因此,编者可能是一位"能文之

① 何良俊:《四友斋丛说》,中华书局1959年版,第216页。
② 王安石编:《王荆公唐百家诗选》(一函三册),上海涵芬楼仿古活字印本,卷首。
③ 《钦定四库全书总目》(整理本),中华书局1997年版,第2613页。

250

士",且"用意严慎",主要是宣扬儒家道义。或许编者一是鉴于北宋末年政治黑暗,希望革新时弊;二是试图对北宋的历史作出反思,以知古鉴今;三是此书是南宋政治家诗文选本的前奏,从而涌现出南宋陈亮、叶适等人抨击时事、愤世嫉俗、忧国忧民、致世经用的大量诗文选本。

由此可以看出,这三部书(《唐文粹》、《唐百家诗选》、《宋文选》)在编纂时,大都遵循着儒家正统思想,也与各个时期的文学思想、理学思想相一致。

《古文苑》在编纂上,继承了这些选本"雅正"的传统思想。《古文苑》非常注重收录劝诫、警示之类的"散文",在选录的37位作者的116篇散文中,有43篇箴、21篇铭、13篇书、10篇碑、8篇颂,充分说明编者选编时,很重视箴、铭、书、碑、颂等应用文体的创作,这既与南宋初年的理学思想、文学思潮相符合,也与宋代愈来愈重视诗文"经世致用""穷理致用""讲明义理"的文学、选学思想相一致。此时,是不是"有益治道",不仅是官方宣扬的思想,也是文学创作的主旨,更是诗文选本所应该遵循的主要标准。

此外,宋代社会以文官为主,从中央到地方的各级公事都离不开各类应用文,会做文章也是对各级官吏的最低要求,故宋人也非常关注应用文的创作。为了证明这一点,我们再来看看《宋文鉴》。《宋文鉴》是吕祖谦奉敕而编,历时一年之久,搜录了大量的资料,"尽取秘府及士大夫所藏诸家文集,旁采传记、他书,悉行编类",取建隆(960—963)以后、建炎(1127—1130)以前诸贤文集800家,精加校正,取其辞理之"有益治道者",以类编次定为61门,150卷。吕祖谦是南宋著名古文家,也是浙东学派的代表人物,与朱熹、张栻并称"东南三贤",他主张治经史以致用,对社会政治非常关心。吕祖谦除了选取诗赋外,其他收录较多的是奏、疏、表、论、议、书等朝廷和时人应用文体,还增加了律赋、论义、经义、说书等实用文体,更是加大了对理学思想的宣扬,故朱熹称赞道:"此书编次,篇篇有意。其所载奏议,亦系当时政治大节。祖宗二百年规模与后来中变之意,尽在其间,非选粹比也。"①——《古文苑》收录的诗文,文学性相对较差,与朱熹等理学家所宣扬的"道者,文之根本;文者,道之枝叶"②的观点也是一脉相承。

《古文苑》出现在南宋初年,既与宋代诗文选本有相似之处,即处处洋溢着传统儒学正宗思想的共性,但毕竟又是一部单独的诗文选本,故又具有其"个性"。这一个性,是指《古文苑》的编者是一位金石学家,而不是文学家、政治家或古文家。

我们知道,金石学是研究古代铜器和石刻为主的一门学科,起步较晚,直到清代,仍将其列为子类之谱录类。三代和秦汉虽然有关于青铜器物出土的记载,但并没有自觉的学科意识。这种状况,到魏晋南北朝和隋唐,也没有多大改观,有关出土器物,诸史中大多列为《符瑞志》、《祥瑞志》和《灵徽志》中,故隋唐以前,可以说只是金石学的酝酿阶段。宋代统治者大兴"文治",热心建设"文化工程",才促使了金石学的真正兴起。宋代学者醉心金石研究,使金石学研究呈现出欣欣向荣的景象。北宋出现了刘敞《先秦古器图记》、欧阳修《集古录》、赵明诚《金石录》、曾巩《元丰类稿》、王回《故迹遗文》、吕大临《考古图》、无名氏《万家碑志》和官修《宣和博古图》等金石学著作。其中,《集古录》、《金石录》和《宣

---

① 吕祖谦编:《宋文鉴》,齐治平点校,中华书局1992年版,前言。
② 黎靖德辑:《朱子语类》,王星贤点校,中华书局1986年版,第3319页。

和博古图》最为人称道。

南渡后,随着宋、金对恃局面的形成,南北局势逐渐趋于稳定,又涵养几十年,南宋的政治、经济、文化事业逐渐得以复苏,金石学也得到长足发展。在绍兴、乾道、淳熙年间,涌现出一批金石学著作,如薛尚功《历代钟鼎器物款识》、王厚之《复斋碑录》、洪适《隶释》、无名氏《续博古图》等。其他几家著作至今尚存,王厚之所纂《复斋碑录》却已经散佚。幸运的是,陈思《宝刻丛编》尚收录《复斋碑录》436 条,使我们犹可以管窥豹。

鉴于以上原因,收录颇多金石刻文的《古文苑》编纂于这一时期,也就不足为奇了。王厚之本是南宋著名金石学家,他所编纂的诗文选本,不可避免地留下了金石学的痕迹。更何况,王厚之编纂《古文苑》的目的,不仅是为了辑佚,更是为了保存古代石刻文献。不过,王厚之毕竟只是一位金石学家,其文学水平相对有限,故选本中不仅出现一些讹误之处,而且收录大量唱和诗和劝诫性的散文,以致招人非议,也在一定程度上影响了《古文苑》的进一步流传。

四、《古文苑》的编者、注者和宋代理学家

《古文苑》和《文选》、《文苑英华》、《唐文粹》一样,从形式上看是诗文合选本;但从其在南宋的编纂、刊刻与注释的情况看,则与宋代理学息息相关。因为,不论是托名者孙洙,初次编辑者王厚之,二次编者韩元吉,还是注释者章樵,都是宋代理学的追随者,且多与著名理学家交往甚密。

(一)孙洙

孙洙主要生活在北宋真宗、神宗年间,亲历王安石变法,在生活中与新党人物有交往,父亲孙锡的墓志,就出自王安石之手①②。孙洙任海州知州时，李清臣任海州副通判，二人感情也比较深厚。但是，孙洙在政治上属于保守派，反对新党的态度很坚决。王安石变法后，多逐谏官议臣，孙洙心情郁闷，又无力挽回局面，便请求外补海州，坚定地表现出与新党在政治上不合作的态度。熙宁十年（1077）六月，孙洙针对王安石变法后简化统一制辞文字，以致造成吏文千人一词，学士无学，词臣无文的现象，作《乞磨勘迁官诰词随事撰述奏》：

> 熙宁四年中，建言者患制诰过为溢美，以为磨勘迁官，非有绩效，不当专为训词。又谓典诰之臣皆有兼官，殚费文辞，虑妨其他职事。遂著令磨勘皆为一定之辞，文臣待制、武臣阁门使以上，方特命草制，其余悉用四句定辞。遂至群臣虽前后迁官各异，而同是一辞；典诰者虽列著名氏各殊，而共用一制；一门之内，除官者各数人，文武虽别，而并为一体。至于致仕、赠官、荐举、叙复、宗室赐名、宗妇封邑、斋文疏语之类，虽名体散殊，而格以一律，岁岁遵用。虽曰苟趋简易，然而规陋，非所以训百官，诏后世也。前世典章、本朝故事，未尝有此。陛下

---

① 《王安石文集》卷九十七《宋尚书司封郎中孙公墓志铭》：公讳锡，字昌龄。曾祖钊，祖易从，父再荣，皆弗仕。及公仕，赠其父至尚书兵部侍郎……于是官至尚书度支郎中，散官至朝奉郎，勋至上柱国。今上即位，迁司封，赐金紫。以熙宁元年正月十二日卒，年七十八……年十九，举进士开封第二，坐同保匿服罢，而再举又第一。当是时，以文学称天下，及仕，号为忠厚正直。终身未尝言利，老而贫，不以为悔，乡人尤归其长者。有文集二十卷……九月十六日，葬公扬子县怀民乡北原。（李之亮笺注《王荆公文集笺注》，巴蜀书社，2005年版，第2055—2057页）

② 稽曾筠等：《浙江通志》卷一百四十九王安石《孙锡墓志》：字昌龄，真州人。天圣进士，知杭州仁和县，籍取凶恶，戒以不改必穷极案治，而治其余一以仁恕，县人畏爱之。官至尚书度支郎中。（《文渊阁四库全书》本第523册，第74页）

天纵神圣,言成典谟,博鉴古今,循责名实,每闻天语训敕臣
下,手扎宣示二府,皆言有法义,曲尽事情,天下传诵,史官纪
述,而典诰之臣乃苟简如此,岂称明诏所以垂立一代制度之意
哉? 伏望皆令随事撰述,但不得过为溢美,以失事实。①

此文言辞激烈,议论犀利,有理有据,字里行间也充满对王安
石变法的不满。由于孙洙的力谏,朝廷最终采纳了他的建议,对统
一制辞现象进行了革新。

北宋著名理学家程颢、程颐兄弟和孙洙之间的交往,史书湮
灭,没有明确的记载,但他们可能有过接触。因为在熙宁元年
(1068),程颢经吕公著推荐授太子中允,权监察御使里行时,孙洙
正任集贤校理,两人应该有接触的机会。

孙洙卒后未几,元祐党案爆发,他的好友,如苏轼、苏辙、刘攽、
孙觉、孔文仲、李瑞愿、文同、王居卿等都被牵连。因此,不论孙洙
本人,还是朝廷或当时士人,都认为他是保守派,而保守派的理论
基础主要是二程理学,故他的思想也应该受到过二程的影响。

(二)王厚之

王厚之属象山学派。其实,王厚之对本学派的构建、继承与弘
扬并无多大建树,联系到一起的纽带更多的是亲戚关系。因为王
厚之四世祖王安礼(王安石弟)的曾孙是通州使王君瑊,王君瑊的
长女嫁与陆九龄为妻,王厚之是王君瑊的侄子,故王厚之与陆九龄
是郎舅关系。陆九龄是陆九渊的五兄,故陆九渊与王厚之也是亲
戚,且交往颇密切。

淳熙十五年(1188),陆九渊作《荆国王文公祠堂记》,对王安
石大加赞赏。北宋末年,王安石新学被蔡京等人利用。蔡京打着

---

① 李焘:《续资治通鉴长编》,中华书局 1981 年版,第 6926 页。

新党的旗号,祸国殃民,导致了整个北宋王朝的灭亡,故南宋初人们普遍对王安石及其新法和新党持批评态度,如朱熹批评道:"安石致位宰相,流毒四海,而其言与生平行事心术,略无毫发肖。"①在这种普遍谴责的政治气候下,王安石的灵位也被逐出宋神宗之享殿。陆九渊却大肆赞扬王安石:"惜哉,公之学不足以遂斯志,而卒以负斯志,不足以究斯义,而卒以蔽斯义也""洁白之操,寒于冰霜,公之质也"②这是一种勇气,是一种高度的眼光,也是南宋政治气候变化的预兆。此后,王安石开始慢慢得到人们的承认,如吴说编《古今绝句》选杜甫、王安石诗歌就是这一思潮的具体表现。陆九渊的这些言论,无疑能拉近他和王厚之之间的关系。淳熙十六年(1189),陆九渊两次致信王厚之。信中,陆九渊称王是"亲戚",王厚之也称陆九渊是"亲家"③。陆九渊卒后,王厚之更倾向于朱熹,并被卷入庆历三年(1197)党案,被视为朱熹同党。庆历党案源于朝廷内部以赵汝愚与韩侂胄之间的权力斗争,后逐渐扩大,演变成义理派和时事派之间的交锋。后赵汝愚败,韩侂胄胜,韩派以政治优势对义理派大加打击,凡不依附韩氏的,都视为伪学之徒,在禁逐之列,获罪者 59 人,王厚之在余官 31 人中位列第 28。

王厚之是金石学家,其著作除《钟鼎款识》存世外,尚有陈思编《宝刻丛编》所载 436 条《复斋碑录》,其余著作基本散佚。《宋会要辑稿》方域一一之三一收录有王厚之淳熙十三年(1186)二月和六月撰写的两篇奏状——《递铺事奏》与《乞根究稽查递角官周

---

① 《钦定四库全书总目》(整理本),中华书局 1997 年版,第 2062 页。
② 陆九渊:《陆九渊集》,中华书局 1980 年版,第 232 页。
③ 陆九渊:《陆九渊集》,中华书局 1980 年版,第 153 页。

绢作弊申状》,其耿直的性情与嫉恶如仇、刚正不阿的品质于此概见。此外,《湖北金石志》著录有《王厚之等题名》一碑①,记在淳熙十二年(1185),王厚之等人曾登岘山(即岘首山,位于湖北襄阳城南九里,是南宋边防前线)北望,慷慨悲歌,从中可以看出他忧国忧民,热切希望祖国统一,民族复兴的思想及远大抱负。故其言行和《古文苑》收录那么多箴、铭、碑、颂、赞,也可以间接证明王厚之曾深受理学思想影响。

(三)韩元吉

韩元吉与伊洛学派的关系更加密切。元吉出身北宋桐木韩家,其高祖韩维是门下侍郎。宋神宗熙宁六年(1073),韩维帅许时,程颢曾专程前往拜访。元丰八年(1085)六月,程颢卒后,韩维应程颐请,为其兄作《程伯淳墓志铭》,对二程大加赞扬。

南渡后,韩氏流寓信州上饶,时吕本中、曾几也同居上饶,韩元吉与他们交往过密。元吉后得吕祖谦为婿,先后嫁长女韩复和第三女韩螺与吕祖谦②,翁婿两人曾寓信州德清县慈相寺,相与讲读于寺西竹林精舍。韩元吉与朱熹是好友,吕祖谦与朱熹也是一生挚友,三人来往颇密切。淳熙三年(1176)六月,元吉举荐朱熹,作《举朱熹自代状》。淳熙十年(1183)四月二十六日,朱熹武夷精舍建成,特意邀请元吉作记。因此,这三人之间的关系,非他人所能比。

韩元吉是二程再传(尹焞—韩元吉)弟子。乾道三年(1167)

---

① 《宋代石刻文献全编》第4册,北京图书馆出版社2004年版,第316页。

② 绍兴二十六年(1156)十二月,韩元吉嫁长女韩复与吕祖谦,绍兴三十一年(1161)六月,韩复病卒于临安。乾道四年(1168),韩元吉嫁第三女韩螺与吕祖谦为继室,乾道七年(1171)五月,韩螺亦产后病卒于婺州。

《古文苑》论稿

后七月,元吉在任江南转运使时,就以二程弟子所编《师说》刊置漕斋,并以尹和靖置卷首。乾道六年(1170)春夏之际,元吉托友人赵德庄刊刻《尹和靖论语》于建安,并作《跋尹和靖论语后》。九月,朱熹作《尹和靖手笔辨》,批评元吉《跋尹和靖论语后》及《尹和靖手书夏翌语》,认为非二程语录。同月,元吉回书,进一步讨论此事。淳熙元年(1174)六月,元吉作《书尹和靖所书东铭后》。六月,作《书和靖先生手书石刻后》。在这些序跋中,韩元吉反复强调程颐《易传》一书,认为程颐之学在《易传》。淳熙十年(1183)正月,韩元吉作《系辞解序》,再一次阐述二程的思想:"易之作何也,圣人将以传天下之道也","夫传圣人之意者,言也。因圣人之言以求者,道也","学者欲探圣人之道,当自易始。欲明圣人之意,当自系辞始","况夫异端之说,皆不攻而自破矣","千载而下,使圣人之道复传,是则圣人之意也"(《南涧甲乙稿》卷十四)。

　　韩元吉认为《易传》非常重要,是学者入"道"的唯一的途径,而他所说的"天下之道也","圣人之道","道",就是二程"理学"。他作《系辞解》的目的很明确,一是积极传播理学思想,二是排斥不利于理学思想发展的其他思想,即违背三纲五常的思想,并痛斥之为"异端之说"。淳熙七年(1180),韩元吉为其词集《焦尾集》作序,其旨如出一辙①。

---

　　① 《焦尾集序》:近代歌词,杂以鄙俚,间出于市廛俗子,而士大夫有不可道者。惟国朝名辈数公所作,类出雅正,殆可以和心而近古,是犹古之琴瑟乎?或曰:歌词之作,多本于情,其不及于男女之怨者少矣,以为近古何哉?夫诗之作,盖发乎情者,圣人取之,以其止于礼义也。硕人之诗,其言妇人形体态度,摹写略尽。使无孔子,而经后世诸儒之手,则去之必矣,是未可与不达者议也。予时所作歌词,间亦为人传道,有未免于俗者,取而焚之,然犹不能尽弃焉。目为《焦尾集》,以其焚之余也。(《南涧甲乙稿》卷十四,《丛书集成初编》本)

　　韩元吉深晓教育的重要作用,继承二程兴办学校、著书讲学的遗风。在知建宁期间,他表率端庄,加意学校,创修郡志,颇有政绩。这对改善人民生活,安定社会秩序,都有一定的积极作用①。因此,韩元吉二次编辑《古文苑》,绝非偶然。一方面,韩元吉以文学家的眼光,敏锐地认识到此书的价值。另一方面,元吉又是二程再传弟子,官至吏部尚书、龙图阁学士,有刊刻书籍的政治、经济条件,并以此来宣扬伊洛思想。而经他手所刊刻的书籍,也大多和理学有关。如淳熙元年(1174)十月,韩元吉刊刻《高祖宫师文编》,刊刻意图很明显,一是整理高祖韩维的诗文集,使其能得以流传;二是宣扬二程理学思想,因为韩维本人就是"明道同调"②。淳熙二年(1175)后九月,韩元吉在任所建安刊刻《大戴礼记》。

　　因此,《古文苑》在取舍之间,韩元吉坚持一个标准,就是是否适合二程理学思想。现在,我们就能理解《古文苑》收录那么多箴、铭、碑、颂、赞的原因,因为《古文苑》本身就是在二程理学思想的影响下被刊刻成书的。

　　(四)章樵

　　章樵,宋宁宗嘉定元年(1208)进士,以廉公善称。学宗伊洛,议论通畅,识达时务。《成化杭州府志》卷四十二记载章樵遭李全之乱,郡县官多被祸,独樵率诸生盛服坐堂上讲诵,贼至敛刃而退一事③。明来集之(明崇祯十三年进士)《倘湖樵书》记载并盛赞

---

　　① 清郝玉麟等监修,谢道承等编纂:《福建通志》卷三十一:韩元吉,字无咎,颍川人,绍兴间知建安县,用广而赋啬,乃贸迁盐醝以佐其费。擢建宁守,表率端庄,加意学校,创修郡志,以军兴调发功转朝奉大夫。(《文渊阁四库全书》本第528册,第521页)

　　② 黄宗羲等:《宋元学案》,中华书局1986年版,第791页。

　　③ 《四库全书存目存书》史第175册,第604页。

《古文苑》论稿

此事,《四库全书总目》批评道:"而细大不捐,芜杂特甚,多有迂僻可笑者。如《论经篇》中引《名贤录》所载宋章樵遇李全之乱,率诸生盛服坐堂上讲诵,寇至敛刃而退事。又引《宋濂集》所纪宋郑霖讲《中庸》一篇,使寇退不敢攻城事,以为读经之效,胜于修斋。其他引读经却鬼治病事,不一而足。"①

诚然,正如《四库全书总目》所批评的"读经退寇"、"读经却鬼治病"事,是毫无道理可言的,但章樵以率诸生盛服坐堂上讲诵而击退李全之乱一事的实质,却耐人寻味。因为这也是理学在起作用。章樵临危不惧,盛服讲诵,其讲诵内容,肯定也是程朱理学。面对这种大义凛然的儒家气势,没有多少文化积淀的李全心里感到震慑,不由得胆怯起来。可见程朱理学在当时对被统治阶级的影响之深。

这让我们忆起程颐渡江之事。绍圣四年(1097)二月,党论起,程颐被追毁出身以来所有文字,放归田里。十一月,诏遣编管涪州(现重庆市)。渡汉江时,小舟至中流几乎翻覆,舟中人都号哭,唯独程颐正襟安坐如常。到岸后,同舟父老询问他,"当船危时,君正坐色甚庄,何也?"程颐答道:"心存诚敬耳。"②换言之,二程认为"存诚"、"居敬"、"集义",是道德修养的根本方法,也是通向"天理"的途径。章樵的所作所为正是这种理学思想的体现。

章樵注释《古文苑序》说:

至别而观之,如岐阳搜狩,实肇中兴之美;勒石纪功,词章浑厚,足以补诗雅之遗佚。泗水碑铭,铺扬兴王之盛;叙功考

---

① 《钦定四库全书总目》(整理本),中华书局1997年版,第1747页。
② 程颐、程颢:《二程集》,王孝鱼点校,中华书局2004年版,第423页。

260

德，表里名实，足以续阊阖之芳烈。扬子云仿虞作箴官箴王阙，所以辅正心术，警戒几微，殆与圣贤盘盂几仗之铭争光千古。有国家者宜保之，以为龟镜，所谓杰然诗书之后，讵容徒以文章论哉！

章樵自觉维护二程三纲五常思想的意图暴露无遗。因此，经章樵注释后的《古文苑》，字里行间便洋溢着二程理学思想。如《琳池歌》，章樵曰："昭帝幼冲嗣位，天姿尽高，辅导承弼者无其人，至忘无逸之戒，溺于流连游戏之乐。歌词有'云光开曙'之句，盖通夕彻晓也。其意犹以为未足，卒损德性，遽夭天年，岂不惜哉！"又如后汉灵帝《招商歌》，章樵注云："秋，属金，于五音为商。招商者，迎秋音之至也。晋王嘉《拾遗记》，'汉灵帝起裸游馆千间，渠水绕砌，莲大如盖，长一丈，其叶夜舒昼卷，名夜舒荷。宫人靓妆，解上衣，著内服，或时裸浴'，其荒淫若此，欲不亡得乎！"——章樵强烈谴责汉昭帝和汉灵帝荒淫无耻的生活，指出他们糜烂奢侈的生活是导致国家衰亡的主要原因。这种理学思想，在明代更甚，如张琳《古文苑跋》曰："窃惟文所以载道也，道在天地间，无时无之，而其文之显晦，亦不能无时也……亦将使人知古之是，尚因其言而求其心，以知其人，所谓离乎道，以鼓吻于词章者，如睡之得寤，醉之得醒焉。"

因此，《古文苑》在宋代的流传，实际上隐含着理学思想，是宋人理学思想的外在体现。自然，宣扬理学思想也就成为编纂、刊刻、注释《古文苑》所坚持的一条很重要的标准。故与《文选》相比，《古文苑》确实称不上是一部优秀的诗文选本，但他确实在辑补唐以前诗文之遗漏方面作出了重要贡献，也补充了《文选》因其自身选录标准而在选本领域留下的一些不足。

五、《古文苑》的价值和影响

《古文苑》的价值和影响体现在四个方面：首先，先秦和汉魏六朝作家的别集，在宋代以后已经亡佚殆尽，有赖收入《古文苑》，许多作品才得以流传，故《古文苑》在保存先唐文学史料方面有重要的价值。有49篇诗文目前最早见于《古文苑》的事实，是《古文苑》更应该得到重视的地方，更是其价值所在。南宋以后的文人在整理作家别集或编纂总集时多参考此书，现在我们可以看到的一些作家别集，如《扬子云集》、《孔北海集》、《王粲集》、《王融集》，是后人在整理作家别集时，从《古文苑》、《文选》等选本中辑录出来的。明清以来（包括现代）的一些著名总集，都曾收录《古文苑》所载汉魏六朝作家的作品，如李攀龙编《古今诗删》、曹学佺编《石仓历代诗选》、贺复征编《文章辨体汇选》、张溥编《汉魏六朝百三家集》、严可均辑《全上古三代秦汉三国六朝文》，逯钦立编《先秦汉魏晋南北朝诗》、费振刚等编《全汉赋》等。因此，《古文苑》和《文选》、《文苑英华》、《唐文粹》等诗文选本及类书、史传一样，成为后人整理汉魏六朝作家别集和总集的主要来源之一。通过这些文献资料，我们不仅可以进一步研究《古文苑》所收录的八十余位作家的生平行事及其文学活动和创作情况，而且可以进一步了解汉魏六朝人的生活、思想、情感和心理。故其文学史研究价值正如《四库全书总目提要》所说："然唐以前散佚之文，间赖是书以传。"

其次，本书编纂和注释时所依据的汉晋唐宋文献资料多有亡佚，保存在《古文苑》中的有关汉魏晋及齐梁的历史、人物、事件、典章制度、舆服礼制、器物用具、思想观念等，《文选》、史传多不载，故可以与正史和《文选》彼此参证，互相发明，以弥补二者的不足。如董仲舒《诣丞相公孙弘记室书》所记公孙弘生平事迹,就不见于《史记》《汉书》本传,考论公孙弘其人其事时,无疑可以参考。其他如崔瑗《河间相张平子碑》、子迁《汉故中常侍骑都尉樊君之碑》、邯郸淳《后汉鸿胪陈君碑》、王延寿《桐庐庙碑》、郦炎《遗令书》四首、《对事》、樊毅《乞复华山下十里以内民租田口算状》、无名氏《汉樊毅修西岳庙记》、闻人牟准《魏敬侯碑阴文》、卫凯《西岳华山亭碑》、《汉金城太守殷君碑》、无名氏《楚相孙叔敖碑》等碑记,目前最早见于《古文苑》,故无论对考论作者还是研究碑主或具体历史事件,都有一定的帮助。

再次,本书从校勘、辑佚方面看,不管是仅见于《古文苑》的49篇诗文,还是见于唐宋类书或宋前及宋代其他文献记载的215篇诗文,都具有校勘、辑佚和研究的价值。其中,见于类书的163篇诗文,其校勘价值更不容忽视。本书收录的一些作品,如"石鼓文"、"宋玉赋"、"苏李诗"、"柏梁诗"、"木兰诗"等的成文时间,尽管目前学术界意见还不一致,但在辑佚和完整保存这些诗歌方面的文献价值也不可抹杀。此外,章樵注释时使用的一些方法,如小传与题解,取法汉王逸《楚辞注》和李善注《文选》的方法,对后世总集和别集的注释无疑也会产生一定的影响。

另外,本书在编纂时所遵循的标准和儒家传统思想密不可分,可以说是对前代选学思想的继承与发展。《古文苑》出现在南宋初期,南宋中后期及明清时期编纂的一些诗文选本,仍以《古文苑》、《文选》和《文苑英华》等选本为模式,仿照他们的编纂体例,甄选历代或当代的赋作、诗篇和文章,以时间为序分体编排。如南宋吕祖谦编《宋文鉴》、魏齐贤、叶棻编《五百家播芳大全文粹》、元苏天爵编《元文类》、明吴讷编《文章辨体》、程敏政编《明文衡》、徐师曾编《文体明辨》、清薛熙编《明文在》、张廷玉编《皇清文颖》、庄仲方编《南宋文苑》等,在编纂形式上与《古文苑》和《文选》类诗文选本大同小异。

不过,《古文苑》对后世最直接的影响莫过于《续古文苑》一书的编纂。《续古文苑》不论从编纂目的、书名,还是编纂体例等各方面都直接继承了《古文苑》。

第二节 《古文苑》与《续古文苑》

清代嘉庆十四年(1809),著名学者孙星衍重刻宋淳熙九卷本《古文苑》,刊入《岱南阁丛书》。后来,孙星衍又辑录自周秦至元代金石、传记、地志和类书中的遗文,编为二十卷,题名《续古文苑》,引文均注出处,辑佚有校订,并有案语疏通隐奥,刊入《平津馆丛书》。《清史稿·艺文志》卷四有著录。

显然,《续古文苑》是在为《古文苑》作"续",正如孙星衍《续古文苑·序》所说:"《续古文苑》者,续唐人《古文苑》而作也。家巨源得之于佛龛,今星衍搜之于秘笈,皆选家所不载,别集所未传,足以备正史之旧闻,为经学之辅翼。不独探珠剖璞,发潜德之幽光;索骥图龙,感知音于旷代矣。"①

那么,《古文苑》和《续古文苑》之间有何异同? 我们又该如何认识二书的价值呢? 让我们从四个方面来看:

一、选编标准

《古文苑》收录作品上限是周宣王(前 827—前 782)石鼓文,

---

① 本文所引《续古文苑》相关内容,皆出自孙星衍辑,中华书局 1985 年影印《丛书集成初编》本。下文不再出注。

下限大约是梁元帝承圣三年庾信《枯树赋》,跨越 1300 余年。《续古文苑》收录作品的上限突破《古文苑》,是周文王《申愤歌》;下限是三篇元代(1271—1368)诗文,横跨 2400 余年,与《古文苑》相比,又多出 1000 余年,承如《续古文苑》凡例第一条说:"《古文苑》所载,自周秦迄齐梁,不录隋唐以来文字。今略用其例,古钟鼎有前人误释与今世新出者载之,余文止于宋元。"

《古文苑》的选编标准大致有三点:第一,编者的主要目的是辑佚,故遍检当时存在于金石、传记、地志、类书、目录、笔记、小说等文献资料中《文选》不收、史传不载之诗文。第二,编者编选时,始终坚持儒家正统思想,选录作品崇尚雅正,不取齐梁华丽、靡艳的宫体诗,也不取儒家之外的其他作品。第三,史传不载、《文选》集外诗文甚夥,编者在编纂时,注意挑选各时代的精品,所选基本上是大家名作。《续古文苑》目录前有凡例十四条,具体说明了选编标准,大体与《古文苑》相同:

首先,孙星衍续承《古文苑》,除致力于搜集选家不载、正史不传而间见于金石、传记、地志和类书中的遗文外,还不录别集已载之诗文,即凡例第三条所说:"凡正史、《文选》、《唐文粹》、《文苑英华》、《宋文鉴》、《元文类》,以及各家专集、《百三名家集》、《诗纪》等已载者,众所共见,今不入录。"这一标准与《古文苑》相比,搜集更广泛,选录标准更严格,态度也更严谨。

其次,《续古文苑》上承《古文苑》,也遵从儒家传统思想,诚如凡例第十条说:"汉魏六朝遗文坠简见于类书传记者,因流传渐罕,凡有完篇,大率甄取,隋唐以下择其佳者存之,宋元取其人有潜德,文有关系者碑刻备此。"汉魏六朝遗文至清代已鲜有流传,故孙星衍从类书中摘其完篇以存世,隋唐以来诗文,孙星衍却更关注"人有潜德,文有关系者"。孙星衍,字渊如,乾隆五十二年(1787)

進士,清代著名学者,故其坚持的标准,无疑是儒家传统思想。而《续古文苑》较少收录释家、道家及其他杂家的作品,本身也是对儒家传统文学主张的发扬。

再次,《续古文苑》与《古文苑》一样,注意挑选各时代的精品。《续古文苑》横跨2400余年,收录年限比《古文苑》还长1000余年,要做到"略其芜秽,集其清英",从周秦至元代约2400余年的诗文中选择出精华文萃,也只能注意挑选各时代精品。

二、编选体例

《古文苑》九卷本卷一为"文",收录4篇刻石文;卷二、卷三为赋作,收录31位作者的57篇赋作;卷四收录诗、歌、曲,共计70首;卷五至卷九收录31位作者的散文102篇,依次而下分别是敕、启、状、书、对、颂、述、赞、铭、箴、杂文、叙、记、碑、诔。鉴于《石鼓文》在文学、历史、文字、书法等方面的重要价值,金石学家王厚之将其和《诅楚文》、《峄山刻石文》等放在篇首,创造出一种新兴的诗文编纂模式,即始于金石文,终于诔文。章樵重新改分为二十一卷时,又将九卷本各类的排列前后次序做了一些调整:卷一保留《石鼓文》等三篇刻石文,将闻人牟准《魏敬侯碑阴文》抽出放入卷十七"杂文";将九卷本卷二至卷三所收赋作,重新别为六卷,将宋玉六首赋、扬雄三首赋分别剔出,别为二卷,其余赋作按年代先后分为四卷,分别是"汉臣赋十二首"、"汉臣赋九首"、"汉臣赋六首"、"赋十一首",并增加五篇赋作(枚乘、路乔如、公孙乘、中山王、陆机各一篇),又不慎遗漏张衡《羽猎赋》,故二十一卷本比九卷本多收4首赋;卷八、卷九为诗歌,共计84首;卷十至卷二十收录37位作者的散文116篇。另外,章樵将九卷本"歌"、"曲"与"诗"次序互换,也将"书"与"状"的次序互换,又将九卷本中的

"叙"类(仅《董仲舒集叙》一篇)取消,归并入杂文类,还将九卷本中所收的残缺诸篇,抽出列入卷二十一,定名为"杂赋十三首"。其他次序与九卷本相同。经过章樵的调整,《古文苑》所录诗文的时间更为清楚,文体的分类也渐趋合理。

《续古文苑》收录文体三十四类,依次而下分别为钟鼎文、赋、诗、诏、册、敕、赐书、令、表、疏、奏、对策、启、牋、状、议、书、檄、七、对、论、说、记、序、颂、赞、箴、铭、碑志、诔、吊文、哀词、祭文和杂文。《古文苑》已经收录的文体,如赋、诗、敕、启、状、书、对、记、颂、赞、箴、铭、碑志、诔等十四类,《续古文苑》继续沿用,而韩元吉九卷本和章樵二十一卷本不曾收录的十八种文体,如诏、册、赐书、令、表、疏、奏、对策、牋、议、檄、七、论、说、序、吊文、哀词、祭文等类,孙星衍则沿用《文选》之编纂体例。这一点,《续古文苑》凡例第二条说得很清楚:"《古文苑》门类,九卷本始于文,终于诔,章樵本大同小异。今兼两本,又参用《文选》,别为次序如左。"可见,《续古文苑》文体的丰富,体例的精善,无疑超过《古文苑》。以下各表是就卷数、文体、篇数等情况,对《古文苑》及《续古文苑》所做的统计:

表5-1 《古文苑》二十一卷本相关情况统计表

序号	卷数	文体	篇数	篇目(或作者)
1.	卷一	刻石文	3	史籀、无名氏、李斯
2.	卷二	宋玉赋	6	宋玉
3.	卷三	汉臣赋	12	贾谊、董仲舒、枚乘(两篇)、路乔如、公孙乘、羊胜、刘安、刘胜、司马相如、班婕妤、曹大家
4.	卷四	扬雄赋	3	扬雄
5.	卷五	汉臣赋	9	刘歆、杜笃、班固(两篇)、马融、张衡(四篇)

《古文苑》论稿

序号	卷数	文体	篇数	篇目（或作者）
6.	卷六	汉臣赋	6	黄香、李尤、崔寔、王延寿（两篇）、张超、
7.	卷七	赋十一首	11	蔡邕（四篇）、王粲（三篇）、陆机、左思、庾信、谢朓
8.	卷八	歌曲	4	汉昭帝（两篇）、汉灵帝、汉武帝
		诗	30	《柏梁诗》、《梁父吟》、苏李诗（十篇）、孔融（七篇）、秦嘉、王粲（六篇）、曹植、闾丘冲、裴秀、程晓
9.	卷九	齐梁诗	50	王融（三十二篇）、任昉、王延、宗夬、萧衍（两篇）、萧琛、沈约（三篇）、虞炎、范云（两篇）、刘绘（两篇）、谢朓（两篇）、江革、无名氏《木兰诗》
10.	卷十	敕	1	汉高祖《手敕太子》
		启	1	晋明帝《启元帝》
		书	13	董仲舒、邹长倩、扬雄、郦炎（四首）、王粲、曹操、杨彪、曹公卞夫人、杨太尉夫人袁氏、魏文帝
11.	卷十一	对	3	董仲舒（两篇）、郦炎
		状	1	樊毅《乞复华山下十里以内民租田口算状》
12.	卷十二	颂	5	董仲舒、班固、黄香、傅咸、王粲
		述	1	邯郸淳《魏受命述》
13.	卷十三	赞	3	王粲、张超、蔡邕
		铭	21	班固（两篇）、冯衍、傅毅（三篇）、张衡、胡广（两篇）、崔骃（三篇）、李尤（五篇）、蔡邕（两篇）、王粲（两篇）
14.	卷十四	箴	12	扬雄百官箴
15.	卷十五	箴	16	扬雄百官箴
16.	卷十六	箴	15	崔骃（四篇）、崔瑗（七篇）、胡广、崔寔、张华、傅玄
17.	卷十七	杂文	6	董仲舒、王褒、班固、蔡邕、黄香、闻人牟准

续表

序号	卷数	文体	篇数	篇目(或作者)
18.	卷十八	记	1	樊毅《修西岳庙记》
		碑	4	卫凯、张昶、王延寿、蔡邕
19.	卷十九	碑	6	无名氏《楚相孙叔敖碑》、子迁、郦炎、邯郸淳(两篇)、崔瑗
20.	卷二十	诔	3	扬雄、傅毅、魏文帝
21.	卷二十一	杂赋	17	贾谊、刘向、刘歆、傅毅、蔡邕(五篇)、魏文帝、王粲、曹植、刘桢、应场、班固(两篇)、崔骃
22.	合计		264	

表 5－2 《续古文苑》相关情况统计表

序号	卷数	文体	篇数	篇目
1.	卷一	钟鼎文	16	周十三篇,秦两篇,汉一篇
		赋上	13	汉赋十三篇
2.	卷二	赋中	26	魏十一篇,吴一篇,晋十篇,梁两篇,后魏两篇
3.	卷三	赋下	1	隋赋一篇
4.	卷四	诗	71	先秦七篇,汉十一篇,魏四篇,晋九篇,宋四篇,梁一篇,后魏三篇,唐二十六篇,五代两篇,宋三篇,元一篇
5.	卷五	诏	12	汉一篇,晋两篇,梁一篇,后魏两篇,北齐一篇,隋一篇,唐四篇
		册、敕、赐书	13	汉六篇,晋一篇,后秦一篇,唐三篇,五代一篇,宋一篇
		令	8	魏两篇,晋一篇,梁四篇,隋一篇
6.	卷六	表	13	魏五篇,晋三篇,梁一篇,唐四篇
		疏、奏	13	汉十篇,晋一篇,宋一篇,唐一篇
		对策、启、牋、状	7	汉四篇,齐一篇,五代一篇,宋一篇

《古文苑》论稿

序号	卷数	文体	篇数	篇　目
7.	卷七	议	7	汉两篇,魏一篇,晋四篇
		书上	30	周三篇,汉十一篇,晋十六篇
8.	卷八	书下	18	齐两篇,梁三篇,陈一篇,北齐一篇,唐八篇,五代两篇,宋一篇
		檄	2	晋一篇,梁一篇
		七	1	傅毅《七激》
		对	3	宋玉《高堂对》、董仲舒《五行对》、刘桢《磨石对》
9.	卷九	论	23	汉两篇,魏七篇,晋十篇,后秦一篇,梁一篇,后魏一篇,唐一篇
		说	1	王蕃《浑天象说》
10.	卷十	记	25	汉四篇,晋一篇,梁一篇,后魏一篇,唐十二篇,五代三篇,宋三篇
11.	卷十一	序上	16	周一篇,汉两篇,魏一篇,晋四篇,梁三篇,陈两篇,后魏两篇,隋一篇
12.	卷十二	序下	22	唐十六篇,宋五篇,元一篇
13.	卷十三	颂	23	汉四篇,吴两篇,晋九篇,后魏一篇,北齐一篇,北周一篇,唐五篇
		赞	33	魏一篇,晋二十一篇,宋五篇,唐四篇,宋两篇
14.	卷十四	箴	11	汉五篇,晋五篇,梁一篇
		铭	47	汉六篇,魏三篇,晋九篇,宋一篇,齐一篇,梁一篇,后魏三篇,北齐一篇,隋一篇,唐十八篇,宋两篇,元一篇
15.	卷十五	碑志一	21	汉十五篇,吴一篇,晋五篇
16.	卷十六	碑志二	15	宋两篇,梁两篇,后魏六篇,北齐两篇,北周一篇,隋两篇
17.	卷十七	碑志三	7	唐七篇
18.	卷十八	碑志四	9	唐九篇

270

序号	卷数	文体	篇数	篇　目
19.	卷十九	碑志五	17	唐十五篇,五代一篇,宋一篇
20.	卷二十	诔	3	汉两篇,晋一篇
		吊文、哀词	8	汉一篇,魏一篇,吴一篇,晋三篇,后魏一篇,唐一篇
		祭文	5	晋三篇,梁一篇,唐一篇
		杂文	14	秦一篇,汉五篇,魏一篇,晋五篇,梁一篇,唐一篇
总计	20	34	554	554

表 5-3　《续古文苑》收录各代诗文篇数统计表

先秦	秦	汉	魏	吴	晋	后秦	宋	齐	梁	陈	后魏	北齐	北周	隋	唐	五代	宋	元	总计
25	3	107	38	6	124	2	13	4	24	3	22	6	2	7	136	10	19	3	554

　　统计可见,从收录作品的文体看,《古文苑》收录刻石文 3 篇、赋作 61 篇、诗歌 84 篇、散文 116 篇,共计 264 篇,分别占总数的1%、23%、32%和44%,收录重点是散文。《续古文苑》收录钟鼎文 16 篇、辞赋 40 篇、诗歌 71 篇、散文 427 篇,共计 554 篇,分别占总数的2.8%、7.2%、13%和77%,收录重点也是散文,且比重远远大于《古文苑》。从收录作品的时间看,《古文苑》收录先秦作品8 篇,秦代 1 篇,汉代 183 篇,三国 13 篇,晋代 8 篇,齐 37 篇,梁 14篇,共计 264 篇,收录最多的是汉代,占69%;其次为齐,占14%,再次为梁,占5%。《续古文苑》收录最多的是唐代,收入 136 篇,占24.5%;其次为晋,收入 124 篇,占22.4%,再次为汉,收入 107篇,占 19.3%;最少的是北周和后秦,只有 2 篇,陈、元二代,也只

收 3 篇,分布极不均匀。倪惠颖先生认为,《续古文苑》收录文体中"蕴含了个人化的骈散视野,尤其是大量入选汉唐碑碣,具有突破唐宋古文之习的用心","有着复兴汉魏 六朝骈文传统的当代文坛意义"①,其言甚是。

至于文体,除刻石文、辞赋、诗歌外,《古文苑》所收"散文"类共分文体十四类,依次为敕、启、状、书、对、颂、述、赞、铭、箴、杂文、叙、记、碑、诔。从选录数量的多寡看,最多的是箴(43 篇),依次而下为铭(21 篇)、书(13 篇)、碑(10 篇)及颂(8 篇)类,其他文体选录 1 到 7 篇不等(其中收录杂文六类,分别是约、叙、奕旨、势、辞、碑阴文)。《续古文苑》文体共分三十四类,钟鼎文而下,依次是赋、诗、诏、册、敕、赐书、令、表、疏、奏、对策、启、牋、状、议、书、檄、七、对、论、说、记、序、颂、赞、箴、铭、碑志、诔、吊文、哀词、祭文。选录最多的是碑志(69 篇),其他依次是铭(47 篇)、序(38 篇)、赞(33 篇)、颂(23 篇)、论(23 篇)等(其中杂文有十四种,即法、约、事、宪、零丁、书、讥、莂、券、戒、文、图、表和铁券)。可见,二者既有重合,也有不同之处。如《古文苑》所录"述"体《续古文苑》不录;《续古文苑》所录诏、册、赐书、令、表、疏、奏、对策、牋、议、檄、七、论、说、吊文、哀词、祭文等文体,《古文苑》没有收录。这些文体(除赐书、疏、对策、牋、议、奏、说外)大都见于《文选》。这充分说明一点:不管是《古文苑》初编者王厚之,注释者章樵,还是《续古文苑》编者孙星衍,在选编时都比较重视箴、铭、碑、颂等文体。王厚之在学术上属象山学派,章樵学宗伊洛,孙星衍晚年归主钟山书院,都是儒家思想的积极追随者,这种诗文编排体例,也再次体

---

① 倪惠颖:《孙星衍撰辑〈续古文苑〉的文坛意义》,《南京大学学报》2009 年 5 期。

现出其与儒学正统思想、文学思潮的一致性。

三、编者身份

我们发现,《古文苑》的编纂者王厚之和《续古文苑》的编纂者孙星衍具有惊人的相似之处:二人都是江浙人,同为进士出身,都曾在馆阁任过职。更重要的是,二人都好古博物,性嗜聚书,尤喜金石刻辞,是当时有名的金石学家和藏书家。而这一点,我们认为正是二书的编纂中最为重要的因素。

王厚之(1132—1204),字顺伯,号复斋,其先临川(今江西临川)人,祖王榕始徙居于诸暨(今浙江诸暨),北宋左丞相王安礼四世孙,乾道二年(1166)进士及第,历官直秘阁、任淮南路转运判官、两浙转运判官、知临安府等。王氏学术上属象山学派,出入于朱熹和陆九渊之间,曾卷入庆历三年(1197)党案,被视为朱熹同党。他平生交游甚广,好古博物,尤喜金石刻辞,宋代诸公曾盛赞其金石学之成就。朱熹赞曰:"真迹集录金石,于古初无,盖自欧阳文忠公始。今顺伯嗜古无厌,又有甚于公之所为。"(《宋欧阳修集古录序》)①周必大《文忠集》卷十五《题修禊帖》曰:"朝士喜藏金石刻,且殚见洽闻者,莫如沈虞卿、尤延之、王顺伯。予每咨问焉。"②好友楼钥《攻媿集》卷七十更是称赞道:"顺伯,博雅好古,畜石刻千计,单骑赋归,行李亦数箧,家藏可知也。评论字法,旁求篆隶上下数千载,滚滚不能自休,而一语不轻发。"③王氏不仅喜好金石,收藏丰富,而且精鉴绝识,刻画深浅,笺辨无遗,识者赏其博

---

① 朱熹:《晦庵集》卷八十二,《四部丛刊》本。

② 周必大:《文忠集》,《文渊阁四库全书》本第1147册,第146页。

③ 楼钥:《攻媿集》《丛书集成新编》本第64册,第364页。

雅,在乾道、淳熙年间享有盛名,宋俞松《兰亭续考》卷二赞道:"王顺伯好古博雅,在二熙间为第一,所藏诸褉帖,尤遂初极称之。袁起岩所赋,兹其一也。"①元陆友仁《研北杂志》卷上记载:"淳熙、绍熙间,尤常伯延之、王左曾顺伯两公,酷好古刻,以收储之富相角,皆能辨别真赝。"②《宋元学案》卷五十八引全祖望《答临川杂问》说:"宋人言金石之学者,欧、刘、赵、洪四家而外,首数顺伯。"③对他的评价相当高。

王厚之在南宋孝宗和光宗时期,不仅是著名的金石学家,也是有名的藏书家。其家收藏丰富,所收多古字奇文,其《钟鼎款识》所收三代彝器 59 件,铭文也多为古字。王氏曾著有《金石录》三十卷,《考异》四卷,《考古印章》四卷。张富祥说:"然其《金石录》不传,后世并其《复斋碑录》亦佚去,今唯存此卷《钟鼎款识》及其《汉晋印章图谱》一卷。"④实际上,《复斋碑录》名为佚书,实未全亡佚,《宝刻丛编》引《复斋碑录》多达 436 条。王氏《钟鼎款识》和《汉晋印章图谱》均由宋拓原件摹印而成,始开印谱先河,故清倪涛撰《六艺之一录》卷二十一评价道:"然古无印谱。有印谱,自宋宣和始。宣和谱今不传,而后王厚之顺伯亦谱之。"⑤

在收集金石辞刻和藏书生涯中,王厚之积累起不少古代珍贵的石刻文献和作品佚文。王厚之本是金石名家,而诸多金石文献,如《石鼓文》、《诅楚文》及《峄山刻石文》在宋金战争中的不幸遭遇,使他清楚地认识到石刻文献随着时间的流逝,会自然消亡或遭

① 俞松:《兰亭续考》,《文渊阁四库全书》本第 682 册,第 176 页。
② 陆友仁:《研北杂志》,《文渊阁四库全书》本第 866 册,第 570 页。
③ 黄宗羲等:《宋元学案》,中华书局 1986 年版,第 1921 页。
④ 张富祥:《宋代文献学研究》,上海古籍出版社 2006 年版,第 480 页。
⑤ 倪涛:《六艺之一录》,《文渊阁四库全书》本第 830 册,第 358 页。

到人为销毁、破坏的结局。然而,借助名人所编的书籍却远比石刻
文献流传长久。为了保存自己珍爱的《石鼓文》等古代石刻文献,
也为了他辑录的诗赋佚文能够长久流传,王厚之在北宋孙洙所编
《杂文章》的基础上扩展续编,最终编成《古文苑》。

　　无独有偶,《续古文苑》的编者孙星衍,也是清代著名藏书家、
金石学家和目录学家。孙星衍(1753—1818),字渊如,号伯渊,阳
湖(今江苏武进)人,乾隆五十二年(1787)进士,授翰林院编修,充
三通馆校理。乾隆六十年(1795年)授山东兖沂曹济道,次年补山
东督粮道。嘉庆十二年(1807),任山东布政使。孙氏性嗜聚书,
闻人藏有善、秘本,借抄无虚日;精研金石碑版,工篆、隶、刻印,凡
金石文字拓本,古鼎彝书画,无不考其源委。孙氏家有藏书楼曰
"平津馆",贮书极富,以校勘精审见称于世。孙星衍编撰有《孙氏
家藏书目》,分外编3卷、内编4卷,有《廉石居藏书记》1卷,《平津
馆鉴藏书籍记》3卷,续编1卷,补遗1卷。嘉庆五年(1800),孙星
衍刊行《祠堂书目》。孙氏一生校刻古书最精,辑刊文献甚夥,嘉
庆中刻有《岱南阁丛书》、《平津馆丛书》。《岱南阁丛书》主要收
集自著诗文集和校订的《古文尚书》、《孙子》和地理、刑律方面的
古籍;《平津馆丛书》10集32种,主要为辑校的诸子、医学、历史等
方面的古籍,皆选择精严,校勘精审。同时,孙氏著有《寰宇访碑
录》、《平津馆金石萃编》、《魏三体石经遗学考》、《京畿金石考》等
金石著作,对以金石存文学厥功甚伟。

　　正因为二人同为藏书家和金石学家,千载而下,才会如此神
似,堪称知音。王厚之为了保存自己珍爱的古代石刻文献,使之能
流传于世,有志于编定《古文苑》,并推出一种新型的诗文编纂模
式,即将《石鼓文》等置于卷首,将诔文置于卷末。孙星衍则在《续
古文苑》中,继承并发展了这种模式。孙星衍不仅将16篇钟鼎文

置于卷首,而且选录最多的文体恰恰是碑志,多达 5 卷 69 篇。这种编纂体例和方式,不是偶然的巧合,这不仅代表金石学家对金文碑刻的珍爱和重视,也表明《古文苑》与《续古文苑》的真正编纂意图,即通过文学选本保存金石佚文。如果不考察编者的嗜好,抛开编者的身份,仅仅从表面上去看二书的编纂,无疑是将问题简单化和肤浅化了。

那么,孙星衍"续"《古文苑》的目的和本旨也不言而明。《续古文苑》之"续"应该有两点含义:一是从时间上"续"《古文苑》,即将《古文苑》收录作品下限之齐梁年间推后至宋元。二是从内容上"续"《古文苑》,搜集《古文苑》没有收集到的,仍存在于金石、传记、地志、类书和后代新出土文献中的遗文佚诗。

四、编纂质量

虽然《古文苑》与《续古文苑》在编纂标准、体例、编者身份等方面存在一定的相似性,但二书毕竟是编成于不同时代的两部诗文选本,其不同也毋庸置疑。两相对比,我们认为虽然《古文苑》自有其成功之处,但《续古文苑》比《古文苑》在编纂、校勘上更加精良。

首先,《续古文苑》和《古文苑》相比,搜集更广泛,选录更严格,规模更宏大。《古文苑》收录周秦至齐梁作品共 264 篇,《续古文苑》收录篇数比《古文苑》多 290 篇,达到 554 篇,两相对比,《续古文苑》无疑从体制看,还是从规模看,都远远超过《古文苑》。从搜集遗文情况看,孙星衍涉及约 80 余种金石、传记、地志、类书、别集等书目,还引用了域外材料,如他曾多次引用来自日本的《文馆词林》。孙星衍本人在第十四条就曾说过:"《文馆词林》出于洋舶,内多各书未载之文,今就其最佳者录之。又旧存新出碑刻等可取之文尚多,或更俟后人续录。"在《续古文苑序》中,孙星衍又说:"暨乎西晋播迁,汴京沦丧,寰区云扰,古籍烟销,然碑碣之所镌,传注之所录,九流类书之所取,外蕃经藏之所得,日出不穷,人存可举。仆丹铅少弄,中秘曾窥,走四方而求异闻,擁百城而披佚简,于是宋玉寿王之著,陈思逸少之篇,魏晋六夭之谈,阮氏七录之目,荀济之辟释氏,长孙之表五经,唐名流如太白、柳州,宋奇士若陈东、吕祉阙如之作,具列于编。举以一隅,数难更仆。复有文同夏五、字混乌焉,此缺彼全,参差互见,莫不据贞珉之佳拓,访宋刻之完篇,补厥丛残,更其舛误。虽儒林之余事,实词苑之奇观。魄非座侧之资,倘作枕中之秘。助其揽采,则洪子旌贤;为予讨论,有顾君千里。凡得书二十卷,作者若干家,付之剞厥,以广流传。如有增修,将俟来哲。"足见其用力之深,搜集之广,编审之严。

其次,《续古文苑》和《古文苑》相比,校勘更加精良。孙星衍不仅选用他所能见到的善本,而且对所有引文均注明出处,以便读者查考、校勘时使用。他对诗文中的隐奥之处,均加有案语,先用黑体"注"字标明,再用双行小字疏通注明,对作者、时间一一校订,也对字词注音一一校勘,正如凡例第四条和第八条所述:

第四条:所载各文俱注原书出处于目录之下,以备复检。其诸书皆据善本,如《华阳国志》、《洛阳伽蓝记》、《唐大诏令》、《开元占经》、《太平御览》等,悉系旧钞。《北堂书钞》为陈禹谟未改以前所写。均于俗本大有订正。

第八条:各文中隐奥难知之处,特加一二案语,疏通证明之。倘通人才士从此引申勒成其注,实于辞章考订交为有益。

例如王褒《僮约》,因为《古文苑》九卷本征引不全或讹误,故《续古文苑》有意加以校勘,见凡例第九条:"《古文苑》所载,今不入录。唯蔡邕《述行赋》在欧阳静辑《集外文》,全篇千有余言,而九卷本但采《艺文类聚》，只存数韵；王褒《僮约》在《太平御览》，并引旧注颇为可通，而九卷本但采《初学记》，最属多误，章樵皆不知订正，故变例复载以补其缺文。"下面，我们不妨将《续古文苑》和《古文苑》九卷本所载《僮约》加以对比：

表 5－4　《续古文苑》与《古文苑》辑录《僮约》比勘表

序号	《续古文苑》	《古文苑》
1.	"蜀郡王子渊以事到湔"	"蜀郡王子渊以事到煎"
2.	"止寡妇杨惠舍"	"上寡妇杨惠舍"
3.	"惠有夫时奴名便了"	"有一奴名便了"
4.	"子渊倩奴行酤酒"	"倩奴行酤酒"
5.	"便了拽大杖"	"便了捍大杖"
6.	"上夫冢颠曰"	"上冢颠曰"
7.	"大夫买便了时，但约守家"	"大夫买便了时，只约守冢"
8.	"不要为他人男子酤酒"	"不约为他家男子酤酒"
9.	"惠曰：'奴大忤人，人无欲者。'"	"惠曰：'奴父许人，人无欲者。'"
10.	"子渊即决卖券云云"	"子即决卖券之"
11.	"奴复曰：'欲使，皆上券。'"	"奴复曰：'欲使，皆上。'"
12.	"从成都安志里女子杨惠买亡夫时户下髥奴便了"	"从成都安志里女子杨惠买夫时户下髥奴便了"
13.	"奴当从百役使"	"奴从百役使"
14.	"裁盂凿斗"	"裁盂凿井"
15.	"鉏园斫陌"	"鉏园研陌"
16.	"捶钩刈刍"	"垂钓刈刍"
17.	"汲水酪"	"沃不酪"
18.	"佐醵酲"	"住醵酲"
19.	"织履作粗"	"织履作麁"

续表

序号	《续古文苑》	《古文苑》
20.	"后园纵养鱼"	"浚园纵鱼"
21.	"持捎牧猪"	"持捎牧猪"
22.	"种姜养芋"	"种姜养羊"
23.	"粪除堂庑"	"粪除常洁"
24.	"别茹披葱"	"别茹披葱"
25.	"焚槎发芋"	"焚槎发等"
26.	"调治马户"	"调治驴"
27.	"已而盖藏"	"铺已盖藏"
28.	"上至江州下到湔"	"上至江州下到煎"
29.	"主为府掾求用钱推访垩"	"主为府掾求用钱推访恶"
30.	"贩樱索"	"败樱索"
31.	"武都买茶"	"武阳买茶"
32.	"杨氏担荷"	"杨氏池中担荷"
33.	"多作刀矛"	"多作刀弓"
34.	"断轹裁辕"	"断槷裁辕"
35.	"若有余残"	"若残"
36.	"当作俎几"	"当作俎机"
37.	"削书伐牍"	"书削代牍"
38.	"日暮欲归"	"日暮以归"
39.	"九月当获"	"五月当获"
40.	"十月收豆,抢麦窖芋。南安拾栗採橘,持车载辕。"	
41.	"当编蒋织薄"	"当编蒋织箔"
42.	"八树为行"	"八尺为行"
43.	"荷盾曳矛"	"椅盾曳矛"
44.	"事讫休息"	"事讫欲休"

279

续表

序号	《续古文苑》	《古文苑》
45.	"若有私钱"	"若有私敛"
46.	"读券文适讫"	"读券文遍讫"
47.	"审如王大夫言"	"当如王大夫言"
48.	"早知当尔为王大夫酤酒"	"早知当尔王大夫酤酒"

通过比勘，我们发现两文有近 50 处不同，有些可能是文本流传过程中造成的同音异体字，如"潳"作"煎"；有些是漏文，如"十月收豆，抢麦窖芋。南安拾栗採橘，持车载辇"18 字，《古文苑》不慎遗漏；有些是衍文，如"杨氏担荷，往来市聚"句，《古文苑》衍"池中"二字等等。但更多的，却是错讹之文，如：

1. 便了拽（"拽"，《古文苑》作"捍"）大杖。

2. 上夫（"夫"，《古文苑》无）冢颠曰："大夫买便了时，但（'但'，《古文苑》作'只'）约守家（'家'，《古文苑》作'冢'），不要（'要'，《古文苑》作'约'）为他人（'人'，《古文苑》作'家'）男子酤酒。"

3. 渊大怒曰："奴宁欲卖耶？"惠曰："奴大（'大'，《古文苑》作'父'）忤（'忤'《古文苑》作'许'）人，人无欲者。"

4. 居当穿白缚幜，裁盂凿斗（"斗"，《古文苑》作"井"）。浚渠缚落，鉏园斫（"斫"，《古文苑》作"研"）陌。

5. 下床振头，捶（"捶"，《古文苑》作"垂"）钩（"钩"，《古文苑》作"钓"）刈刍，结苇腊缠。汲水（"汲水"，《古文苑》作"沃不"）酪，佐（"佐"，《古文苑》作"住"）醝醅，织履作粗（"粗"繁体作"麤"，《古文苑》作"麁"）

6. 种姜养芋（"芋"《古文苑》作"羊"），长育豚驹。粪除堂庑("堂庑"《古文苑》作"常洁")。

7. 别茹披葱("葱",《古文苑》作"葱"),焚槎发芋("芋",《古文苑》误作"等")。

8. 鸡鸣起舂,调治马户("马户"《古文苑》误作"驴"),兼落三重。

9. 主为府掾求用钱推访垩("垩",《古文苑》误作"恶"),贩("贩",《古文苑》作"败")椶索,绵亭买席,往来都洛。

10. 牵犬贩鹅,武都("都",《古文苑》作"阳")买茶。

11. 持斧入山,断輮("輮",《古文苑》作"椠")裁辕。

12. 治舍盖屋,削书("削书",《古文苑》误倒为"书削")伐("伐",《古文苑》作"代")牍。

13. 四月当披,九("九",《古文苑》作"五")月当获。

14. 荷("荷",《古文苑》作"椅")盾曳矛,还落三周。

15. 多作刀矛("矛",《古文苑》作"弓")。

这些讹误,已经严重阻碍了我们对原文的正确阅读和理解,有时甚至令人啼笑皆非,正如孙星衍所说:"此文在《古文苑》,盖取自《初学记》,故大段全同,间有一二小异而已。考《太平御览》五百九十八,亦载之,虽非完篇,然可依以考补者甚多。又载有旧注,尤足信据。如云蜀土收芋皆窖藏之,至春乃发,则知'芋'今作'等'之必误矣;'马户'水窖也,则知'户'今作'驴'之必误矣;'垩白'墡也,则知'垩'今作'恶'之必误矣;'輮车'辋也,则知'輮'今作'椠'之必误矣。凡此,《御览》正文皆未尝误也,而章樵单用今本郢书燕说,岂不陋哉!其旧注未悉撰人名氏,惜《御览》载之,不尽乃就取所刊有,兼采《艺文类聚》、《初学记》,亦附鄙见,详加校订,重载于此。《初学记》、《古文苑》皆言此文相传多误,兹已粗得通庶垂之方来也。"也正由于《续古文苑》,千载而下,我们还能有幸地欣赏到汉代王褒的这篇诙谐生动的散文。

其次,《古文苑》收录周秦至齐梁作品共264篇,《续古文苑》虽然收录篇数比《古文苑》多290篇,达到554篇,但收录齐梁之前的作品只有309篇,仅占55%。《古文苑》出于宋人之手,且宋刻九卷本和二十一卷本现都存世,《续古文苑》成于清代,比《古文苑》要晚650馀年,仅从成书时间这一点看,《续古文苑》也无法与《古文苑》媲美。

另外,《古文苑》有章樵注释,也是《续古文苑》不能比拟之处。章樵注释《古文苑》整整花了三年时间,他根据汉晋间文史册之所遗和唐宋类书所引,在补遗刊误、训释音义、增补资料方面作了不少工作,从而使《古文苑》一书的流传和影响日渐扩大,可以说是功德无量。虽然现在九卷无注本和二十一卷注本并存于世,相比之下,还是章樵注本较为流行。遗憾的是,章樵毕竟不是鸿儒巨匠,故其注仍存在不少问题,如录文不仅有漏、讹现象,而且有妄改妄注现象,有时对作者也考辨不精等等。

相比之下,孙星衍的治学态度却更严谨。他学识渊博,于经史、文字、音训、诸子百家,皆通其义,博极群书,勤于著述。阮元曾聘他为"诂精经舍"教习,主讲钟山书院,以学术渊博称,著述宏富,有《尚书今古文注疏》、《寰宇访碑录》、《周易集解》、《考注春秋别典》、《尔雅广雅训诂韵编》、《晏子春秋音义》、《金石萃编》、《史记天官书考证》、《建立伏博士始末》、《明堂考》、《续古文苑》、《平津馆文稿》、《芳茂山人诗录》、《仓颉篇》等,其学识水平远远高于王厚之。这从《续古文苑》凡例第五条、第六条、第七条、第十一条、第十二条、第十三条的说明中就能得到证明。不过,章樵注本毕竟出于南宋,他注释时征引宋前及宋代经、史、子、集各类文献约150馀种,有些文献今已散佚,其中也不乏研究古代政治、典章、制度、地理、民俗等诸多方面的材料,故我们不该妄加否定。还是钱熙祚《古文苑·校勘记》中的评价较为客观:"近孙渊如观察复刊宋九卷本,榛芜丛杂,脱误颇多。章氏据唐宋类书所引补遗刊误,其功甚伟。又注本中所称王粲、王融等集,今皆不传,尚赖是而存其一二。固与韩本互有优劣,不能偏废也。惜屡经翻刻,辗转失真。"

因此,我们不能因为《续古文苑》出于大家之手,校勘优于《古文苑》,就看轻《古文苑》一书的价值。毕竟《古文苑》是成书于南宋初期的诗文选本,其所具有的校勘、辑佚价值是他书不能替代,也不能被忽略的。

结　语

　　《古文苑》一书，世传北宋孙洙得于佛寺经龛，据说是唐人所藏古文章，收录先秦到齐梁之间85位作者的264篇诗文，大都不见于史传和《文选》，故在保存汉魏六朝文学史料、辑佚、校勘等方面有重要的价值，南宋、明、清时期的文人在整理作家别集或编纂诗文总集时多参考此书。此外，《古文苑》诗文兼收，始于刻石文、终于诔文的编纂体例，不但对后代诗文选本编纂产生了一定的影响，而且较早较完整地保存了《石鼓文》等古代石刻文献。但是，由于种种原因，《古文苑》却成为备受争议之书，从而大大降低了《古文苑》本身具备的文学和文献价值。

　　因此，考辨出《古文苑》的编者和成书时间是首先要做的工作。为了弄清这一问题，只能从孙洙和韩元吉入手。因为"世传"《古文苑》是孙洙得于佛寺经龛，而韩元吉又是现存最早最完整地为《古文苑》作记和编次为九卷并刊刻之人，且现存最早的《古文苑》版本也是淳熙六年韩元吉婺州刻本。通过对孙洙和韩元吉生平、仕宦、交友等情况的整理，虽然证明二人不是《古文苑》的初编者，但是却找到《古文苑》成书于南宋时期的线索。顺着这一思路，通过对《古文苑》辑录《木兰诗》、《石鼓文》、《诅楚文》、《峄山刻石文》的分析研究，发现此书并非唐人所藏，成书迟在北宋。在此基础上,考察现今存世较为完备的宋代四种目录学著作——官修《崇文总目》、晁公武《郡斋读书志》(包括赵希弁《读书附志》)、尤袤《遂初堂书目》和陈振孙《直斋书录解题》的成书时间和所藏书籍及相关的南宋其他文献,进一步证明《古文苑》实出于南宋人之手,成书时间大致在南宋高宗绍兴二十一年(1151)至绍兴三十一年(1161)之间。

关于《古文苑》的编者,韩元吉说是北宋孙洙得于佛寺经龛。我们通过对南宋章樵注释《石鼓文》、《诅楚文》时所引用的金石资料的分析和对南宋初年金石学家相关情况的研究,认为《古文苑》的编者可能是金石学家王厚之,孙洙是《古文苑》九卷本所收 57 篇赋,即《杂文章》的编者。王氏假托孙洙以自重,以今托古,目的是想长久保存金石文献。《古文苑》的版本方面,我们详细梳理、考辨了历代的叙录和版本的流传情况,对章樵二十一卷有注本和韩元吉九卷无注本进行了分析比较,指出了二者的异同和优劣,并充分肯定了章樵注释的功绩。章樵注本评析一节,也是我们用力较多的地方。

此外,是对《古文苑》所收作家作品、文体分类、收录标准与文献渊源的辨析。《古文苑》收录了先秦至齐梁 85 位作家(包括无名氏)的不同作品,通过比较隋代到元初的官、私目录对这些作家别集的收录情况,肯定了其文献价值。我们将其文体划分为刻石文、赋作、诗歌、散文四类,结合所选作品,对每一类进行了详细的分析。通过对《古文苑》录载作品的研究,归纳出《古文苑》的四点收录标准:一是收录《文选》不收、史传不载之诗文;二是崇尚典雅;三是注意挑选各时代的精品;四是有意收录有争议的作品,如"石鼓文"、"宋玉赋"、"苏李诗"、"柏梁诗"、"木兰诗"等。关于《古文苑》所收作品,《四库全书总目》说,"所录汉魏诗文多从《艺文类聚》、《初学记》删节之本"。然而,将其所录汉魏诗文和唐代欧阳询撰《艺文类聚》、虞世南辑《北堂书钞》、徐坚等撰《初学记》和宋代李昉等编《太平御览》加以比勘研究,发现尚有 49 篇诗文目前最早见于《古文苑》,从而指出四库馆臣的观点是欠妥的。

本书的第二个方面,是《古文苑》和其他诗文选本的比较研究,分为以下两点:一,简单回顾了宋前和宋代诗文选本的发展概况,指出《文选》、《文苑英华》、《唐文粹》、《唐百家诗选》、《宋文选》和《古文苑》之间的前后承继关系,以及编纂时处处遵循儒家传统思想的"共性"。同时,亦探讨了《古文苑》独具的"个性"特点——《古文苑》的编者是一位金石学家,而非政治家、文学家或古文家。二,将《古文苑》和清代孙星衍编《续古文苑》从成书时间、选编标准、编选体例及文体、编者身份、校勘等方面进行比较,指出二者的异同及优劣,以此探讨《古文苑》在文选史上的影响。

本书稿旨在考辨以上提到的关于《古文苑》的几个基本问题,并得出了相应结论。由于相关史料严重匮乏,有些观点只能通过合理推测得出,故显得较为苍白,似乎缺乏力度。不过,我们认为,对《古文苑》这样一部比较重要又充满传奇色彩的诗文选本,与其抱着轻易否定、置之不理或沿用明、清人旧说的态度,还不如做些具体工作。我们所得出的结论固然不是定论,但无疑加强和弥补了《古文苑》研究领域这一较薄弱的环节,故也不失为一种全新的尝试。

附录：《古文苑》历代叙录与题跋

1. 南宋郑樵（1103—1162）撰《通志》，《丛书集成初编》本，商务印书馆，1935 年版，第 825 页：

卷七十：《古文苑》十卷。

2. 南宋韩元吉（1118—1187）《古文苑记》：

世传孙巨源于佛寺经龛中得唐人所藏古文章一编，莫知谁氏录也。皆史传所不载，《文选》所未取，而间见于诸集及乐府，好事者因以《古文苑》目之。今次为九卷，可类观。然石鼓之诗，退之则以为孔子未见，不知所删定者何诗？且何自知其为宣王也？左氏载椒举之言，搜于岐阳则成王尔。秦世诸刻，子长不尽著，抑亦有去取耶？汉初未有五言，而歌与乐章先有七言，苏李之作果出于二子乎？以此编数首推之，意后代诗人命题以赋者，韦孟尚四言，至郦炎乃五言也。夫文章远矣，唐虞之盛，赓歌始闻；魏晋以还，制作逾靡。学者思欲近古，于是其有考焉？惟讹舛谬缺者多，不敢是正而补之，盖传疑也。淳熙六年六月，颍川韩元吉记。

3. 南宋尤袤（1127—1194）《遂初堂书目》，《丛书集成初编》本，第 32 页：

总集类：《古文苑》。

4. 南宋章樵（？—1235）《古文苑序》：

《古文苑》者,唐人所编,史传所不载,《文选》所不录之文也。歌、诗、赋、颂、书、状、箴、铭、碑、记、杂文,为体二十有一,为编二百六十有四,附入者七。始于周宣石鼓文,终于齐永明之倡和。上下一千三百年间,世道之升降,风俗之醇漓,政治之得失,人才之高下,于此而概见之。可谓萃众作之英华,擅文人之巨伟也。至别而观之,如岐阳搜狩,实肇中兴之美;勒石纪功,词章浑厚,足以补诗雅之遗佚。泗水碑铭,铺扬兴王之盛;叙功考德,表里名实,足以续闳散之芳烈。扬子云仿虞作箴,官箴亡阙,所以辅正心术,警戒几微,殆与圣贤盘盂几杖之铭争光千古。有国家者宜保之,以为龟铿,所谓杰然诗书之后,讵容徒以文章论哉!世代踰邈遗文雕耗,若昔贤所欲,舆致太学,以助论切之真迹,今既不可复得。而浮磬之刻,蔚宗之注与隋、唐《艺文》目录所载诸家文集,亦沦落十九,莫可寻访。千载而下,学者得以想象绅绎古人述作懿者。犹幸佛书龛中之一编,复出于人间,而其中句读聱牙,字画奇古,未有音释。加以传录舛伪,读者病之,有听古乐恐卧之叹。樵学制吴门,窃簿书期会之暇,续以灯火馀工,玩味参订,或衰断简以足其文,或较别集以证其误,推原文意,研核事实,为之训注。其有首尾残缺,义理不属者,姑存旧编,以俟庾考。复取汉晋间文史册之所遗以补其数,凡若干篇,厘为二十卷,将质诸博洽君子以求是正焉。绍定壬辰七月望日,朝奉郎知平江府吴县事武林章樵升道序。

5. 南宋吴渊(1190—1257)《书〈古文苑〉后序》:

县之大莫如吴,大而难治亦莫如吴,余友章君为之,意其簿书期会,劳苦顿挫,它靡遑及。一日,忽出所注《古文苑》若干卷,曰此在县三年之所述也。余闻其言己伏其整暇不废,文字非俗吏之所能为。及阅其书,则荟萃音释,核别章句,发千古之奥赜,定众人之讹谬。其援据精切,其阐叙敷邕,凡山经、水志、稗官、冢竹、籀

288

书、谱（此处疑脱一"牒"字），靡不搜罗，掊撷成一家言，于是又服君之博而感君之廑也。尝考是书，唐人所类，不白氏名，不例年代，我宋孙公巨源发其秘于精庐，繇是始显。大抵自先秦古书而下，多东西二汉、曹魏、齐梁等奇伟之作，史氏或所遗，选类所未尽，间见于诸集录、乐府密笥中。人所愿见而弗可得者，莫不登载。自孙之后，行于世殆二百年。然舛错断缺假借，搜琐学士大夫虽知爱重，不过若三代钟鼎铏匜，相与珍玩而已，往往见诸，咀味之实者，未有其人。而章君方在今世，所谓邑债汤火煎熬中，乃以有余之精神及此，使上下一千三百余年文人才士著述之本旨，得以赫灼暴飏于亡穷，非蕴古心深古学嗜古文畴克尔尔。昔前修以杜元凯为左氏忠臣，以颜师古为班氏忠臣，余谓章君于此书亦然。绍定壬辰七月上澣（浣）日宛陵吴渊序。

6. 南宋江师心《古文苑跋》：

《古文苑》，唐人之所集，梁昭明之所遗也。昭明曷为遗之？盖以法而为之去取也。唐人曷为集之？盖思古而贵于兼存也。去取以法，所以示后学之轨范；兼存乎古，所以广后学之知识，其功一也。然是集也，其辞屈曲，其义幽深，由唐迄今垂数百载，观者罕究其极。武林章君有忧之，于是研精覃虑，搜采群说篇传而字释之，使开卷者一览而得其指归，可谓好古博雅之君子矣。章君不忍自私，倅毗陵日，欲绣诸梓，以贻后学。甫书初考，适拜司鼓之命，惧厥志之不酬，乃以其稿属之后政，岁在丙申六月毕工。明年四月，仆到官既半载，章君之子淳过仆，尽取其版，订刊者之误，凡二百余字，而章君之志益明，非其善继畴克尔耶。昔向传洪范而歆异之，君子以为恨，今章君有淳过向远矣。仆于章君实袭其隔政之余，芬思见其人而不可得。今知其有贤子也，故喜而书之。嘉熙丁酉良月，桂严江师心书。

7. 南宋盛如杞《古文苑跋》：

如杞于章公为子姓，公之子淳且同庚。卯角束书，游章氏塾，相同笔研，朝夕公侧，耳问目见，辄著乎心。及长，妻以兄子，于是至甥馆者无虚岁。每见公卷绂家食，惟以著书立言为事。暨薄宦，因任南徐，值公令吴门，倅毗陵，轸相接也。书问往来，自访古书外，不言他，公之志向概可见已。癸巳冬，由饷幙终更，假道东归，留倅治者经旬，见会稡所述《古文苑》，稿方授楷，书吏将付诸梓，俾与订正以岁，莫亟行而未究。明年，公除司鼓，留稿以遗后人，程君士龙寔为代用，能成公之志。丙申六月，书成，而公以乙未六月先为古人矣。又继之者，有江君师心，复为订刊者之误，书于是乎有传。公去常越十有二年，丙午冬如杞承乏佐州，远继其后，峙庭双桧，可比甘棠。缅想典刊，俨然如在。公余取所刊版，鳞次先后，遇版有蠹蚀者，字有漫漶者，即命工补治之，及订其偏旁差讹者数字。益严扃鐍守护，惟谨庶可以诏久传远。呜乎！哲人云亡，犹幸是书之仅存也。读其书如见其人，因其言以求其心，无愧前修后学者。事迹袭旧梓，非曰敢私，敬志下方，尤有望于来者。淳祐丁未月正元日，承议郎通判常州军州事古赞盛如杞谨书。

8. 南宋赵希弁《读书附志》（晁公武撰，孙猛校证，《郡斋读书志校证》，上海古籍出版社，2005年版，第1214页）：

集部总集类：《古文苑》九卷：右《古文苑》，世传孙巨源于佛寺经龛中得唐人所藏文章一编，莫知谁氏录也，皆史传所不载，《文选》所未取，而间见于诸集及乐府，好事者因以《古文苑》目之。自石鼓文而下，曰赋、曰诗、曰歌、曰曲、曰敕、曰书、曰对、曰颂、曰箴、曰铭、曰赞、曰记、曰碑、曰杂文，皆周、秦、汉人之作也。《容斋随笔》尝引之，然讹舛谬缺，不敢是正。淳熙中韩元吉之记已言之。

9. 南宋陈振孙（约1183—约1260）著，徐小蛮、顾美华点校

《直斋书录解题》,上海古籍出版社,2005 年版,第 438 页:

卷十五:《古文苑》九卷,不知何人集,皆汉以来遗文,史传及《文选》所无者。世传孙洙巨源于佛寺经龛中得之,唐人所藏也。韩无咎类次为九卷,刻之婺洲。《中兴书目》有孔逭《文苑》,非此书。孔逭晋人。本书百卷,惟存十九卷尔。

10. 元马端临(约 1254—1323)著《文献通考》,中华书局,1993 年版,第 1954 页:

卷二百四十八:《古文苑》九卷。陈氏曰不知何人集,皆汉以来遗文,史传及《文选》所无者。世传孙洙巨源于佛寺经龛得之,唐人所藏。韩无咎类次为九卷,刻之婺州。《中兴书目》有逭《文苑》,非此书。孔逭,晋人。本书百卷,惟存十九卷耳。

11. 明陶宗仪(1312—1403 后)《说郛》,《文渊阁四库全书》本第 876 册,第 505 页:

卷十下总集类:《古文苑》。

12. 明杨士奇(1365—1444)等编《文渊阁书目》(《明人书目题跋丛刊》,冯惠民、李万健等主编,书目文献出版社,1994 年版,第 78 页):

卷九,日字号第一厨书目,文集:《古文苑》一部五册阙。《古文苑》一部四册完全。

13. 明钱溥(1408—1488)撰《秘阁书目不分卷》(《明人书目题跋丛刊》,冯惠民、李万健等主编,书目文献出版社,1994 年版,第 659、714 页):

文集:《古文苑》五。

总集:《古文苑》。

14. 明叶盛(1420—1474)《菉竹堂书目》(《明人书目题跋丛刊》,冯惠民、李万健等主编,书目文献出版社 1994 年版,第 914

页）：

卷三文集:《古文苑》五册。

15. 明张琳《古文苑跋》：

甚矣,文之难言也。粤自象衍之数著而易道明,典谟之文出而治道备。迨夫王者之迹熄而诗亡,然后春秋作,以扶持斯道于万世。自兹以降,西汉为近古,而东汉则渐趋于绮靡。厥后去古愈久,离道愈远,以言鸣世而自成一家者比比何纷纭,杂见穿凿经义,言夸而浮实,辞腴而寡和,甚慕古奥则删去,语助之辞而不可以句胴。然自负其名,动千百言眩惑乎人之心目,言愈多而道愈离求,如汉文之近古以载道者,几希吁可悲哉。此文之所以难言也。成化岁壬寅,琳释忧,复参闽藩,桉牍之暇,巡按豸史,淮南张公世用间进台下,出示所藏章樵重订唐人所编《古文苑》,且欲发诸建阳书肆,寿梓广传,以开人入古之径,命琳叙之。琳不敏,恒自病其文之难言也,然命不容虚辱。窃惟文所以载道也,道在天地间,无时无之,而其文之显晦,亦不能无时也。《古文苑》,周秦两汉之文也,唐人编录,莫识谁氏,其文间非真手,疑以传疑。史传所不载,《文选》所不录,固不能无意也。歌、诗、赋、颂,为卷二十有一,言深意古,词奥理著,如周宣狩于岐阳,刻石纪功而见中兴之绩,子云仿古作箴,随官致戒,以明人心之几,其近古而寓道者显矣。千百年间,宋孙巨源于佛书龛中得之,复出于人间。逾二百年,绍定间章樵又得于残编断简之余,而校正训注之。虽得板行世,远言湮而尚古学者亦罕睹焉。迄今又二百余年,公复获刊之,则斯文既晦而复显,信有时矣,亦将使人知古之是,尚因其言而求其心,以知其人,所谓离乎道,以鼓吻于词章者,如睡之得寤,醉之得醒焉。呜呼,公按治八闽,凡百利害,殚厥心力,务为兴革,乃以有余之精神及此,其笃尚古道之心,何如方今圣天子孜孜古道。公日居要地,必推是尚古之心，将以典谟之训是上，又岂是书之古之道云乎哉！琳虽驽钝，亦将因是而扩。夫尚古之心，拭目以俟之，若夫传疑之解，尚俟博古者正焉。是岁十二月立春癸未句余后学张琳书。

16. 明蔡清撰《虚斋集》卷三《〈古文苑〉后序》（《文渊阁四库全书》本，第1257册，第844页）：

右《古文苑》一编，相传以为唐人得之一佛寺经龛中，盖皆《昭明文选》所不录者。然不录于彼，而悉集之于此，则其取舍之间，亦不能无辨也。宋章升道为之考订训注，遂以行世。逮更世以来，其传在人间者几绝矣。今侍御宝应张公世用得抄本焉。按节吾闽暇日，因出以示清，且曰："吾尝以历代文章气韵求之，及参以前辈二三君子之论，是编虽未及纯乎古，固亦近乎古者，而世之学者之不及见亦久矣。吾今将以播之梓，盍为我识一言邪？"清以肤浅固辞，不得。于戏，斯文一脉至我朝盛矣。自六籍四书而下，诸子百氏及诸传记，凡人间昔所未有者，往往以次而出。至于文章之集，若《文选》及《文粹》、《文鉴》、《文类》之属，所以供学者之玩者，又不知其几，然犹未得见《古文苑》也。今张公复为梓行之，使学者复得增许多见闻，学者之生斯世，何其幸哉！故是编之传，愚以为益足以征我朝文物之盛也。然公于是编特以其近古而好之耳，近古者犹好之，而况于纯乎其古者乎。文辞之古者，公犹且好之如此，而况于古之所以为古者乎？故是编之传，愚又窃以为公喜，而其所以喜者，则又在于刊书之外也。

17. 明王岳《古文苑跋》：

岳拓落家居，蒙圣明起废，猥及于凡庸，正宗元所谓病颡驹之有遭也。抱愧来官，策驽自厉，四阅月堕墜，少就绪，乃搜故案之宜举者，得《古文苑》于封尘间，审阅数四。举凡目所未见，宝玩之不能去手。询及，乃去春吾方伯叶公所发来，盖深得于心，又用之以嘉惠后学者。昔人以借书还书为痴,公乃公之天下,心甚盛也。亟捐资锓梓,以昭厥美。刻成,宜有序,上请复辱命于岳。夫是书幸公而传,岳因之幸厕名简末于不朽,是又有遭也。不敢辞,谨跋。弘治己未秋九月之吉赐进士知奉新县事凤阳后学王岳识。

18. 明范钦(嘉靖十一年进士)藏,清范邦甸撰《天一阁书目四卷》集部,卷四之三(《续修四库全书》,第920册,272页):

《古文苑》二十一卷:刊本。宋绍兴己卯临川王厚之伯顺编。绍定壬辰武林章樵升道序曰:"《古文苑》者,唐人所编,史传所不载,《文选》所不录之文也。歌、诗、赋、颂、书、状、箴、铭、碑、记、杂文,为体二十有一,为编二百六十有四,附入者七。始于周宣石鼓文,终于齐永明之倡和。上下一千三百年间,世道之升降,风俗之醇漓,政治之得失,人才之高下,于此而概见之。可谓萃众作之英华,擅文人之巨伟也。至别而观之,如岐阳搜狩,实肇中兴之美;勒石纪功,词章浑厚,足以补诗雅之遗佚。泗水碑铭,铺扬兴王之盛;叙功考德,表里名实,足以续闵散之芳烈。扬子云仿虞作箴官箴王阙,所以辅正心术,警戒几微,殆与圣贤盘盂几仗之铭争光千古。有国家者宜保之,以为龟铿所谓,杰然诗书之后,讵容徒以文章论哉!世代踰邈遗文雕耗,若昔贤所欲,舆致太学,以助论切之真迹,今既不可复得。而浮磬之刻,蔚宗之注与隋唐《艺文》目录所载诸家文集,亦沦落十九,莫可寻访。千载而下,学者得以想像绅绎古人述作懿者。犹幸佛书龛中之一编,复出于人间,而其中句读聱牙,字画奇古,未有音释。加以传录舛伪,读者病之,有听古乐恐卧之叹。樵学制吴门,窃簿书期会之暇,续以灯火馀工,玩味参订,或裒断简以足其文,或较别集以证其误,推原文意,研核事实,为之训注。其有首尾残缺,义理不属者,姑存旧编,以俟庾考。复取汉晋间文史册之所遗以补其数,凡若干篇,厘为二十卷,将质诸博洽君子以求是正焉。"

19. 明晁瑮(嘉靖二十年进士)撰,《晁氏宝文堂书目》,上海古籍出版社,2005 年版,第 33 页:

卷上:文集,《古文苑》。

20. 明周弘祖(嘉靖三十八年进士)撰,《古今书刻》,上海古籍出版社,2005 年版,第 340、351 页:

上卷:常州府:《古文苑》。

江西布政司:《古文苑》。

21. 明徐𤊺撰,《徐氏红雨楼书目》,上海古籍出版社,2005 年版,第 409 页:

卷五集部总集类:《古文苑》二十一卷。

22. 明高儒撰,《百川书志》,上海古籍出版社,2005 年版,第 287 页:

卷十九:《古文苑》二十二卷。唐人所编,史传所不载,《文选》所不录之文也。为体二十有一,为编二百六十四,附七,上下千三百年诸人文集,今亦罕传。

23.《续修四库全书》第 919 册,第 28 页:

(1)明陈弟撰《世善堂藏书目录》卷下集类:《古文苑》。

(2)明祁承𤊹(1565—1628)《澹生堂藏书目》集部上总集:《古文苑》。

24.《明人书目题跋丛刊》,冯惠民、李万健等主编,书目文献出版社,1994 年版:

(1)明朱睦㮮《万卷堂书目》卷四总集:《古文苑》七卷。

(2)《近古堂书目》卷下总集类:《古文苑》。

(3)明徐图《行人司重刻书目》:《古文苑》八本。

(4)明李廷相《濮阳蒲汀李先生家藏目录》:

中间朝西:《古文苑》四本。

东间朝东:《古文苑》六本。

东间朝东:《古文苑》三本。

（5）明赵琦美《脉望馆书目》馀字号:不全旧宋元版书,《古文苑》一本。

（6）《玄赏斋书目》卷七文总集:《古文苑注》、《古文苑》。

25. 明钱谦益（1582—1664）撰,陈景云注《绛云楼书目》卷四文集总类(《丛书集成初编》本,第 89 页):

《古文苑》一百卷。孔逭（辑）。逭晋人,本书百卷已亡,宋时仅存九卷耳。逭会稽人,以才学知名齐梁间,见《南史·文学传》,以为晋人者,宋贤之误耳。孙巨源于佛寺经龛中得之,逸撰人姓名。⊙章樵注绍定壬辰序,序文言此书编乃唐人所辑,其说是也。中有《枯树赋》、《木兰诗》,必非齐梁时书矣。⊙章樵,昌化人,嘉定元年进士,历知庆州。

26. 清钱曾（1629—1701）《述古堂书目》卷二文集(《丛书集成初编》本,第 14 页):

《古文苑》注二十一卷,六本。

《古文苑》九卷抄。

27. 清钱曾撰,丁瑜点校,《读书敏求记》,书目文献出版社 1983 年版,第 141 页:

《古文苑》九卷。《韩元吉记》云:"世传孙巨源于佛寺经龛中,得唐人所藏'古文章'一编。莫知谁氏录,皆史传所不载,《文选》所未取者,因以《古文苑》目之。今次为九卷,刊于淳熙六年六月。"卷中《柏梁诗》,每句下但称官位而无名氏。有姓有名者,惟郭舍人、东方朔耳。世所行注本《古文苑》,于每句下各增名姓。

按:汉武帝元封三年作柏梁台,诏群臣二千石,有能为七言诗,乃得上座。今注本太常曰周建德，则建德先于元鼎五年，坐擅由太乐令论矣。大鸿胪曰壶充国，《年表》太初元年，充国始为此官，去台成作诗之日，则远隔五年矣。少府曰王温舒，则温舒已于三年徒矣。右扶风曰李成信，则成信此时为右内史矣。踳缪如此，《古诗纪》仍其讹而不知，故特为正之。

28.《续修四库全书》第919册，第592页：

（1）清季振宜（1630—?）《季沧苇藏书目》：《古文苑》廿一卷。抄本《古文苑》九卷一本。

（2）清徐乾学（1631—1694）《传是楼书目》：《古文苑》。

（3）清毛扆（1640—1711以后）《汲古阁珍藏秘本书目》集部：

《古文苑》三本，影宋板精抄，六两。

《古文苑》二本，元人手抄，二、三两卷陈在兹补抄，书末尾张冯定远先生补，二两。孙渊如重刻本，顾千里校注。

29.清孙岳颁（1639—1708）等《御定佩文斋书画谱》，康熙四十七年（1708）编，《文渊阁四库全书》本第819册，第37页：

纂辑书藉：《古文苑注》，章樵。

30.清嵇曾筠（?—1738）等监修《浙江通志》，《文渊阁四库全书》本，第525册，第728页：

卷二百五十二：《注补古文苑》二十卷。《成化杭州府志》，章樵著。

31.清赵宏恩（?—1759）等监修《江南通志》，《文渊阁四库全书》本，第512册，第600页：

卷一百九十二：《古文苑》九卷。广陵孙巨源于佛寺经龛中得之，作者自逸其名。

32.清于敏中（?—1779）等撰《天禄琳琅书目》卷十（《清人书目题跋丛刊十》，中华书局，1995年版，第224页）：

《古文苑》二函十册:宋章樵重编二十一卷前樵自序。考陈振孙《书录解题》,称是书不知何人集,世传孙洙巨源于佛寺经龛得之。韩无咎类次为九卷,刻之婺州云云。此本则为二十一卷。盖宋时先后原有二版。考《浙江志》:章樵,字叔道,昌化人,嘉定元年进士。尝宰吴,时代后于振孙,故《解题》仅登韩刻。

按:樵自序作于绍定壬辰,序中称学制吴门,结衔为知平江府吴县事,皆与《浙江志》符,惟志称是书为二十卷。

按:樵自序固有历为二十卷之语,又称第二十一卷"文多残阙,姑存卷末"则志所称,盖不及末卷耳。是本字画颇清朗而樵印不工,纸色亦出渲染,又伪作金粟山印记,总无以掩其为明翻宋椠之迹也。书中有猗兰堂及司马氏收藏各印,不详其人。又有虞集、伯生二印,篆法庸劣,显系伪讬。不足采录。

33.清纪昀(1724—1805)等著《四库全书总目提要》,《钦定四库全书总目》(整理本),中华书局,1997年版,第2607—2608页:

集部三十九·总集类一:《古文苑》二十一卷。不著编辑者名氏。《书录解题》称孙洙巨源于佛寺经龛中得之,唐人所藏。所录诗赋杂文,自东周迄于南齐,凡二百六十余首,皆史传、《文选》所不载。然所录汉魏诗文多从《艺文类聚》、《初学记》删节之本,石鼓文亦与近本相同,其真伪盖莫得而明也。南宋淳熙间,韩元吉次为九卷。至绍定间,章樵为之注释。明成化壬寅,福建巡按御史张世用得本刊之。樵序称有首尾残阙者,姑从旧编,复取史册所遗以补其数,厘为二十卷。又有杂赋十四首、颂三首,以其文多不全,别为一卷,附于书末。共为二十一卷,则已非经龛之旧本矣。中间王融二诗,题为谢朓,盖因附见朓集而误。又《文木赋》出《西京杂记》,乃吴均所为,见段成式《酉阳杂俎》,亦不能辨别,则编录未为精核。至《柏梁》一诗,顾炎武《日知录》据所注姓名,驳其依托。

钱曾《读书敏求记》则谓旧本但称官位，自樵增注，妄以其人实之，因启后人之疑。又如宋玉《钓赋》，"蜎渊"误作"元洲"；曹夫人书"官绵"误作"官锦"，皆传写之讹，而注复详为之解，王应麟《困学纪闻》亦辨之，则注释亦不能无失。然唐以前散佚之文，间赖是书以传，故前人多著于录，亦过而存之之意与？

据此书所题，樵字升道，临安人，以朝奉郎知吴县事。《成化杭州府志》则作昌化人，知处州事。《宋诗纪事》亦作昌化人，其号曰峒麓，嘉定元年进士，历官知涟海军，授朝散郎，知处州。盖昌化即临安属县，此书举其郡名，处州乃所终官，此书则其知吴县时所注也。

34.清彭元瑞（1731—1803）等撰《天禄琳琅书目后编》卷七（《清人书目题跋丛刊十》，中华书局，1995年版，第327页）：

（1）《古文苑》一函六册：不著编辑名氏。陈振孙《书录解题》云，世传孙巨源于佛寺经龛得之。所录自周迄南齐，诗、赋、杂文凡二百六十余首，皆史传、《文选》所不载。书九卷，末有淳熙六年韩元吉记。宋椠之精工者，阙笔字特谨严。

（2）《古文苑》一函八册：篇目见前。宋章樵注分为二十卷，末一卷则以旧载文多残缺，存俟博访者。则有绍定壬辰樵自序，又淳熙六年韩元吉记，又嘉熙丁酉江师心序，称章君："卒昆陵日，欲绣诸梓，适拜司鼓之命，以稿属之后政徐士龙，岁在丙申六月毕工。其子淳订误二百余字。"又淳祐丁未盛如杞序。如杞为樵兄子之婿，为之补校此书者也。樵，字升道，号峒麓，昌化人，嘉定元年进士。注书时知平江府吴县事，累官知涟水军，授朝散郎，知处州。见《成化杭州府志》、《宋诗纪事》。

35.《钦定续文献通考》，乾隆十二年（1747）奉敕撰，清光绪石印本：

卷一百九十七:章樵《注古文苑》二十二卷:樵字升道,临安人,嘉定进士,历官知涟海军,授朝散郎,知处州。

36.清永瑢(约 1743—1790)等著《四库全书简明目录》,古典文学出版社,1957 年版,第 832 页:

卷十九集部八总集类:《古文苑》二十一卷。不著编辑者名氏。《书录解题》称唐人旧本,宋孙洙得于佛寺经龛,其真伪盖莫可考。淳熙中,韩元吉编为九卷;绍熙中,章樵为之注释,又厘为二十一卷,并非其旧第。然即为孙洙所依托,亦出自北宋人手,犹总集之近古者矣。

37.清赵绍祖(1752—1833)撰,赵英明、王懋明点校《读书偶记》,中华书局,1997 年版,第 101 页:

《古文苑》:近阳湖孙渊如观察重刻《古文苑》,余取以校前明张天如所刻百三名家,则杨子云、蔡伯喈二集多有未收者,诚可以补其阙矣。然王伯厚《玉海》谓子云有《龙骨》、《绣補》、《灵崐》三铭见《古文苑》,而此本无有,则亦非全书矣。

38.清孙星衍(1753—1818)《平津馆鉴藏记》(附补遗续编)卷二,中华书局,1985 年版,第 41 页:

《古文苑》廿一卷。前有绍定壬辰章樵序。《书录解题》称"不知何人集,皆汉以来遗文,史传及《文选》所无者。世传孙洙巨源于佛寺经龛中得之,韩无咎类次为九卷,刻之婺洲。"此本廿一卷,乃樵作注时更定,黑口板,每叶廿行,行十八字。

39.清孙星衍《孙氏祠堂书目》内编卷四(《丛书集成初编》,第130 页):

《古文苑》二十一卷,不著编辑人名氏。宋章樵注,明刊本。道光二十九年己酉冬十一月海宁杨文荪序。

40.清钱熙祚(? —1844)《校勘记序》:

齐梁以上之文，凡正史所不收、选家所未录者，略具《古文苑》一书。宋淳熙间，韩元吉次为九卷。后有章樵为之注释，增二十余篇，厘为二十一卷。自章本行而韩本几于亡矣。近孙渊如观察复刊宋九卷本，榛芜丛杂，脱误颇多。章氏据唐宋类书所引补遗刊误，其功甚伟。又注本中所称王粲、王融等集，今皆不传，尚赖是而存其一二。固与韩本互有优劣，不能偏废也。惜屡经翻刻，辗转失真。癸巳秋，以九卷本校勘一过，又遍检《初学记》、《艺文类聚》诸书证其所出，分篇别注。除文本伪舛，无他书可证者，置不论。余所补正，时出章注之外，别为札记如左。熙祚识。

41. 清黄丕烈（1763—1825）《宋本〈古文苑〉跋》（黄丕烈著，屠友祥校注《荛园藏书题识》，上海远东出版社，1999 年版，第 786页）：

《古文苑》残本四卷　宋本

宋《古文苑》有注本，向于小读书堆见之，亦不全本也。抱冲作古，此书欲一见，不可得矣。此四卷奇零之本，比诸空山落叶，行将付烧茶铛矣，不知何人拾来，庋之五砚楼。楼头人去，杂诸破纸堆中，尘封蚁蚀，又落第二劫了。余因检书，排比卷数，仅存四十七番，命工洗涤尘痕，黏补蚁孔，居然古色古香溢于楮墨间。后之读者，不复以不全本弁髦视之，则此书幸甚，余之重装此书者幸甚，而向之收拾此书者益幸甚。辛未小春望后一日，复翁书于"百宋一廛"。

世之最不易得而又最易失者，莫如古书，而又莫如古书之残者。其故安在？古书必贵，人必宝守不轻弃，此不易得也。贵者人不乐收，辄以价昂中止，苟知其可贵而购求之，为财物所动，此又易失也。予谓古书之残者更甚，全不可得，得其残者以为宝，此不易得也。全既难得，而得者究不全，遂轻视之，此又易失也。予何以为是说哉？予收藏历四十余年，备历此中得失甘苦之境。全者业以财物所动，辄赠他人。残者又复忽得忽失。盖楚人亡弓楚人得之，苟知其可宝而宝之。我得邪我失邪，亦视其人之何如耳。抱冲、寿阶皆先我而逝，或二十年，或十年，其书之全与不全本，尽皆散佚。我后死而得失之念扰扰于中，有既得而复失者，有失此而复得彼者，即如近日有琴川友人至苏郡访书，于抱冲、寿阶故物爱如珍宝。抱冲之《九家注杜诗》，寿阶之《陈后山诗注》，一鳞片甲，皆掣以归，物得其主，我失也何有。此本《古文苑》有注本，经两家储藏，无一人尝识，燕石自宝，其将与予为终古乎？然则予与二人之交好，藉一书为千古，亦可自慰，并慰抱冲、寿阶矣。道光四年甲申四月二十四日，晨起坐"百宋一廛"烧烛书。

余向属钱塘陈曼生作藏书四友图。四友中，抱冲已作古三年，所存者三人耳。三人者何？香严也，寿阶也，余也。图之作，在己未冬。既而己巳秋，寿阶死。庚辰夏，香严死。书亦渐化为烟云矣。近日余去书以收书，而香严之书亦复有为余收者，如蜀大字本之《礼记》《月令》，越州密行本之刘昫《唐书》，皆残宋本，案头珍玩，聊一寓目。苟得其人，无不可如前所得之转移。漫记于此，以当雪泥鸿爪云。荛夫。

42. 清顾广圻（1766—1835）《重刻宋九卷本〈古文苑〉序》（清顾广圻著，王欣夫辑《顾千里集》，中华书局，2007 年版，第 170 页）：

孙巨源《古书苑》，次为九卷，淳熙间韩元吉记其末云："伪舛谬缺者多，不敢是正而补之"，盖传疑也，可谓慎矣。后此有章樵者为之注，改分廿一卷，移易篇第，增窜文句，复非旧观，不仅《诗纪匡谬》讥其于《柏梁诗》妄署姓名，《困学纪闻》论其不解曹操夫人《与杨彪夫人书》"房子官绵"及《钓赋》"玄渊"等之为违失也。

然自前明以来，章本遍行，而韩本殆绝。丁巳春，予得陆贻典影宋九卷全帙于家抱冲兄，于是庚申之冬，仁和孙君邦治重刊之，旋遭何人攫去资费，工乃弗就。迨今兹渊如观察以续刊见属，爰始竣事，将遂印行，岂所谓书之显晦自有其时者耶？且本之伪舛谬缺，有可考知者，如杨雄《蜀都赋》"尔乃其俗，迎春送"下脱"冬"字，《文选·三都赋》李善注引有之。《诮青衣赋》"悉请诸灵，僻邪无主"，"僻"当作"辟"，"无"当作"富"，《艺文类聚》卅五引不误。孔北海《离合作郡姓名字诗》，"海外有截，隼逝鹰扬"，"截"当作"鼀"，隶体"截"作"鼀"，洪《释度尚碑》正如此。《上林苑令箴》"昔在帝羿，共田径游"，"共"当作"失"，"径"当作"淫"，即《离骚》之"羿淫游以佚田兮"也。凡若斯类，灼然无疑，其余与群籍出入，足资证明者，尚难胜枚数。夫既通其所不通，而不强通其所不可通，是在善读书者，固非章注望文生解所能见及，抑与韩记之云，初无异致也。唯观察博学精思，为识此意，因兼属撰序，故举而著之。嘉庆十四年岁在己巳十月。

43. 清顾广圻《与孙渊如观察论九卷本〈古文苑〉书》（清顾广圻著，王欣夫辑《顾千里集》，中华书局，2007 年版，第 113—115 页）：

渊如先生阁下：

承论以《古文苑》多从类书中采出，洵精确不易之论也。曾考此书，世传为唐人所录，未见其然，何以言之？石鼓之一，是皇祐四年向传师求得者，施武子言，"每行自四字而上，传师磨去，刻当时得之之由"云云，而此书所录，亦但有下四字耳，然则必在向传师磨去后，非唐人一也。王厚之言，"《诅楚文》有三，皆出于近世，初得《告巫咸文》于凤翔"云云，《集古录》云："右秦《祠巫咸神文》，流俗谓之《诅楚文》"，而此书所录《告巫咸》者，正谓之《诅楚文》

矣，然则必在得《告巫咸文》后，非唐人二也。《集古录·汉樊常侍碑跋》云："右汉《樊常侍碑》云：'君讳安，字子佑，南阳湖阳人也'，此碑盖初不见录于世'"云云，洪文惠言字子仲，以欧公云佑者为误，而此书所录亦云"君讳安，字子佑"，然则必在《集古录》后，非唐人三也。由是推之，此书乃宋人所录，其时隋以前集罕存，凡不全各篇，采诸唐人类书，固其宜矣。至于九卷本脱误不少，却非章樵廿一卷本所能补正。广圻于校刊时，曾取宋板章本细阅，知樵实未得此书要领，就中最甚者，莫过于据唐人类书各条而已。然其遗漏，则如《琴赋》，《艺文类聚》四十四引首多"尔乃言求茂木"至"琴瑟是宜"十二句，及"楚妃遗叹，鸡鸣高桑"二句。《司徒箴》，《艺文类聚》四十七引多"恪恭尔职，以勤王机"二句之类，皆未补。又如《函谷关赋》"壶口、石径，贯越代、朔"，《初学记》七引"陉"字为"代"字不误。《柳赋》"岂驾迟而不屡"，《初学记》廿引"迟"字不误。《僮约》"裁盂凿斗"，"斗"字韵《艺文类聚》卅五引不误。《责髯奴辞》"则论说虞、唐'"，"唐"字韵《初学记》十九引不误之类，皆未正。他如蔡邕《述行赋》载《中郎集》，全篇并序千有余言，经龛所录，出自《艺文类聚》，祇存数语，樵不能甄取，而退此赋于其廿一卷内，抑何疏也。至其中谬盭，则如《初学记》中王粲《浮淮赋》，经龛所录也，《艺文类聚》八别引"于是迅风兴，涛波动，长濑潭溰，滂沛汹溶"，樵乃割裂此十四字，散置《初学记》文句之间。《士不遇赋》，"将远游而终"，"终"下所脱是"古"字，"终古"，《离骚》文也，樵乃补之以"慕"字而曲为之解。《魏卫（此字今补）敬侯碑阴文》，"形垣而背皂"，"垣"者"坦"之伪，樵不悟，而亦曲为之解。《大理箴》，"九州允理"，经龛本无误，《初学记》十二正同。樵误"州"为"刑"，乃引《左传》解之，不思周有乱政而作九刑，岂皋陶翊唐作士时事。且樵既以己意增窜多篇，大非经龛之旧,然《羽猎赋》原载二首,一张衡,一王粲,俱采自类书,樵编王粲赋于其第七卷,将张衡一赋全行脱去,藉非九卷本复出,几莫知其原有矣。凡如此者,皆已一一条记,又益以群书出入,如《石鼓文》之于诸家音释,扬雄《答刘歆书》之于《方言》,赋、诗、颂、铭之引于《选注》,状、记、碑之载于《隶释》,足资证明者,累累在樵注外,特是绝不可通之处,仍复不少,故未敢辄谓成书而附卷后。窃意宋人录时,便属如此脱误,今更后彼数百年,古书日少,恐竟不能校之使通体文从字顺,若枚乘《梁王兔园》,扬雄《蜀都》,王廷寿《王孙》,班固《车骑将军窦北征》等篇,其尤弗能无阙疑者也。未审大雅以鄙见为何如?谨陈梗概,用俟教正,其昨撰拙序所已论及之各条,兹不重述。幸并垂察。

44. 清顾广圻著,王欣夫辑《顾千里集》,中华书局,2007 年版,第 374—376 页:

《古文苑》九卷景宋钞本

嘉庆己未重刊行。卷九后。

嘉庆十四年岁在己巳,用此本景写付刊讫,校样一过印行。时寓玉清道院中。涧薲居士。卷九后。

己巳十月再校于玉清道院,涧薲。卷四后。

庚午正月再校。卷二后。

庚午二月再校此卷,注其所自出于题下,思适居士记。卷三后。

庚午再校一过,思适居士记。卷九后。

《古文苑》二十一卷明刻校宋本存卷一至四又卷十九至二十一

《书录解题》《二十四箴》一卷,扬雄撰。今广德军所刊本校集,中无司空、尚书、博士、太常四箴,或云崔骃,或云崔子玉,疑不能明也。在目录卷十五《司空箴》上。

卅五《青衣赋》。今人注。

《古文苑》论稿

四五《羽猎赋》。当时第五卷末脱编此首也。依《类聚》六十六,《初学记》十二,张衡作。

右九卷本,略记其大略如此。思适居士。在目录卷二十一末。

此编出孙巨源手,非唐人所录,观此了然矣。己巳十二月。在卷一《石鼓文》右七开端注文"施云:此鼓乃向传师皇祐间所搜访而得之者"句上。

《隶释》云:"樊君名安,字子仲,而欧公云'字子佑',误也。"若果唐人所录,不应已作"佑",此编出孙巨源手无疑。庚午二月。在卷十九《樊君碑》上。

世释作三十,"为三十里"者,《小雅六月》之"于三十里"也。鄘诗"作于楚宫""作于楚室",张载注《魏都赋》引作"为"或毛"于"而三家"为"与?郑《聘礼记》注"于犹为也",古"于""为"通用,施武子知郑樵以为世里连上蚕字读之非,惜不以此证之。庚午夏日得此一条,思适居士。在卷一《石鼓文》右六"为世里"句上。

取《艺文类聚》廿七。

此赋全篇尚存,章樵好改经甊之旧而不加补完,足见其陋矣。壬申二月记。在卷二十一《述行赋》上。

此赋错伪脱衍,多不可通,章樵每曲为之说,恐未若阙疑之为得也。思适居士记。在卷四《蜀都赋》上。

45. 邵懿辰(1810—1861)撰,邵章续补,《赠订四库简明目录标注》,上海古籍出版社,2000 年版第 886 页:

《古文苑》二十一卷。不著编辑者名氏。《书录解题》称唐人旧本,宋孙洙得于佛寺经龛,其真伪盖莫可考。淳熙中韩元吉编九卷。绍兴中章樵为之注释。又厘为二十一卷。

明成化刊本。明张象贤刊本。二十一卷。有注。惜阴刊丛书本。墨海金壶本。守山阁刊本。皆二十一卷。嘉庆二十一年孙氏

306

仿宋刊本。岱南阁丛书本。九卷。佳。无注。

[附录]宋本半叶十行。行十八字。注用双行。行二十一字。刻于嘉熙丁酉。修于淳祐丁未。(星诒)

[续补]孙伯源藏宋淳熙刊九卷本。无注。以为胜章樵本。仿刊之。宋麻纱大字本。宋淳祐丁未盛如杞序本。元大字本。明成化壬寅张世用按闽刊覆宋本。明重刊成化张世用本。明万历刊本。曾见毛钞九卷本。四部丛刊本。

46.清丁丙(1832—1899)《善本书室藏书志》(《清人书目题跋丛刊二》,中华书局,1987年版,第879—890页):

(1)《古文苑》二十一卷,元刊本:

不著编辑名氏,陈振孙《书录解题》云:世传孙巨源于佛寺经龛中得之,所录自周迄南齐,诗、赋、杂文凡二百六十余首,皆史传、《文选》所不载。宋椠九卷末有淳熙六年韩元吉记。此宋章樵注,分为二十卷,末一卷则以旧载文多残缺,存俟博访者。前有绍定壬辰樵自序。樵,字升道,号峒蒙,昌化人,嘉定元年进士。注书时,方知平江府吴县事,后官知涟水军,授朝散郎,知处州。

《天禄琳琅》载有元刻,缺江师心、盛如杞二序。此本亦缺。字画古雅,纸色润旧,盖元椠也。

(2)《古文苑》二十一卷,明弘治奉新县刊本,时还轩藏书:

前有淳熙六年六月颍川韩元吉记。此本二十卷,又残缺待访一卷,乃绍定壬辰七月望日朝奉郎知平江府吴县事武林章樵升道注,自为之序。嘉熙丁酉良月江师心序,称章君倅毗陵日,欲绣诸梓,适拜司鼓之命,以稿属之后政程士龙,岁在六月丙申毕工,其子淳订误二百余字。又淳祐丁未盛如杞序,如杞为樵兄之婿,为之补校此书者也。似宋代已有婺州、昆陵两刻,又叠次修版,早非经龛旧帙矣。此明成化壬寅,淮南张世用出示闽藩张琳,发雕建阳书肆,而弘治己未知奉新县事王岳又纵而翻雕。有时还轩藏书记、王沅私印藏,梅氏廉隐诸印。

47. 清耿文光(1833—1908)《万卷精华楼藏书记》(《清人书目题跋丛刊九》,中华书局,1993 年版,第 1138—1140 页):

(1)《古文苑》九卷:

不著编辑者名氏。兰陵孙氏重刊宋本,嘉庆十四年刊,元和顾广圻序,末有淳熙六年韩元吉记,附书一通。凡赋五十七首、诗五十八首、文一百五篇。元空,皆阴文,每叶二十行,行十八字。

顾氏序曰:"孙巨源《古文苑》次为九卷,韩元吉记其末云:'讹舛谬缺者多,不敢是正而补之。盖传疑也。'可谓慎矣。后此有章樵为之注,改分廿一卷,移易篇第,增窜文句,詹非旧观。不仅《诗记匡谬》讥其于《柏梁诗》妄署姓名,《困学纪闻》论其不解《曹夫人与杨彪夫人书》,'房子官锦'及'钓赋玄渊'等之违失也。然自前明以来,章本遍行而韩本殆绝。丁巳春,余得陆贻典影宋九卷全帙于家,抱冲兄于是庚之冬,仁和孙君邦治重刊之。旋遭何人攫去,资费工乃就迨今。兹渊如观察以续刊见属,爰始峻事,将遂印行,岂所谓书之显晦自有其时者耶? 且此本之讹舛谬缺有可考知者,如杨雄《蜀都赋》'尔乃其俗,迎春送'下脱'冬'字,《文选·三都赋》李善注引有之。《诮青衣赋》,'悉请诸灵,僻邪无主'。'僻'当作'辟','无'当作'富',《艺文类聚》卅五引不误。孔北海《离合作郡姓名字诗》,'海外有截,隼逝鹰扬','截'当作'臿',隶体'截'作'臿',洪《释度尚碑》正如此。《上林苑令箴》,'昔在帝羿,共田径游','共'当作'失','径'但作'淫',即《离骚》之'羿淫游以佚田兮'也。凡若斯类,灼然无疑,其余与群籍出入,足资证明者尚难胜枚数。夫既通其所不通,而不强通其所不可通,是在善读书者,固非章注望文生解所能见及,抑与韩记之云初无二异致也。"

文光案："迎春送冬"，章本作"逆腊"。"僻邪无主"，章注曰："无定主也"。"海外有截"，章樵作"海内"，注云："当离乙字，疑古文与今文不同，合成孔也。"章盖不知"截"作"甀"，故云，然其诗为鲁国孔融文举。"共田径游"章注云："共与供通，径谓往来驰逐于其间。"观此数，则章注可知所谓望文生解是也。

韩氏《记》曰："世传孙巨源于佛寺经龛中得唐人所藏古文章一编，莫知谁氏录也。皆史传所不载，《文选》所未取，而间见于诸集及乐府，好事者因以《古文苑》目之。今次为九卷，可类观。然石鼓之诗，退之则以为孔子未见，不知所删定者何诗？且何自知其为宣王也？左氏载椒举之言，搜于岐阳则成王尔。秦世诸刻，子长不尽著，抑亦有去取耶？汉初未有五言，而歌与乐章先有七言，苏李之作果出于二子乎？以此编数首推之意，后代诗人命题以赋者，韦孟尚四言，至郦炎乃五言也。夫文章远矣，唐虞之盛，赓歌始闻；魏晋以还，制作逾靡。学者思欲近占于是，其有考焉？惟讹舛谬缺者多，不敢是正而补之，盖传疑也。"

文光案：孙渊如以《古文苑》多从类书中采出，顾千里证以《石鼓文》、《诅楚文》、《汉樊常侍碑》，以为宋人所录皆精确不易之论，其文出于《艺文类聚》、《初学记》者甚多。其选注所引《隶释》所载，足资证明者累累在樵注外，而绝不可通者，亦无能是正。千里云："若枚乘《梁王兔园》、杨雄《蜀都》、王延寿《王孙》、班固《车骑将军窦北征》等篇，尤弗能无阙疑者也。盖宋人录时已属脱误，今古书日少，更不能校也。"

（2）《古文苑》二十一卷，宋章樵注，惜阴轩本：

首绍定壬辰朝奉郎知平江府吴县事武林章樵升道序，次韩元吉记，次嘉熙丁酉良月桂严江师心序，次淳祐丁未承议郎通判常州军州事古赞盛如杞序,次目录,曰文、曰赋、曰歌、曰曲、曰诗(按:韩本歌、曲在诗后)、曰敕、曰启、曰书、曰对、曰状、曰颂、曰文、曰述、曰赞(按:韩本书在状后,述前无文)、曰铭、曰箴、曰杂文、曰记、曰碑、曰诔(按:韩本记前有叙),第二十一卷从卷中退出赋十三首,目下注云:"旧编载此诸篇,文多残阙,搜检他集,互加参订或补及数句,犹非全文,姑存卷末,以俟博访"云云。有成化壬寅张琳跋、弘治己未王岳跋。

谨案:《天禄琳琅书目》:"《古文苑》一函六册,不著编辑名氏,书九卷末有韩元吉记,宋椠之精工者,缺笔字特谨严。有'栋亭曹氏藏书'、'云间乔氏图书'、'旅溪后乐园间得堂印'、'华亭朱氏珍藏'诸印。"

又《古文苑》一函八册,宋章樵注,分二十卷,末一卷则以旧载文多残阙存,俟博访者。江师心序称:章君倅毗陵日,欲绣诸梓,适拜司鼓之命,以稿属之后政程士龙,岁在丙申六月毕工,其子淳订误二百余字。又盛如杞序,如杞为樵兄子之婿,为之补校此书者也。樵见《成化杭州府志》。

章氏序曰:"《古文苑》为体二十有一,为编二百六十有四,附入者七,始于周宣石鼓文,终于齐永明之倡和。其中句读聱牙,字画奇古,未有音释。加以传录舛伪,读者病之。樵簿书之暇,玩味参订,或衰断简以足其文,或较别集以证其误。推原文意,研核事实,为之训注。其有首尾残缺,义理不属者,姑俟考。复取汉晋间文史册之遗,以补其数。凡若干篇,厘为二十卷,将质诸博洽君子以求是正焉。"

顾氏曰:此书乃宋人所录,其时隋以前集罕存,凡不全各篇采诸唐人类书,固其宜矣。至于九卷本脱误不少,却非章樵廿一卷本所能补正。广圻于校刊时曾取宋板章本细阅,知樵实未得此书要领，其《艺文类聚》所多之句，皆未补；《初学记》所引不误者，皆未正也。如蔡邕《述行赋》载《中郎集》，全篇并序，千有余言。经毫所录出自《艺文类聚》，仅存数语。樵本不能甄取，而退此赋于廿一卷内，抑何疏也。至于其中谬鳌，则如《初学记》中王粲《浮淮赋》，经毫所录也，《艺文类聚》八别引："于是迅风兴，波涛动，长濑潭溃，滂沛汹溶。"樵乃割裂此十四字，散置《初学记》文句之间。《士不遇赋》"将远游而终""终"下脱"古"字，樵乃补以"慕"字，而曲为之解。《魏卫敬侯碑阴文》"形垣而背皁"，"垣"者"坦"之伪，樵不悟，而亦曲为之解。《大理箴》，"九州允理"，经毫本无误，《初学记》十二正同。樵误"州"为"刑"，乃引《左传》解之，不思周有乱政而作九刑，岂皋陶时事，且樵既以己意增窜多篇，大非经毫之旧。然《羽猎赋》原载二首，一张衡，一王粲，俱采自类书，樵编王粲赋于其第七卷，衡赋全脱，藉非九卷本复出，几莫知其原有矣。（录于《亭林遗书》）

文光案：《古文苑》所载石鼓文，凡四百九十七字。自天一阁北宋拓本之外，惟此本字数最多。张淏《云谷杂记》云："余所见唐人录本四百九十七字。"淏所谓录本的是《古文苑》以字数相合，知之章本《石鼓文》、《诅楚文》具录王厚之跋。

又案：章本刻于嘉熙丙申，而升道以乙未六月卒，盖不成书也。丁酉江师心复订刊板之误，凡二百余字。越十二年丙午冬，盛如杞命工补板，此宋本也。明成化间，有建阳书肆本。弘治己未王岳知奉新县，又刻之，即惜阴轩本之所自出也。九卷本开首文四篇，章本三篇，无《魏敬侯碑阴文》，其舛误脱落，随检随出，不但如千里所云也。

又案：今世俗以故男故女相配，误之冥婚，非礼之甚，然亦有所本。书中有《曹苍舒诔》，魏文帝所作也。曹冲，字苍舒，魏公操子,母曰環夫人,魏文帝之弟也。少聪察岐嶷,有成人之智,年十三病卒。曹公哀甚,为聘甄氏亡女与合葬,赠骑都尉印绶。樵曰:"礼:男子十三成,童死则称下殇,言未成人也。苍舒之葬配以甄氏死女,又窃王朝命服以加之,为立寝庙,悖礼甚矣。曹氏父子所谓小人而无忌惮者也。"

洪氏曰《曹娥碑》见《古文苑》,文笔平实不足以当黄绢之称誉也。蔡中郎《郭有道碑》,自言临文无愧辞,今读之绝无异人处,盖东京文体之衰。此二篇又东汉之平平者,乃知向来盛传此二碑,皆系耳食,为古人所欺耳。

48. 清张之洞(1837—1909)撰,范希曾(1899—1930)补正、徐鹏导读《书目答问补正》,上海古籍出版社,2001 年版,第 229 页:

《古文苑》二十一卷。宋章樵注。明成化壬寅刻本,守山阁校本。又岱南阁本九卷,无注。[补]惜阴刊丛书本,金壶本,苏州局本,四部丛刊影印明成化本并二十一卷,有章注。此书不著编辑者名氏,九卷本乃宋韩元吉重编。岱南阁本据宋淳熙本影刻,飞青阁覆岱南阁本,潮州郑氏龙溪精舍重刻岱南阁本,光绪间宜都杨守敬亦刻九卷本。

49. 清李盛铎(1859—1934)著,张玉整理《木樨轩藏书题记及书录》,北京大学出版社,1985 年版,第 348—349 页:

(1)《古文苑》二十一卷 [宋章樵注] 明刊本[明万历刻本]:

半叶八行,行十八字,注双行同。淳祐[七年·1247]盛如祀序,嘉熙丁酉[元年·1237]江师心序,淳熙六年[1179]韩元吉记,绍定壬辰章樵序,成化壬寅[十八年·1482]张琳序。韩序末题"万历壬辰孟冬长洲祝繁书"。江序题万历癸巳[二十一年·1593]张士骥书。盖万历重刊成化本也。

（2）《古文苑》二十一卷　［宋章樵注］　明刊本［明重刊成化张世用本］

半叶十行，行十八字，注双行同。白口，四周单边。有绍定壬辰［五年·1232］章樵序。又成化壬寅十二月［十八年·1483］张琳序，谓琳参闽藩，桉牍之暇巡按夛史，淮南张公世用间进台下，出示所藏章樵重订唐人所编《古文苑》，欲发诸建阳书肆寿梓广传，命琳叙之云。收藏有"三山陈氏居敬堂图书"朱文长方印，"陆印弘祚"朱文、"字锡元"白文两方印。

50. 胡玉缙（1859—1940）、王欣夫辑《四库全书总目提要补正》，中华书局，1964年版，第1575页：

《古文苑》二十一卷：《书录解题》称"世传孙洙巨源于佛寺经龛中得之，唐人所藏"，所录诗、赋、杂文，自东周迄于南齐，凡二百六十余首，皆史传、《文选》所不载。然所录汉、魏诗文，多从《艺文类聚》、《初学记》删节之本。石鼓文亦与近本相同，其真伪盖莫得而明也？南宋淳熙间，韩元吉次为九卷。至绍定间，章樵为之注释。明成化壬寅，福建巡按御史张世用得本刊之。樵序称"有首尾残缺者，姑存旧编，复取史册所遗以补其数，厘为二十卷，又有杂赋十四首、颂三首，以其文多不全，别为一卷附于书末，共为二十一卷"，则已非经龛之旧本矣。中间王融二诗，题为谢朓，盖因附见朓集而误。又《文木赋》出《西京杂记》，乃吴均所为，见段成式《西阳杂俎》，亦不能辨别，则编录未为精核。至《柏梁》一诗，顾炎武《日知录》据所注姓名，驳其依托；钱曾《读书敏求记》则谓"旧本但称官位，自樵增注，妄以其人实之，因启后人之疑"。又如宋玉《钓赋》："蜎渊"误作"元洲"，《曹夫人书》"官绵"误作"官锦"，皆传写之伪，而注复详为之解，王应麟亦辨之，则注释亦不能无失。

顾广圻《思适斋集·重刻宋九卷本〈古文苑〉序》云："孙巨源

《古文苑》次为九卷，淳熙间韩元吉记其末云：'伪舛谬缺者多，不敢是正而补之'，盖传疑也，可谓慎矣。后此有章樵者为之注，改分廿一卷，移易篇第，增窜文句，复非旧观。不仅《诗纪匡谬》讥其于《柏梁诗》妄署姓名，《困学纪闻》论其不解曹操夫人《与杨彪夫人书》'房子官绵'及《钓赋》'玄渊'等之为违失也。然韩本伪舛谬缺，如杨雄《蜀都赋》'尔乃其俗迎春送'下脱'冬'字，《文选·三都赋》李善注引有之。《诮青衣赋》，'悉请诸灵僻邪无主'。'僻'当作'辟'，'无'当作'富'，《艺文类聚》三十五引不误。孔北海《离合作郡姓名字诗》，'海外有截，隼逝鹰扬'，'截'当作'戠'，隶体'截'作'戠'，洪释《度尚碑》正如此。《上林苑令箴》，'昔在帝羿，共田径游'，'共'当作'失'，'径'当作'淫'，即《离骚》之'羿淫游以佚田兮'也。凡若斯类，灼然无疑，其余与群籍出入，足资证明者尚难胜枚数。夫既通其所不通，而不强通其所不可通，是在善读书者，固非章注望文生解所能见及，抑与韩记之云初无异致也。"又《与孙渊如论九卷本〈古文苑〉书》云："承论以《古文苑》多从类书中采出，洵精确不易之论，考此书世传为唐人所录，未见其然。石鼓之一，是皇祐四年向传师求得者，施武子言'每行自四字而上，传师磨去，刻当时得之之由'云云，而此书所录，亦但有下四字，然则必在向传师磨去后，非唐人一也。王厚之言'《诅楚文》有三，皆出于近世，初得《告巫咸文》于凤翔'云云，《集古录》云：'右秦祠巫咸神文，流俗谓之《诅楚文》，而此书所录《告巫咸》者正谓之《诅楚文》，然则必在得《告巫咸文》后，非唐人二也。《集古录·汉樊常侍碑跋》云：'右汉樊常侍碑云"君讳安，字子佑，南阳湖阳人也，此碑盖初不见录于世"，云云，洪文惠言字子仲，以欧公云佑者为误，而此书所录，亦云字子佑，然则必在《集古录》后，非唐人三也。由是推之，此书乃宋人所录，其时隋以前集罕存，凡不全各篇,采诸唐人类书,固其宜矣。至九卷本脱误不少,却非章樵廿一卷本所能补正。广圻于校刊时,曾取宋板章本细阅,知樵实未得此书要领,就中最是者,莫过于据唐人类书各条而已。然其遗漏,则如《琴赋》,《艺文类聚》四十四引首多'尔乃言求茂木'至'琴瑟是宜'十二句,及'娄妃遗叹,鸡鸣高桑'二句,《司徒箴》,《类聚》四十七引多'恪恭尔职,以勤王机'二句之类,皆未补。又如《函谷关赋》'壶口石径,贯越代、朔',《初学记》七引'陉'字为'代'字不误。《柳赋》'岂驾迟而不屡',《初学记》廿引'迟'字不误。《僮约》'裁盂凿斗','斗'字韵《艺文类聚》三十五引不误。《责髯奴辞》'则论说虞、唐','唐'字韵《初学记》十九引不误之类,皆未正。他如蔡邕《述行赋》,载《中郎集》,全篇并序,千有余言,经龛所录,出自《类聚》,祇存数语,樵不能甄取,而退此赋于其廿一卷内,抑何疏也。至其中谬盭,则如《初学记》中王粲《浮淮赋》,经龛所录也,《类聚》八别引'于是迅风兴,涛波动,长濑潭渨,滂沛汹溶',樵乃割裂此十四字,散置《初学记》文句之间。《士不遇赋》,'将远游而终',终下所脱是'古','终古',《离骚》文也,樵乃补以'慕'字,而曲为之解。《魏卫(此字今补)敬侯碑阴文》,'形垣而背','垣'者'坦'之伪,樵不悟,而亦曲为之解。《大理箴》,'九州允理',经龛本无误,《初学记》十二正同。樵误'州'为'刑',乃引《左传》解之,不思周有乱政而作九刑,岂皋陶翊唐作士时事,且樵既以己意增窜多篇,大非经龛之旧。《羽猎赋》原载二首,一张衡,一王粲,俱采自类书,樵编王粲赋于其第七卷,将张衡一赋全行脱去,藉非九卷本复出,几莫知其原有矣。凡如此者,皆已一一条记,又益以群书出入,如《石鼓文》之于诸家音释,扬雄《答刘歆书》之于《方言》,赋、诗、颂、铭之引于《选注》,状、记、碑之载于《隶释》,足资证明者累累在樵注外,特是绝不可通之处,仍复不少,故未敢辄谓成书而附卷后,若枚乘《梁王兔园》,杨雄《蜀都》,王廷寿《王孙》,班固《车骑将军窦北征》等篇,其尤弗能无阙疑者也。其昨撰拙序,所已论及之各条,兹不重述。"瞿氏《目录》有宋刊本,云:"有自序及吴渊后序,韩元吉题识,江师心、盛如杞二跋,明刻本仅存自序一篇,字多舛伪,如《孙叔碑》,'野无螟蛾',注'螣即螟',案《尔雅》'食苗心螟,食叶蟘','蛾蟘'为'贷蟘'之讹。明刻'蛾、蟘',尤大谬矣。又杨雄《蜀都赋》'迎春送冬',九卷本脱'冬',顾涧薲引《文选·三都赋注》以补之,不知宋刻章注本实不缺也,明翻本则讹'冬'为'腊'矣。"

51. 清冯瀛撰,潘景郑校订,《唫香仟馆书目》,上海古籍出版社,2005 年版,第 63 页:

《古文苑》九卷。宋韩元吉编,二本。

52. 清沈德寿(1862—?)《抱经楼藏书志》(《清人书目题跋丛刊五》,中华书局,1987 年版,第 736 页):

《古文苑》九卷,明仿宋刊本。不著编辑者名氏。世传孙巨源于佛寺经龛中得唐人所藏古文章一编,莫知谁氏录也,皆史传所不载,《文选》所未取,而间见于诸集及乐府,好事者因以《古书苑》目之。今次第为九卷,可类观。然石鼓之诗,退之则以为孔子未见,不知所删定者何诗?且何自知其为宣王也?左氏载椒举之言,搜于岐阳则成王耳。秦世诸刻,子长不尽著,抑亦有去取耶?汉初未有五言,而歌与乐章先有七言,苏李之作果出于二子乎?以此编数首推之意,后代诗人命题以赋者,若韦孟尚四言,至郦炎乃五言也。夫文章远矣,唐虞之盛,赓歌始闻;魏晋以还,制作逾靡。学者思欲近古于是,其有考焉?惟讹舛谬缺者多,不敢是正而补之,盖传疑也。淳熙六年六月,颖川韩元吉记。

案:《古文苑》九卷,明仿宋淳熙刊本,每叶二十行,行十八字,间有缺笔,避讳字贞、恒、敦、敬、瑗、殷、慎、让等。

53.叶德辉(1864—1927)《郋园读书志》戊辰年上海澹园铅印本,一函十六册,第十五册:集部:

(1)《古文苑》九卷:《古文苑》九卷,末有淳熙六年韩元吉刻。是书云:孙巨源于佛寺经龛中,唐人所藏,莫知谁氏录。余疑即巨源从各名家集本及隋唐人类书取出,讬之唐人,非有所本也。巨源名洙,孙锡之子,官至翰林学士,《宋史》有传。偶阅洪迈《夷坚甲志》四,载有《孙巨源官职》一则,云:孙洙,字巨源,年十四随父锡官京东,尝至登州,谒东海庙,密祷于神,欲知他日科第及爵位所至。夜梦有告之者,曰:“汝当一举成名,位在杂学士上。”既觉,颇喜。然年尚幼,未识杂学士何等官,问诸人,人曰:“吉梦也。子必且为龙图阁学士。”后擢第入朝,历清近,眷注隆异,数以梦语人。元丰二年,拜翰林学士,宾客皆贺。孙愀然曰:“曩固相告矣,翰苑班冠杂学士,吾其止是乎?今日之命,宜吊不宜庆也。”才阅月,省故人城外,于坐上得疾。神宗连遣太医诊视,幸其愈,且以为执政,后果愈。上喜,使谓曰:“何日可入朝?即大用矣。”省吏闻之,络绎展谒,冠盖填门不绝。孙私语家人:“我指日至二府,神言何欺我哉!”临当朝,顾左右曰:“我病久,恐不堪跪起,为我设茵褥,且肄习之。”方再拜,病复作,不能兴,遽扶视之,已绝矣。孙公在时,尝一日锁院,宣召者至其家,则已出。数十辈踪迹之,得于李端愿太尉家。时李新纳妾,能琵琶。孙饮不肯去,而迫于宣命,不敢留。遂入院,草三制罢,复作长短句,寄恨恨之意。迟明,遣示李,其词曰:“楼头尚有三通鼓,何须抵死催人去。上马苦匆匆,琵琶曲未终。 回头凝望处,那更廉纤雨。漫道玉为堂,玉堂今夜长。”或以为孙将亡时所作,非也。李益谦相之说。相之,孙公曾外孙也。

又《甲志》十一载李邦直一则:孙巨源、李邦直少时同习制科。熙宁中,孙守海州,李为通判。倅厅与郡圃接,孙季女常游圃中,李望见,目送之。后每出,闻其声,辄下车便旋。邦直妻韩夫人,于牖中窥见屡矣,诘其故,李以实言告。一夕,梦至圃,见孙女,踵之不可及,亟追之,蹴其鞋,且以花插其首,不觉警寤。以语韩夫人,韩大恸曰:"簪花者,言定之象。鞋者,谐也。君将娶孙氏,吾死无日矣。"李曰:"思虑之极,故入于梦,宁有是。"未几,韩果卒。李徐令媒者请于孙公,孙公怒曰:"吾与李同砚席交,年相若,岂吾季女偶邪!"李不敢复言。已而孙还朝,为翰林学士,得疾将死,客见之,孙以女未出适为言,客曰:"今日士大夫之贤无出李邦直,何不以归之?"曰:"李年不相匹。"客曰:"但得所归,安暇它问。"未及绸缪而孙亡。其家竟以女嫁之,后封鲁郡夫人。邦直作巨源墓志曰:"三女,长适李公彦;二在室。"盖作志时未为婿也。邦直行状,晁无咎所作,实再娶孙氏云。张行父幼安说。此二事,皆足以助谈资,亦巨源逸闻,今录附于此书之后,其他具详《宋史·本传》,故不赘云。己酉元夕郋园。

(2)《古文苑》章樵注二十一卷,明成化壬寅张世用刻本

《古文苑》者,章樵注二十一卷,明成化壬寅福建巡按淮南张世用发建阳书肆刊行者,前有张琳序,大黑口本,每半叶十行行十八字。《四库全书总目》总集类提要所称,即此本也。原书有宋淳熙六年韩元吉刻本,分九卷。陈振孙《直斋书录解题》云:"不知何人集,皆汉以来遗文,史传及《文选》所无者,世传孙洙巨源于佛寺经龛中得之,唐人所藏,韩无咎类次为九卷,刻之婺州。"余向以为即孙洙伪记,盖从唐宋人类书中辑出,故少完篇,今《艺文类聚》、《初学记》可覆按也。考晁公武《郡斋读书志》,有《杂文章》一卷,云:"孙巨源得之于秘阁,载宋玉等赋颂五十八篇,景迂生元丰甲

子以李公择本校正。"今《古文苑》,首石鼓文,下即载宋玉赋,凡文二百六十余首,盖即由《杂文章》推广成之。彼托于出秘阁,此托于出佛龛,其隐身之术一也。章注,成化刻本之前有宋元本,见《天禄琳琅书目续编》,恐不足据。成化以后,有弘治己未奉新县知县王岳刻印繙雕此本,为白口版。又有万历壬辰祝桑玉刻本,半叶八行行十八字。余有此书。此为从子甫所藏字画,尚未漫漶,白纸洁净,展卷如新,明本中刻最先者,莫善于此本矣。

54. 傅增湘(1872—1947)撰《藏园群书经眼录》,中华书局,1983 年版,第 1481—1482 页:

(1)《古文苑》九卷:

精写本,十行十八字。钤有"虞山钱尊王藏书"朱文印。(癸酉)

(2)《古文苑》注二十一卷　宋章樵撰

宋刊本,半叶十行十八字,白口,左右双阑。版匡高六寸八分,阔五寸。字行方整。有绍定壬辰章樵自序,吴渊后序,又江师心、盛如杞二跋,盖淳祐丁酉盛氏重修本。(乙卯岁见,翟氏藏书)

(3)《古文苑》注二十一卷　宋章樵撰　存卷一至四

宋刊本,半叶十行,行十八字,白口双阑,版心记刊工姓名,注双行同。有黄丕烈手跋三则,辛未小春一卷,道光四年甲申二则。(乙亥五月)

(4)《古文苑》注二十一卷　宋章樵撰

明刊本,十行十八字。印甚精。(海虞翟氏书,索八十元。辛酉)

(5)《古文苑》注二十一卷　宋章樵撰

明万历刊本。盛昱校,有跋录后:"《古文苑》明季以来世行皆此本。孙渊如得九卷本刻于平津馆,金山钱氏又重刻此本于守山阁，而以九卷校正。"此跋题书衣上。

"此书非章樵注本，直章樵改本耳。取宋刻九卷本改之如右。光绪辛巳九月初五日伯希。"此跋在目后。（盛昱遗书，索十元。壬子）

55.《铁琴铜剑楼藏书目录》集部五，总集类（《铁琴铜剑楼藏书目录》，瞿镛编纂，上海古籍出版社，2000 年版，第 648—649 页）：

《古文苑》九卷。影抄宋本。唐无名氏编。淳熙六年韩元吉刻，有跋。旧为赵凡夫所藏。孙岷自、陆敕先假得叶林宗钞自赵本者传录；又从钱遵王假旧钞本参校，遂为是书善本。今阳湖孙氏所刻，即从此出。有孙岷自手跋曰："赵凡夫藏宋刻《古文苑》一部，纸墨鲜明，字画端楷。灵均钩摹一本，友人叶林宗见而异之，亦录成一册，藏之家塾。辛巳夏，同陆敕先假归，分诸四童子，三日夜钞毕，但存其款式耳。其宋字形体，叶本已失之也。"又陆敕先手跋曰："戊戌五月，借钱遵王钞本校一遍，其笔画异同处，标识于首，以俟再考。"又跋曰："赵灵均摹本亦归林宗。五月十二日并假再校，略无鲁鱼之谬矣。"卷首有"陆贻典印"、"陆氏敕先收藏书籍"、"广圻审定"、"顾涧薲藏书"诸朱记。

《古文苑》二十一卷，宋刊本。宋章樵重编，略据唐人类书校正原本，增益篇数，又为之注。有自序及吴渊后序，韩元吉题记，江师心、盛如杞二跋。每半页十行，行十八字。注用双行，行二十至二十一字不等。刻于嘉熙丙申，修于淳祐丙申，"匡"、"徵"、"桢"、"贞"、"桓"、"慎"、"淳"、"敦"字阙笔。明刻本仅存自序一篇，字多舛讹。如孙叔碑"野无螟蟘"注"蟘即螟"。

案：《尔雅》"食苗心螟，食叶蟘"，"螆、蟘"为"贷、蟘"之讹。明刻"螆、蟘"，尤大谬矣。又杨雄《蜀都赋》"迎春送冬"。九卷本脱"冬"，顾涧蘋引《文选·三都赋》注以补之。不知宋刻章注本实不缺也，明翻本则伪"冬"为"腊"矣。

56. 瞿良士编纂《铁琴铜剑楼藏书题跋集录》，上海古籍出版社，2005 年版，第 307 页：

《古文苑》九卷影抄宋本。

庚午二月再校此卷，注其所自出于题下。思适居士记。卷三后。

己巳十月再校于玉清道院。涧蘋。卷四后。

赵灵均临摹本亦归林宗。五月十二日并假再校，略无鲁鱼之谬矣。陆贻典。

赵凡夫藏宋刻《古文苑》一部，纸墨甚鲜，字画端楷，深为宝重。灵均作"双钩郭填法"，临摹一本，友人叶林宗见而异之，较诸他刻殊不相同，因倩笔录成，藏之家塾。辛巳夏，同陆敕先假归，分诸童子，三日夜抄成，此帙但存其款式耳，其形似叶本已失之也。孙岷自诒。

戊戌五月借钱遵王钞本校一过，其笔画异同处，标识于首，以俟再考。

嘉庆十四年岁在己巳，用此本景写付刊讫，校样一过印行，时寓玉清道院中。涧蘋居士。以上卷九后。

57. 王国维等撰《闽蜀浙粤刻书丛考》，北京图书馆出版社，2003 年版，第 335 页：

《古文苑》九卷：《直斋书录解题》不知何人集，皆汉以来遗文，史传及《文选》所无者，世传孙洙巨源于佛寺经龛中得之。唐人所藏也。韩元吉类次为九卷，刻之婺州。

58. 清黄丕烈、王国维等撰《宋板书考录》，北京图书馆出版社，2003 年版，第 699—704 页：

《古文苑》残本四卷宋刻本：宋章樵注本，行款式样与《铁琴铜剑楼藏书目录》合，惟板心鱼尾之下有刻工许忠、邵思齐等姓名。及缺笔字，尚有玄、朗、弘、怕、树、最、遘为翟氏所未及耳。惜祇存卷一至卷四，而此四卷尚非完帙，仅四十七番。旧为小读书堆物，旋归五砚，最后为礼居士所得，乃舟三跋于卷尾。至今此书犹莌瓮旧装也。（《笺经室所见宋元书题跋》一卷，曹元忠撰）

附莌翁跋语。（略）

59. 张人凤编《张元济古籍书目题跋汇编》（三册），商务印书馆，2003 年版：

（1）第 13 页，《郘亭知见传本书目批注》：

《古文苑》二十一卷，不著编辑人名氏

辛亥七月，在厂甸文琳堂见一明本。白棉纸。印有抄补闽藩张琳序，冒称明本。索价八十两。半页八行，行十八字。

（2）第 1143 页，《古文苑为朱菊生作》：

是书淳熙时所刻，为无注本。至绍定时章樵为之训注，析为二十一卷，刊成于康熙丙午。今淳祐刊本尚存，二十年前余辑《四部丛刊》，曾假诸铁琴铜剑楼翟氏景印行世。翟氏又有影写宋刻无注本，《志》称原刊本，为赵凡夫旧藏。纸墨鲜明，字画端措。其子灵均钩摹一本。叶林宗见而异之，录成一册。其后陆敕先又假诸林宗，命诸童子历三日夜而毕，仅存其款式而已。此本有灵钧手跋，并钤名号印章，盖即最初钩摹之本。全书用朱笔校订，补阙正讹至极。审其笔迹，颇于灵钧卷末所记宋讳相肖，疑亦灵钧所为。末叶何义门手校，谓为毛斧季所赠，盖已由小苑堂而入于汲古阁矣。惟凡夫所藏旧刻，其后即不复见，今恐未必尚在人间。然则能窥见是书宋本真面目，仅此而已，可不宝诸。甲申初春，海盐张元济识。

参考文献

《古文苑》九卷本,据宋淳熙婺州刻本影印,北京图书馆出版社 2006 年版,中华再造善本。

《古文苑》九卷本,岱南阁本。

《古文苑》二十一卷本,(宋)章樵注,据宋端平三年常州军刻淳祐六年盛如杞重修本影印,北京图书馆出版社 2003 年版,中华再造善本。

《古文苑》二十一卷本,(宋)章樵注,(清)钱熙祚校勘,守山阁丛书本。

(汉)司马迁:《史记》,(宋)裴骃集解,(唐)司马贞索隐,张守节正义,中华书局 1982 年版。

(汉)班固:《汉书》,(唐)颜师古注,中华书局 1962 年版。

(南朝·宋)范晔:《后汉书》,(唐)李贤等注,中华书局 1965 年版。

(晋)陈寿:《三国志》,(宋)裴松之注,中华书局 1982 年版。

(唐)魏征等:《隋书》,中华书局 1973 年版。

(后晋)刘昫等:《旧唐书》,中华书局 1975 年版。

(宋)欧阳修、宋祁:《新唐书》,中华书局 1975 年版。

(元)脱脱等:《宋史》,中华书局 1985 年版。

（宋）李焘：《续资治通鉴长编》，中华书局 2004 年版。

（明）陈邦瞻：《宋史纪事本末》，中华书局 1977 年版。

（清）陆心源辑：《宋史翼》影印本，中华书局 1991 年版。

（清）徐松辑：《宋会要辑稿》影印本，中华书局 1957 年版。

（宋）杜大珪编：《名臣碑传琬琰集》，文海出版社 1969 年版。

（宋）郑樵：《通志》，《丛书集成初编》本。

（元）马端临：《文献通考》，中华书局 1986 年版。

（宋）晁公武：《郡斋读书志校证》，孙猛校证，上海古籍出版社 1990 年版。

（宋）尤袤：《遂初堂书目》，《丛书集成初编》本。

（宋）陈振孙：《直斋书录解题》，徐小蛮、顾美华点校，上海古籍出版社 1987 年版。

（清）纪昀等：《钦定四库全书总目》，四库全书研究所整理，中华书局 1997 年版。

冯惠民、李万健等选编：《明人书目题跋丛刊》，书目文献出版社 1994 年版。

《清人书目题跋丛刊》（五、六、九、十），中华书局影印本。

胡玉缙、王欣夫辑：《四库全书总目提要补正》，中华书局 1964 年版。

（清）钱曾：《读书敏求记》，丁瑜点校，书目文献出版社 1983 年版。

（清）黄丕烈：《荛园藏书题识》，屠友祥校注，上海远东出版社 1999 年版。

（清）李盛铎：《木樨轩藏书题记及书录》，张玉整理，北京大学出版社 1985 年版。

（清）张之洞：《书目答问补正》，范希曾补正、徐鹏导读，上海古籍出版社 2001 年版。

傅增湘:《藏园群书经眼录》,中华书局 1983 年版。

翟良士编:《铁琴铜剑楼藏书题跋集录》,上海古籍出版社 1985 年版。

(宋)欧阳修:《集古录》,《四部丛刊》本。

(宋)赵明诚:《金石录校证》,金文明校证,上海书画出版社 1985 年版。

(宋)薛尚功辑:《历代钟鼎彝器款识法帖》,中华书局 2005 年版。

(宋)王厚之辑:《钟鼎款识》,中华书局 1985 年版。

(宋)洪适:《隶释》,中华书局 1986 年版。

(清)王昶:《金石萃编》,中国书店 1985 年版。

《先秦秦汉魏晋南北朝石刻文献全编》第 2 册,北京图书馆出版社 2003 年版。

《宋代石刻文献全编》第 4 册,北京图书馆出版社 2004 年版。

(唐)虞世南:《北堂书钞》,文渊阁四库全书本。

(唐)欧阳询:《艺文类聚》,汪绍楹校,上海古籍出版社 1982 年版。

(唐)徐坚等:《初学记》,中华书局 2004 年版。

(宋)李昉等编:《太平御览》影印本,中华书局 1960 年版。

(宋)王应麟辑:《玉海》,光绪九年浙江书局重刻本。

(清)黄宗羲等:《宋元学案》,中华书局 1986 年版。

(南朝·齐)谢朓:《谢宣城集校注》,上海古籍出版社 2001 年版。

(宋)苏轼:《苏轼全集》,上海古籍出版社 2000 年版。

(宋)苏辙:《栾城集》,曾枣庄、马德福点校,上海古籍出版社

1987 年版。

（宋）陆游：《陆游集》，中华书局 1976 年版。

（宋）辛弃疾：《稼轩词编年笺注》，邓广铭笺注，上海古籍出版社 1981 年版。

（宋）韩元吉：《南涧甲乙稿》，《丛书集成初编》本。

（宋）楼钥：《攻媿集》，《丛书集成新编》本。

（清）顾广圻：《顾千里集》，王欣夫辑，中华书局 2007 年版。

（梁）萧统编：《文选》影印本，（唐）李善注，中华书局 1977 年版。

（宋）姚铉编：《唐文粹》，（清）许增校，浙江人民出版社 1986 年版。

（宋）李昉等编：《文苑英华》，中华书局 1966 年版。

（宋）王安石编：《唐百家诗选》，《丛书集成初编》本。

（宋）郭茂倩编：《乐府诗集》，中华书局 1979 年版。

（宋）无名氏编：《宋文选》，文渊阁四库全书本。

（宋）吕祖谦编：《宋文鉴》，齐治平点校，中华书局 1992 年版。

（明）张溥编：《汉魏六朝百三名家集》，江苏古籍出版社 2002 年版。

（清）孙星衍编：《续古文苑》，《丛书集成初编》本。

（清）严可均编：《全上古三代秦汉三国六朝文》，中华书局 1958 年版。

逯钦立辑：《先秦汉魏晋南北朝诗》，中华书局 1983 年版。

费振刚、胡双宝、宗明华编：《全汉赋》，北京大学出版社 1993 年版。

曾枣庄、刘琳主编：《全宋文》，巴蜀书社 1994 年版。

傅璇琮等编：《全宋诗》，北京大学出版社 1998 年版。

唐圭璋编:《全宋词》,中华书局 1999 年版。

（明）徐师曾:《文体明辨序说》,罗根泽校点,人民文学出版社 1982 年版。

（明）吴讷:《文章辨体序说》,于北山校点,人民文学出版社 1982 年版。

（清）何文焕辑:《历代诗话》,中华书局 1981 年版。

（清）厉鹗等辑:《宋诗纪事》,《丛书集成初编》本。

朱剑心:《金石学》,文物出版社 1981 年新版。

郭沫若:《石鼓文研究·诅楚文考释》,科学出版社 1982 年版。

陆侃如:《中古文学系年》,人民文学出版社 1985 年版。

于北山:《陆游年谱》,上海古籍出版社 1985 年版。

张毅:《宋代文学思想史》,中华书局 1986 年版。

程千帆、吴新雷:《两宋文学史》,上海古籍出版社 1991 年版。

曹道衡:《南北朝文学史》,人民文学出版社 1991 年版。

孔凡礼:《苏轼年谱》,中华书局 1998 年版。

穆克宏:《昭明文选研究》,人民文学出版社 1998 年版。

张新科:《唐前史传文学研究》,西北大学出版社 2000 年版。

傅刚:《昭明文选研究》,中国社会科学出版社 2000 年版。

曹道衡、刘跃进:《南北朝文学编年史》,人民文学出版社 2000 年版。

束景南:《朱熹年谱长编》,华东师范大学出版社 2001 年版。

吴广平编著:《宋玉集》,岳麓书社 2001 年版。

邹云湖:《中国选本批评》,上海三联书店 2002 年版。

曹道衡、沈玉成:《中古文学史料丛考》,中华书局 2003 年版。

赵逵夫:《古典文献论丛》,中华书局 2004 年版。

祝尚书:《宋人总集叙录》,中华书局 2004 年版。

周振甫：《文心雕龙今译》，中华书局 2005 年版。

陈元锋：《北宋馆阁翰苑与诗坛研究》，中华书局 2005 年版。

郭英德：《中国古代文体学论稿》，北京大学出版社 2005 年版。

凌朝栋：《文苑英华研究》，上海古籍出版社 2005 年版。

郝润华、武秀成：《晁公武·陈振孙评传》，南京大学出版社 2006 年版。

刘跃进：《秦汉文学编年史》，商务印书馆 2006 年版。

张富祥：《宋代文献学研究》，上海古籍出版社 2006 年版。

杜海军：《吕祖谦年谱》，中华书局 2007 年版。

伏俊琏：《俗赋研究》，中华书局 2008 年版。

后　记

　　本书是在我的博士论文基础上修改而成的,是我的第一本学术专著,他见证了我在学术研究道路上点点滴滴的努力和进步。

　　2001 年 7 月,我的妹妹王晓鹂获得北京师范大学古典文献整理与研究方向博士学位后,随丈夫赴美国定居。临行前,她将自己珍藏多年又无法尽数带走的书籍悉数赠送与我,希望能为我所用。当时,我在兰州一所高校任教,工作稳定,生活闲适。我过着平凡、安静又快乐的居家日子,自以为一生就会在相夫教子中淡然度过——但妹妹的叮咛却似一缕春风,吹皱一池心水。抚摸着这些熟悉又陌生的古代典籍,我不由得怦然心动。于是,已过而立之年的我克服了常人难以想象的重重困难,先后考取了西北师范大学文学院的硕士和博士研究生,再次踏上求学之路。

　　六年来,我穿梭在师大、工作单位和家之间,既要面对艰苦的学业,应付繁重的工作,又要操持日常的家务,辅导孩子的功课。更糟糕的是,当我刚接到博士研究生入学通知时,爱人却被抽调参加青藏铁路工程建设,长年驻扎在青藏高原。怅然遥望,两相遗恨——我只好独自撑起家庭的大厦。我像一个高速旋转的陀螺,疲于奔命,心力交瘁。当别的孩子都由父母陪伴着嬉戏时,我却只能伏案苦读。看着儿子委屈的神情和消瘦的脸庞,我潸然泪下,甚至萌生了放弃学业的念头。

这时，给我信念和力量的，是我挚爱的学友。我的困惑和困难，学兄王永、马啸、史国良及学弟王照年、朱连华看在眼里，急在心里。他们通过各种方式在生活、学习上无私地关心、帮助我，使我逐渐摆脱阴霾的心情，得以继续学业。更欣喜的是，儿子终于适应了没有父母照顾的日子，不但能安排自己的学习，而且还承担了去单位食堂给我俩买午饭的任务，解决了我的后顾之忧。闲暇时，我和师兄弟会带儿子和他们的孩子一起外出游玩，儿子和他们逐渐有了深厚的感情。现在，每当我准备和同学聚会时，儿子总不忘问一句："是西北师大的叔叔们吗？"——思念之情溢于言表。毕业后，大家天各一方，谋面难求，但这份友谊，是我此生珍贵的财富。

更让我感动的是业师伏俊琏先生。先生深知我在硕士阶段学的是教学法，更明了我面对新专业的生疏、惶恐和忐忑之情，故不遗余力地加以引导。平日里，先生一再告诫我，"文献专业不可能在短期内出成果，要有坐十年冷板凳的心理准备"，"文献专业一定要从目录学入手"，"涉及古代人物时，一定要注出其生卒年；涉及古代地名时，一定要注明现在的名称"，"文献专业不能急功近利"。在先生严格的学术要求下，我慢慢步入古典文献学的学术殿堂，并顺利完成了学业。期间，论文几易其稿，但先生每次都认真批阅。在本书出版之际，又不吝赐序。其拳拳之心，谆谆之言，殷殷之情，自不敢忘。只可惜朝夕问道，聆听教诲的日子太短。现每每回味先生的话，才明白句句有深意，字字有学问。先生的教诲，将会使我受益终身。

同时，在我的学术道路上，西北师范大学文学院的各位师长，均热情地为我指点迷津，例如赵逵夫先生、霍旭东先生、尹占华先生、郝润华先生、龚喜平先生和靳健先生。他们的学问和人品都让我高山仰止,终生难忘。

关心我的还有我的亲人和朋友。爱人尽管常年在外,不能替我分忧解愁,却给了我坚实的经济保障和强大的精神安慰,使我能够安心向学。父母已赋闲在家,两耳不闻窗外事,却时时惦记着我的学业,给了我无私的关怀与支持。我的兄长和大姐,更是承担了原本属于兄妹四人的赡养任务,并任劳任怨——每念及此,心神黯然。六年来,我蜗居书房,疏于交往,朋友却不离不弃。这些看似微小的温情,正是我精神的源泉——没有他们的支持,艰苦而漫长的学业我是无法如期完成的。

本书的出版,得到西安工业大学的资助。人文学院领导冯希哲和邰科祥教授非常重视学科的建设发展,没有他们的支持和帮助,本书是不可能在短期内就面世的。同时,他们克服了重重困难,为我们在工科院校搭建了一个从事人文教育与研究的良好平台,故其学识和为人同样令人钦佩。

人民出版社李椒元先生的细致和热情,也让我印象深刻。

王晓鹃

2010 年 1 月于西安